Canción de sombra

Canción de sombra

S. Jae-Jones

Traducción de
María Angulo Fernández

Rocaeditorial

Título original: *Shadowsong*

© 2018, S. Jae-Jones

Primera publicación por Thomas Dunne/St. Martin's, un sello de MacMillan.
Derechos de traducción acordados a través de Jill Grindberg Literary Management
LLC y Sandra Bruna Agencia Literaria, S.L.
Todos los derechos reservados.

Primera edición: julio de 2019

© de la traducción: 2019, María Angulo Fernández
© de esta edición: 2019, Roca Editorial de Libros, S.L.
Av. Marquès de l'Argentera 17, pral.
08003 Barcelona
actualidad@rocaeditorial.com
www.rocalibros.com

Impreso por LIBERDÚPLEX, S. L. U.
Sant Llorenç d'Hortons (Barcelona)

ISBN: 978-84-17305-87-1
Depósito legal: B. 13318-2019
Código IBIC: YFB

RE05871

A todos los monstruos,
y a aquellos que nos quieren

Nota de la autora

De una forma u otra, todos los libros son un reflejo de su autor, y el viaje de Liesl al Mundo Subterráneo y su regreso al mundo exterior tal vez revelen más de lo que creí en un principio. *Canción de invierno* fue como un espejo brillante para mí, un espejo que reflejaba todos mis sueños, mis deseos, mis anhelos. Quería que mi voz se oyera, se reconociera y se valorara. *Canción de sombra*, por otro lado, es un espejo oscuro, ya que muestra esa faceta monstruosa y grotesca del Mundo Subterráneo, es decir, la faceta más horrenda de mí misma.

Me gustaría añadir algo: *Canción de sombra* incluye personajes que tratan de gestionar la autolesión, la adicción, un comportamiento temerario e insensato, y el suicidio. Si estos personajes te perturban o te molestan de alguna manera, por favor, continúa leyendo con mucho cuidado. Si te asaltan tentaciones suicidas, por favor, recuerda que tienes a tu disposición un sinfín de recursos y personas que pueden ayudarte en el National Suicide Prevention Lifeline, 1-800-273-8255. No dudes en llamarlos, por favor. No estás solo.

Canción de sombra es, sin duda, una obra mucho más personal que su predecesora. No me he andado con rodeos a la hora de retratar a Liesl como una persona que sufre un trastorno bipolar, como su creadora, pero en *Canción de invierno* preferí mantener su diagnóstico en secreto. En cierto modo, esto se debe a que el trastorno bipolar como tal no solía diagnosticarse en la época en la que Liesl vivía. Pero tengo que reconocer que también se debe a que no quería que se enfrentara a esa clase de locura.

«Locura» es una palabra muy extraña, ya que abarca cualquier tipo de comportamiento o patrón de pensamiento que se desvía de la norma, por lo que es una enfermedad mental muy amplia. Yo, al igual que Liesl, soy parte de la sociedad, como cualquier otra persona, pero nuestra enfermedad mental nos convierte en dos chifladas. Nos convierte en personas arrogantes, malhumoradas, egoístas e insensatas. Nos convierte en personas destructivas, con nosotras mismas y con aquellos a quienes amamos. No es fácil querernos, a Liesl y a mí, y admito que no quería enfrentarme a la fea y cruda realidad.

Y sí, la realidad es espantosa. Liesl y Josef reflejan mi yo maniaco y mi yo melancólico. Son personajes siniestros, grotescos, complicados y dolorosos. Se han escrito innumerables libros que relatan historias preciosas, ventanas a un mundo mucho más sano y hermoso, pero *Canción de sombra* no es uno de ellos.

En mi primer libro preferí alejar al monstruo porque sabía que saldría en el segundo. Una vez más te dejo el teléfono del National Suicide Prevention Lifeline, 1-800-273-8255. No hace falta sufrir en silencio, ni solo. Veo el monstruo que habita en ti. No tengo miedo. Me enfrenté a mis demonios, sí, pero no lo hice sola. Necesité ayuda.

10

Recuérdame cuando haya marchado lejos,
muy lejos, hacia la tierra silenciosa;
cuando mi mano ya no puedas sostener,
ni yo, dudando en partir, quiera todavía permanecer.
Recuérdame cuando no haya más lo cotidiano,
donde me revelabas nuestro futuro planeado:
solo recuérdame, bien lo sabes,
cuando sea tarde para los consuelos, las plegarias.
Y aunque debas olvidarme por un momento
para luego recordarme, no lo lamentes:
pues la oscuridad y la corrupción dejan
un vestigio de los pensamientos que tuve:
es mejor que me olvides y sonrías
a que debas recordarme en la tristeza.

Recuerda, de CHRISTINA ROSSETTI

A Franz Josef Johannes Gottlieb Vogler
a través del maestro Antonius
París

$\mathcal{M}$i queridísimo Sepperl:

Se dice que el día en que murió Mozart llovió.

Dios debe de creer apropiado y conveniente llorar en los funerales de los músicos, pues cuando enterramos a papá en el cementerio de la iglesia, para que, por fin, pudiese descansar en paz, llovió a cántaros. El párroco leyó las plegarias con una celeridad inaudita, impaciente por acabar y alejarse de la humedad y del fango y de la lluvia. Las únicas personas que lloraron la muerte de papá, además de la familia, fueron los camaradas de la taberna, que se esfumaron en cuanto se enteraron de que no celebraríamos un velatorio en su honor.

¿Dónde estabas, mein Brüderchen? ¿Dónde estás?

Nuestro padre nos dejó una herencia importante, Sepp, un legado de música, sí, pero también de deudas. Mamá y yo hemos revisado las cuentas familiares muchísimas veces para tratar de averiguar cuánto debemos y cuánto podemos pagar. Hemos tenido que apretarnos el cinturón y reducir gastos, pues, de lo contrario, nos ahogaríamos en este mar de deudas. Apenas logramos mantener la cabeza fuera del agua. La posada nos está arrastrando hacia el olvido, hacia la miseria más absoluta.

Nuestros márgenes de beneficio son pequeños, por no hablar de nuestros ahorros.

Por suerte nos las ingeniamos para reunir el dinero necesario y enterrar a papá en una parcela bastante decente en el cementerio de la iglesia. Al menos los huesos de papá podrán descansar junto a los de sus antepasados, y no en una sepultura a las afueras del pueblo, donde yacen los cuerpos de los indigentes y expatriados. Al menos, al menos, al menos.

Ojalá hubieras estado aquí, Sepp. Deberías haber venido.

¿A qué viene ese silencio?

Te marchaste hace seis meses, y, en todo este tiempo, no he sabido nada de ti. Tal vez mis cartas no llegan nunca a tiempo; tal vez llegan cuando ya has partido a tu siguiente destino, cuando ya estás ensayando para tu próximo concierto en una capital europea distinta. ¿Por eso no respondes mis cartas? ¿Sabías que papá había fallecido? ¿Que Käthe había roto su compromiso con Hans? ¿Que Constanze se ha vuelto más misteriosa y más excéntrica, y que mamá, aquella madre estoica, resuelta y realista, se ha convertido en un alma en pena, que llora siempre que cree que no la vemos? ¿O tu silencio es el castigo que has elegido por los meses que pasé ilocalizable bajo tierra, en el Mundo Subterráneo?

Mi amado hermano, lo siento en el alma. Si pudiera escribir mil canciones, mil palabras, te diría en todas y cada una de ellas que siento haber roto mi promesa. Nos juramos que la distancia no nos separaría, que no cambiaría nada entre nosotros. Nos juramos escribirnos cartas cada semana. Nos juramos compartir nuestra música en papel, en tinta y en sangre. No he cumplido ninguna de esas promesas. Pero todavía albergo la esperanza de que algún día me perdones. Tengo tanto que compartir contigo, Sepp. Hay tantas cosas que me gustaría que escucharas.

Por favor, escríbeme pronto. Te echamos de menos. Mamá te echa de menos. Käthe te echa de menos. Constanze te echa de menos. Pero quien más nota tu ausencia soy yo.

Tu hermana leal e incondicional,

COMPOSITORA DE DER ERLKÖNIG

A Franz Josef Johannes Gottlieb Vogler
a través del maestro Antonius
París

*M*ein liebes Brüderchen:

Otra muerte, otro funeral, otro velatorio. La semana
pasada encontraron el cuerpo sin vida de Frau Berchtold
en su lecho, con escarcha en los labios y una cicatriz
plateada que le atravesaba la garganta. ¿Recuerdas a
Frau Berchtold, Sepp? Siempre nos regañaba por corrom-
per a los niños inocentes del pueblo que aún temían a
Dios. Los corrompíamos, decían, con nuestras historietas
aterradoras del Mundo Subterráneo.
Ha pasado a mejor vida.
Es la tercera persona que fallece en esas circunstancias
en lo que va de mes. La plaga nos tiene a todos con el corazón en un puño, pues parece ser mucho más letal que cualquier peste conocida. Ni moratones, ni heridas, ni malestar.
Nada, ninguna señal o síntoma visible que pueda delatar
la enfermedad. Ninguno de los cadáveres mostraba signos
inequívocos de esta terrible peste, salvo esos besos de plata
que manchaban sus bocas y cuellos. La ristra de muertes
tampoco tiene lógica; la plaga se ha llevado por delante
a ancianos y a niños, a hombres y mujeres, a muchachos
fuertes como un roble y a jovenzuelos enclenques, a vecinos
sanos y a vecinos que ya padecían otra enfermedad.
¿Por eso no me escribes? ¿Sigues siendo ese mozo sano
y robusto? ¿Sigues vivo? ¿O la próxima carta que llegue
con tu nombre escrito nos romperá a todos el corazón e
implicará la preparación de otro funeral?

Los octogenarios del pueblo murmuran malos augurios y no presagian nada bueno. «Atacados por los duendes —dicen—. Marcados por los duendes. Es obra del diablo. Recordad nuestras palabras: se avecinan problemas, y graves.»

Marcados por los duendes. Plata en la garganta. Escarcha en los labios. No sé qué indica todo esto. Hubo un tiempo en el que creía que el amor bastaba para que el mundo siguiera adelante. Estaba convencida de que solo el amor podría vencer las viejas normas. Pero durante las últimas semanas he percibido ciertos cambios en nuestra pequeña y aburrida aldea: un rechazo absoluto a la razón y a la lógica, y el regreso de costumbres olvidadas. Montañas de sal en los umbrales, en todas las entradas. Incluso el párroco ha querido proteger la escalera de la iglesia para alejar al diablo, aunque esas líneas blancas tan solo consiguen desdibujar la frontera que separa lo sagrado de lo supersticioso.

Constanze tampoco ayuda mucho. Últimamente ni siquiera le apetece charlar, aunque tú y yo sabemos de buena tinta que nuestra abuela nunca ha sido muy parlanchina. Pero, para ser sincera, me preocupa. Constanze se pasa la mayor parte del día encerrada en su habitación, y, cuando sale, nunca sabemos qué versión de nuestra abuela vamos a encontrar. A veces parece la de siempre, igual de observadora e irascible, pero otras pierde la noción del tiempo y parece estar en otro año, en otra época.

Cada noche, Käthe y yo nos encargamos de dejarle una bandeja de comida en el rellano, justo delante de su habitación, pero por las mañanas sigue intacta, sin tocar. Algún día mordisquea un poco de pan y queso, y deja una estela de gotas de leche en el suelo, como si fuesen las pisadas de un hada. No voy a engañarte, Sepp: a Constanze no le preocupan su salud o la alimentación, tan solo el miedo y la fe en Der Erlkönig.

Pero la fe no basta para sobrevivir.

Mamá siempre dice que por sus venas corren ríos de locura. Obsesiones y melancolías. Locura.

Mamá también dice que papá bebía para alejar a sus demonios, para apaciguar la vorágine de sentimientos que se arremolinaba en su alma. Su abuelo, el padre de Constanze, se ahogó en ella, pero papá prefirió ahogarla en mares de cerveza. Reconozco que no comprendía nada de esto hasta que lo sufrí en mi propia piel, hasta que mis propios demonios aparecieron.

Me asusta que esa vorágine acabe consumiéndome. Locura, obsesión, melancolía. Música, magia, recuerdos. Un torbellino que gira alrededor de una verdad que me niego a admitir. No duermo por temor a las atrocidades y maravillas que quizá vea al despertar. Zarzas recubiertas de espinas que se enroscan por las ramas, el sonido de unas garras negras invisibles, gotas de sangre que manchan los pétalos de una flor.

Ojalá estuvieras aquí. Tú siempre has sido capaz de reconducir mis pensamientos errantes e incoherentes, de dar forma a mis ideas salvajes y convertirlas en un hermoso jardín. En mi alma reina oscuridad, Sepperl. No solo los muertos están marcados por los duendes.

Ayúdame, Sepp. Ayúdame a dar sentido a todo esto.

Siempre tuya,

COMPOSITORA DE DER ERLKÖNIG

A Franz Josef Johannes Gottlieb Vogler
a través del maestro Antonius
París

*Q*uerido:
Las estaciones se van sucediendo, y sigo sin saber nada de ti. El invierno ha llegado a su fin, pero la nieve sigue tiñendo las cumbres de blanco. Los árboles se estremecen cuando sopla el viento y las ramas todavía están desnudas, sin rastro del renacer primaveral. El aire ya no huele a hielo e hibernación, lo cual es un alivio, pero en la brisa tampoco reconozco la esencia a humedad y flores silvestres.

No he vuelto a poner un pie en el Bosquecillo de los Duendes desde el verano, y ninguno nos hemos atrevido a tocar el clavicordio que aún descansa en tu habitación desde que papá falleció.

No sé qué contarte, mein Brüderchen. Te hice dos promesas, y las dos las rompí. La primera cuando desaparecí de la faz de la Tierra. La segunda, al dejar de escribir. No palabras, sino melodías. Armonías. Acordes. La Sonata de noche de bodas está sin terminar; aún no he compuesto el último movimiento. Cuando el sol brilla e ilumina el cielo, se me ocurren un sinfín de excusas para no componer, como barrer los rincones polvorientos de la posada, revisar los libros de contabilidad, ordenar el almacén y los sacos de harina, de levadura y de azúcar... En resumidas cuentas, entretenerme con los quehaceres cotidianos de una posada.

Sin embargo, cuando cae la noche, la respuesta es distinta. Entre el crepúsculo y el alba, esas horas en que los kobolds y Hödekin hacen travesuras en el bosque, solo se me ocurre un motivo.

El Rey de los Duendes.

No he sido sincera contigo, Sepp. No te he contado toda la historia, pues, ingenua de mí, creía que podría hacerlo en persona. No es una historia que pueda expresar en palabras, o eso pensaba yo. El vocabulario se me queda corto para narrar este relato, pero lo intentaré de todas formas.

Érase una vez una niña que tocaba música para un niño en el bosque. Ella, la hija de un posadero; él, el Señor de las Fechorías. Pero ninguno de los dos era realmente lo que parecía ser, pues los cuentos de hadas no existen.

Me convertí en la prometida del Rey de los Duendes. El compromiso duró un año entero. Esta historia, mi historia, no es un cuento de hadas, mein Brüderchen, sino la cruda realidad. Hace dos inviernos, Der Erlkönig secuestró a nuestra hermana, así que me armé de valor y me aventuré en el Mundo Subterráneo para encontrarla.

Sin embargo, en lugar de encontrar a nuestra querida Käthe, me encontré a mí misma.

Käthe lo recuerda igual que yo. Y ella sabe mejor que nadie qué se siente al estar enterrada en el reino de los duendes. Sin embargo, nuestra hermana no logra comprender algo que sé que tú comprenderías: no me sentía atrapada en una cárcel que Der Erlkönig había creado especialmente para mí, sino que me convertí en la Reina de los Duendes porque esa fue mi voluntad. No sabe que el monstruo que la raptó es el monstruo que tanto deseo, que tanto ansío. Está convencida de que conseguí escapar de las garras del Rey de los Duendes, cuando, en realidad, fue él quien me dejó marchar. Sí, me dejó marchar.

Nos pasamos toda nuestra infancia postrados a los pies de Constanze, escuchando todas sus historias, pero nunca nos explicó qué ocurría después de que los duendes te arrastraran a su reino. Jamás mencionó que el

Mundo Subterráneo y nuestro mundo están tan cerca y a la vez tan lejos el uno del otro, y que lo único que los separa es un espejo en el que ambos se reflejan. Una vida por una vida: esa es la ley que impera. Una doncella debe morir para que la vida pueda renacer. Enterrar el invierno, dar la bienvenida a la primavera. Nunca nos contó nada de todo eso.

Sin embargo, lo que nuestra abuela sí debería habernos confesado es que la vida no es lo que mueve el mundo. No, lo que hace que el mundo siga adelante es el amor. Y es al amor a lo que yo me aferro, pues fue la promesa que hice para poder salir y alejarme del Mundo Subterráneo. De él. Del Rey de los Duendes.

No sé cómo acaba la historia.

Oh, Sepp. Afrontar el día a día así, sola, es muy difícil, mucho más difícil de lo que habría imaginado. No he vuelto al Bosquecillo de los Duendes porque no soy capaz de enfrentarme a mi soledad, a mis remordimientos. Y también porque no quiero condenarme a una vida de anhelo y arrepentimiento. Cualquier mención, cualquier recuerdo a los momentos pasados en el Mundo Subterráneo a su lado, al lado de mi Rey de los Duendes, es una agonía. ¿Cómo puedo seguir adelante cuando me acechan los fantasmas? Siento su presencia, Sepp. Siento la presencia del Rey de los Duendes cuando toco, cuando trato de terminar la Sonata de noche de bodas. La caricia de sus dedos en mi pelo. El roce de sus labios en mi mejilla. El sonido de su voz, susurrando mi nombre.

En nuestra sangre corren ríos de locura.

Cuando te envié la partitura de la Sonata de noche de bodas, pensé que leerías entre líneas todos los secretos escondidos en ella. Pero supongo que cada uno debe resolver sus problemas. Fui yo quien se marchó, así que está en mis manos escribir el final. Sola.

Quiero irme. Quiero escapar. Quiero una vida que pueda vivir plenamente, una vida llena de fresas y tarta de chocolate y música. Y aplausos. Aceptación. Reconocimiento. Y sé que no hallaré nada de eso aquí.

Y por ese motivo acudo a ti, Sepp. Solo tú puedes comprenderme. Y rezo por ello. Por favor, no dejes que me enfrente sola a esta oscuridad.

Escríbeme, por favor. Por favor. Por favor.

Tuya en música y en locura,

COMPOSITORA DE DER ERLKÖNIG

21

A Maria Elisabeth Ingeborg Vogler

El maestro Antonius ha muerto. Estoy en Viena. Ven rápido.

PARTE I

Siempre tuyo

Solo puedo vivir plenamente contigo; si no, no quiero nada.

Cartas a la amada inmortal,
LUDGWIG VAN BEETHOVEN

El llamamiento

—¡**P**or supuesto que no! —dijo Constanze, y golpeó el suelo con su bastón—. ¡Lo prohíbo!

Nos habíamos reunido en las cocinas después de la cena. Mamá estaba fregando los platos de los huéspedes mientras Käthe se encargaba de preparar un *spätzle* acompañado de cebolla frita. La carta de Josef estaba sobre la mesa, como testigo de la discusión. Aquel trozo de papel representaba una salvación para mí y, al mismo tiempo, un motivo de pelea para mi abuela.

«El maestro Antonius ha muerto. Estoy en Viena. Ven rápido.»

«Ven rápido.» Mi hermano no se había andado por las ramas y había preferido ser directo y escueto, pero Constanze y yo no parecíamos estar de acuerdo en qué había querido decir con eso. Yo estaba convencida de que era un llamamiento. Mi abuela, en cambio, pensaba diferente.

—¿Prohibir el qué? —repliqué—. ¿Responder a Josef?

—¡Hacer caso a las tonterías de tu hermano! —contestó Constanze, y señaló la carta con un dedo acusador antes de zarandear los brazos de forma histérica hacia la oscuridad que reinaba fuera de esas cuatro paredes, hacia lo desconocido, hacia el mundo que se extendía más allá del umbral—. ¡Es un disparate, una locura musical!

—¿Tonterías? —preguntó mamá con una mirada afilada, y dejó de fregar las cazuelas y las sartenes—. ¿A qué tonterías te refieres, Constanze? ¿A la carrera de mi hijo, por ejemplo?

El año anterior, mi hermano había decidido dejar atrás el mundo que había conocido para perseguir el sueño (nuestro sueño) de convertirse en un violinista de primer nivel. La posada había sido un negocio familiar heredado y, gracias a ella, habíamos podido ganarnos el pan. Sin embargo, la música siempre había sido nuestro maná. En su juventud, papá había llegado a ser músico de la corte en Salzburgo, donde conoció a mamá, que por aquel entonces era la solista de una compañía de renombre. Pero todo aquello había ocurrido mucho antes de que el despilfarro y los excesos de papá lo condenaran a mudarse a los bosques más remotos de Baviera. Josef era, sin lugar a dudas, el que más destacaba entre los hermanos. Era el más brillante, el más educado, el más disciplinado. Y tenía más talento que el resto. Y, por encima de todo, había tomado la decisión que ninguno nos habíamos atrevido a tomar, o pudimos tomar: había escapado.

—No es asunto tuyo —le espetó Constanze a su nuera—. No metas esa nariz descarada y fisgona en temas que ni te incumben ni sabes de qué van.

—Claro que es asunto mío —contestó mamá, furiosa. Siempre había sido una mujer tranquila y serena, pero nuestra abuela sabía muy bien cómo sacarla de sus casillas—. Josef es «mi» hijo.

—Es un vástago de *Der Erlkönig* —murmuró Constanze con un extraño brillo en la mirada—. No es nada nuestro.

Mamá puso los ojos en blanco y continuó fregando los platos.

—Basta. No quiero oír una sola palabra más de duendes ni de historias inventadas. Eres una arpía. Josef ya no es un niño que se divierte con cuentos de hadas y sandeces.

—¡Díselo a ella! —chilló Constanze, y esta vez apuntó ese dedo retorcido y ajado directamente a mí. Sentí la fuerza de su fervor en el pecho—. «Ella» sí cree en ellos. «Ella» sabe. «Ella» lleva la marca del Rey de los Duendes en su alma.

Noté un hormigueo por toda la espalda, como si unos dedos de hielo estuvieran acariciándome la piel. Me quedé callada, pero noté la mirada curiosa de Käthe clavada en la nuca. Tiempo atrás, se habría aliado con mi madre y se habría enzarzado en la discusión, rebatiendo todas las supersticiones de Constanze, pero mi hermana había cambiado.

Yo había cambiado.

—Debemos pensar en el futuro de Josef —murmuré—. En lo que necesita.

Pero ¿qué necesitaba mi hermano? El cartero nos había entregado el sobre el día anterior, pero ya había leído esas palabras muchísimas veces y en mi cabeza rondaban preguntas que nadie podía contestar. «Ven rápido.» ¿Qué quería decir con eso? ¿Que me reuniera con él? ¿Cómo? ¿Por qué?

—Lo que Josef necesita —dijo Constanze— es volver a casa.

—¿Y qué le espera aquí a mi hijo? —preguntó mamá mientras, de mala gana, trataba de arrancar el óxido de una cazuela vieja y abollada.

Käthe y yo intercambiamos una mirada, pero ninguna nos atrevimos a decir una sola palabra.

—Nada, eso es lo que le espera aquí —continuó mamá con vehemencia—. Nada, salvo una vida monótona y aburrida y lenta hasta que lo encierren en un asilo.

Y, de repente, arrojó el estropajo al fregadero y, con la mano aún llena de jabón, empezó a masajearse el puente de la nariz. Desde la muerte de papá, mamá siempre mostraba una expresión ceñuda y, con el paso de los días y de los meses, esa pequeña arruga en la frente había acabado por convertirse en un surco profundo.

—¿Y qué pretendes hacer? ¿Dejar que Josef se las apañe solo? —pregunté—. ¿Qué va a ser de él, viviendo tan lejos y sin amigos?

Mamá se mordió el labio.

—¿Y qué sugieres que hagamos?

No tenía respuesta a esa pregunta. No teníamos ahorros suficientes para ir a buscarle ni para traerle a casa. Mamá sacudió la cabeza.

—No —respondió, decidida—. Es mejor que Josef se

quede en Viena. Que pruebe suerte y que se esfuerce por dejar huella en este mundo. Si es voluntad de Dios, que así sea.

—Da lo mismo la voluntad de Dios —rebatió Constanze con aire sombrío—. Debemos respetar las exigencias de las viejas normas. Si os tomáis la justicia por vuestra mano y tratáis de esquivar el sacrificio, todos pagaremos las consecuencias. Se aproxima la Caza y, con ella, la muerte, la fatalidad y la destrucción.

Un repentino siseo de dolor. Alarmada, alcé la mirada y vi que Käthe se chupaba los nudillos. Se había cortado. Para no darle importancia a aquel pequeño accidente, volvió a ocuparse de la cena, pero le temblaban tanto las manos que era incapaz de cortar esa masa húmeda para formar tallarines. Me puse en pie y me ofrecí a echarle una mano con el *spätzle*, lo cual agradeció, porque así podía ocuparse de freír la cebolla.

Mamá soltó un bufido de indignación.

—Oh, otra vez no.

Constanze y mi madre siempre habían estado a la greña, o al menos hasta donde me alcanzaba la memoria: el sonido de sus disputas me resultaba tan familiar como el sonido del violín de Josef cuando ensayaba las escalas. Ni siquiera papá había logrado poner paz entre ellas; aunque él siempre daba su brazo a torcer ante su madre, en el fondo apoyaba a su esposa.

—Si no supiera que Dios tiene un lugar reservado en el infierno para ti, arpía protestona, rezaría cada noche por tu alma.

Constanze dio un puñetazo sobre la mesa con tal fuerza que la carta y nosotras mismas dimos un respingo.

—¿Es que no te das cuenta de que intento salvar el alma de Josef? —gritó, y varias gotas de saliva salieron disparadas de su boca.

Todas nos quedamos de piedra. A pesar de su carácter irritable e irascible, Constanze nunca perdía las formas. A su manera, era una mujer más coherente y fiable que un metrónomo; sabía medir a la perfección el desprecio y el desdén. Nuestra abuela era imponente, incluso aterradora, pero nunca le había temido a nada. Hasta ahora.

Y entonces la voz de mi hermano se coló en mi cabeza. «Nací aquí y estoy condenado a morir aquí.» Ese eco me distrajo de mi tarea y acabé tirando los tallarines en la cazuela de cualquier manera. Me salpiqué las manos con el agua hirviendo y vi las estrellas. De pronto, la imagen de unos ojos negro azabache y una cara con rasgos angulosos emergió de las profundidades de mi memoria.

—Niña —llamó Constanze con voz áspera y con su mirada siniestra fijada en mí—, tú sabes quién es él.

No articulé palabra. El borboteo del agua y el chisporroteo de la cebolla friéndose eran los únicos sonidos que se oían en aquella cocina.

—¿Qué? —preguntó mamá—. ¿A qué te refieres?

Käthe me miró de reojo, pero yo me limité a remover el *spätzle* y a verter los tallarines en la sartén para que se mezclaran con la cebolla.

—¿De qué diablos estás hablando? —insistió mamá, que, al ver que Constanze no iba a contestarle, se volvió hacia mí—. ¿Liesl?

Hice una seña a Käthe para indicarle que me acercara los platos y empecé a servir la cena.

—¿Y bien? —dijo Constanze con una sonrisa maliciosa—. ¿No piensas decir nada, niña?

«Tú sabes quién es él.»

Pensé en todos los deseos absurdos que, de niña, había pedido en la penumbra de mi habitación. Deseaba belleza, reconocimiento, elogios…, pero ninguno de esos deseos había sido tan ferviente y desesperado como el que había pedido cuando escuché el llanto de mi hermano pequeño en mitad de la noche. Käthe, Josef y yo habíamos sufrido escarlatina de pequeños. Käthe y yo éramos dos crías, pero Josef no era más que un bebé que ni siquiera sabía gatear. Nosotras sobrevivimos a la enfermedad como cualquier otra persona, pero mi hermano se transformó en un niño totalmente distinto.

Se transformó en niño cambiado.

—Sé muy bien quién es mi hermano —respondí en voz baja, más bien en un intento de convencerme a mí que a mi abuela, y dejé un plato a rebosar de tallarines y cebolla frita justo delante de ella—. Anda, come.

—Entonces también sabrás por qué Josef debe volver —contestó Constanze—. Por qué debe volver a casa y vivir.

«Al final, todos acabamos volviendo.»

Un niño cambiado no podía alejarse mucho del Mundo Subterráneo porque, de hacerlo, se marchitaría y se desvanecería. Mi hermano no podía vivir en un lugar que escapara del alcance de *Der Erlkönig*. Solo el poder del amor permitía algo así. Mi amor. Gracias a él, estaba libre. Pero entonces recordé la sensación de unos dedos larguiruchos y huesudos recorriéndome la espalda, tan ásperos como la rama de una zarza, la imagen de un rostro recubierto de manos y el murmullo de cientos de voces sibilantes. «Tu amor es como una jaula, mortal.»

Eché un vistazo a la carta que seguía sobre la mesa. «Ven rápido.»

—¿Vas a probar la cena? —pregunté, con la mirada clavada en el plato que le había servido a Constanze.

Lanzó una mirada arrogante a la comida y soltó un bufido.

—No tengo hambre.

—Pues es lo único que hay para cenar, bruja desagradecida —espetó mamá, hecha un basilisco, y después clavó el tenedor en su montón de tallarines—. Ahora mismo no podemos permitirnos tus caprichos sibaritas. De hecho, da gracias de que tengamos un plato caliente que comer porque estamos en números rojos.

Sus palabras nos cayeron a todas como un jarro de agua fría. Después de tal humillación, a Constanze no le quedó más remedio que coger el tenedor y empezar a comer, a masticar y a digerir la terrible y deprimente noticia. Aunque habíamos saldado las deudas de papá después de su muerte, la ristra de facturas por pagar parecía infinita; cada vez que conseguíamos pagar una, aparecía otra pendiente.

Cuando terminamos de cenar, Käthe recogió la mesa y yo me puse a fregar los platos.

—Ven —dijo mamá, y le ofreció el brazo a Constanze—. Te acompaño a la cama.

—No, tú no —replicó mi abuela, indignada—. Tú no vales para nada. Prefiero que sea tu hija quien me ayude a subir las escaleras.

—Su hija tiene nombre —espeté, sin tan siquiera molestarme a mirarla.

—¿Acaso estaba hablando contigo, Elisabeth? —replicó ella.

Sorprendida, levanté la vista del fregadero y vi que mi abuela estaba mirando a Käthe.

—¿Yo? —preguntó mi hermana, que tampoco se esperaba la invitación.

—Sí, tú, Magda —contestó mi abuela, que parecía estar a punto de perder la paciencia—. ¿Quién sino?

¿Magda? Miré a Käthe y después a mamá, que parecía tan desconcertada como nosotras. «Ve», articuló mi madre. Käthe hizo una mueca, pero acabó cediendo y ofreciéndole el brazo a mi abuela, que la sujetó con todas sus fuerzas… y todo su rencor.

—Te lo juro —farfulló mi madre mientras las observaba subir juntas por las escaleras—, cada día está más loca.

Cogí el estropajo y continué fregando los platos.

—Los años no pasan en vano —susurré—. Supongo que es cosa de la edad.

Mamá resopló.

—Mi abuela nunca perdió la cordura. Mantuvo la prudencia y la sensatez hasta el día en que murió, y eso que era mucho mayor que Constanze.

Preferí no decir nada y continué con mi tarea, aclarando los platos antes de pasárselos a mamá para que los secara con un trapo.

—Es mejor no hacerle mucho caso —dijo, más a sí misma que a mí—. Elfos y duendes. Una Caza Salvaje. El fin del mundo. Es increíble, pero a veces me da la sensación de que se cree todas esas fantasías.

Ya no había más cubiertos ni vasos que fregar, ni que aclarar, así que busqué una esquina limpia del delantal y ayudé a mi madre a terminar de secar los platos.

—Es una anciana —dije—. Y esas supersticiones están muy arraigadas en estos bosques.

—Sí, pero no son más que leyendas —contestó mi madre, nerviosa—. Ya nadie cree en las hadas. A veces no sé si Constanze vive en la realidad, o en un cuento que ella misma se ha inventado.

Opté por no continuar la conversación y poner punto final al tema. Acabamos de secar los platos, los colocamos en su lugar correspondiente, pasamos un trapo por la encimera y la mesa y barrimos las cuatro migas que habían caído al suelo. Y después cada una nos fuimos a nuestra habitación.

A pesar de lo que opinaba mamá, no estábamos viviendo en un cuento que Constanze se había inventado, sino en la cruda realidad. Una realidad terrible. Una realidad de sacrificios y de tratos y de alianzas. Una realidad de duendes y lorelei. Una realidad de mitos y de magia. Una realidad en la que también existía el Mundo Subterráneo. Yo, que había crecido escuchando los relatos de mi abuela, que había sido la prometida del Rey de los Duendes y que me había marchado por voluntad propia del Mundo Subterráneo, conocía mejor que nadie las consecuencias de infringir las viejas normas que gobernaban la vida y la muerte. Era incapaz de discernir lo que había sido real de lo imaginario, y ahora vivía en una especie de limbo, entre la mentira más hermosa y la realidad más espantosa. Pero no quería hablar sobre ello. No podía hablar sobre ello.

Y si Constanze se estaba volviendo loca, entonces yo también.

*E*l muchacho tocaba como los ángeles, o eso se rumoreaba, así que los aristócratas más exigentes, y con los bolsillos bien llenos de billetes, se agolpaban frente a las puertas del salón de conciertos con la esperanza de disfrutar de una velada inolvidable. Ninguno quería quedarse sin su entrada, sin ese viaje mágico hacia lo desconocido. La sala era pequeña y acogedora, pues no albergaba más de veinte butacas, pero el joven y su acompañante jamás habían tocado frente a un público tan numeroso. El violinista estaba muy nervioso.

Su mentor era un aclamado violinista, un genio italiano, pero los años y el reuma habían hecho mella en él y le habían deformado los dedos. Cuando el famoso maestro estaba en la flor de la vida, se decía que la música de Giovanni Antonius Rossi podía hacer que los ángeles lloraran y que el mismísimo demonio bailara, por lo que esa noche todos los asistentes esperaban reconocer un atisbo del talento del viejo virtuoso en la música de su misterioso alumno.

«Un expósito, un niño cambiado —murmuraban los asistentes—. Lo descubrió cuando tocaba en un camino perdido entre los bosques de Baviera.»

El muchacho tenía nombre, pero se perdía entre el incesante murmullo. «El alumno del maestro Antonius.» «El ángel de melena dorada.» «El joven de tez pálida.» Se llamaba Josef, pero nadie parecía recordar su nombre, salvo su compañero, su acompañante, su amante.

El acompañante también tenía nombre, pero nadie en aquella sala consideraba que mereciese la pena saberlo. «El chico de piel oscura.» «El negro.» «El criado.» Se llamaba François, pero nadie se tomaba la molestia de llamarlo por su propio nombre, salvo Josef, que siempre tenía el nombre de su amante en sus labios… y en su corazón.

Ese concierto era la presentación de Josef ante la sociedad más culta y sofisticada de Viena. Puesto que Francia había decapitado a toda la nobleza, o los había expulsado del país, el maestro Antonius había encontrado las arcas vacías en su ciudad adoptiva, París. Ahora, los mecenas más adinerados invertían todos sus fondos en el ejército de Bonaparte. El viejo violinista se vio obligado a abandonar la capital de la revolución y regresar a la ciudad donde vivió sus mayores triunfos con la esperanza de pescar un pez dorado gracias a ese anzuelo más joven, y más atractivo. La anfitriona esa noche era la baronesa Von Schenk, en cuyo salón se celebraría el concierto.

—No me falles, muchacho —dijo el maestro cuando aún estaban entre bastidores, esperando entrar—. Nuestro sustento depende de ti.

—Sí, maestro —respondió Josef, con voz áspera. No había pegado ojo en toda la noche. Estaba hecho un manojo de nervios; en las contadas ocasiones en que había logrado conciliar el sueño, le había asaltado una pesadilla horrenda.

—Y mantén la compostura, por favor —añadió con tono más severo—. Nada de ponerse a lloriquear porque añoras tu hogar. Ahora eres un hombre hecho y derecho. Debes ser fuerte.

Josef tragó saliva y miró a François. El joven asintió con la cabeza, un gesto que no le pasó desapercibido al profesor.

—Basta —gruñó el maestro Antonius—. Tú —dijo, señalando a François—, no le consientas tanto. No es un niño pequeño. Y tú —prosiguió, esta vez señalando a Josef—, cálmate. No dejes que los nervios te traicionen. Empezaremos con la selección de melodías que he compuesto y continuaremos con Mozart, tal y como habíamos planeado, *ça va*?

El maestro estaba que trinaba. Josef se encogió al ver la mirada fulminante de su mentor.

—Sí, maestro —susurró.

—Solo si dejas al público embobado, solo si los dejas con la boca abierta, podrás tocar Vivaldi para el *encore* —prosiguió el maestro, que ahora lo contemplaba con un brillo extraño en los ojos—. Nada de *Der Erlkönig* o boberías del estilo. Este público está acostumbrado a oír a músicos de talla mundial. No insultes sus oídos con esa monstruosidad.

—Sí, maestro —murmuró Josef con un hilo de voz.

François se dio cuenta de que tenía las mejillas sonrojadas y apretaba la mandíbula, así que envolvió los puños de su amante en sus manos cálidas y suaves. «Ten paciencia, *mon coeur*», parecía exclamar esa caricia.

Pero Josef no respondió a su gesto.

De repente, el maestro Antonius abrió las cortinas de par en par y los dos muchachos aparecieron en el escenario, frente a un público que les dedicó un tímido pero educado aplauso. François tomó asiento en la banqueta del pianoforte mientras Josef ponía a punto el violín. Compartieron una mirada, un segundo, una sensación, una pregunta.

El concierto comenzó tal y como habían planeado, con el alumno tocando la selección compuesta por el maestro, acompañado, como siempre, por su pianista preferido. Pero el público, de edad bastante avanzada, recordaba el talento divino del maestro, el sonido angelical que emitía su violín. Sí, aquel muchacho era bueno: las notas eran nítidas, y el fraseo, elegante. Pero le faltaba algo…, un alma, una chispa. Era como escuchar las palabras de un gran poeta traducidas a otra lengua.

Tal vez sus expectativas habían sido demasiado altas. Después de todo, el talento era algo intangible, subjetivo. Aquellos cuya fama subía como la espuma, es decir, de una forma rápida y vertiginosa, no solían mantenerse en el candelero.

«Los ángeles se llevarán a Antonius si el diablo no lo hace antes», le dijeron en una ocasión al viejo violinista. Aquel don era celestial y, al parecer, no estaba hecho para el oído de los mortales.

37

La vejez se había apoderado del maestro Antonius antes de que lo hiciera Dios o el demonio y, por lo visto, su pupilo no mostraba esa misma chispa divina. El público aplaudía entre cada una de las piezas, haciendo gala de sus buenos modales, y se resignó a una velada larga y tal vez un poco aburrida. El maestro, que seguía el concierto entre bambalinas, estaba que echaba humo por las orejas. La música de su alumno no estaba a la altura de lo que se esperaba de él.

Al otro lado del escenario, había otra persona observando atentamente a la pareja de músicos. Sus ojos eran del mismo verde intenso que una esmeralda o que las aguas profundas de un lago en verano. En la oscuridad, relucían como dos piedras preciosas.

Una vez terminadas las selecciones, Josef y François empezaron a tocar la sonata de Mozart. La sala estaba sumida en un silencio absoluto, casi tedioso, un silencio cargado de miradas elegantes y aburridas. De pronto se oyó un ronquido en el fondo del salón. Fue la gota que colmó el vaso. El maestro Antonius estaba al borde del infarto. Y aquel par de ojos verdes seguía observando a los dos muchachos desde las sombras. Esperando. Deseando.

Cuando el concierto acabó, el público se puso en pie y, con indiferencia, tal vez incluso con desgana, pidió un *encore*. Josef y François hicieron una reverencia y el maestro se atusó la peluca con tal violencia que de ella salieron varias nubes de polvo blanco. «Vivaldi, sálvanos», suplicó. «Que el cura rojo haya escuchado mis plegarias.» Josef y François se inclinaron en otra pomposa reverencia y, con disimulo, compartieron otra mirada cómplice, la respuesta a una pregunta tácita.

El acompañante volvió a tomar asiento frente al piano y apoyó esos dedos color carbón y los puños de su camisa, con un ribete de encaje blanco, sobre las teclas de color marfil y negro. El muchacho se colocó el violín bajo la barbilla y alzó el arco; las cuerdas temblaban, como si también ellas se prepararan para la actuación. Josef marcó el tempo y François le siguió; entre los dos, empezaron a entretejer un tapiz de melodías.

Aquella música no era de Vivaldi.

Los asistentes se revolvieron en sus asientos, confundidos, perplejos y, de repente, muy atentos. Jamás habían oído a alguien tocar así. Jamás habían oído una música igual.

Era *Der Erlkönig*.

Escondido tras el telón, el maestro Antonius enterró el rostro en sus manos, preso de la desesperación. Y, al otro lado del escenario, aquellos ojos verdes resplandecieron.

Un soplo de viento gélido pareció invadir el salón, pero fue más bien una sensación, pues ninguna brisa alborotó las ostentosas pelucas de los asistentes. La esencia a tierra húmeda y a cueva oscura y profunda pareció asentarse entre las butacas, creando así la ilusión de estar en una caverna de sonidos y sensaciones. ¿Era el sonido de gotas de agua deslizándose por una estalactita o el lejano murmullo de una estampida? Por el rabillo del ojo, la penumbra empezaba a arrastrarse y los *putti* con cara de querubín y las flores talladas en las columnas del salón de repente cobraron un aspecto siniestro. Los asistentes prefirieron no fijarse mucho en esos cambios, tal vez por miedo a que los ángeles y las gárgolas se hubieran transformado en demonios y diablos.

Menos uno.

Aquellos ojos verdes tan vívidos observaban los cambios que había originado esa música y, de pronto, desapareció entre la oscuridad.

Cuando el *encore* hubo terminado, se produjo un momento de silencio, como si el mundo estuviera conteniendo el aliento antes de que una tormenta lo arrasara. Y entonces el estruendo de los truenos rompió ese silencio. El salón estalló en un sinfín de vítores y aplausos, tal vez para deshacerse de esa extraña inquietud y euforia que parecía haberse instalado en el ambiente. El maestro Antonius se quitó la peluca, claramente molesto e indignado, y se marchó.

Se cruzó con una mujer hermosa de ojos verdes que llevaba un salero plateado con forma de cisne. Se saludaron cortésmente y el viejo virtuoso se retiró a sus aposentos. La mujer, en cambio, se dirigió renqueante hacia el salón, así que no la vio echar una línea de sal en el umbral de la puerta. Tampoco escuchó las felicitaciones y alabanzas que todos, sin excepción, le dedicaron a su alumno. Y, por supuesto, no pudo recibir al cartero, que llegó con un mensaje urgente.

—¿El maestro Antonius? —preguntó el cartero cuando la mujer de mirada esmeralda le abrió la puerta.

El ama de llaves tenía una amapola escarlata clavada en el corpiño.

—Ya se ha retirado a su habitación —respondió la mujer—. ¿En qué puedo ayudarle?

—Ha llegado esto para su alumno, para un tal… ¿Herr Vogler? —dijo el cartero, y hurgó en su morral. Instantes después sacó un fardo de cartas, todas escritas con una caligrafía que denotaba desesperación—. Mandaron las cartas a su antigua dirección en París y no hemos podido hacérselas llegar antes porque no sabíamos que estaba en Viena.

—Entiendo —dijo la mujer—. Me encargaré de entregárselas a la persona indicada.

Le dio una moneda de oro como propina y el cartero se despidió agachando la cabeza. Después, se dio media vuelta y desapareció en la oscuridad de la noche. El ama de llaves pasó por encima del reguero de sal; se arremangó las faldas para evitar desdibujar esa barrera de protección. Se escabulló hacia un rincón oscuro y repasó las cartas en busca de una firma, de una señal que delatara el remitente.

«Compositora de *Der Erlkönig*.»

Esbozó una sonrisa y se guardó el fardo de cartas bajo el corsé. Salió de su escondite y buscó al joven y a su amigo de tez oscura para felicitarlos por la magnífica actuación de esa noche.

En la primera planta de aquella mansión, el maestro Antonius se revolvía en su lecho, tratando de ahogar el ensordecedor sonido de los vítores y silbidos y aullidos, preguntándose si el diablo al fin había venido a por él.

Al día siguiente, a primera hora de la mañana, una de las doncellas que ayudaba en las tareas más fatigosas de la cocina fue despedida por robar sacos de sal. Y encontraron muerto en su habitación a aquel viejo virtuoso, con los labios azules y un extraño corte plateado en la garganta.

41

El precio de la sal

*E*l pueblo amaneció con un cielo despejado y brillante, pero los gritos de Constanze y mamá empañaron lo que podría haber sido un dulce y agradable despertar. Aunque estaban discutiendo en la habitación de mi abuela, los chillidos llegaban hasta el cuarto de Josef, donde yo dormía. Así pues, si yo había podido oír ese griterío desde el rincón más aislado de la posada, entonces todos los huéspedes podrían haberlo oído también.

—¡*Guten morgen*, Liesl! —saludó mi hermana cuando salí de la cocina. Ya había varios huéspedes allí reunidos, algunos porque esperaban ansiosos el desayuno y otros porque estaban hartos y querían quejarse del ruido—. ¿El desayuno ya está listo?

En la voz de Käthe percibí un entusiasmo forzado, exagerado. Y era más que evidente que aquella inmensa sonrisa no era genuina. A sus espaldas advertí las caras de descontento y enojo de nuestros clientes. Papá sabía lidiar con este tipo de situaciones; él habría relajado la tensión tocando alguna melodía alegre con su violín. Eso habría hecho él, si hubiera estado vivo y sobrio, claro está. Lástima que casi nunca estuviera sobrio.

—¿A qué viene esto ahora? —preguntó mamá; sus palabras resonaban en la posada y se oían con perfecta claridad—. Mírame, Constanze. ¡Mírame cuando te hablo!

—Je, je, je, je —musité, nerviosa, y traté de imitar la sonrisa fingida de mi hermana, pero no era tan buena como ella—. Pronto. El desayuno estará listo en unos minutos. Es que…, en fin, eh…, necesito, ejem, preguntarle algo a mamá.

Käthe me miraba fijamente, aunque su expresión de alegría se mantuvo intacta. Le apreté la mano y, con cierto disimulo, me escabullí entre los huéspedes y subí las escaleras a toda prisa, enfadada y dispuesta a exigir una explicación.

La puerta de la habitación de Constanze estaba cerrada, pero los alaridos de mamá atravesaban las paredes. Nunca perdía los estribos y mantenía la compostura en todas las situaciones, tal vez gracias a la época que pasó como cantante solista. Quizá por eso también sabía controlar muy bien la voz. Ni siquiera me tomé la molestia de llamar a la puerta, giré el pomo y empujé con todas mis fuerzas.

Pero la puerta no cedió.

Fruncí el ceño y volví a girar el pomo. Y, por segunda vez, la puerta no se abrió; era como si algo hubiera bloqueado el mecanismo. Pensé que, a lo mejor, mi abuela había colocado una silla o una cajonera para impedir que alguien pudiera interrumpirlas. Pero no iba a darme por vencida, así que apoyé el hombro en el marco de la puerta y empujé.

—¿Constanze? —llamé, tratando de controlar la voz, ya que no quería que los huéspedes se enteraran de lo que estaba ocurriendo—. Constanze, soy Liesl —insistí, y llamé a la puerta—. ¿Mamá? ¡Dejadme entrar!

Al parecer, ninguna de las dos podía escucharme, así que, sin remilgos, cogí carrerilla y me abalancé sobre la puerta. De repente, tras un crujido, cedió un poco, así que seguí empujando, ganando centímetros, tratando de vencer a ese oponente invisible. Y, al fin, conseguí abrirla lo suficiente como para asomar la cabeza y colarme por el resquicio.

En cuanto traté de poner un pie en la habitación, tropecé con una enorme montaña de barro, ramas y hojas y me arañé las rodillas.

—¿Qué diablos…? —farfullé.

De repente, me vi envuelta en un montículo de lodo,

piedras y yerbajos. Alcé la vista. El cuarto de Constanze parecía haberse convertido en un establo; todos los rincones estaban llenos de mugre, plumas y ramas secas del bosque que rodeaba la casa. Por un instante me sentí tan desorientada que creí estar en mitad de un bosque invernal, cubierto por un fino manto de nieve. Y entonces parpadeé y el mundo de mi alrededor recobró su orden lógico y natural.

No era nieve. Era sal.

—¿Eres consciente de lo que cuesta un saco de sal? —chilló mamá—. ¿Sabes el esfuerzo que vamos a tener que hacer para pagar todo este despilfarro? ¿Cómo has podido hacerlo, Constanze?

Mi abuela se cruzó de brazos.

—Lo he hecho para protegernos —respondió; mi abuela era una mujer terca como una mula.

—¿Para protegernos? ¿Protegernos de qué? ¿De los duendes? —replicó mi madre, y soltó una carcajada cargada de amargura—. ¿Y qué te parecería vivir en una celda con barrotes? ¿Cómo piensas protegernos de las deudas que hemos acumulado, Constanze?

Al oír eso, sentí una punzada en el corazón. Constanze se las había ingeniado para arrastrar varios sacos de sal desde el sótano durante toda la noche; los había vaciado todos, arrojando así al suelo meses de arduo trabajo. Aquello iba más allá de las líneas de sal que había en cada umbral y en cada entrada de casa: una tradición familiar que, durante muchísimos años, habíamos seguido al pie de la letra. Mi abuela no había esparcido la sal a modo de protección, sino de seguro de vida.

De repente, mamá se percató de que estaba allí, apoyada en el marco de la puerta.

—Oh, Liesl —exclamó con voz ronca—. No te he oído entrar.

Agachó la cabeza y rebuscó algo en el bolsillo de su delantal, aunque no fui capaz de ver qué era. Y justo cuando la luz de los primeros rayos de sol acarició su mejilla, me di cuenta de que había estado llorando.

Me quedé atónita. Mamá, que llevaba sufriendo el maltrato emocional de Constanze veintitantos años, jamás había derramado una sola lágrima delante de sus hijos ni de su suegra. Para ella, la relación que mantenía con Constanze había pasado a ser una cuestión de orgullo; había afrontado los excesos de su marido y de su suegra con entereza, y nunca, ni en una sola ocasión, había perdido los estribos. Siempre había mostrado un estoicismo admirable, pero esa noche algo había podido con ella. Estaba llorando a moco tendido sobre esos montones de sal. No recordaba haberla visto tan atormentada y derrotada en mi vida.

No sabía qué decirle que pudiera ofrecerle consuelo, así que hurgué en el bolsillo, saqué mi pañuelo y, sin articular una sola palabra, se lo ofrecí. El único sonido que se oía en la habitación era el llanto desconsolado de mamá, un sonido que me aterrorizaba más que cualquier grito o alarido. Mamá era fuerte como un roble. Era resuelta y decidida. Y resolutiva. Esa desesperación, esa rendición, me asustaba más que sus lamentos.

—Gracias, Liesl —farfulló, frotándose los ojos para secarse las lágrimas—. No sé qué me ha pasado, la verdad.

—Creo que Käthe necesita que le eches una mano abajo. Los huéspedes están un pelín nerviosos, mamá —dije en voz baja.

—Sí, sí, por supuesto —contestó, y se escabulló a toda prisa, pues no soportaba estar un solo segundo más en la misma habitación que Constanze.

Mi abuela y yo nos quedamos solas, mirándonos en silencio. De reojo, echamos un vistazo a la sal que había esparcida por el suelo.

—Niña —llamó con voz ronca.

Alcé una mano.

—No quiero oírlo, Constanze.

Abrí el armario donde guardaba la escoba y el recogedor y empecé a barrer aquel caos de sal, mugre y polvo.

—Puedes ayudarme a limpiar este estropicio o bajar pitando a las cocinas y empezar a preparar el desayuno con Käthe. Elige.

45

Estiró los labios en un intento de sonrisa.

—¿De veras piensas dejar que una anciana frágil y desvalida como yo baje esa escalera tan peligrosa ella sola?

—Pues no parecías tan frágil y desvalida cuando subiste toda esta sal del sótano tú solita —espeté—, así que basta de excusas, Constanze. Manos a la obra. Vamos a limpiar este vertedero.

Agarré la escoba y me puse a formar pequeñas montañas de sal y mugre.

—¿Qué pretendes? ¿Dejarnos totalmente desprotegidas ante la Caza?

Me contuve, pero lo que más me apetecía en ese momento era coger a mi abuela por los hombros y empezar a sacudirla con violencia para intentar hacerla entrar en razón.

—Los días de invierno han terminado. No corremos ningún peligro.

Constanze se puso a patalear como si fuese una cría mimada y rabiosa.

—¿Es que no recuerdas las historias, niña?

A decir verdad, no, no las recordaba. Josef y yo habíamos pasado toda nuestra infancia y adolescencia escuchando las espantosas historias de mi abuela, cuentos sobre duendes y baños de sangre, pero las historias que jamás olvidaría eran aquellas cuyo principal protagonista era *Der Erlkönig*. Me palpé el anillo que llevaba alrededor del cuello, atado a una cadena. Era de plata y estaba tallado en forma de lobo; sus ojos eran dos piedras preciosas, una de color azul, y otra, verde. Para mí, el Rey de los Duendes había sido algo más que un mito; había sido un amigo, un amante, un hombre. Solté el anillo y bajé la mano.

—La Caza la encabezan… jinetes espectrales —murmuré—. Jinetes que ya galopaban antes de la muerte, del desastre o de su condena.

—Sí —respondió Constanze, y asintió—. Heraldos de la destrucción y de las viejas normas. ¿Es que no lo ves, niña? ¿No ves todas las señales, todas las maravillas?

Apenas recordaba los relatos sobre la Caza Salvaje. Se

decía que el mismísimo *Der Erlkönig* lideraba esa manada de espectros. Fruncí el ceño. Creía que solo deambulaba por el mundo exterior durante los días de invierno. ¿Se trataba de una visita intempestiva? ¿Y por qué motivo? ¿Para encontrar a su futura esposa? Sin embargo, la tradición dictaba que había que sacrificar a una doncella para que la primavera regresara al reino de los mortales. ¿Cada año? ¿Una vez cada cincuenta años? ¿Y en qué consistían exactamente las viejas normas que mantenían el equilibrio entre ambos mundos?

—¿Bettina?

Atónita, miré a Constanze por el rabillo del ojo. Tenía esa mirada azabache clavada en mí y me observaba con una expresión sombría, distante.

—¿Lo ves?

Inspiré hondo para intentar serenarme, para intentar frenar el ciclón de pensamientos, para intentar mantener la compostura y los pies en la tierra.

—¿Ver el qué?

—Ahí, en ese rincón —graznó—. Nos observa. Te observa.

Pestañeé. Estaba confundida. No sabía quién de las dos estaba perdiendo el norte, si mi abuela o yo. No era capaz de entender lo que decía ni de seguir el hilo de la conversación. Pero ¿era Constanze la única que parecía haberse vuelto loca?

Sacudí la cabeza y miré por encima del hombro.

—No veo nada.

—No hay más ciego que el que no quiere ver —ladró Constanze—. Abre los ojos, Bettina.

Arrugué la frente, extrañada. A veces, mi abuela me llamaba por mi nombre de pila, Elisabeth, pero casi siempre utilizaba eso de «niña». Nunca me había llamado Liesl y, desde luego, jamás Bettina. Contemplé a mi abuela durante unos segundos, preguntándome si seguía ahí, a mi lado, en esa habitación, o si estaba divagando, perdida en sus delirios fantasiosos.

—¿Y bien? —insistió.

Solté un suspiro y volví a girarme, pero, al igual que antes, aquel rincón estaba vacío. Allí solo había polvo, mugre, sal y barro.

—Ahora está encima de tu hombro —informó Constanze, señalando justo debajo de mi oreja izquierda.

«Te lo juro, cada día está más loca.»

—Un homúnculo muy raro, con una melena que parece una maraña de plumas y una expresión ceñuda —explicó, y después dibujó una sonrisa maliciosa en los labios—. Por lo visto, no le caes muy bien.

De repente noté un escalofrío en la espalda y, por una milésima de segundo, sentí la caricia de unas garras afiladas sobre la piel. «Ortiga.»

Me di la vuelta, inquieta, pero allí no había nadie, tan solo mi abuela y yo.

Las risotadas de Constanze retumbaron en la habitación.

—Por fin empiezas a comprender qué está ocurriendo. Eres igual que yo. Ten cuidado, Bettina, ten mucho cuidado. Vigila con las astas misteriosas y los sabuesos que merodean por los bosques, pues lo que se acerca con sigilo es, sin duda, malvado.

Le arrebaté de las manos el cubo que estaba sujetando y, sin pensármelo dos veces, le arrojé la escoba y el recogedor.

—Voy al pozo a buscar agua —dije, tratando de mantener la voz firme—. Más te vale haber limpiado todo esto cuando vuelva.

—No te engañes. No puedes escapar —contestó con una sonrisa de oreja a oreja y una mirada severa y maliciosa.

—¿Escapar de qué?

—De la locura —respondió—. Es el precio que pagamos por ser criaturas de *Der Erlkönig*.

Giovanni Antonius Rossi estaba muerto. Los vieneses todavía no habían aclarado las causas de aquella muerte tan repentina; todo apuntaba a que era otra víctima de la peste, la misma que estaba causando estragos en la capital austriaca, pero no descartaban que hubiera sido envenenado. Sin embargo, cuando el alumno de aquel famoso genio y su acompañante desaparecieron de la ciudad de la noche a la mañana, todos empezaron a sospechar que había sido lo segundo. Aun así, cuando el ayuda de cámara de la barone-sa lo encontró, el cuerpo estaba intacto; aún llevaba su par de zapatos con hebillas doradas, y el reloj de bolsillo seguía ahí, en el bolsillo. De hecho, tampoco le habían quitado la colección de anillos que solía llevar alrededor de esos dedos retorcidos y ajados. Aquel par de muchachos no eran ladrones de guante blanco, eso estaba claro, pero su ausencia resultaba misteriosa y los condenaba. Al fin y al cabo, si no habían tenido nada que ver con la muerte del maestro, ¿por qué esfumarse sin dejar rastro?

Los guardias de la ciudad vinieron a recoger el cadáver. Lo envolvieron en un sudario cualquiera y lo enterraron junto a una lápida sin marca ni distintivo, como todas las que había en aquel cementerio. Los vieneses ya no enterraban a sus muertos dentro de las murallas de la capital por miedo a que la enfermedad se propagara todavía más, por lo que mendigos, pobres y ricos se pudrían en el mismo camposanto. El carro fúnebre abandonó la ciudad sin ningún tipo de comitiva que lo acompañara hasta el cementerio de Saint Mark, pues, aunque el maestro Antonius había sido un aclamado violinista en vida, no era más que un pobre músico una vez muerto.

Desde la esquina de un oscuro callejón, François siguió el recorrido de aquella caja de madera de pino hasta que la perdió en el horizonte. En cuanto entró en la habitación para vestir al maestro y encontró su cuerpo sin vida, supo que tenía que desaparecer de aquella ciudad. Había visto con sus propios ojos lo que les había ocurrido a otros jóvenes de su color de piel cuando sus maestros habían muerto en circunstancias misteriosas. Y no estaba dispuesto a quedarse allí para contar su versión de la historia. El pianista sabía muy bien que su tez de ébano le convertía en el mayor sospechoso y culpable, y también sabía que ese fallecimiento podía condenarle de por vida.

François siempre supo que, tarde o temprano, este fatídico día llegaría. Lo supo en cuanto lo arrancaron de los brazos de su *maman* y lo embarcaron como si fuese una maleta cualquiera en el barco que le llevaría de Santo Domingo a Francia. Nunca podría gozar de un hogar propio, ni siquiera podría sentirse seguro en esa tierra prometida a la que llamaban Europa, porque él era la única perla negra entre un montón de perlas nacaradas y brillantes. Así que, después de la muerte del maestro Antonius, no tuvo más remedio que desaparecer, que ocultarse en las madrigueras y mezclarse con la oscuridad y la escoria que habitaba en los bajos fondos. No le habría importado codearse con las *madames* y las prostitutas que frecuentaban los burdeles y antros de placer de la zona, pero había algo que se lo impedía, su única debilidad: su corazón.

Josef no estaba hecho para ese mundo, y François lo sabía. El mercadeo de carne y favores, lo burdo, lo carnal, lo sucio, lo vulgar: ese tipo de cosas hacían languidecer a su compañero, pero era algo más que una simple aversión por lo común y lo indigno. El amor que François profesaba por ese joven era dulce y tierno, pasional y salvaje, todo al mismo tiempo; sin embargo, Josef jamás había mostrado nada más que un desinterés educado por esa clase de asuntos. François sabía que el amor que sentía Josef hacia él era más metafísico que físico. Era consciente de que su vínculo no se centraba en el cuerpo, sino en la mente y en el alma.

Y precisamente por eso el famoso violinista que lo había adoptado no soportaba la relación que se había generado entre ellos. Así pues, cuando François encontró a Josef esa funesta mañana, contemplando el cadáver de su profesor con una expresión indescifrable, no sintió una pizca de culpabilidad, sino un miedo terrible.

François y Josef hicieron las maletas y huyeron de Viena a toda prisa. Odalisque, una de las grandes damas del bajo mundo, los acogió en su casa. La mayoría de las chicas que tenía en plantilla eran inmigrantes turcas, pero ella lucía unos rasgos más exóticos y orientales, y siempre estaba rodeada de seda barata y opio. François no se sentía orgulloso de haber acudido a Odalisque, pero había una cosa que no soportaba de aquel antro de mala muerte: el láudano.

Josef siempre había sido un muchacho delicado, diferente, soñador. Y también temperamental y melancólico. François había aprendido a lidiar con esa irascibilidad gracias a su paciencia y compasión, pero las chicas de Odalisque no eran tan cariñosas, ni tan sensibles. Muchas vivían abotargadas por el constante consumo de opio; tenían las pupilas dilatadas y brillantes, y utilizaban un lenguaje vulgar, casi rozando lo soez, y sus movimientos eran lánguidos. Cuando llegaron allí y Odalisque los recibió, Josef se mostró tímido y callado, pero, a media que fueron pasando los días, las semanas y los meses, la mirada azul de su querido Josef se fue tiñendo de negro, de pesadillas y de delirio.

François trató de esconder las botellas de láudano. Se encargaba de gestionar los libros de cuentas de Odalisque; con una meticulosidad pasmosa, concertaba citas con el boticario, con el médico y con la comadrona. Nunca vio una sola gota de tintura de opio deslizándose por los labios de Josef, pero el joven de melena rubia y rizada se había vuelto mucho más distante y distraído; hablaba utilizando acerti-

51

jos crípticos y siempre articulaba pensamientos inacabados. Sus palabras se atropellaban entre ellas, como si su mente se hubiera convertido en un laberinto, *mise en abyme.*

Al principio, François creyó que esa confusión se debía a sus rudos y escasos conocimientos de alemán. Sumergidas en aquel estupor constante, las chicas de Odalisque solían mencionar a un desconocido alto y elegante que venía a visitarlas de vez en cuando.

—¿Y quién es exactamente ese desconocido alto y elegante? —preguntó François.

«Es la oscuridad y el peligro, el miedo y la ira», respondían las jóvenes. «Sale de caza con caballos y sabuesos, pero ¡cuidado!, si le miras a los ojos, enloqueces.»

Pero François creyó que no era más que una fantasía, un sueño creado por el láudano. Hasta que un día encontraron a Josef junto al cuerpo sin vida de la chica más joven del burdel, Antoinette. La hallaron muerta en su habitación, con los labios teñidos de azul y un corte plateado en la garganta.

«¡El desconocido alto y elegante!», gritaron las otras. «¡El desconocido ha vuelto a la carga!»

Pero Antoinette nunca había probado la amapola en vida, así que era imposible que hubiera muerto por haber tomado un sorbo de más, una calada de más.

—¿Quién es ese desconocido? —le preguntó François a Martina, la mejor amiga de Antoinette en el burdel—. ¿Qué aspecto tiene?

—Se parece a mí —dijo Josef con voz adormilada—. Me miro en el espejo y le veo frente a mí. El desconocido alto y elegante soy yo.

Y fue entonces cuando François se dio cuenta de que su gran amor ya no vivía en aquel burdel de mala muerte, sino en otro mundo, en un mundo inaccesible para él. Pensó en la promesa que le había hecho a la hermana de Josef hacía mucho tiempo, tal vez en otra vida.

«Cuida de él.»

«Lo haré.»

Y eso iba a hacer.

Esa misma noche se coló en la *suite* que el propio Josef había bautizado como *Der Erlkönig* y le robó una hoja de papel, tinta y su libreta de notas. Al abrirla, enseguida reconoció la caligrafía inexperta y torpe de Josef. Había notas garabateadas en todas las páginas.

—Lo siento, *mon coeur* —susurró François—. *Je suis désolé.*

Poco a poco, con una minuciosidad pasmosa, recortó varias letras sueltas y las dispuso para formar una súplica y así pedir ayuda:

El maestro Antonius ha muerto.
Estoy en Viena. Ven rápido.

François albergaba la esperanza de que la hermana de su inseparable amigo acudiría de inmediato.

Porque ya no lo soportaba más. No podía seguir él solo.

53

Los locos, los temerosos, los fieles

Ya no quedaba una pizca de sal en toda la posada.

La comida era insípida y los huéspedes se quejaban, pero no teníamos tiempo ni dinero para reponer las provisiones del almacén, el mismo que Constanze se había encargado de arruinar por completo. Aun así, saqueamos la alacena y logramos reunir varios gramos que nos sirvieron para seguir adelante un tiempo más. Sin embargo, cuando Käthe me confesó que ya no quedaba sal ni para añadir a la masa de pan, supe que estábamos en apuros.

—¿Y qué haremos ahora? —murmuró mi hermana mientras repasábamos las pocas provisiones que nos quedaban en el sótano.

Todavía nos quedaba harina, tubérculos y carne encurtida para varias semanas, pero poco más. Desde el fallecimiento de papá, los carniceros, los panaderos y los cerveceros de la aldea se habían negado en rotundo a conceder el mismo crédito a su viuda y a sus hijas, y nos exigían que les pagáramos al contado.

—No lo sé —contesté, y me masajeé las sienes, tratando de aliviar el dolor de cabeza que me martilleaba el cerebro.

No había dormido bien. Me había atormentado un sinfín de pesadillas, pero al despertar no recordaba ninguna. Las imágenes se desvanecieron como copos de nieve en cuanto abrí los ojos, pero no logré deshacerme de esa inquietud en toda la mañana, como ocurre con el frío cuando te cala hasta los huesos.

—¿Estás segura de que no nos queda dinero?

Käthe me observaba con expresión desesperada. Ambas sabíamos que las arcas de la posada estaban totalmente vacías, que allí solo quedaban motas de polvo. El poco dinero que entraba lo utilizábamos para pagar deudas.

—Tal vez le podemos pedir a Hans que nos preste algo de sal —propuse.

Mi hermana se puso tensa. Tras romper el compromiso, mi viejo amigo de la infancia decidió poner distancia y apenas venía por la posada. De hecho, se había casado con una prima lejana de Múnich y esperaban su primer hijo para primavera. No, no podíamos pedírselo a él. Ya no.

—¿Y si...? ¿Y si acudimos a la parroquia? —sugirió Käthe en voz baja—. Seguro que alguno de los feligreses estaría dispuesto a ayudarnos.

Fruncí el ceño.

—¿Te refieres a pedir caridad?

Mi hermana se quedó callada.

—¿Qué otra opción tenemos? —contestó.

—¡No somos indigentes!

—Por ahora —replicó ella, y, aunque utilizó un tono suave y dulce, sus palabras me atravesaron el pecho como una flecha.

—Josef podría... —empecé, pero no me atreví a acabar la frase.

—¿Josef podría qué? —dijo Käthe con la mirada encendida—. ¿Enviarnos dinero? ¿Cómo? —Sacudió la cabeza—. No tiene ahorros ni trabajo. Y ahora tampoco tiene un mentor que se dedique a organizarle conciertos por toda Europa. No podemos permitirnos traerlo a casa, ni tampoco ir a buscarlo. Nuestro hermano está atado de pies y manos, Liesl, igual que nosotras.

«Sepperl.» Cada vez que pensaba en mi hermano y en lo lejos que estaba, sentía una punzada en el corazón. ¿Se sentía solo? ¿Con miedo? ¿Perdido? ¿Dolido? Josef era un muchacho frágil y asustadizo. Y no tenía amigos, solo a François. ¿Qué sería de ellos sin la protección del maestro Antonius? Tal vez podía encontrar la manera de llegar a ellos. De ir a Viena. De borrar nuestros nombres, nuestro pasado y empezar de nuevo. De encontrar un trabajo. De tocar música.

—Liesl.

Las ideas se sucedían una tras otra y emergían a la superficie de mi mente cada vez más rápido, bombeando la sangre que corría por mis venas con un mar de posibilidades. Después de todo, ¿no éramos una familia con un don para la música? ¿No gozábamos de un talento especial? Quizá podría trabajar como profesora de música. Quizá mi hermano podría encontrar un empleo fijo en la orquesta de un burgués. ¿Por qué seguir sufriendo por intentar sobrevivir, por evitar que las deudas acabaran por encerrarnos en una cárcel?

—Liesl.

Mi mente iba a toda prisa. Las ideas se arremolinaban entre sí, formando un huracán imparable. Podríamos liberarnos de las cadenas que nos aferraban a la posada y salir a flote. Podríamos quemar la posada, bailar sobre las ascuas y deleitarnos entre las cenizas. Podríamos, podríamos, podríamos…

—¡Ay! —exclamé. Alcé la mirada, sobresaltada. Käthe me había pellizcado—. ¿A qué ha venido eso?

Pero mi hermana no me miraba enfadada ni resentida, sino preocupada.

—Liesl, ¿has oído una sola palabra de lo que acabo de decirte?

Pestañeé varias veces.

—Sí. Ir a la iglesia. Aceptar la caridad de Dios.

Me escudriñó con la mirada.

—Es solo… Es solo que tenías una expresión muy extraña.

—Oh. —Me acaricié la marca roja que me había dejado en el brazo y traté de ordenar el torbellino de ideas—. En fin, no puedes culparme por mostrarme reticente a pedir limosna.

Käthe apretó los labios.

—El orgullo no nos dará de comer, Liesl.

Aunque detestaba admitirlo, mi hermana tenía toda la razón. Llevábamos meses tratando de contentar a nuestros acreedores y de pagar las deudas que papá nos había dejado como herencia. Las pocas cosas de valor que poseíamos ahora decoraban las estanterías de la casa de empeños de *Herr* Kassl. Habíamos tenido que venderlas para tapar agujeros, y nos habíamos quedado sin nada. Notaba el peso del anillo del Rey de los Duendes sobre el pecho, que colgaba de una cadena sencilla y oxidada. No tenía ni la menor idea del verdadero valor de esa alianza, pero, para mí, era incalculable. Mi joven austero e inocente me lo había entregado después de dedicarnos los votos. Y lo había entregado de nuevo cuando los rompimos. El anillo era el símbolo del poder del Rey de los Duendes. Y más que eso: era la promesa de que su amor era más grande, fuerte y duradero que las viejas normas. Y no se puede poner un precio a una promesa.

—Si quieres, puedo ir yo —se ofreció mi hermana—. Puedo hablar con el párroco.

De repente, me asaltó un recuerdo: los peldaños de la iglesia cubiertos de sal. Y entonces caí en la cuenta de que el rector era el hombre más anciano de la aldea, sin contar a Constanze. Era un hombre religioso, pero sospechaba que también creía en la otra fe, una fe mucho más ancestral.

—No, iré yo —contesté—. Hablaré con el rector.

—¿El rector? —preguntó Käthe, sorprendida—. ¿Ese viejo loco?

—Sí.

Hurgué en mi memoria y recordé haberlo visto dejando las obleas de comunión que habían sobrado y un poco de vino en la escalera trasera de la iglesia. Por aquel entonces, no era más que una cría. «Para las criaturas mágicas. Este será nuestro pequeño secreto, *Fräulein*», había dicho. Estaba segura de que él también creía en *Der Erlkönig*.

Käthe parecía escéptica.

—¿Estás segura?

Asentí.

—De acuerdo —suspiré—. Se lo contaré a mamá.

Asentí de nuevo.

—Deséame suerte.

—Lo que necesitamos no es suerte —replicó mi hermana con voz triste—. Es un milagro.

La aldea parecía un pueblo fantasma. No había ni un alma en la calle. El frío era glacial, algo muy poco usual para esa época del año, por lo que la mayoría de la gente estaba enclaustrada en casa. Aun así, daba la impresión de estar abandonado. Castigado. Olvidado. Las pocas tiendas del centro estaban cerradas a cal y canto. Me crucé con varios vecinos, pero ninguno se atrevió a despegar la vista del suelo. Se percibía cierta tensión en sus rostros, una inquietud que impregnaba el ambiente de tal manera que incluso costaba respirar. Traté de convencerme de que no había nada de extraño en ello; después de todo, la aldea todavía estaba de luto. Aún llorábamos la muerte de todos los que habían perecido en manos de aquella misteriosa plaga.

«Atacados por los duendes.» Las voces de los ancianos del pueblo no dejaban de retumbar en mi cabeza. Traté de enmudecer esas palabras y me arropé con mi capa roja.

La iglesia se asomaba con timidez por entre los tejados de la parte este del pueblo; una de las fachadas daba a la plaza del mercado. Se reconocía a simple vista; el campanario, que habían restaurado en diversas ocasiones, estaba torcido, por lo que era imposible que pasara desapercibido. Nuestra pequeña aldea siempre había sido modesta y austera, así que no se había podido permitir un lugar de culto más lujoso ni más bonito; las paredes encaladas no tenían ningún tipo de adorno u ornamentación, tan solo una ristra de manchas de humedad. Y tampoco se habían tomado la molestia de decorar el altar. Según las historias que corrían por la provincia, era la construcción más antigua de la región. Se calculaba que se edificó cuando Carlomagno todavía era un rey pagano.

Las puertas de la iglesia se cerraban entre servicio y servicio, pero jamás se echaba el cerrojo por si aparecía un feligrés en busca de consuelo. Nunca había sido una gran devota de Dios y, sin lugar a dudas, mi lugar sagrado era el Bosquecillo de los Duendes. Palpé el anillo que descansaba sobre mi pecho y sentí que estaba a punto de acometer algo prohibido, como una cría a punto de hacer una travesura. Contemplé aquellos portones de madera que tenía ante mí; por primera vez, me fijé en los paneles que cubrían la superficie. Estaban tallados con una minuciosidad pasmosa. Los dibujos eran singulares, sorprendentes. Las figuras parecían deformes y retorcidas, pero los detalles eran preciosos. Desvié la mirada hacia la parte inferior del panel derecho, que mostraba una criatura alta y delgada de cuya frente emergían dos cuernos enroscados. Estaba en un campo de flores. ¿Rosas? ¿Amapolas? ¿Era... el demonio? Entorné los ojos. Había algo garabateado en los bordes, algo esculpido con menos meticulosidad que el resto. ¿Un escrito? ¿Un mensaje?

Me arrodillé para verlo de cerca. Y ahí, con una caligrafía gótica, leí las siguientes palabras: *Ich bin der umgedrehte Mann.*

Soy el hombre del revés.

Sentí la caricia gélida de un mal presentimiento por la espalda. Me estremecí y se me pusieron los pelos de punta.

—El desconocido aparece y las flores desaparecen.

Di un respingo y tropecé con el bajo de la falda. El rector estaba ahí, a mi lado. No le había oído llegar. Había surgido de la nada, como una seta venenosa después de una tormenta de primavera. Le reconocí por la pelusa blanca que le tapaba la coronilla y aquella enorme sotana negra que le llegaba hasta los pies. Solía merodear por los alrededores de la iglesia, aunque casi siempre estaba sentado en los peldaños de la entrada principal, como una gárgola tétrica que observaba a los transeúntes bajo esas cejas blancas y pobladas.

—¿Per..., perdón?

—La inscripción. Eso es lo que dice: «El desconocido aparece y las flores desaparecen».

59

El rector señaló el panel que tenía delante de mis narices, justo donde la frase HOSTIS VENIT FLORES DISCEDUNT estaba esculpida en letras romanas.

La figura astada se había desvanecido. Su lugar lo ocupaba ahora un muchacho con los brazos extendidos. Llevaba una corona de ramitas de olivo y a su alrededor un rebaño de ovejas brincaba y jugaba. Era la imagen de nuestro Señor y Salvador, no del demonio. No de *Der Erlkönig*.

No estaba volviéndome loca. No. No.

—Ya…, ya veo —murmuré.

Percibí un brillo extraño en la mirada del rector. Estaba a escasos centímetros de su rostro, por lo que pude observarle con más detenimiento. Aquella pelusa blanca que le crecía en las orejas, en la mandíbula y en la punta de la barbilla le otorgaba el aspecto de pollito recién salido de su cascarón.

—¿De veras lo ves? Ves lo que tienes delante, pero ¿eres capaz de ver más allá de tu narizota?

—¿Disculpa? —farfullé; un tanto desconcertada, me tapé la nariz con la mano.

Pero, por lo visto, él no se dio cuenta de ese detalle.

—Uno aprende una barbaridad leyendo y releyendo viejas historias —continuó. El viejo rector era el encargado del registro eclesiástico, lo que implicaba apuntar todos los nacimientos, matrimonios y funerales del pueblo—. Y uno empieza a ver patrones. Ciclos. Al final, entiende que lo que ha ocurrido en el pasado volverá a ocurrir en el futuro.

No sabía qué responder a ese comentario tan críptico, así que opté por morderme la lengua y no decir nada. Estaba empezando a arrepentirme de haber ido al pueblo.

—Pero supongo que no has venido hasta aquí para analizar viejas leyendas, *Fräulein* —dijo el rector con una sonrisa burlona.

—Yo…, ejem, no.

Enredé los dedos entre los pliegues del delantal y me armé de valor para pedirle ayuda. Para «suplicársela».

—He venido…, he venido para pedirle un favor.

—¿Un favor? —preguntó, y arqueó esas cejas de color algodón en un gesto de interés—. ¿Y qué puede hacer la casa de Dios por ti, mi niña?

Estaba abochornada y no me atrevía a despegar la vista del suelo.

—Nuestras…, nuestras provisiones de sal se han… agotado, *Herr* Rektor. Y estaríamos muy…, muy agradecidas si pudiera ofrecernos su ayuda… y su caridad.

Las mejillas me ardían, por la vergüenza y por la rabia.

—Ah. —Su voz sonó inexpresiva, neutral. Preferí seguir con la mirada clavada en los peldaños de piedra—. ¿Constanze también?

La pregunta me sorprendió de tal manera que no pude evitar mirarle. Fue un acto reflejo. Aquellos ojos oscuros no transmitían ningún tipo de emoción, pero me pareció distinguir una pizca de lástima en sus rasgos. Lástima… y compasión.

—Mi abuela habría preferido no tener que recurrir a usted —reconocí—. Pero puesto que ella ha tenido algo que ver en que andemos escasos de sal, por decirlo de algún modo, no le ha quedado más remedio que acatar la decisión familiar.

—Déjame adivinar. Estaba tratando de protegerse de la Caza Salvaje.

Observé la línea de diminutos cristales blancos que tenía a mis pies.

—Sí —murmuré.

El viejo rector suspiró y sacudió la cabeza.

—Acompáñame, *Fräulein*.

Se dio la vuelta y se dirigió hacia la parte norte de la iglesia. Le seguí sin rechistar. Abrió una puertecilla y, con el ademán de un caballero, la sujetó para que pasara primero. Traté de no pisar la línea de sal que cubría el umbral y me adentré en el transepto. La sala estaba a media luz.

—Sígueme.

Sentí un escalofrío por todo el cuerpo cuando me cogió por el codo con sus dedos larguiruchos y enjutos, pero no lo aparté. El rector me guio hasta una escalera. Poco a poco, mis ojos se fueron ajustando a la penumbra. En los pies de la escalera había otra puerta. Bajé los peldaños con suma cautela. Al llegar a los pies de la escalera, nos topamos con otra puerta. La abrió y me invitó a entrar. Fruncí el ceño. ¿Dónde me estaba llevando? ¿A la cripta de la iglesia?

La puerta se cerró de golpe a mis espaldas, confinándome así en aquel sótano oscuro. Pensé en todas las historias de doncellas y amantes que habían muerto enterrados en criptas y catacumbas; de repente, temí estar enclaustrada en una tumba.

—*Herr* Rektor… —empecé.

Oí un chasquido. Un segundo después se produjo una explosión de luz. La llama parecía suspendida en el aire, como si fuese una guirnalda luminosa. El resplandor era tan cegador que tuve que cubrirme los ojos. El rector estaba sujetando un farol. No lograba explicarme cómo lo había podido encender tan rápido sin una vela o una cerilla.

62

—Estamos en la antigua sacristía —dijo, respondiendo así a la pregunta que me rondaba por la cabeza—. Los sacerdotes solían vestirse aquí antes de subir al presbiterio, por ahí —explicó, y señaló una puerta que había en el otro extremo de la sala—. Pero el padre Abelard prefiere vestirse en el coro. Dice que este lugar le inquieta, que le perturba.

Y no podía estar más de acuerdo con nuestro sacerdote.

—¿Qué estamos haciendo aquí? —pregunté.

—La semana pasada, durante esa efímera primavera que vivimos, se nos inundó el sótano, así que tuvimos que trasladar todas nuestras provisiones aquí.

Iluminó el espacio con el farolillo y descubrí que era mucho más grande de lo que había imaginado. Además de los barriles y de los sacos de alimentos básicos, la sala contenía varias estanterías, todas abarrotadas de carpetas de papeles y pergaminos. Y fue entonces cuando caí en la cuenta de que esos eran los registros de nuestra pequeña y remota aldea.

—Ah, sí, es la obra de mi vida.

La luz parpadeante del farolillo dibujaba unas sombras escalofriantes en las paredes y en el rostro anguloso del rector. Su nariz parecía más larga y afilada; sus labios, más finos y apretados. Sus pómulos se volvieron mucho más protuberantes, lo que le otorgaba un rictus mucho más serio y severo.

—He rastreado el linaje de todos los hombres, mujeres y niños de este pueblo —anunció con gran orgullo—. He escudriñado cada una de las semillas que se han plantado en los lechos de los hogares de este pueblo y que han germinado. Sin embargo, con el paso de los años, algunas familias han desaparecido. Son relatos inacabados, pues tienen un principio, pero carecen de un final.

—Esa clase de cosas siempre ocurren en una aldea tan pequeña como la nuestra —dije—. Madres, hijos, padres, hijas, hermanas, hermanos, tías, tíos, primos, vecinos... Con el tiempo, los linajes familiares se desdibujan, se mezclan y desaparecen. Es inevitable.

El rector se encogió de hombros.

—Quizá tengas razón. Pero hay misterios que ni siquiera yo soy capaz de resolver. Vidas truncadas. Historias a medio escribir, incompletas, inacabadas. Historias como la de tu familia, *Fräulein*.

Le disparé una mirada sesgada.

—¿Disculpe?

Él esbozó una sonrisa, dejando así al descubierto una dentadura amarillenta.

—¿Alguna vez Constanze te ha hablado de su hermana, Magda?

«Magda.»

Justo la noche anterior, mi abuela se había confundido y había llamado a Käthe por ese nombre. Mamá no le había dado más importancia y, como ocurría cada vez que soltaba un disparate, lo había tachado de otro de los desvaríos de Constanze. Sin embargo, no sabía que hubiera tenido una hermana.

—No —contesté con un hilo de voz—. Pero había oído el nombre.

63

—*Hmmm*. —El rector alzó el farolillo para iluminar una estantería que tenía justo a su izquierda. Pasó los dedos por aquella hilera de lomos de cuero, buscando un libro en concreto, una generación en concreto. Me fijé en sus uñas. Estaban descuidadas, largas y manchadas de tinta—. Ah, aquí está.

Y entonces sacó un tomo enorme que debía de pesar lo mismo que él y que dejó caer sobre el escritorio, provocando así una nube de polvo que quedó suspendida en el aire varios segundos. Abrió el libro por una página al azar, o eso me pareció en ese momento. El rector sujetaba el farolillo mientras repasaba una lista larguísima de nombres. Y, de repente, con un dedo larguirucho y afilado, señaló uno en particular: MARIA MAGDALENA HELOISE GABOR.

Magda. La hermana de Constanze. Mi abuela había sido una Gabor antes de casarse.

—La familia de tu abuela era una de las más antiguas del pueblo, aunque no por ello la más respetable —informó el anciano. Ese comentario me enfureció. Tal vez no había sido una Gabor, pero me dolió que hablara de ese apellido con tal desdén—. Extraños y peculiares, todos ellos. «Marcados por los duendes», así solían llamarlos en los viejos tiempos.

Arrugué la frente.

—¿Marcados por los duendes?

El rector sonrió de oreja a oreja, mostrándome de nuevo esos dientes amarillentos.

—Los locos, los temerosos, los fieles. Capaces de vivir con un pie en el Mundo Subterráneo y con otro en el mundo exterior.

Se me pusieron los pelos de punta. «Por sus venas corren ríos de locura.» Pero ¿era locura? ¿O era una conexión invisible con algo más grande, algo que los mortales no podíamos concebir o imaginar?

Muchas de las ramas de mi árbol genealógico, unas ramas hermosas y rotas, estaban ocupadas por verdaderos genios, mentes brillantes que deseaban crear algo que pusiera el mundo patas arriba. Ahí estaba mi tataratío Ernst, un prodigioso carpintero que había dedicado la mayor parte de su vida a tallar figuritas originales, propias de otro mundo. En su época, tales imágenes se consideraban heréticas, así que fueron destruidas, quemadas en la hoguera. Y también estaba de mi prima lejana Annabel; todavía corrían historias sobre ella. Por lo visto, tenía una manera de hablar tan poética y enrevesada que muchos creyeron que era una profeta. Pero poco después la tacharon de bruja.

También estaba papá. Y Josef.

Y yo. Sentí una punzada de culpabilidad al pensar en el clavicordio que había en mi habitación. No lo había vuelto a tocar desde mi regreso del Mundo Subterráneo.

—Magda era la hija pequeña de Eleazor y Maria Gabor —prosiguió el rector, y me entregó el tomo para que leyera toda la historia. Aquel libro pesaba tanto que estuve a punto de caerme de bruces. Sus páginas contenían siglos de historia familiar—. Tuvieron tres hijas: Bettina, Constanze y Magda.

«Bettina.» Al fin comprendí por qué mi abuela me había llamado así.

—¿Qué ocurrió?

El rector señaló el libro que tenía ante mí con la barbilla. Pasé varias páginas para así poder viajar en el tiempo. El pergamino cada vez era más fino, más transparente, más quebradizo. Agnes, Friedrich, Sebastian, Ignaz, Melchior, Ilse, Helen... Generaciones y más generaciones de la familia de Constanze. De mi familia. Vidas enteras que perecían bajo las yemas de mis dedos. Nacían, se casaban, tenían hijos, morían. Y todo eso había quedado ahí grabado gracias a una mano anónima.

—No lo entiendo —dije—. ¿Qué estoy buscando?

Me lanzó una mirada fulminante.

—El final. El final de Magda.

Fruncí el ceño y seguí hojeando el libro. Pocos bebés tuvieron la suerte de llegar a la vejez. Muchos ni siquiera consiguieron alcanzar la infancia. Algunos matrimonios sobrevivieron a sus hijos y a sus nietos. No había ninguna

65

lógica, ningún motivo. La única explicación era el azar, la casualidad, el destino. No lograba comprender por qué el final de Magda era tan importante.

Hasta que me di cuenta de que no iba a encontrarlo.

Las vidas de Constanze y de Bettina estaban relatadas con todo lujo de detalles: nacimientos, bautizos, matrimonios, hijos y un largo etcétera. Al parecer, la historia de Bettina terminó en cuanto contrajo matrimonio con Ansel Bergman, pero la de Constanze era mucho más extensa. Repasé toda su descendencia, que no era poca: Johannes, Christoph, Constanze, otra Constanze, Georg, otra Constanze, Josef y Franz. Al lado de los nombres de todos y cada uno de mis tíos aparecía la fecha de su nacimiento y de su muerte, una fecha grabada en tinta y que ya formaba parte de la historia de nuestra aldea.

Pero no la de Magda.

Pasé las páginas a toda prisa, retrocediendo y avanzando en el tiempo, buscando una salida, un final. Pero daba igual dónde buscase. Era imposible encontrar una pista que me condujera a Magda. Ni matrimonio, ni hijos, ni siquiera su muerte. Su vida era un misterio. De no ser porque el rector se había encargado de registrar la fecha de su nacimiento varias décadas antes, habría creído que esa tal Magda jamás había existido.

—No hay… No hay ningún final —susurré.

El rector entrelazó los dedos bajo las mangas voluminosas de su túnica.

—Sí lo hay —replicó.

—¿Sabe lo que le ocurrió? ¿Murió? ¿Se mudó a otra ciudad? La gente… no desaparece de un día para otro —dije, y luego levanté la vista del libro, asustada—. ¿Verdad?

—La gente no desaparece así como así, pero sus historias caen en el olvido —respondió él con un hilo de voz—. Tan solo los fieles las recuerdan.

—Y usted la recuerda.

Él asintió con la cabeza.

—Se la llevaron. La robaron —confesó, y tragó saliva—. El día de la Caza Salvaje.

La sacristía y el mundo que me rodeaba se desvanecieron. Solo veía un punto de luz, la diminuta llama del farolillo. Todo lo demás quedó sumido en una oscuridad absoluta y sentí que me precipitaba al vacío, hacia el abismo del miedo. Traté de recordar todo lo que sabía de la Caza Salvaje (qué eran, quiénes eran y por qué cabalgaban por el mundo exterior), pero la ansiedad y el terror se habían apoderado de mi memoria y no era capaz de rescatar ningún recuerdo. De forma inconsciente, me llevé la mano al anillo que colgaba de la cadena y encerré aquella cabeza de lobo en mi puño.

—¿Cómo? —susurré—. ¿Por qué?

El rector tardó varios segundos en responder.

—Se divulgaron todo tipo de historias paganas, a cual más estrambótica y ridícula, sobre una horda profana. Se dice que su aparición presagia una catástrofe atroz: una plaga, una guerra o incluso… el fin del mundo —añadió con los ojos puestos en mi puño cerrado.

Me aferré al anillo del Rey de los Duendes como si mi vida dependiera de él.

—Otros aseguran que la Caza se aventura a salir de su guarida cuando se produce un desequilibrio entre el cielo y el infierno, entre su reino, el que yace bajo tierra, y el nuestro, el de los mortales. Arrasan el mundo exterior para reclamar lo que les pertenece por ley. Las viejas normas son muy claras: acero y huesos y heridas para compensar la deuda.

El vacío que se había instalado en mi corazón amenazaba con tragarse hasta el último centímetro de mi cuerpo.

—Un sacrificio —dije con voz ronca—. La vida de una doncella.

El rector soltó un bufido cargado de desprecio, lo que me desconcertó bastante.

—¿Qué clase de sacrificio sería la vida de una doncella? ¿Un cuerpo con la piel suave y tersa? ¿Un cuerpo que aún respira? ¿Un cuerpo que aún late?

«¿Pensabas que tu palpitante corazón sería el mayor de los sacrificios que se te exigiría? No, mortal. Tu latido es el último de tus sacrificios. Y el menos importante.»

67

—Entonces, ¿por qué...? —empecé, pero no fui capaz de acabar la pregunta.

¿Por qué me había sacrificado? ¿Por qué se había sacrificado «él»? ¿Qué precio había tenido que pagar mi joven austero e inocente por dejarme libre, por dejar que escapara?

—Oh, niña —dijo el rector con un suspiro—. La vida no está en el cuerpo —continuó, y me dio una palmadita en el dorso de la mano, la misma que estaba envolviendo el anillo—, sino en el alma.

—Yo no..., no...

—¿Es que no lo entiendes? —preguntó, y sacudió la cabeza—. Los salvajes, los lunáticos, los incomprendidos, los que muchos han bautizado como marcados por los duendes... Todos pertenecen al Rey de los Duendes, o eso cuentan las malas lenguas. Su talento es fruto del Mundo Subterráneo, su genialidad, su pasión, su obsesión, su arte. Le pertenecen, pues son criaturas de *Der Erlkönig*.

Criaturas de *Der Erlkönig*. Constanze nos llamaba así desde que éramos dos mocosos, tanto a Josef como a mí, pero siempre creí que se refería a los que todavía creíamos con firmeza en el Mundo Subterráneo.

—¿Y a Magda se la llevaron por su... talento?

El rostro del rector era adusto, serio.

—A Magda se la llevaron por sus creencias. Ser testigo directo de la Caza es una locura. Y entre tú y yo, ella ya había perdido el juicio.

—¿Y qué les ocurre a quienes no creen?

Y bajo el tenue resplandor del farolillo, nuestras miradas se cruzaron.

—Me parece que ya lo sabes, *Fräulein*.

Y lo sabía.

Ataque de duendes.

*U*na figura en un bosquecillo. Un rey vestido con una capa que le llega hasta los pies y con una capucha bajo la que oculta su rostro. Un desconocido alto y elegante. Está de espaldas, observando la nube de niebla que lo envuelve, con gesto triste a la vez que desafiante, mientras el atronador sonido de los cascos de los caballos arañando el suelo y los aullidos de los sabuesos retumban en cada rincón del bosque.

Las sombras esconden sus rasgos, pero unos mechones blancos y rebeldes asoman de la capucha; de repente, el destello de una mirada pálida refleja esa luz tan misteriosa que le rodea. A lo lejos empiezan a formarse unas siluetas que, segundos después, se fusionan. Los bancos de niebla se transforman en estandartes, el rocío cobra la forma de olas inmensas, de crines de caballo, de hombres. Hombres con lanzas, hombres con escudos y hombres con espadas. Una horda profana.

«Están de camino, Elisabeth.»

El rey alza el brazo en un gesto violento, como si estuviese protegiéndose de un ataque. La fuerza del movimiento hace que la capucha se deslice hacia atrás, rebelando así un rostro terrible y hermoso al mismo tiempo. La piel que le cubre los pómulos parece tirante y rígida, y unos dibujos siniestros y oscuros se arremolinan sobre su frente, orejas, mandíbula y cuello. Las sombras que recorren su piel parecen manchas de tinta negra. Esa extraña negrura se arrastra por su garganta, por su mentón; de repente, de una maraña de cabello plateado brotan dos cuernos enroscados y afilados.

Es un hombre y un monstruo.

Su mirada, ahora blanquecina y descolorida, había lucido unos colores vivos y brillantes en el pasado. Había nacido con los ojos de distinto color, uno verde y otro azul grisáceo, pero habían perdido todo rastro de color. Y ahora son pálidos, tan pálidos que sus pupilas no son más que un diminuto punto negro en un océano blanco. Pero el color de esos ojos no es lo único que se está desvaneciendo; también lo hacen sus recuerdos, su madurez, su música. Intenta retenerlos con unas manos que han cambiado, unas manos que antaño fueron esbeltas y elegantes. Las manos de un músico. Las manos de un violinista.

«Elisabeth.»

Pero esos recuerdos se le escurren entre los dedos, dedos que ahora parecen rotos, destrozados, ajenos. Sus uñas se han transformado en garras y tiene una articulación de más en cada dedo. Ya no es capaz de recordar el sonido de su voz, el tacto de su piel, el aroma de su cabello. Tan solo recuerda un pequeño fragmento de una canción. Una melodía, una tonada. La tararea sin cesar para mantenerse cuerdo, para seguir siendo humano.

¿Qué son los monstruos sino mortales corruptos?

El estruendo de los cascos de los caballos cada vez se oye más cerca, junto con el sonido metálico del acero y el chasquido del látigo.

«No mires, no mires. No mires o te volverás loco.»

El rey extiende las manos y se cubre la cara. La horda de espectros lo rodea. Una compañía peligrosa. Una caza salvaje.

«Su nombre», murmuran varias voces al unísono.

El rey niega con la cabeza. Dar su nombre a las viejas normas sería entregar la poca humanidad que le queda, así que se lo traga y nota un calor en el pecho, justo donde solía latir su corazón. Le había hecho una promesa, y quería cumplirla.

«Su nombre», repite la horda.

Pero él se niega a pronunciarlo. No quiere dar su brazo a torcer. Pagará el precio. Asumirá el coste.

La horda no insiste más. Un crujido, un latigazo y el rey echa la cabeza atrás y suelta un rugido de dolor. Sus ojos se tiñen de un blanco puro y las sombras que le manchaban la piel empiezan a extenderse hasta consumirle por completo. Las astas se enroscan todavía más y su cara se retuerce en una expresión de amenaza, real y monstruosa. Se encarama sobre un semental, que se encabrita y relincha. Los flamantes ojos del animal resplandecen como dos estrellas en el cielo. Entonces se da media vuelta y sale disparado para reclamar lo que le pertenece, sus criaturas, las criaturas de *Der Erlkönig*. Y para traerlas de vuelta al Mundo Subterráneo, a las viejas normas.

Y, mientras cabalga, su corazón todavía palpita su nombre. «Elisabeth. Elisabeth. Elisabeth.»

El sentido de correr

Volví a casa, pero no con las manos vacías, sino con un saquito de sal que nos ayudaría a sobrellevar el mes si lográbamos evitar que Constanze metiera sus manazas en él. Sin embargo, no podía dejar de darle vueltas a la conversación que había mantenido con el rector. No lograba quitarme de la cabeza la enigmática historia de Magda, las viejas normas y la horda profana. De camino a la posada, incluso me pareció escuchar el sonido de herraduras fantasmales pisándome los talones. Traté de hurgar en mi memoria y poder dar algo de sentido a todo lo que acababa de descubrir. Constanze siempre decía que, si veíamos pasar las nubes por delante de la luna, eso significaba que las almas de los difuntos se habían unido a la caza eterna en el cielo. ¿Qué les ocurría a quienes habían sido robados? ¿Qué le había ocurrido a mi tía abuela? Pensé en el círculo de alisos que habíamos bautizado como el Bosquecillo de los Duendes, en las sugerentes formas de los troncos y de las ramas; parecían cuerpos que habían quedado congelados en mitad de un baile. Estaba temblando, pero no por el frío que se colaba por mi capa.

«La Caza se aventura a salir de su guarida cuando se produce un desequilibrio entre el cielo y el infierno, entre su reino, el que yace bajo tierra, y el nuestro, el de los mortales.»

Había cruzado la línea que separaba ambos mundos, había escapado de las garras del Rey de los Duendes y de los votos que había pronunciado el verano anterior. ¿Acaso mi huida había abierto una grieta en el mundo, una fisura por la que podían colarse espíritus, demonios y otras criaturas del Mundo Subterráneo? ¿Corría peligro? ¿La Caza Salvaje iba a venir a por mí?

Tenía las manos llenas de sal, pero, aun así, notaba el peso del anillo del Rey de los Duendes sobre el pecho, rozándome la piel con cada paso que daba. Si había alterado ese equilibrio ancestral, ¿de qué servía su promesa?

«No mires atrás», había dicho. Y no lo hice. No me hubiera atrevido. Pero ahora ya no estaba tan segura.

De vuelta a casa, aproveché para buscar cualquier rastro de vida, un diminuto brote verde que se abriera camino entre el gris del invierno. Nada. Todo estaba cubierto por una capa de hielo que mataba y lapidaba cualquier inicio de vida. Pero los días cada vez eran más cálidos. De hecho, el camino no era un bloque de hielo quebradizo, sino una ciénaga. Tenía las botas manchadas de barro, por lo que las estaciones seguían sucediéndose, como siempre lo habían hecho y lo seguirían haciendo.

Sin embargo, a pesar de todo, no lograba deshacerme del sonido de los cascos de los caballos galopando por el bosque.

Marcados por los duendes. Atacados por los duendes.

No sabía qué contarle a Käthe. O a mi madre. Aunque mi hermana había atravesado el velo que dividía ambos reinos, no era una de las criaturas de *Der Erlkönig*. Creía en él, pero su fe era simplona, ingenua. Para ella, la realidad y la fantasía eran dos polos opuestos; creía que la línea que las separaba era tan sólida e infranqueable como la frontera que dividía el reino de los vivos y el de los duendes. A ella no le acechaban los mismos fantasmas que a mí. Vivía la mar de tranquila. Qué envidia.

En momentos como esos, era cuando más echaba de menos a mi hermano.

Pensé en la carta que habíamos recibido: «El maestro Antonius ha muerto. Estoy en Viena. Ven rápido». Por un momento, dudé que el mensaje proviniera de Josef, pero la caligrafía lo había traicionado. Era inconfundible: letras a

73

medio acabar, demasiado distanciadas entre ellas... El autor de esa carta era alguien que, de niño, había practicado más escalas musicales que su caligrafía.

Había tantas cosas que quería contarle a Josef. Tantas cosas que había intentado plasmar en los centenares de cartas que le había escrito y en las pocas que le había enviado. Bocetos y hojas de papel que habían acabado en la chimenea, vueltos ceniza. Había pasado horas enteras buscando las palabras apropiadas, encontrándolas, descartándolas, confundiéndolas. Tenía tantas preguntas que hacerle, tantas dudas, tantas quejas, tantos reproches... que cuando trataba de exponerlos quedaba como un sinsentido absurdo.

Al final, no había dado con las palabras que pudieran expresar todo lo que me inquietaba y me perturbaba. La música era el lenguaje que mi hermano y yo hablábamos con total fluidez. Las melodías eran nuestras frases; los movimientos, nuestros párrafos. Nos comunicábamos mucho mejor con los dedos, con las manos. Yo, sobre el teclado del clavicordio, y él, sobre las cuerdas del violín. Con la música, y no con las palabras, nos comprendíamos.

No sabía cómo expresarme, cómo hacerme entender, cómo manifestar con palabras el desasosiego y la ansiedad que me consumían, esa sensación de infelicidad, esa frustración por no ser capaz de plasmar mis ideas en una hoja en blanco, ni con palabras ni con notas musicales. Sentía que había perdido el control de mi propia mente; mis pensamientos iban tan rápido que no podía atraparlos, ni distinguirlos, como unos dedos que recorren dieciséis notas a la vez sin tener en cuenta el tempo.

Los cascos de los caballos cada vez se oían más cerca.

Y justo entonces caí en la cuenta de que ese ruido tan atronador no estaba en mi mente, sino que se trataba de un caballo de verdad que estaba trotando por el camino. Di un respingo y eché un fugaz vistazo por encima del hombro. El jinete iba vestido con una capa negra que ondeaba tras él como si fuese un par de alas. Bajo el ala de su sombrero advertí una cabellera pálida. Los rasgos de su rostro eran angulosos, afilados. El caballo era un semental negro de mirada salvaje que enseñaba los dientes de forma amenazadora; parecía una criatura sacada del mismísimo infierno.

Se me paró el corazón. Era imposible…, ¿no?

Ahora que el jinete estaba más cerca, me fijé en su mirada. Sus ojos eran color marrón, un marrón vulgar y simplón, no de color verde y gris. El cabello blanco no era más que una peluca que se había colocado bajo el tricornio. Y, aun así, mi corazón, ya de por sí exaltado y asustadizo, dio un brinco y, atemorizado, empezó a buscar indicios de familiaridad en lo desconocido.

No era el Rey de los Duendes.

Por supuesto que no era él.

El caballo seguía cabalgando a toda prisa, así que tuve que apartarme del camino para evitar que me arrollara. Cuando vi que el jinete y su corcel desaparecían tras una curva, sentí una extraña combinación de alivio y decepción. No dormía bien desde hacía semanas. Tenía el sueño muy ligero y mi mente inventaba espectros allí donde no los había. Y, sin embargo, la posibilidad y la esperanza de que algún día pudiera volver a ver a mi Rey de los Duendes era el látigo con el que me flagelaba a diario. No podía continuar así. Tenía que pasar página.

Y, de repente, para mi sorpresa, el caballo y el jinete aparecieron de nuevo a galope.

Me hice a un lado y esperé a que pasaran, pero esta vez, al verme en el margen del camino, empezaron a aminorar el paso hasta detenerse.

—¿*Fräulein* Vogler? —preguntó el jinete.

Me quedé pasmada.

—S…, sí —logré articular—. Soy yo. ¿En qué puedo ayudarle?

El jinete no contestó y rebuscó algo en una faltriquera. Un mensajero, pensé. Un cartero. Y eso me levantó el ánimo de inmediato. ¡Josef!

Sacó una bolsita de cuero y se inclinó para entregármela en mano. Pesaba bastante teniendo en cuenta su tamaño; en cuanto la acepté, se oyó un tintineo musical. Estaba perpleja y sentía una curiosidad enorme por aquel extraño paquete. Y justo cuando estaba a punto de examinar el contenido, el mensajero me entregó una carta.

Se me pasaron todos los males. Le arranqué la carta de las manos sin preocuparme por si arrugaba o doblaba las esquinas. Llevaba tantísimo tiempo esperando un mensaje, una explicación de Josef, que no iba a perder un solo segundo en asuntos tan triviales como los buenos modales o las normas sociales.

El papel era bastante grueso; habría costado una fortuna. Además, estaba ligeramente perfumado con una esencia dulzona que había sobrevivido a los cientos de kilómetros que había viajado. El sobre mostraba un sello de cera que parecía oficial, la cima de una montaña con la imagen de una flor encima. ¿Una rosa? ¿O quizás una amapola? Algo no encajaba. El papel, la tinta, la esencia… Me costaba creer que mi hermano hubiera enviado algo así, pero me negaba a perder la esperanza, porque quería creer que mi hermano vendría a buscarme, que me escribiría una carta larguísima rogándome que me reuniese con él, en lugar de dejarme atrás.

—¿Quién ha enviado esto? —pregunté.

Pero el cartero, tras cumplir con su deber, se despidió con educación y se marchó. Le vi desaparecer en el horizonte y contemplé la carta que tenía en las manos. La giré. Sentía que el corazón me iba a explotar dentro del pecho. Estaba entusiasmada y muerta de miedo. Y entonces leí el nombre del destinatario, escrito con una caligrafía elegante y totalmente desconocida:

A la compositora de *Der Erlkönig.*

—¿Va todo bien? —me preguntó Käthe en cuanto entré en casa. Sobre la tabla de cortar había una pila de verduras picadas y un montoncito de panceta troceada. En uno de los fogones hervía una cazuela de agua—. ¡Estás pálida!

¿Es que has visto un fantasma? —bromeó, pero al ver mi expresión se puso seria—. ¿Liesl?

Sin articular palabra, le mostré la bolsita de cuero. Todavía me temblaban las manos.

—¿Es la sal? —preguntó con el ceño fruncido.

—No —murmuré; dejé el saquito de sal en la mesa y después coloqué la bolsita de cuero al lado. Tintineó de nuevo—. Pero tal vez sea el milagro que necesitábamos.

Käthe inspiró hondo, emocionada.

—¿Qué es? ¿Y para quién es? ¿Y quién la envía?

—Creo —dije, y tragué saliva antes de continuar—. Creo que es para mí.

Les mostré la carta con las palabras «A la compositora de *Der Erlkönig*» claramente visibles en tinta negra. La esencia que impregnaba el papel, tan dulce que incluso resultaba empalagosa, perfumó la cocina y se mezcló con el olor de las cebollas y hierbas que mi hermana estaba preparando para cenar.

—Pero debe enviarla una persona muy importante —observó Käthe—. ¡Fíjate en el papel! ¿Y... —entornó los ojos— eso es la cima de una montaña?

—Sí.

Al observarlo más de cerca, concluí que la flor era una amapola, no una rosa. Curiosa elección.

—Y bien, ¿no vas a leerla? —preguntó mi hermana mientras seguía ocupándose de la cena—. Veamos qué quiere ese misterioso aristócrata de la compositora de *Der Erlkönig*.

Rompí el sello de cera roja y desdoblé aquella preciosa página.

—Querida *mademoiselle* Vogler —leí en voz alta—. Perdóname por haber utilizado este método de correspondencia tan inapropiado y poco convencional. Si bien es cierto que nunca nos hemos visto en persona, debo confesarte que tengo la sensación de que ya te conozco.

—Oh, ¿un admirador secreto? —se burló Käthe—. No conocía ese lado pícaro de mi hermana.

Le lancé una mirada asesina.

—¿Quieres que lea la carta? ¿Sí o no?

—Perdón, perdón —dijo ella—. Por favor, continúa.

—El mes pasado, por azares del destino, asistí a la interpretación de una pieza musical. El protagonista, un joven violinista con un talento extraordinario. No puedo expresar con palabras hasta qué punto me conmovió esa música, esa resonancia profunda e íntima que me llegó al alma.

Contuve la respiración.

«El protagonista, un joven violinista con un talento extraordinario.»

Josef.

Mi hermana se aclaró la garganta; estaba impaciente por oír el resto de la historia. Cogí aire y seguí leyendo en voz alta.

—Debo confesar que su obra maestra me cautivó, me hechizó. Desde entonces, no pienso en otra cosa. Se ha convertido en una obsesión. Hice mis pesquisas, pero nadie en Viena ha podido desvelarme el nombre del compositor. Lo único que logré averiguar fue que la pieza había sido publicada en una peculiar colección de obras de Giovanni Antonius Rossi antes de morir. Mi relación con el maestro siempre fue muy estrecha. Estaba convencido de que esa pieza no era suya.

Josef debió de mostrarle mi pequeña bagatela al maestro Antonius, y este habría decidido publicarla con su nombre. Tenía sentido, ya que había sido un músico reconocido en toda Europa y se había ganado una impecable reputación gracias a su trabajo. Me sentí halagada al saber que hubo un público que había escuchado mi obra, pero debo admitir que me molestó que no se hubiera publicado con mi nombre. Era una sensación agridulce.

—El joven violinista parece ser tan misterioso como tú, mi querida genio —proseguí—. Después del fallecimiento del maestro, su compañero y él parecen haberse esfumado de la ciudad. Así que, por desgracia, no he tenido más remedio que tomar las riendas del asunto.

Estaba inquieta. Mi intuición me decía que aquello no

presagiaba nada bueno. Sentía que el misterioso autor de esas palabras había invadido mi más secreta intimidad. Las garras del miedo amenazaban con estrangularme. Seguí leyendo, pero esta vez en silencio.

> Tras la muerte del maestro Antonius encontramos una serie de cartas entre sus pertenencias, pero ninguna iba dirigida a él, sino a Franz Josef Vogler. Moví ciertos hilos y conseguí conservarlas. No quería que cayeran en el olvido. Los sellos revelaban que las cartas se habían enviado durante los últimos meses y que todas estaban firmadas por un remitente muy curioso: «Compositora de *Der Erlkönig*».

Me quedé de piedra. Pensé en la desesperación que había sentido mi hermano. Me había suplicado que me reuniera con él en Viena. La culpa me aplastó el corazón. Debería haberle contestado antes. Debería haber removido cielo y tierra para acudir a su llamada. Tendría que haber hecho todo lo que estaba en mi mano por intentar contactar con él. Debería haber…, debería haber…, debería haber…

—¿Qué más, Liesl? —preguntó Käthe—. ¿Qué más dice? No me dejes con la incógnita, por favor.

Estaba consternada, pero aun así traté de guardar la compostura y continué leyendo en voz alta.

—No…, no me enorgullezco de lo que hice después, pero me sentía en la obligación de… conocer la identidad del compositor de la obra, así que…

Se me quebró la voz y me quedé en silencio.

La carta decía:

> Leí una de las misivas. Perdóname, *mademoiselle*. Soy consciente de que me he extralimitado en mis funciones y que he invadido vuestra privacidad de la forma más grosera posible. No me costó mucho averiguar la naturaleza de tu relación con *Herr* Vogler. Ahora sé que eres su hermana… y su musa.

Me temblaban tanto las manos que me costaba distinguir las palabras de la carta.

Temía que los muchachos no tuvieran amigos en Viena y que se sintieran solos y desamparados. Invertí todos mis esfuerzos y recursos económicos en descubrir el paradero de tu hermano y su compañero, y al fin los encontré. No temas, *mademoiselle*, pues están a salvo y me he encargado personalmente de que no les falte de nada. Este fiel admirador de tu obra será el mecenas de sus carreras musicales a partir de ahora. Albergo la esperanza de que algún día puedas perdonar el abuso de confianza de este fiel entusiasta de tu música. Te escribo para rogarte que te reúnas con nosotros en Viena. Un talento como el tuyo no puede desperdiciarse en una aldea de Baviera dejada de la mano de Dios, sino que debería compartirse, celebrarse y aplaudirse. Fondos, influencia, poder: pongo a tu disposición todo lo que poseo como tu más generoso benefactor. Te aseguro que, si decides rechazar mi oferta, no me lo tomaré como una ofensa personal, pero te imploro que la aceptes, ya que estoy impaciente por oír la maravillosa música que puede crear una mente tan brillante como la tuya.

80

Como muestra de buena fe, te hago llegar un pago de cincuenta florines que puedes gastar o despilfarrar como gustes. Date algún capricho, si así lo deseas, o inviértelo en alguna propiedad, pues es un regalo de agradecimiento por tu deliciosa música. Sin embargo, te aconsejo que lo utilices para comprar un pasaje a Viena, para ti y para toda la familia. Da mi nombre al prestamista de tu aldea y te prometo que te avanzará los fondos necesarios para empezar una vida nueva aquí.

Atentamente,

GRAF PROCHÁZKA VON UND ZU SNOVIN

—¿Liesl? —preguntó Käthe—. ¡Liesl!

Estaba anonadada. La carta se me escurrió de los dedos. Käthe dejó escapar un suspiro exasperado, soltó el cuchillo y cogió la carta antes de que tocara el suelo. Después leyó las palabras de nuestro misterioso benefactor.

—Pero…, por el amor de Dios… Cómo… —balbuceó mi hermana, incapaz de formar una frase, pues el hilo que conectaba sus pensamientos se había partido.

Levantó la vista del papel y me miró. En sus ojos advertí el brillo inconfundible de la alegría, del alivio y… de la esperanza. Resplandecían tanto que tuve que apartar la mirada para no quedarme ciega. Se me humedecieron los ojos y quise convencerme de que era por el fulgor que desprendía mi hermana, no tanto por la sensación de descanso y tranquilidad que me había invadido después de leer la carta.

—¿Esto es de verdad?

A mí también me costaba creerlo. Saqué la bolsita de cuero que acompañaba la carta y la abrí. Oro. Oro que centelleaba bajo el sol de media tarde que se filtraba por las ventanas. Esparcí todas esas monedas sobre la mesa. Käthe ahogó un grito.

—¿Qué significa todo esto? —exclamó.

¿Qué significaba todo eso? Intenté sonreír, pero me había quedado paralizada y sentía que había perdido el control de mi propio cuerpo. La noticia me había dejado conmocionada. Pero en el fondo estaba entusiasmada y eufórica. Por un momento, creí estar viviendo un sueño. El tiempo pareció ralentizarse y la escena se sucedía a cámara lenta, como si estuviera adormilada. Había deseado componer música. Había querido escapar del que siempre había sido mi hogar. Rememoré los días en los que había sido la Reina de los Duendes, cuando mis deseos eran órdenes, cuando se me concedió el poder de moldear el mundo a mi antojo. Y ahora la oportunidad que tantos años llevaba esperando por fin había llamado a mi puerta.

No obstante, si algo había aprendido durante el tiempo que había pasado como prometida de *Der Erlkönig* era que todo tenía un precio.

—Esto… ¡Esto es un regalo caído del cielo! ¡Piensa en todo lo que podríamos hacer en la posada! —Käthe contó los cincuenta florines con la meticulosidad de alguien avaricioso—. Cuarenta y siete, cuarenta y ocho, cuarenta y nueve —murmuró. Después se echó a reír, loca de alegría—. ¡Cincuenta!

Y fue entonces cuando caí en la cuenta de que hacía una eternidad que no oía esa risa. No recordaba la última vez

81

que las paredes de la posada habían oído esas notas musicales, tan alegres que parecían cascabeles. Esa risa alegre que despejaba los nubarrones de tormenta que se cernían sobre mi corazón.

—Vendrás conmigo a Viena, por supuesto —dije. Y no era una pregunta.

Käthe parpadeó, sorprendida por el giro tan brusco que había dado la conversación.

—¿Qué?

—Que vendrás conmigo a Viena —repetí—. ¿Te parece bien?

—Liesl —dijo, con lágrimas en los ojos—. ¿Estás segura?

—Claro que sí —respondí—. Por fin podremos vivir esa «vida ideal» con la que soñábamos de niñas.

Ella se echó a reír de nuevo. El sonido que salió de su boca era tan puro como una mañana de primavera. Desde muy pequeñas jugábamos a inventarnos un mundo perfecto, un mundo hecho a nuestra medida. Con el tiempo, acabamos creando un espacio en el que el aburrimiento, la monotonía y el sufrimiento no tenían cabida. Un mundo en el que éramos princesas y reinas, un mundo maravilloso y mágico.

—Imagínatelo por un momento, Käthe —dije, y le cogí de las manos—. Bombones y apuestos pretendientes que nos llevarán en palmitas.

Mi hermana soltó una risita.

—¡Y sedas y terciopelos y bordados! ¡Luciremos un vestido distinto cada día!

—¡Nos invitarán a bailes y fiestas cada noche!

—¡Bailes de máscaras y óperas y conciertos y veladas interminables!

—¡Filete vienés y *Apfelstrudel* y café turco!

—Y no olvidemos la tarta de chocolate —añadió Käthe—. Es tu favorita.

Me reí y, por un instante, me trasladé al pasado, a cuando éramos dos crías ilusas y soñadoras, cuando nuestros anhelos y sueños estaban entrelazados, como nuestras manos.

—¿Y si…? —dije en voz baja.

—Ya no es un «y si» —replicó mi hermana—. Ahora es un «cuando».

—Cuando —repetí. No podía dejar de sonreír.

—Vamos —resolvió Käthe, que se puso en pie—. Tenemos que contárselo a mamá. ¡Nos marchamos a Viena!

Viena. De repente, esa palabra había dejado de ser un sueño inalcanzable y se había convertido en una posibilidad. Estaba emocionada… y asustada. Pese a todo lo que había vivido, lo que realmente me daba miedo era la incertidumbre, el no saber qué iba a encontrarme en la capital. Me daba miedo no conocer a nadie, salvo a Josef y a François. Temía sentirme sola y perdida en una ciudad tan inmensa, sin el apoyo y guía de amigos y familia. Y, aunque no quería reconocerlo, también me asustaba la advertencia que me había hecho un rostro formado por un sinfín de dedos de duendes y la promesa que no sabía si podría cumplir.

«No puedes irte del Mundo Subterráneo sin pagar el precio, mortal.»

Observé el sello de cera. La amapola se había partido por la mitad. Me pregunté si estábamos a punto de tomar el camino equivocado.

*H*abía un *kobold* en el edificio, o eso aseguraban las chicas de Odalisque. Un duendecillo malicioso y vengativo que se lo pasaba en grande gastándoles todo tipo de bromas, como robarles las baratijas que atesoraban en sus joyeros, esconderles los zapatos, o mancharles los vestidos de seda y encaje con barro de los jardines. Las habitaciones de aquella casa repleta de mujeres eran minúsculas, como cajas de zapatos, así que era habitual perder cosas. Un rasguño por aquí, una costura descosida por allá, y más de un rifirrafe entre ellas en el que se dedicaban todo tipo de groserías y desaires.

Sin embargo, esas bromas nada tenían que ver con las jugarretas y faenas que tenían que soportar de un amante al que habían dado calabazas o de un cliente apático, ya que, en ese caso, las chicas de Odalisque sí habrían protestado. Todo aquello era obra de los antojos crueles y caprichosos de un espíritu invisible. No había ninguna explicación lógica y las travesuras no eran infantiles e inocentes. Aquellas trastadas estaban ideadas por una criatura mezquina. Elif había «perdido» el anillo de perlas de su madre. A Aloya le había cambiado el perfume por pipí de gato. El diminuto retrato del ya fallecido marido de Odalisque (que ella siempre llevaba en su relicario) había aparecido pintarrajeado de la noche a la mañana. El *kobold* parecía conocer a la perfección el punto débil de cada persona, y era despiadado. Atacaba directamente a su talón de Aquiles, sin remordimientos y con una precisión terrible.

Maria y Caroline empezaron a llenarse los bolsillos de hierro. Edwina y Fadime conjuraron varios hechizos para alejar el mal de ojo. Incluso la propia Odalisque se dedicó a echar sacos de sal en todos los umbrales de la casa. Por desgracia, todas esas supersticiones y encantamientos no sirvieron para nada, pues el astuto duendecillo seguía campando a sus anchas y haciendo diabluras a su antojo.

—Es absurdo —dijo Josef con voz distraída, distante—. El monstruo está en el espejo.

Tras varios días de convivencia en esa casa indecente, las chicas ya se habían acostumbrado a los extraños comentarios que murmuraba aquel muchacho rubio. Parecía no tener los pies en el suelo, que no vivía en el aquí y en el ahora, sino que vagaba por un mundo etéreo. Siempre parecía estar en las nubes. Josef no era un joven puro e inocente (después de todo, vivía en un burdel), pero todavía conservaba un aura que emanaba intangibilidad y lejanía, algo que resultaba carismático y repulsivo al mismo tiempo. Solían verle deambulando por los salones y habitaciones de Odalisque por la noche, a horas intempestivas. Se movía con el sigilo de un *geist*. Las pocas veces que le oían hablar, susurraba frases inconexas que parecían una profecía, pues las palabras eran tan crípticas y obtusas como las de un oráculo.

—No es un *kobold*, sino un rey. Cabalga hacia el final. Hacia mi final.

Las chicas agachaban la cabeza, presas de la lástima y la compasión. «Ha perdido el norte», decían. «El láudano lo ha confundido.» Y después, en voz baja, añadían: «Es la nostalgia».

Y, a decir verdad, a medida que los días pasaban, Josef parecía alejarse más del mundo terrenal. François estaba al borde de la desesperación, pues veía que el tiempo consumía la esencia de su compañero y, poco a poco, lo iba convirtiendo en un ser de otro mundo, un mundo aterrador. El brillo dorado de la melena de Josef se había apagado y ahora lucía un cabello pajizo descolorido. Su mirada, antes de un azul que recordaba al cielo en verano, parecía haberse desteñido al gris de una mañana nublada de invierno. Había pegado el estirón y se había vuelto desgarbado y larguirucho. Se le marcaban todos los huesos del cuerpo y del rostro. Su tez era pálida, casi grisácea. Parecía un saco de huesos, una criatura de otro planeta. Lo único que deseaba François era recuperar a su amado y para ello se entregaba en cuerpo y alma.

Lo único que les unía ahora era la música, pero ese hilo cada vez era más fino, más endeble, más quebradizo. Al principio tocaban *suites* de Vivaldi y conciertos de Haydn, Mozart e incluso del engreído de Beethoven, sobre todo para el goce y disfrute de los clientes del burdel.

—Ahora dirijo un local elegante y sofisticado —presumía L'Odalisque.

—¡Pero ni se te ocurra subir los precios! —respondían los clientes.

No obstante, incluso cuando tocaba el violín, Josef parecía abstraído. Las notas sonaban tan exactas y precisas como siempre, pero no se reconocía su alma en las melodías. La música que emanaba su violín no era menos hermosa que antes, pero parecía haber perdido ese toque tan personal, esa…. humanidad. François prefería cerrar los ojos y hacer como si nada.

A altas horas de la madrugada, se oía a Josef tocar melodías melancólicas, canciones de una niñez perdida y abandonada. Las chicas de Odalisque empezaban su jornada laboral por la noche, pues ese era el horario que requería su oficio. El momento de tranquilidad entre transacción y transacción, el silencio entre gemidos, ahí es donde vivía Josef. Le gustaba colocarse delante de los espejos que tenían las chicas en sus habitaciones para así observar los movimientos suaves de la mano que sostenía el arco y el constante ajetreo de sus dedos sobre el cuello del violín. A veces dudaba de lo que veían sus ojos y se preguntaba qué imagen era la real y cuál era el reflejo, pues en ocasiones tenía la impresión de vivir bajo un cristal, al otro lado de la emoción, al otro lado de la razón, al otro lado del hogar.

Hasta que el cristal desapareció.

Josef no había vuelto a tocar *Der Erlkönig* desde su última actuación en público, desde la última vez que había caminado por las calles de Viena a plena luz del día. Le aterrorizaban los sentimientos que esa pieza pudiera despertarle. No solo era añoranza y nostalgia, sino también rabia, desesperación, frustración, futilidad, pena, dolor y esperanza. Durante la gira junto al maestro Antonius, Josef había tocado la bagatela en secreto, compartiendo esa música con François, como si fuese de contrabando. Por aquel entonces, *Der Erlkönig* era su refugio y su vía de escape, pues al tocarla sentía los brazos de su hermana envolviéndole en un abrazo protector.

Sin embargo, ahora era como una reprimenda. O tal vez como un moratón. No soportaba la idea de sentir algo, ya fuese algo delicado y amable, o punzante y doloroso. Así pues, optó por volverse insensible. La tristeza de François era más que evidente, pero prefirió hacer caso omiso en vez de compartirla. Estaba viviendo bajo ese cristal porque ahí se sentía a salvo.

Sin embargo, esa noche decidió abrir viejas heridas.

Tal y como hacía cada noche, se colocó delante del espejo y comenzó a tocar. En cuanto el arco rozó las cuerdas, el mundo que le rodeaba cambió. El aroma a pino y rocío impregnó la habitación. Era el inconfundible olor a bosque y a tierra húmeda. Unas sombras empezaron a arremolinarse en el espejo. De repente, apareció ante él aquel desconocido alto y elegante, también tocando un violín.

Josef no se sorprendió. Tampoco se asustó. Tan solo le invadió una extraña sensación de reconocimiento. Recordaba esa silueta de sus sueños. Le resultaba familiar, como si fuese un viejo amigo de la niñez. El desconocido llevaba una capa larga hasta el suelo y ocultaba su rostro bajo una capucha enorme. Pero aquellas manos largas y huesudas imitaban todos sus movimientos, cada frase, cada nota, de forma que las melodías encajaban a la perfección.

Y entonces, poco a poco, nota a nota, Josef empezó a sentir algo. Tras ese periodo de hibernación, algo se removió en su corazón. Se había abierto una puerta y, por primera vez en mucho tiempo, estaba presente. Un murmullo débil pero persistente retumbaba en sus oídos. ¿Eran los cascos de un caballo? ¿O el latido de su corazón?

El desconocido estaba en una sala muy parecida a la de Josef, que observaba fascinado todo lo que ocurría bajo la superficie de aquel espejo. De pronto, la figura se dio media vuelta y empezó a explorar la habitación; cogió un cepillo para el pelo y un lazo de raso. Se guardó en el bolsillo un anillo, una moneda, una pantufla. Desdobló una bufanda, hizo varios nudos en las tiras de un corsé y escondió una polvera en un rincón de una estantería, donde nadie pudiera verlos. Después, el desconocido se volvió hacia Josef y un rayo de luz iluminó las puntas afiladas de una sonrisa lobuna. Se llevó un dedo a los labios, como rogándole silencio. Para su sorpresa, Josef imitó el gesto.

De cerca, aquellas manos delicadas y elegantes estaban retorcidas y ajadas. Josef no tardó en percatarse de que cada dedo tenía una articulación de más.

—¿Quién eres? —le susurró al desconocido.

El tipo ladeó la cabeza. Bajo la capucha, aparecieron unos rizos rubios. Arrugó la barbilla, mostrando así perplejidad. Josef asintió y el desconocido sonrió de oreja a oreja. De forma lenta y deliberada, alzó esas ramas que tenía como dedos y se retiró la capucha.

El rostro que descubrió el desconocido era el de Josef.

El *kobold*, el monstruo en el espejo, era él.

Josef estaba al borde del colapso. El corazón le estaba martilleando el pecho y los latidos eran tan atronadores que acabaron por ahogar todos los sonidos de la habitación. Se desplomó de golpe sobre el suelo y unas sombras pasaron por delante de la luna: fantasmas de jinetes en una persecución espectral.

Al otro lado de la pared, en plena calle, había una mujer. Tenía una mirada verde esmeralda que parecía brillar en la oscuridad de la noche. Contemplaba las nubes que, al pasar por encima del burdel de Odalisque, temblaron y se agitaron.

Observaba el espectáculo con la sonrisita satisfecha de un cazador.

Un torbellino en la sangre

*E*nvié la respuesta a nuestro misterioso benefactor al día siguiente. La noticia había alegrado a mamá: por primera vez en una eternidad, la vi sonreír. Rejuveneció de la noche al día; la arruga que parecía haberse instalado de forma permanente entre sus cejas desde que papá había muerto empezó a difuminarse. Su mirada azul recuperó el brillo, y sus mejillas, el rubor. Y fue entonces cuando me di cuenta de que mi madre seguía siendo una mujer hermosa. Estaba convencida de que varios huéspedes habrían opinado lo mismo, pues muchos solían mirarla de reojo cuando creían que nadie los miraba.

El conde Procházka debía de ser un hombre rico e importante, pues cuando le dijimos su nombre al factor en la ciudad, este nos avanzó una escandalosa suma de dinero. Pagamos el carruaje que nos llevaría hasta Viena y el transporte de las maletas. ¡Y nos sobraron varias monedas! Me encargué de saldar todas las deudas con los proveedores de la aldea y conseguí nuevas líneas de crédito para mamá y la posada. Sin embargo, debo hacer una confesión: Käthe y yo nos dimos un pequeño capricho cada una. Mi hermana compró adornos para un sombrero nuevo que todavía no había estrenado; yo, por mi parte, varias hojas de papel y un estuche con plumas de distinto grosor. Daba lo mismo que no hubiera continuado componiendo la *Sonata de noche de bodas* desde mi regreso del Mundo Subterráneo; podría hacerlo en Viena. Sí, la escribiría en Viena.

Las semanas pasaron volando. La monotonía que hasta entonces había reinado en la posada se convirtió en un ajetreo de trámites y preparativos. Aquel constante trajín no nos concedió un solo respiro. Yo me dediqué a empaquetar las pocas pertenencias que podíamos llevarnos de viaje: ropa, zapatos y el puñado de baratijas que conservábamos después de haber vendido los pocos objetos de valor a la casa de empeños para saldar las deudas de papá.

—¿Qué vas a hacer con el clavicordio? —preguntó Käthe. Estábamos en el cuarto de Josef, ordenando todas mis cosas—. ¿Le pedirás al conde que te lo envíe cuando ya nos hayamos mudado a Viena? ¿O pretendes venderlo antes de que nos marchemos?

Para ser sincera, no lo había pensado. De hecho, durante esos días, apenas había pensado en la música.

—Liesl —me dijo Käthe—, ¿estás bien?

—Por supuesto —contesté, y empecé a clasificar y organizar todas mis cosas—. ¿Por qué no iba a estarlo?

Mi hermana pasó los dedos por las teclas de marfil. Sentía que me observaba mientras tocaba una nota por aquí, una nota por allá. Fa, sol, mi, re sostenido. La, la, la, fa sostenido. Tocaba al tuntún, sin preocuparse por la melodía o la entonación. Y esa libertad me despertó ciertos celos. Envidiaba su indiferencia, su serenidad. Para mi hermana, la música no era más que ruido.

—Es solo que… —dijo después de unos segundos— no te oigo tocar desde hace mucho tiempo. Eso es todo.

—He estado ocupada.

—Siempre estás ocupada —apuntó ella—. Pero eso no solía impedirte tocar música.

Sentí una punzada en el corazón: de culpabilidad y vergüenza. Käthe tenía razón. No podía negarlo. Daba igual lo cansada que estuviera al acabar el día o las horas que hubiera pasado limpiando y cocinando, siempre conseguía encontrar algo de tiempo para la música, para la magia y para el Rey de los Duendes. Siempre.

—Me sorprende que te hayas dado cuenta —contesté con cierta brusquedad—. Creía que no te importaba.

—Que no tenga tu talento no significa que no me dé cuenta de las cosas... o que no me importen —replicó—. Lo creas o no, te conozco muy bien.

Se me llenaron los ojos de lágrimas. Llevaba tanto tiempo inventando excusas que justificaran mi reticencia a sentarme frente al clavicordio y componer que no me había percatado de que mi música era como una herida abierta que no dejaba de supurar pus. El comentario de Käthe fue como un antiséptico, y escocía como un demonio.

—Oh, por Dios, Liesl —exclamó mi hermana, afligida—. No pretendía....

—No, no —dije, y me sequé las mejillas—. Estoy bien, de verdad. No has hecho nada malo. Es solo que estoy un poco agobiada, nada más. Ha sido una semana muy larga.

Käthe me contemplaba en silencio, sin pestañear. Esperaba que continuara hablando, pero preferí morderme la lengua y no decir nada más. Una parte de mí anhelaba confesarle toda la verdad, explicarle que no había tocado ni compuesto nada en tantísimo tiempo porque no me sentía con las fuerzas ni las ganas de sentarme frente al escritorio y componer. Porque cada vez que intentaba trabajar en mi *magnum opus*, sentía otra presencia a mi lado..., y sus besos, sus caricias. Porque temía que no me creyera... o, peor aún, que me creyera.

—No es nada —insistí y, de repente, me entró la risa tonta—. Anda, ven. ¿Por qué no jugamos al «mundo ideal» y nos distraemos un poco? Tanto limpiar y hacer maletas va a acabar conmigo. Venga, empiezo yo. Cuando lleguemos a Viena y nos instalemos en nuestro nuevo apartamento, el conde Procházka organizará un baile en nuestro honor. Josef también estará allí, por supuesto, y tocará el último concierto que compuse. Quizá su amigo François también asista. En ese caso, tocarán un dueto. Y tú..., tú irás engalanada con joyas únicas..., y los solteros más codiciados de Viena se postrarán a tus pies, se disputarán tu mano... Nos atiborrarán de bombones y golosinas y... ¡Ay!

Mi hermana me había pellizcado. Otra vez. Al parecer,

se estaba convirtiendo en una costumbre. Käthe me apartó el pelo de la cara y me miró con la frente arrugada.

—¿Cuándo fue la última vez que dormiste como Dios manda? —preguntó.

Eché un vistazo a mis manos. Las cerré en puños y me contuve para no esconderlas en el bolsillo del delantal.

—Liesl.

Cerré los ojos.

—¿Es... el Rey de los Duendes? —preguntó en voz baja.

Me quedé perpleja.

—No —respondí enseguida—. Claro que no.

Puede que no fuese la verdad, pero tampoco era del todo mentira.

Käthe se quedó callada, pero notaba su mirada clavada en mí.

—A veces me asalta una duda —murmuró después de un largo silencio—. ¿Es la propuesta del conde la que te ha hecho salir disparada hacia Viena o, en realidad, es que estás tratando de escapar de un reino que te acecha?

Inspiré hondo y abrí los ojos. Fue como si mi hermana me hubiera arrancado una espina que tenía clavada en el corazón y que ignoraba por completo.

—Käthe, yo... —empecé, pero al ver esa mirada misericordiosa, se me quebró la voz y fui incapaz de terminar la frase.

—Puedes salir corriendo hacia un lugar o huir corriendo de un lugar, pero no puedes hacer las dos cosas a la vez —comentó con voz tierna y cariñosa.

Las lágrimas amenazaban con salir a borbotones de mis ojos, pero no quería echarme a llorar, así que traté de contenerlas.

—¿Y quién dice que estoy corriendo? —repliqué, y forcé una sonrisa.

Por fin mi hermana había recuperado esa risa alegre y risueña. Quería que sonriera, que bromeara conmigo, que se alejara de los rincones más oscuros de mi alma para así no despertar su compasión.

Pero mi hermana no se echó a reír.

—Ah —suspiró—, pero ¿qué sentido tiene correr si estás en el camino equivocado? —dijo, mirándome directamente a los ojos.

Las semanas se iban sucediendo a la velocidad de la luz. Los días que nos quedaban en la posada podían contarse con los dedos de las manos. Sin embargo, a pesar del caos de la mudanza, las palabras de mi hermana me seguían escociendo. Eran como agujas de culpa y resentimiento que se clavaban en ese rechazo cómodo de la dolorosa y cruda realidad. Me daba rabia que Käthe me hubiera obligado a afrontar mi apatía para componer, mi incapacidad de sentarme frente al clavicordio y tocar. Me había mentido a mí misma y había inventado todo tipo de excusas para no enfrentarme a la verdad: que si había estado demasiado ocupada, demasiado cansada, demasiado preocupada, demasiado lo-que-sea... En fin, cualquier estupidez en lugar de reconocer que me aterrorizaba revisar la *Sonata de noche de bodas*.

Pero la realidad era mucho más fea y cruda.

No «quería» revisar la *Sonata de noche de bodas*.

No me asustaba enfrentarme a mis miedos. Veía imposible plasmar las notas que danzaban en mi mente sobre un pentagrama y temía que la música que pudiera crear no hiciera justicia a la que retumbaba en mi cabeza. No poseía ese don divino, ni tampoco había recibido la formación apropiada. Al fin y al cabo, no era una música excepcional.

Pero ya había afrontado esos miedos antes. Y los había vencido. Las semanas que había pasado en el Mundo Subterráneo me habían forzado a abrirme, a romper ese muro de piedra que había construido alrededor de mi corazón, a admitir todas mis inseguridades y a afrontarlas sin titubeos. Había tenido la valentía y la fortaleza de vencer mis dudas. Ahora no me iba a echar atrás.

Lo que no podía soportar era la esperanza.

93

«No mires atrás», me había advertido el Rey de los Duendes. Y eso había hecho. Sin embargo, en esos momentos de duermevela, entre el sueño y el despertar, los agujeros que la soledad había excavado en mi alma se agrandaban y me engullían. Cada vez que tocaba la *Sonata de noche de bodas* invocaba ciertos fantasmas, literal y metafóricamente hablando.

Podría haber ignorado por completo esa pieza. Podría haber compartido momentos con mi clavicordio, con otros compositores, con otras partituras. Sin embargo, cada vez que veía esas teclas blancas y negras, sentía vértigo. Vértigo y miedo de romper mi promesa y retroceder, retroceder, retroceder.

Faltaban tres días para que llegara el carruaje que nos llevaría hasta Viena y ya lo teníamos casi todo preparado. Lo único que nos quedaba por hacer era recoger los desechos de nuestras vidas. En el caso de Käthe, todas las cintas, lazos, adornos y demás cursilerías insignificantes. En mi caso, el clavicordio.

Al final decidimos venderle el instrumento a un vecino de la aldea que había logrado amasar una fortuna y que estaba empecinado en gastarla en instrumentos musicales. Se las había ingeniado para contratar a un profesor dispuesto a mudarse desde Viena para enseñar a su mujer y a sus hijas a tocar aquellos instrumentos. El joven profesor llegaría días después de nuestra partida, pero el comprador ya lo había dispuesto todo. Es decir, que había alquilado una camioneta y un par de tipos fuertes y musculados, para tener el clavicordio en su casa al día siguiente.

Esa iba a ser mi última noche con el clavicordio; le debía una despedida: al fin y al cabo, había sido como un mejor amigo para mí.

Cuando por fin se instaló la serenidad de la noche en la posada, me senté en el banco. Estaba cómoda e incómoda al mismo tiempo. La madera sobre la que se apoyaban mis piernas era la misma de siempre, pero la notaba distinta…, nueva. Estaba redescubriendo mi instrumento, tanteándolo desde una perspectiva totalmente diferente.

La luz de la luna teñía mi mundo de color plata, iluminando las teclas amarillentas del clavicordio y coloreándolas de un gris apagado. Acaricié el teclado y titubeé. En mi cabeza bailaban notas que jamás había tocado. Noté un cosquilleo en la nuca, como si una hilera de arañas estuviera arrastrándose por mi espalda mientras una brisa invisible me agitaba el pelo. Me estremecí y traté de arrancarme las telarañas de la duda. Notaba el peso de una promesa sobre el pecho, colgado de una cadena que llevaba alrededor del cuello. Un anillo en forma de cabeza de lobo. Su anillo.

Toqué unos acordes. Lo hice con suavidad, para que no resonaran en la posada, a pesar de que estaba bastante alejada de las estancias de los huéspedes, pues me encontraba en la vieja habitación de Josef. Ensayé varias escalas para calentar los dedos antes de repasar los ejercicios de Clementi. Estaba evitando otra canción, una melodía que se empeñaba en colarse en mi mente.

Cuánto más tocaba, más cómoda me sentía. En mi casa no había fantasmas, ni lamentos, ni añoranzas. Pero los recuerdos no solo se agolpaban en mi memoria, sino también en mis músculos, en mis dedos, en mi corazón. Y, poco a poco, la música empezó a cambiar.

La *Sonata de noche de bodas*.

«No.» Desterré todos mis recuerdos del pasado y visualicé el futuro, mi hermano, Viena.

Viena. El único lugar del mundo donde disfrutar de un concierto de la nueva sinfonía de Haydn, donde ver la última obra teatral de Schikaneder en el Theater auf der Wieden, donde codearse con las mentes más brillantes y privilegiadas de nuestra generación en un sinfín de cafeterías y salones de té. Viena, donde artistas y filósofos inundaban las calles. Viena, donde la conversación fluía como el vino.

En Viena no había lugares sagrados ni sitios donde coexistieran palabras mortales e inmortales.

Viena, donde Josef era libre.

Viena, donde tal vez yo sería libre.

Cerré los puños y estrujé las teclas, produciendo un sonido amargo y rechinante.

95

«No.» No iba a hacerlo.

Sin embargo, era como un velero arrastrado por la corriente, así que en cuestión de segundos me entregué de nuevo a la música. A mi música. En mi memoria y en mi mente, un violín empezó a tocar el segundo movimiento, el *adagio*. Cerré los ojos y me quedé vagando a la deriva.

Me sumergí en las profundidades de ese inmenso océano.

«Elisabeth.»

Tras mis párpados apareció una imagen. Unos dedos largos y elegantes apoyados sobre el cuello de un violín, el movimiento suave y delicado de un arco, el balanceo de un cuerpo cautivo de la música.

Toqué.

Revisitar aquella sonata era tan fácil y tan difícil como conciliar el sueño. Mi cuerpo, guiado por el instinto, sabía qué hacer en todo momento, a pesar de que mi mente hubiera olvidado o borrado partes de la pieza. Deslizaba los dedos sobre las teclas, forjando nuevos caminos, otras combinaciones. Componer consistía en trabajar en una idea, en reunir fragmentos de melodías, de sonidos, de ritmos, de armonías. En perfeccionar las frases, el contrapunto y el acompañamiento. Versiones provisionales, borradores, bocetos…, hasta que, de repente, surge un tema, una historia, una resolución.

Pero yo no tenía una resolución.

«Elisabeth.»

Noté una presencia en el banco, a mi lado. La esencia a pino y bosque llenó la habitación, tapando el olor a hielo e invierno, aunque las primeras lluvias primaverales ya habían empezado a caer sobre la aldea. Se me aceleró la respiración de inmediato. El corazón me iba a mil por hora. Traté de tranquilizarme.

«Elisabeth.»

Una brisa fría, una exhalación casi imperceptible, un susurro al oído. El Rey de los Duendes siempre me había llamado así, Elisabeth.

—Si tú estás conmigo —murmuré al aire.

Noté un hormigueo en la piel cuando unos dedos suaves me apartaron el cabello del rostro, cuando unos labios rozaron mi mejilla. Me llevé una mano a la cara, como si así pudiera atrapar el beso.

—*Mein Herr* —dije, con voz temblorosa—. Oh, *mein Herr*.

Pero no obtuve respuesta.

Ojalá hubiera sabido su nombre para poder llamarle. «No puedes amar a un hombre sin nombre», había dicho. Estaba convencido de que me hacía un favor. Ahora no era más que el espectro del hombre que había sido en vida. Su nombre era irrelevante. Lo había entregado a las viejas normas, pues ese el precio que había tenido que pagar para convertirse en *Der Erlkönig*. Pero lo que él había considerado un acto de bondad había sido, en realidad, un acto de crueldad. Sí, un acto cruel y desalmado. Me había mandado al mundo exterior, sola y aislada. Había abandonado nuestra historia de amor.

—Por favor —rogué con voz ronca—. Si tú estás conmigo. Por favor.

Un suspiro profundo. Un grito ahogado. Noté que la presencia que tenía al lado se revolvía. Con el corazón en un puño, esperé a que el Rey de los Duendes me envolviera entre sus brazos una vez más.

Sin embargo, cuando abrí los ojos, la habitación estaba vacía. Tan vacía y solitaria como siempre.

Enterré la cara en las manos y rompí a llorar.

De repente me pareció oír un sonido suave, un murmullo. Era el sonido de unas ramas desnudas, agitadas por un viento invernal. Pensé en Ramita y Ortiga, las dos duendecillas que se ocupaban de mí. Pensé en esos dedos largos y rígidos rozando las palmas de su mano, unas palmas secas y escamosas. El aplauso de los duendes.

Me puse en pie.

—¿Hola? ¿Hay alguien ahí?

No obtuve ninguna respuesta. Solo silencio. Pero la quietud que se había instalado en la sala no era absoluta. Empecé a revolver la habitación, a toquetear todos los objetos. Las criaturas grotescas e inhumanas resultaron ser cortinas, sillas y demás objetos cotidianos y mundanos.

Estaba sola. Pero había una parte de mí que todavía no estaba convencida de ello.

Tenía que dormir. El cansancio estaba haciendo mella en mis defensas, como el oleaje cuando golpea el dique. Me estaba volviendo vulnerable, desamparada. Me puse el camisón y me hice un ovillo debajo de las sábanas, pues la noche era muy fría.

La habitación estaba sumida en una negrura opaca, pero no podía conciliar el sueño. Traté de concentrarme e incluso conté cientos de ovejas para intentar sucumbir en los brazos de Morfeo. Imposible. Necesitaba descansar, cerrar los ojos, la mente y el corazón, al menos hasta el día siguiente.

«No pienses, siente.»

—Oh, *mein Herr* —suspiré—. Ojalá pudiera hacerlo. Ojalá pudiera hacerlo.

Poco a poco fui cayendo en un sueño ligero y sentí el peso de un nombre sobre mi corazón. Agarré el anillo que llevaba alrededor del cuello y traté de despertarme, de recordar, pero el nombre ya se había esfumado.

*E*lla lo está llamando.

Un monstruo alza la cabeza al oír la música que se cuela por las grietas de la frontera que divide ambos mundos. La Caza le ha dejado exhausto; tiene las manos y los dientes cubiertos de manchas plateadas, el color de las almas de los incrédulos. Sus ojos se han teñido de un azul blanquecino y brillan de placer al recordar el delicioso sabor de la vida, de los rayos de sol, de la respiración, de la pasión. Unos sabores suculentos que habían estallado en su boca como pompas de jabón. Se relame, echa la cabeza hacia atrás y escupe una carcajada de satisfacción, de frenesí, de desenfreno salvaje.

Es un grito de ayuda.

Varios más se han unido a su compañía inmortal tras emprender ese viaje por el cielo. El bailarín del bosquecillo, el cantante de los bastidores, el pintor del estudio, el profeta del callejón. La Caza los montó sobre caballos fantasmales para cruzar el velo, pero los vivos no soportan la travesía. La frontera se convierte en un arma, en una daga afilada y letal. Se derrama sangre inocente mientras las criaturas de *Der Erlkönig* se reúnen junto a la horda profana. En cuanto las gotas carmesí tocan el suelo, se transforman en flores rojas, en un campo de amapolas. Los últimos vestigios de los vivos, todo lo que quedaba de los mortales que una vez fueron.

La música es todo lo que queda del humano que una vez fue. Tras pasar por incontables salones vacíos, el monstruo se desliza entre las sombras, dejando tras de sí un rastro de duendes. Horas antes, durante la noche, sus manos han cargado con el peso de una espada y un escudo, pero ahora sostienen el arco y el violín. Él tiene el poder de modelar y esculpir el Mundo Subterráneo, pero, por primera vez en mucho tiempo, aparece en una habitación repleta de espejos y con un clavicordio en el centro. Parece una sala de visitas.

La chimenea está apagada. Los espejos están rotos. El instrumento está lleno de polvo y desafinado. Pero, aun así, ella sigue llamándolo a través del velo.

«Si tú estás conmigo.»

Apoya las cerdas de caballo sobre las cuerdas y deja que la voz de su violín, cálida y granulosa, llene el espacio que los separa. Los espejos que lo rodean no solo reflejan el salón, sino también un espacio estrecho y deslucido, atiborrado de cajas, papeles y trastos.

Y, en el centro de esa habitación, una chica. Una mujer. Está sentada frente al clavicordio, con los ojos cerrados, tocando su canción. Su historia.

«Elisabeth.»

100
La imagen parpadea, se difumina. Es un reflejo que ilumina la llama titilante de una vela. Las sombras se retuercen y serpentean, presas de una curiosidad insaciable. El monstruo tiene que hacer un esfuerzo tremendo para contenerlas.

«Por favor», susurra él. «Por favor, concededme este capricho.» Y, sin dejar de tocar, la oscuridad empieza a retroceder. El peso de las astas que brotan de su cabeza se vuelve más soportable, más liviano. El mundo recupera su color original, igual que su mirada, que vuelve a ser azul y verde. Y es entonces cuando el monstruo recuerda qué se siente al ser mortal.

«Elisabeth.»

Se sienta en el banco, a su lado, para pedirle, para suplicarle, que abra los ojos y le vea. Que esté con él.

Pero ella continúa con los ojos cerrados. Se fija en sus manos, que no dejan de temblar sobre el teclado.

«Elisabeth.»

Ella se revuelve.

Inspira hondo y alza la mano para acariciarle la mejilla

con esos dedos que todavía son los de un monstruo. La caricia atraviesa su piel, como el filo de un cuchillo al cortar el aire. Aun así, parece que ella siente el roce de sus dedos en los rincones más oscuros de su alma, de su cuerpo, de su corazón. Ese cuerpo que tiene al lado es tan inconsistente como la niebla, pero no puede contenerse. Desea besarla. Cierra los ojos y se acerca, imaginando el tacto sedoso de su piel sobre los labios.

Sus labios se tocan.

Un grito ahogado. Él abre los ojos, pero ella no. Se lleva las manos a la boca, como si quisiera aferrarse a esa inesperada caricia.

—*Mein Herr* —suspira—. Oh, *mein Herr.*

«Estoy aquí —contesta él—. Mírame. Si tú estás conmigo. Necesito que me veas. Que me llames por mi nombre.»

Sin embargo, cuando ella abre los ojos, se queda mirando al infinito. La penumbra sisea y se arrastra, imitando el murmullo silencioso de las ramas cuando sopla un viento gélido. Ella hunde la cara en sus manos y tiembla. El sonido de sus lamentos es incluso más amargo que la noche más fría de invierno.

«¡No!», grita él. Anhela consolarla y tranquilizarla, pero no puede abrazarla, no puede tocarla. Él es como un fantasma para ella, un fantasma mudo e incorpóreo. Las sombras están impacientes. Esa negrura absoluta empieza a enroscarse entre sus manos, sus brazos, su rostro. Está supeditado al control de las viejas normas, pero aun así el hombre que aún vive en él no se rinde ante el monstruo en el que se está convirtiendo.

Deja de luchar, de oponer resistencia… y empieza a desaparecer. Está decidido a no olvidar ese pedacito puro e incorrupto que queda de él. Alarga el brazo por última vez e intenta grabar su nombre en el corazón de ella.

«Mantenme a salvo —piensa—. Mantenme humano. Mantenme entero.»

Y después se esfuma.

Escapar de un reino

*E*l carruaje llegaría a primera hora de la mañana.

Para mi sorpresa, esa noche, varios vecinos de la aldea se tomaron la molestia de venir a la posada para despedirse, para desearnos buen viaje y para darnos una retahíla de consejos que en ningún momento les habíamos pedido. El panadero y su mujer nos trajeron pasteles; el carnicero, varios kilos de salchichas; y el mesonero, un barril de cerveza para que pudiéramos brindar antes de partir. Los huéspedes de la posada se mezclaron con las visitas. En menos que canta un gallo, el salón se convirtió en una celebración espontánea. Debo reconocer que me conmovió aquella inesperada muestra de cariño y aprecio, a pesar de que muchos de los consejos fuesen poco acertados.

—No le quites el ojo de encima a tu hermana, Liesl —dijo *Frau* Bäcker—. La belleza es ciega, y lo último que querríamos es que nuestra Käthe se rodeara de malas compañías.

—Tú tienes la cabeza bien amueblada —añadió su marido—, así que no estamos tan preocupados por ti. Sabemos que ningún hombre intentará aprovecharse de ti, querida.

Mi sonrisa se torció en una mueca de desprecio, pero hice de tripas corazón y les di las gracias por el pastel, una exquisita creación recubierta de merengue brillante. En la posada escaseaba el azúcar, así que no podíamos permitirnos tales lujos. Y por eso el presente del matrimonio había sido todo un buen regalo, pese a haberme dejado un sabor amargo en la boca.

Uno a uno, nuestros queridos vecinos fueron retirándose con discreción, sumergiéndose en la oscuridad nocturna. La inesperada fiesta de despedida no nos entristeció, sino que sirvió para alimentar, todavía más, nuestras ansias por huir de ese pueblucho. Mamá insistió en que nos acostáramos pronto y en que no nos preocupáramos de recoger la cocina, ya que nos esperaba un viaje largo y debíamos descansar. A juzgar por el brillo que percibí en su mirada azul, sospechaba que, en realidad, mamá quería refugiarse en la cocina y así evitar que la viéramos llorar.

Constanze se había pasado toda la tarde encerrada en su habitación. Aunque sabía que era lo mejor para todas, me molestaba que fuese tan apática con el resto del mundo. Al menos se había dignado a aparecer en la despedida de Josef, lo cual ya había sido todo un logro.

Era la última noche que pasábamos en la posada. Y, la verdad, no tenía mucho sentido, pero me embargó una especie de melancolía. Debería estar feliz. Debería estar emocionada. Tenía toda la vida por delante y se me había presentado una oportunidad de oro, una oportunidad que no podía desaprovechar. Pero me invadía un extraño desinterés por la idea, como si estuviera viviendo mi alegría desde lejos.

Era como si una sombra se hubiera posado sobre mi alma. Sabía qué sensaciones debería experimentar, las consecuencias que tendría que temer, pero en mi alma todo era oscuro, borroso, turbio. Un velo se había interpuesto entre mi corazón y mi razón. Pensé en las funestas advertencias del rector, en el terror que le provocaba la Caza Salvaje a Constanze. Debería estar preocupada. Tendría que estar angustiada. Pero esa noche, todo lo que sentía era agotamiento.

Incluso Käthe se dio cuenta de mi extraña reticencia.

—¿Te apetece que pasemos la noche juntas, Liesl? —preguntó cuando todo el mundo se hubo marchado. Estábamos sentadas en el vestíbulo principal, frente a la chimenea, observando las llamas—. Podría hacerte un poco de compañía. Será como en los viejos tiempos, ¿qué te parece?

103

Cuando éramos niñas, mi hermana y yo compartíamos cama y habitación. Mi hermano, sin embargo, tenía su propio cuarto, en la planta baja. Por aquel entonces, la privacidad me parecía un lujo que solo unos pocos podían permitirse. Y soñaba con pasar una noche a solas, sin nadie a mi lado. Aunque me encantaba tener un refugio propio, había momentos en los que la soledad me resultaba más insoportable que el peso de las piernas de mi hermana cuando dormía.

—Tranquila, estoy bien —respondí, sin apartar la mirada del fuego—. Ve a la cama, Käthe. Yo… me iré a dormir dentro de un rato.

Por el rabillo del ojo vi que alargaba el brazo, que reculaba y que torcía la boca, como si le costara encontrar palabras de ánimo o que me calmaran. Quería levantar la mano y consolar a mi hermana, pero no fui capaz de hacerlo. Mi sombra me envolvía en una mortaja que impedía que me moviera.

104 Mi hermana se levantó. De camino a la escalera, se detuvo.

—Liesl —llamó en voz baja.

—¿Sí?

—Ve al Bosquecillo de los Duendes.

Jamás habría esperado que Käthe me dijera tal cosa. Pero estaba tan aturdida que ni siquiera reaccioné.

—¿Qué? —pregunté.

—Ve al Bosquecillo de los Duendes —repitió—. Haz las paces con él. Despídete de él como se merece. No puedes empezar un nuevo capítulo de tu vida sin cerrar el anterior. Ve… y libérate.

Jugueteé con el anillo y con la cadena que llevaba alrededor del cuello.

—Me lo pensaré.

—¿Qué diablos te ocurre? —espetó de repente Käthe. Su voz sonó vehemente, furiosa. Ese inesperado arrebato de ira me dejó de piedra. Estaba perpleja, pero no solo eso. También me sentía celosa. Envidiaba la fuerza de sus convicciones—. ¿A qué le tienes tanto miedo? Estoy harta de soportar tus cargas emocionales, Liesl. No las toleraré siempre. No soy un bastón sobre el que puedas apoyarte cuando te venga en gana.

Pestañeé.

—¿Perdona?

Y, de golpe y porrazo, se puso a caminar de un lado al otro del salón.

—Desde que volviste de…, de donde quiera que estuviste, estás desatada. Has perdido el control, Liesl —soltó. Antes de que pudiera protestar y defenderme, continuó—: Tienes calor, tienes frío, estás de buen humor, estás triste, unos días haces las cosas deprisa y corriendo, y otros las haces a paso de tortuga. No puedo seguirte el ritmo. Me da la sensación de que eres como una olla a presión, de que vas a explotar en cualquier momento. Así pues, me paso el día vigilándote, esperando a que llegue el momento en que ocurra algo y te derrumbes.

Estaba anonadada. ¿Tanto me había cambiado el tiempo que había pasado bajo tierra? Era una Liesl…, no, una «Elisabeth» distinta a la de antes, la que desconocía el extraordinario reino de los duendes, por supuesto, pero seguía siendo yo. Mi alma era la misma. Y todavía era esa chica indulgente, abnegada y egoísta al mismo tiempo. Todavía era salvaje. Me había arrancado la piel para descubrir a una chica nueva, a una chica más segura. Pero ¿siempre había sido tan inaguantable? ¿Siempre había sido tan tediosa?

—Lo…, Lo… —tartamudeé, pero las palabras se me enredaban en la lengua—. No pretendía… Lo siento mucho, Käthe.

Mi hermana suavizó un poco la expresión, pero incluso mi disculpa le hastiaba, le aburría. Soltó un suspiro.

—No me pidas perdón, Liesl —resolvió—. Haz algo. Deja de vagar como un alma en pena y pasa página de una vez. No sé qué te ocurre, pero estoy cansada de sostenerte el corazón. Déjalo en el Bosquecillo de los Duendes como ofrenda, si eso es lo que debes hacer. No lo soportaré un día más.

Me escocían los ojos. Sabía que, en el fondo, Käthe sentía lástima por mí, pero no me atrevía a mirarla a los ojos. Se me escapó una lágrima e intenté no ponerme a lloriquear. «Deja de vagar como un alma en pena», había dicho.

Un golpe duro.

Mi hermana se arrodilló frente a mí y me dio un beso en la frente.

—Ve al Bosquecillo de los Duendes —insistió—. Ve y reconcíliate con él.

Y fui.

Me adentré hasta el corazón del bosque. La noche parecía tranquila, despejada.

Ese día había llovido y aún quedaban algunas nubes flotando en el cielo, pero ninguna eclipsaba la luna, que brillaba con todo su esplendor y cubría el bosque de un precioso manto plateado. Pero incluso en una noche tapada y oscura, habría sabido hallar el camino que conducía al Bosquecillo de los Duendes. Cada árbol y cada leyenda sobre ese bosque estaban grabados en mi piel, en mis huesos. Era el mapa de mi alma.

El camino era más largo y más corto de lo que recordaba. La distancia desde ese círculo de alisos hasta la posada parecía haberse acortado, pero me daba la impresión de que estaba tardando muchísimo en llegar a ese lugar recóndito del bosque. Me topé con el Bosquecillo de los Duendes casi por sorpresa. Ahí estaba, el anillo de doce alisos que emergían de entre las sombras como críos jugando al escondite. Me quedé en el lindero de la arboleda, vacilante. La última vez que había estado ahí, atravesé la barrera que separaba los dos mundos. El Bosquecillo de los Duendes era uno de los pocos lugares intermedios que quedaban. Allí coexistían los dos reinos, ya que seguía siendo un espacio sagrado. No me moví. Esperé a que me embargara la sensación de estar invadiendo una propiedad que no me pertenecía.

Pero esa sensación nunca llegó.

Di un paso adelante y entré. Me senté con la espalda apoyada en el tronco de uno de los alisos y me arropé con la capa.

—Ah, *mein Herr* —susurré—. Estoy aquí. Por fin estoy aquí.

No obtuve respuesta. Incluso el bosque estaba callado, lo cual era insólito, y no logré percibir la tranquilidad y serenidad habitual. Me sentía extraña ahí sentada, en mitad de la noche, como una niña que se había marchado de casa hecha una furia para regresar horas más tarde con la cola entre las piernas. El bosque estaba tal y como lo recordaba, aunque había algo que había cambiado. Y no eran los pequeños detalles que quizá mi memoria no había logrado retener, sino el vacío.

Estaba sola.

Por un momento, me planteé dar media vuelta, regresar a la posada, al calor de una chimenea, a la luz de un farolillo, a la seguridad de un hogar. Pero le había prometido a mi hermana que haría las paces con él, aunque, a decir verdad, no tenía ni idea de cómo hacerlo. Y, para colmo, allí no había nadie que pudiera escucharme.

—Parto a Viena a primera hora de la mañana —dije—. Me marcharé y dejaré atrás el Bosquecillo de los Duendes.

No pude evitar hacer una pausa y esperar una respuesta, pese a saber que nunca llegaría. No estaba hablando sola; estaba manteniendo un diálogo, solo que yo era la única que hablaba.

—Debería estar contenta. «Estoy» contenta. Siempre he querido ir a Viena. Siempre he querido explorar el mundo que hay más allá de nuestra pequeña aldea bávara.

Me sentía más cómoda pensando que alguien, en algún lugar, estuviera escuchándome. Entonces me pregunté si realmente quería que el Rey de los Duendes me respondiera o si prefería dejar mi corazón ahí, ante él, ante las viejas normas.

—¿No fue eso lo que me enseñaste, *mein Herr*? ¿A quererme más, a pensar en mí antes que en los demás?

Las palabras se quedaron suspendidas en el aire, como una neblina espesa. Mi melancolía era palpable, visible. Cada vez tenía más frío. La humedad había empapado la capa y me había calado hasta los huesos.

—¿No te alegras por mí?

Una vez más, silencio. Su ausencia era casi una presencia, un vacío perceptible, casi palpable. Quería llenar ese vacío, sellar ese abismo y curar las heridas de mi corazón.

—Sé muy bien lo que dirías —murmuré—: «No lo dudes y vive, Elisabeth. Vive y olvídate de mí».

Aún podía oír su voz en mi memoria, un barítono suave y expresivo, tan cálido y delicado como el sonido de un fagot. ¿O era más bien un poderoso tenor, tan afilado y claro como un clarinete? El tiempo había borrado algunos detalles del Rey de los Duendes y, por mucho que hurgara entre mis recuerdos, ya no podía dibujar un hombre, tan solo podía dibujar un mito.

—Qué fácil es olvidar —susurré—. Es más fácil de lo que creía. Más fácil de lo que estoy dispuesta a admitir. Ya ni siquiera recuerdo el color exacto de tu mirada, *mein Herr* —dije, y pasé los dedos por el suelo, aún cubierto por una fina capa de hielo—. Pero ¿vivir? —pregunté mientras palpaba la tierra. Allí no había nada, ni un solo brote verde dispuesto a romper el hielo. Esa tierra estaba vacía, marchita, muerta—. Vivir es difícil. No me advertiste de que sería tan difícil, *mein Herr*. Ni siquiera lo insinuaste.

Tenía las piernas entumecidas por el frío, así que me puse en pie y sacudí todo el cuerpo para deshacerme del incesante cosquilleo que recorría mi piel. Empecé a andar por el Bosquecillo de los Duendes. Los nervios y la impotencia me ayudaron a entrar en calor.

—No me dijiste que vivir consistía en tomar decisiones, una detrás de otra: algunas fáciles, otras difíciles. No me dijiste que vivir no era una batalla, sino una guerra. No me dijiste que vivir era una elección, y que cada día que elijo continuar es otra victoria, otro triunfo.

Ese nerviosismo se transformó en rabia, en ira. Ardía en mi interior, y ese fuego furibundo se iba extendiendo

108

por todo mi cuerpo. Cerré los puños, apreté la mandíbula. Era como un géiser a punto de estallar. Solo pensaba en arrancar los alisos de raíz y cavar un hoyo lo bastante profundo como para colarme en el Mundo Subterráneo. Quería arañar y gritar y rasgar y chillar. Quería hacerle daño. Quería hacerme daño.

—Ojalá estuvieras muerto —dije con vehemencia.

Mis palabras no retumbaron en el bosque, pero sí en mis oídos.

—Ojalá —repetí—. ¿Me oyes, *mein Herr*? ¡Ojalá estuvieras muerto!

Por fin el bosque absorbió mi aullido y, de inmediato, cientos de voces repitieron a coro «muerto, muerto, muerto». Me pareció oír las risitas maliciosas de Ortiga y Ramita; esas carcajadas agudas y malsonantes me ponían la piel de gallina. La Liesl de antes se habría sentido culpable por haber soltado esas palabras tan crueles e insensibles, pero la nueva Elisabeth no. Después de todo, si algo había aprendido del Rey de los Duendes, era a ser despiadada.

—Seguro que estarías de acuerdo conmigo —proseguí, y solté una carcajada de resentimiento—. Nadie puede hacerte más daño que tú mismo. Sí, serías capaz de idear el peor de los castigos para ti. Podrías haber sido un mártir. San Rey de los Duendes, dispuesto a morir por mí, dispuesto a morir por amor.

Una breve pausa.

—Pero no soy como tú —continué—. No soy una santa; soy una pecadora. Ojalá estuvieras muerto, así podría vivir. Si estuvieras muerto, te podría enterrar, en mi corazón y en mi mente. Podría llorar tu muerte y dejarte marchar de una vez por todas.

Dejé de caminar y me froté los brazos bajo la capa. Ahora que me había desahogado y ya no estaba tan furiosa, el frío estaba empezando a quemarme la piel. Saqué el anillo en forma de cabeza de lobo de debajo de la camisa.

—Sin embargo, en lugar de eso, tú llevas una no-vida —dije. Sostuve el anillo y lo miré con detenimiento. Era un anillo viejo y estaba deslustrado. A decir verdad, era

109

bastante feo—. Una no-vida, una no-muerte. Existes en esos espacios intermedios, entre el sueño y el despertar, entre la realidad y la imaginación. Desearía poder despertarme, *mein Herr*. Ojalá estuviera despierta.

Abrí el cierre de la cadena y saqué el anillo. Con las manos tiritando de frío, y tal vez de algo más, lo dejé en el centro de aquel círculo de alisos.

—No pienso mirar atrás —murmuré, conmovida—. Esta vez no. Porque tú no estarás ahí para retenerme, para frenarme. Renuncio a ti, *mein Herr*, siempre y cuando me dejes marchar.

Se me atragantó un sollozo, pero me lo tragué. Respiré hondo y erguí la espalda, decidida a seguir adelante.

—Adiós —dije. No me volví—. Esto es una despedida.

Reconozco que esperaba sentir una mano fantasmal sobre el hombro en cuanto pusiera un pie fuera del Bosquecillo de los Duendes. Pero, al igual que había ocurrido cuando escapé del Mundo Subterráneo, no percibí nada que pudiera entenderse como una súplica para quedarme. Tenía que buscar a mi Rey de los Duendes. Ahogué un grito y me abalancé sobre el anillo que ya no llevaba sobre el pecho. No estaba segura, pero me pareció ver una silueta alta y oscura merodeando entre los árboles, observándome desde las sombras.

Pestañeé. Y, cuando volví a abrir los ojos, la figura ya no estaba. Quizá nunca había estado ahí, tal vez mi locura y mi desesperación me hacían ver cosas que no existían. Me di la vuelta y emprendí mi camino hacia casa, hacia mi futuro, hacia lo mundano.

Intenté contener las lágrimas, pero justo antes de llegar a la posada me eché a llorar.

INTERLUDIO

*U*na mañana de principios de primavera, un carruaje de pasajeros con destino a Viena tomó un desvío e hizo una parada en una humilde posada de Baviera.

Allí esperaban dos muchachas. Iban cogidas de la mano. Una era rubia; la otra, morena. Su ropa era sencilla y austera; su equipaje, ligero. Pese a que una era mucho más hermosa y llamativa que la otra, guardaban cierto parecido. Sí, debían de ser hermanas. Ambas mostraban el mismo semblante, una expresión de esperanza y de vacío, como dos mitades del mismo todo. Los pasajeros se revolvieron, refunfuñaron y se apretujaron para hacer hueco a las chicas, una rolliza y un pelín entrada en carnes; la otra, flacucha. Las hermanas seguían cogidas de la mano. La morena tenía la mirada clavada en el horizonte y se negaba a reconocer los demonios que solo ella podía ver.

Mientras tanto, más allá de las montañas y a cientos de kilómetros de distancia, dos muchachos, uno de tez oscura y otro de tez pálida, caminaban por las calles de Viena tras dejar el que había sido su hogar en los bajos fondos de la ciudad para mudarse a un vecindario mucho más fino y elegante. Un lacayo vestido de rojo amapola era el encargado de trasladar todos sus objetos personales al que iba a ser su nuevo apartamento, pero lo único que poseían era un violín. Los transeúntes se incomodaban y cuchicheaban al ver a dos jóvenes paseando a plena luz del día con las manos entrelazadas, una oscura como el ébano, la otra blanca como la cal.

El joven de tez oscura sabía que la suerte nunca estaba

del lado de los de su clase social o color de piel, y no se fiaba de aquel repentino golpe de suerte que les había regalado el destino y que había aparecido de la mano de la mujer de mirada esmeralda que se había presentado en casa de Odalisque preguntando por él y por su compañero. La mujer traía consigo varios regalos: una oferta de patrocinio y una carta manuscrita dirigida a François. Él desconocía al remitente de esa carta, pero, para su compañero, era alguien muy valioso y especial.

su confianza ciega en mi trabajo me llena de orgullo, por lo que acepto humildemente su generosa oferta. Por favor, exprésele todo mi amor y afecto a mi hermano, Herr Vogler. Le suplico que le asegure que su familia no lo ha abandonado y que su hermana solo anhela que no la haya olvidado.

ETERNAMENTE AGRADECIDA,
COMPOSITORA DE DER ERLKÖNIG

114

François no confiaba en la mujer de los ojos verdes. La vida le había enseñado hacía mucho tiempo que todo tenía un precio. Pero Josef seguía siendo un muchacho ingenuo que todavía creía en cuentos de hadas, en la magia y en los milagros. Josef leyó la carta.

Y aceptó la propuesta.

El carruaje procedente de Baviera cruzó las puertas de la ciudad a última hora de la tarde. Tras serpentear por las calles adoquinadas de la ciudad, se detuvo delante de un edificio de apartamentos en Stephansplatz, cerca de la grandiosa catedral de Viena, en el corazón de la ciudad. Allí se apearon las dos hermanas. La morena temblaba bajo su capa roja, pero no por el frío que había invadido la ciudad, y que resultaba muy poco habitual para esa época del año. Estaba impaciente. Buscaba en aquel portal oscuro una mirada azul, una melena rubia y una sonrisa dulce y tímida. Estaba esperando a un niño. Estaba esperando a su hermano.

Sin embargo, el hermano que apareció no era el niño que Liesl recordaba. Ahora que había cumplido los dieciséis años, ya no era ningún crío. Josef había dado el estirón y les sacaba una cabeza a sus dos hermanas. Sin embargo, todavía no era un hombre hecho y derecho, pues lucía una tez imberbe y un cuerpo un tanto desgarbado y larguirucho. Estaba en esa edad en la que no era un niño, pero tampoco un hombre.

Durante unos instantes, Liesl y Josef se miraron fijamente, sin hacer nada, sin decir nada.

Y, de repente, se derrumbaron.

Ella extendió los brazos y, sin pensárselo dos veces, él se lanzó a su abrazo, tal y como hacían cuando su padre se pasaba con la bebida y el uno buscaba refugio en el otro, y viceversa. O cuando escuchaban las historias de miedo a los pies de su abuela. O cuando el mundo era demasiado grande para ellos, y demasiado pequeño.

—Liesl —murmuró él.

—Sepp —susurró ella.

Las lágrimas que brotaron de sus ojos eran cálidas y sabían a alegría, a felicidad. Estaban juntos. Estaban, por fin, en casa.

—¡Oh, Dios mío, Josef, cuánto has crecido! —exclamó la hermana de melena dorada.

Josef se quedó anonadado al verla.

—¿Qué estás haciendo aquí, Käthe?

La pregunta hirió a su hermana, pero él no se percató de nada.

—¿No te lo contó Liesl? —protestó Käthe—. ¡Nos mudamos a Viena, contigo!

—¿Mudaros? —preguntó Josef, que desvió su mirada azul a su hermana. Sus ojos eran mucho más pálidos y glaciales de lo que Liesl recordaba—. ¿No habéis…, no habéis venido a buscarme para llevarme a casa?

—¿A casa? —replicó Käthe, incrédula—. Pero si estamos en casa.

El cochero había descargado todo el equipaje y había reanudado su viaje, dejando a toda la familia allí plantada.

Solo podían hacer una cosa: entrar en el edificio y subir las escaleras de su nuevo domicilio. François y la casera salieron de entre las sombras para echarles una mano con las maletas. Su nuevo hogar era el apartamento de dos habitaciones del segundo piso. Primero entró la casera y después François, seguido de Käthe. Los tres desaparecieron en la oscuridad del vestíbulo, pero Liesl y Josef se quedaron en la calle, juntos pero solos.

—Casa —farfulló el joven con voz distante.

—Casa —repitió su hermana en voz baja.

Ambos se quedaron en silencio un buen rato. Liesl había viajado cientos de kilómetros, había cruzado bosques, había atravesado montañas y llanuras… Todo para estar con él. Y, sin embargo, la distancia que los separaba parecía haberse ensanchado.

—Sepperl —empezó, y luego enmudeció. No sabía qué decir.

—Liesl —dijo él, con una frialdad terrible. No había nada más que decir.

Y entonces el muchacho de melena rubia se dio la vuelta y se desvaneció en la penumbra de su nueva vida sin decir una palabra más.

En ese momento, su hermana se dio cuenta de que había recorrido decenas y decenas de kilómetros por el camino equivocado.

PARTE II

Siempre mía

¿Por qué esa profunda pesadumbre cuando
es la necesidad quien habla?

Cartas a la amada inmortal, Ludwig van Beethoven

Extrañas propensiones

*T*odo empezó con una invitación.

—Ha llegado un mensaje para ti, *Fräulein* —anunció *Frau* Messer en cuanto me vio entrar por la puerta. Venía cargada de bolsas, pues había ido al Naschmarkt a hacer la compra semanal—. Al parecer es otra carta de vuestro… misterioso benefactor —añadió con los labios apretados.

A nuestra casera no le gustaba mucho salir de la madriguera que tenía en la planta baja, pero en cuanto se presentaba la posibilidad de un chisme bien jugoso, era la primera en asomar la cabeza de ese cuchitril. Y, por supuesto, aprovechaba toda oportunidad para averiguar algo más sobre nuestro anónimo mecenas.

—Gracias, señora —respondí con educación.

Alargué el brazo para aceptarla, pero, en lugar de entregármela, no se movió ni un ápice y la mantuvo donde estaba, fuera de mi alcance. *Frau* Messner no era alta; era una mujer bajita, fornida y regordeta, con rasgos afilados y marcados, como un hurón rechoncho y bien alimentado. Fuese como fuese, no podría leer el mensaje sin acercarme más a ella, por muy incómodo que me resultara.

—Esta vez lo ha traído un criado de librea —explicó. Echó un vistazo a la carta y después me miró con cierta expectativa, como si estuviera esperando que yo dijera algo más—. Si me permites el atrevimiento, era un tipo bastante extraño. Parecía un crío e iba vestido de rojo, y llevaba la peluca demasiado atusada; daba la impresión de que llevara un nido de ramas blancas sobre la cabeza.

Le dediqué una sonrisa un tanto forzada.

—¿En serio?

—No hay muchas familias nobles en Viena que vistan al servicio con uniformes rojos —bromeó—, y me atrevería a decir que muy muy pocas siguen marcando su correspondencia con el sello de la amapola —añadió *Frau* Messner. Y fue entonces cuando por fin se dignó a entregarme la carta. Tenía toda la razón: en el centro del sello de cera se distinguía la imagen de esa flor—. Tu benefactor es muy peculiar, *Fräulein*. Ahora entiendo de dónde viene tanta buena suerte.

Me puse rígida. A pesar de que hacía poco que había llegado a la ciudad, ya había aprendido varias cosas, entre ellas que la buena suerte no existía, sino que era el poder disfrazado. Sabía que nuestra vida en Viena no sería un camino de rosas, pero jamás imaginé que dependiéramos tanto de la bondad de otro, de los caprichos de un prójimo. El apartamento en el que vivíamos ya estaba alquilado a nuestro nombre cuando llegamos. Los miembros más influyentes de la sociedad nos enviaban todo tipo de invitaciones. Gozábamos de varias líneas de crédito con los comercios del vecindario. A fin de cuentas, todas nuestras necesidades estaban previstas y cubiertas. Nuestros modales toscos y rústicos ya eran objeto de burla en las altas esferas, pero lo que nadie nos perdonaba era ese golpe de buena suerte que habíamos tenido, ya que esa suerte nos había abierto muchas puertas.

—Ya veo —dije, y traté de mantener una expresión impasible.

—No pretendía ofenderte, querida —respondió ella, pero su sonrisa socarrona decía justo lo contrario—. El conde Procházka es más rico que Creso. En qué decide gastar su fortuna es asunto suyo…, y de nadie más.

Me ruboricé y, a pesar de los esfuerzos que había hecho para mantener la compostura, dejé al descubierto mi nerviosismo, mi incomodidad.

—Por favor —murmuré, y extendí la mano—. El mensaje.

Frau Messner titubeó.

—Una pequeña advertencia antes de que te marches —dijo. Con aire distraído, acarició los bordes de la carta, como si no supiera cómo expresar lo que quería decirme—. Todavía eres joven y conservas esa inocencia infantil que puede resultar muy apetitosa para los depredadores repugnantes que merodean por esta ciudad. Son como animales salvajes, y esa ingenuidad es una tentación irresistible para todos ellos.

—No soy tan cándida como parece —repliqué, un tanto a la defensiva.

—Lo sé, *Fräulein* —respondió *Frau* Messner—. Es solo…, es solo que yo también era como tú. Una chica sencilla y familiar, pero a la vez ambiciosa. —Desvió su mirada hacia la carta que tenía entre las manos—. Se rumorea que tu benefactor es muy excéntrico y que tiene… extrañas propensiones.

Sentí un cosquilleo gélido en la espalda.

—¿Perdón?

«Extrañas propensiones.» Me pareció oír una risita maliciosa bajo ese ademán dulce y meloso, la misma que oía cuando lanzaban miradas críticas y moralistas a la figura sinuosa y exuberante de mi hermana, a la tez oscura de François, al rostro angelical de Josef.

Al percatarse de mi recelo, la casera continuó:

—Las malas lenguas aseguran que el conde y sus discípulos son amantes de la amapola —comentó con tono conspiratorio.

Miré de reojo el grabado que ostentaba la cera roja. Era el dibujo de una amapola.

—¿Se refiere al… opio? ¿Al láudano?

—Así es —confirmó—. Vive en una casa de locos y soñadores, de humo y visiones. El láudano desata la mente y… —volvió a dibujar esa sonrisa socarrona— otras cosas.

Y, de repente, me repasó con la mirada. De los pies a la cabeza. Se fijó en cada detalle, en mis piernas (que eran como dos alambres), en mi tez amarillenta, en mis ojeras amoratadas. Y entonces percibí un brillo lascivo en sus ojos.

Me puse rígida, tensa.

121

—¿Cómo se atreve? —pregunté con voz ronca.

Frau Messner arqueó las cejas.

—En esta ciudad, las habladurías se esparcen como la pólvora, *Fräulein* —dijo—. Y las historias que se cuentan sobre la Casa Procházka siempre son escandalosas.

Aquel comentario colmó mi paciencia.

—Le agradezco el consejo —dije, y le arrebaté la carta de las manos.

Me di media vuelta y empecé a subir los peldaños de la escalera.

—Elisabeth, no te lo tomes a mal —dijo por detrás de mí—. Pero la última joven que los Procházka tomaron bajo su protección desapareció… en misteriosas circunstancias.

Me quedé inmóvil en mitad de la escalera.

—Era una pobre niña de campo —prosiguió—, un familiar lejano, o eso se encargaron de hacernos creer. Según tengo entendido, era el ojito derecho de la condesa. «Es como una hija para ellos», decían.

Después de unos segundos de indecisión, sucumbí a la curiosidad y me giré.

—¿Qué le ocurrió?

La casera hizo una mueca.

—Hubo… un incidente. Sucedió en la finca que tienen en el campo, a las afueras de la ciudad. En Bohemia. No se conocen muchos detalles, pero, por lo visto, se celebró una especie de… ritual. Al día siguiente, la muchacha desapareció y encontraron muerto a uno de sus amigos.

—¿Muerto? —pregunté, sorprendida.

—Sí —respondió—. Juraron y perjuraron que no habían cometido ningún crimen —dijo, y resopló—, pero encontraron al joven en mitad del bosque, con los labios azules y cubiertos de escarcha, y con una extraña marca plateada en la garganta.

Se me revolvió el estómago. Aquella historia no presagiaba nada bueno.

Atacado por los duendes.

—No son más que rumores, por supuesto —se apresuró a añadir al ver mi expresión—. Pero... eres una chica lista y sensata, Elisabeth, y tienes la cabeza bien amueblada. Piensa bien lo que estás haciendo y ándate con mucho cuidado, eso es todo.

Acaricié el sello de cera de la carta y repasé la forma de los pétalos de la amapola con el pulgar. Por mucho que me costara admitirlo, mi casera tan solo había puesto sobre la mesa mis dudas sobre nuestro benefactor. Ya hacía varios días que habíamos llegado a Viena, y todavía no habíamos conocido al conde Procházka en persona. Ni siquiera lo habíamos visto de refilón en ninguna de las fiestas a las que habíamos asistido. Nos enviaba mensajes de vez en cuando, todos relacionados con nuestros quehaceres domésticos, como ropa, comida, alquiler. Se había mostrado tan ansioso e impaciente por traernos a Viena que resultaba cuando menos sorprendente que no mostrara ningún tipo de interés en conocernos ahora que ya estábamos en la capital. Cada vez me costaba más ignorar todas esas preguntas sin respuesta.

—Gracias por la advertencia —murmuré—. Puede estar segura de que tendré en cuenta su consejo.

Me arremangué la falda y me giré, dispuesta a subir las escaleras y encerrarme en el apartamento, pero *Frau* Messner me llamó una última vez.

—Elisabeth.

Esperé.

—Ten cuidado —dijo, y esta vez su expresión fue seria—. No debes temer a los lobos, sino a la piel de cordero bajo la que se esconden.

Käthe y François ya habían llegado a casa. Mi hermana estada sentada en la cama, rodeada y envuelta con metros y metros de tela, concentrada en cada puntada que estaba dando con la aguja. François, por su parte, estaba sentado frente a la mesa, cosiendo e hilvanando patrones con muchísimo mimo y cuidado. De los cuatro que vivíamos en ese apartamento, tan solo Käthe poseía un talento que podíamos utilizar para ganar unos ingresos extra. Mi hermana ayudaba a un modisto que tenía un pequeño taller en la misma calle. Se encargaba de hacer las labores más fáciles y diseñaba trajes y vestidos muy básicos que después el sastre se encargaba de terminar para cada uno de sus clientes.

—¿Dónde está Josef? —pregunté, y dejé el sombrero y la capa en el colgador que había detrás de la puerta, para después ordenar y colocar la compra semanal.

François enseguida se levantó de la silla para echarme una mano. En realidad, prefería hacer cualquier otra cosa antes que seguir hilvanando patrones.

—¿Por qué has tardado tanto? —preguntó Käthe, con cierta tosquedad.

El carnaval estaba a la vuelta de la esquina y los vieneses lo celebraban por todo lo alto, con bailes de máscaras y disfraces antes de que la cuaresma pusiera punto final a todos esos lujos y frivolidades. *Herr* Schneider estaba desbordado de trabajo, así que no había tenido más remedio que delegar en mi hermana varios de los encargos.

—Tengo que terminar estos trajes para mañana, así que una ayudita no vendría mal.

Miré a François, que encogió los hombros a modo de disculpa silenciosa. Estaba aprendiendo alemán a pasos agigantados, hasta el punto de que podía defenderse bastante bien en cualquier situación, pero sus gestos eran tan elocuentes como sus palabras. «No sé dónde está Josef, *mademoiselle*.»

Suspiré.

—Me ha entretenido nuestra casera, *Frau* Messner. Esa mujer es una entrometida.

Käthe puso los ojos en blanco.

—¿Qué quería esa vieja metomentodo?

—Lo de siempre —contesté, y saqué el mensaje del conde Procházka—. Algún chisme sobre nuestro querido benefactor, cómo no.

—¿Una carta? —preguntó François—. ¿Del *comte*?

Puesto que recibíamos muy pocas noticias de nuestro

patrocinador, cualquier contacto con él nos provocaba fascinación y miedo.

—Sí —respondí.

Un perfume dulzón y empalagoso impregnó el aire. Eché un vistazo al mensaje que tenía en la mano y traté de identificar la esencia. No era de rosas. ¿Violetas? ¿Lilas? La amapola del sello parecía observarme.

Käthe levantó la vista del bordado y entornó los ojos.

—¿Es una invitación?

—¿Una invitación? —pregunté, y fruncí el ceño—. ¿A qué?

—A su baile de máscaras, a qué va a ser. Es carnaval —espetó Käthe, y después miró de reojo la enorme pila de vestidos que tenía a su alrededor—. ¿Por qué si no iba a tener tantísimo trabajo? Las fiestas del conde son «afamadas» —murmuró, y dejó escapar un suspiro—. Es casi imposible conseguir una invitación escrita de su puño y letra, y la lista de invitados es como un secreto de Estado. Así nadie sabe quién va a asistir.

—¿Qué significa «afamadas»? —preguntó François.

—Significa, eh… —empecé y, aunque me estrujé los sesos para dar con la palabra en francés, no logré encontrarla—. Significa «conocido», pero no necesariamente por algo bueno.

Y en ese momento las palabras de *Frau* Messner retumbaron en mi cabeza. «Y las historias que se cuentan sobre la Casa Procházka siempre son escandalosas.»

—*C'est mal?* —preguntó, con la frente arrugada—. ¿Malo?

—La palabra «afamada» no siempre se utiliza para algo malo —apuntó Käthe, y continuó cosiendo el traje—. Todos quieren asistir a las fiestas del conde.

—¿Por qué? —me preguntó François.

Negué con la cabeza. No tenía ni idea y, a decir verdad, también sentía curiosidad por saberlo.

—Porque —respondió Käthe, exasperada— el misterio es emocionante. Nadie parece saber qué ocurre en esas fiestas, ya que el conde exige a sus invitados que lo mantengan en secreto.

125

—¿Qué? —exclamé. Jamás había oído hablar de tales fiestas—. ¿Qué clase de travesuras harán durante esas veladas?

Mi hermana se encogió de hombros y se apartó un rizo dorado de la cara.

—Oh, los clientes de la sastrería de *Herr* Schneider cuentan todo tipo de historias. Los Procházka sacrifican cabras a un dios oscuro en rituales ocultos. Beben láudano para que les induzca visiones. Invocan fuerzas siniestras. Pero también se cuentan —añadió, con las mejillas sonrojadas—, otras, ah, historias más «escabrosas». Nadie puede revelar su identidad. Por ello, todos los asistentes llevan máscaras. A la gente le entusiasma ocultar sus inhibiciones, además de su identidad.

«Vive en una casa de locos y soñadores.»

—¿Escabrosas? —preguntó François.

Ninguna de las dos le contestamos.

—¿Y quieres ir?

126 Y, en ese preciso instante, recordé otro baile de máscaras al que tanto mi hermana como yo habíamos asistido, en lo más profundo del Mundo Subterráneo. Durante aquella fiesta, la había visto bailar y reír y divertirse como no lo había hecho nunca, y rodeada de un ejército de niños cambiados apuestos y atractivos.

Al rememorar todo aquello, sentí una punzada de ansiedad y de emoción en el estómago.

—¡Pues claro que sí! —exclamó Käthe—. No creerás que me tomo todas esas historias en serio, ¿verdad? Y, además, aunque los Procházka participen en rituales arcanos de sangre, cualquier propuesta sería más interesante que quedarse enclaustrado en este apartamento, esperando a que la vida empiece de una vez.

Debía admitir que, pese a que estaba intrigada por nuestro benefactor, no podía contradecir a mi hermana. Desde nuestra llegada a Viena, apenas habíamos socializado; siempre estábamos a la espera de la siguiente actuación, de la siguiente oportunidad, de la siguiente propuesta. La vida de los músicos dependía de aprovechar las oportunidades, de no dejarlas escapar. Según las decisiones que se tomaran, podrían saborear las mieles del éxito o morirse de hambre. El conde nos proporcionaba los fondos necesarios para vivir en Viena, por lo que dependíamos de su generosidad, pero también de la opinión pública. Lo que en nuestra aldea provinciana bávara se consideraba alguien con talento, aquí no era más que otro del montón, pues en la ciudad los músicos eran tan comunes como la cerveza, y la mitad de baratos. Cada semana se celebraba otro concierto, otra reunión, otra actuación, por lo que era muy difícil sobresalir, destacar.

Dejé la carta sobre la mesa. Era imposible deducir nada sin abrirla. Estaba perfumada con la misma esencia dulzona y empalagosa, manuscrita con la misma caligrafía elegante y cerrada con el mismo sello en forma de amapola de todas las demás. Todos mis temores y dudas salieron a relucir. Cuando el conde Procházka me escribió por primera vez, estaba tan ansiosa por tener noticias de Josef y tan distraída por los cincuenta florines que nos habían caído del cielo que pasé por alto todas las señales que no cuadraban, que no encajaban. Pasé por alto lo lejos que había llegado para satisfacer su obsesión por mi música. Pasé por alto el robo de las cartas a mi hermano. Pasé por alto la total y absoluta desconsideración que había mostrado por mi privacidad. Todas esas señales delataban a un hombre que respetaba muy poco ciertos límites.

—¿*Mademoiselle*? —preguntó François, y enarcó las cejas—. ¿La vas a leer o no?

Vacilé y di la vuelta a la carta. Y, por primera vez, me fijé en una frase impresa en tipografía romana justo debajo del sello: HOSTIS VENIT FLORES DISCEDUNT. Latín. ¿Un lema? Las palabras me resultaron familiares, pero mis conocimientos del latín eran bastante rudimentarios, pues tan solo lo oía en misa.

Y, sobre la cartulina, impresas en letras góticas y negras se leían las siguientes palabras: CARNAVAL BLANCO & NEGRO.

Y, justo a continuación, con aquella caligrafía cursiva y perfecta:

127

Se solicita la presencia de Mlle. Elisabeth Vogler en el BAILE que se celebrará en la Casa Procházka, la noche del martes de carnaval, a LAS CINCO DE LA TARDE.

Una invitación. Cuatro, de hecho, cada una dirigida a una persona distinta. A mí. Mssr. François Saint-Georges. Mlle. Katharina Vogler. Se me encogió el corazón. Mssr. Josef Vogler.

—¿Y bien? —preguntó Käthe después de cortar con los dientes el hilo y hacer un nudo—. Nos tienes en vilo, Liesl.

—Tenías razón, Käthe —respondí en voz baja. Le entregué la invitación que llevaba su nombre—. Nos han invitado a una de las afamadas fiestas del conde Procházka.

Mi hermana se puso a gritar, emocionada.

—¡Lo sabía! —exclamó, y apartó el vestido que llevaba horas cosiendo—. ¡Chúpate esa, *Frau* Drucker! —dijo, dirigiéndose a ese montón de seda—. ¡El mismísimo conde Procházka me ha invitado al baile!

Le di a François su invitación.

—¿Y Josef? —preguntó.

Cerré los ojos.

—No sé —susurré—. No sé... No sé si querrá venir.

François dejó escapar un suspiro y, en esa fracción de segundo, oí lo que no se atrevía a decir en voz alta: «Ya no sé lo que Josef quiere».

Le entendía muy bien. Yo tampoco sabía qué quería mi hermano. De hecho, tal vez no lo había sabido nunca.

Abrí los ojos. Las habitaciones del apartamento eran como cajas de zapatos, minúsculas y oscuras, pero añoraba la presencia de mi hermano. Debería haber estado ahí. Tendría que haber estado con nosotros, formando parte de esa nueva familia que estábamos formando en Viena. De repente, sentí una avalancha de ira y rabia. Lo mínimo que podía hacer era «intentar» empezar una vida nueva. Yo lo estaba intentando. Y François también. Käthe también lo estaba intentando y, de hecho, parecía haberlo logrado. Aunque a mi hermano y a mí nos iba a costar echar raíces en la

128

capital, habíamos superado dificultades mayores que esas cuando éramos niños. Ahora estábamos solos. Aislados.

—El conde podría haber mandado la invitación antes —refunfuñó Käthe—. No tendremos tiempo para diseñar y coser los disfraces.

Se puso manos a la obra enseguida; en un abrir y cerrar de ojos, ya había garabateado varios bocetos de vestidos en un folio que había encontrado tirado por ahí. Era un viejo borrador de mi *Sonata de noche de bodas*; lo había descartado en un arrebato de frustración. Al ver a mi hermana convertir mi fracaso en una nueva obra de arte, esperé sentir la puñalada de los celos o del resentimiento, pero nada. Tan solo me sobrevino un vacío infinito.

—¿Y qué vas a hacer con todo el trabajo que te ha encargado *monsieur* Schneider? —le preguntó François a Käthe.

Ella se volvió y nos fulminó con la mirada a ambos.

—Pues tendréis que arrimar el hombro, chicos. Vosotros os encargáis de coser —dijo—, y yo, de la magia.

Me habría echado a reír, pero me sentía vacía y había perdido mi chispa creativa.

—Sí, señora.

Recogí todos los trajes y vestidos, y los dejé sobre la mesa de la habitación de al lado. François me siguió sin decir una sola palabra.

—Y si vuelve Josef —añadió, desde la otra habitación—, ¡decidle que de esta tampoco se va a librar!

François y yo intercambiamos una mirada. No «cuando» volviese Josef.

Sino «si» volvía.

129

Grietas

*E*ra la tercera vela que encendía. Ya se había consumido la mitad de la cera cuando Josef por fin volvió a casa.

Tras apagarse la primera vela, le había pedido a François que se metiera en la cama y le había prometido que me encargaría de terminar los vestidos en el salón. Había invertido tantísimas horas en la música que había descuidado labores más cotidianas, como coser y remendar. Aunque mis dedos eran ligeros y veloces sobre un teclado o unas cuerdas, con una aguja y un hilo eran torpes e ineptos. Estaba decidida a ayudar a mi hermana en todo lo que pudiera, pero estaba aún más decidida a mantener una seria conversación con mi hermano en cuanto entrara por esa puerta.

—¿Dónde has estado? —pregunté en voz baja, para no despertar a François.

Käthe y yo compartíamos una habitación; los chicos dormían en el salón principal.

Josef se agachó y, en silencio, se desató los cordones de las botas.

—En ningún sitio —respondió. Su voz sonó inexpresiva, pero me dio la sensación de que era una neutralidad controlada.

Aunque la vela no iluminaba mucho, me pareció ver unas manchas de barro en las suelas de sus zapatos y en el bajo de su abrigo.

—Mentiroso —dije, sin perder la calma y sin apartar la mirada de la tela—. Has estado otra vez en el cementerio, o eso parece.

Mi hermano resopló.

—Sí —respondió—. Es el único lugar en esta ciudad dejada de la mano de Dios donde puedo respirar.

El cementerio de San Marx estaba fuera de las murallas de la ciudad, a unos dos kilómetros y pico. Además, era el único lugar rodeado de naturaleza, con árboles y flores silvestres, por el que apenas te cruzabas con nadie, pues todo el mundo estaba bajo tierra.

—Lo sé —susurré.

Y así era. En la ciudad, allá donde fueses te topabas con tu vecino, o con el vecino de tu vecino. Caballos, transeúntes y mugre abarrotaban las avenidas, los callejones y los bulevares. Todos pisábamos el mismo barro, el mismo estiércol y la misma inmundicia; respirábamos aquel aire agrio y rancio; detrás de cada esquina, aparecía otro desconocido, otro peligro que queríamos esquivar. Viena estaba tan atestada que era imposible encontrar un lugar en el que estar solo, en el que pensar, en el que «ser». Me sentía asediada dentro de aquel muro de piedra que rodeaba la ciudad. Me sentía atrapada, igual que me había sentido en el Mundo Subterráneo como la esposa del Rey de los Duendes.

Josef mostraba un ademán relajado, pero su postura delataba cierta cautela y precaución.

—Allí fuera…, allí fuera me siento como en casa. Es mi hogar.

«Hogar.» Hasta que llegamos a Viena, nunca había valorado la idea del hogar. Durante la mayor parte de mi vida, mi hogar había sido el lugar donde vivía y la gente que amaba, es decir, la posada y mi familia.

Después, mi hogar pasó a ser el Bosquecillo de los Duendes y un muchacho de mirada ingenua y dulce.

—Lo sé —dije. Era todo lo que podía decir.

Josef no dijo nada más. El silencio que se instaló en el apartamento era ominoso y cortante. Me daba la impresión de que en cualquier momento se iba a abalanzar sobre mí. Me sentía indefensa y desarmada ante la frialdad de mi hermano. Cada una de sus palabras era como un

131

cuchillo que se clavaba entre mis costillas. Viena se había convertido en nuestra torre de Babel; todas nuestras conversaciones estaban impregnadas de mi obsesión... y de su melancolía. Pero había algo más que fallaba entre nosotros, además de la comunicación; nuestra comunión. En otra época, Josef y yo habríamos pasado horas y horas charlando, simplemente disfrutando de la compañía del otro. En otra época, él habría cogido el arco, yo habría posado las manos sobre el teclado y habríamos hablado a través de la música, del sonido, de la melodía. En otra época, en otra época, en otra época.

El silencio era insoportable.

Observé a mi hermano con atención. Dejó la funda del violín junto a la puerta.

—Por lo que veo, has estado tocando.

«Habla conmigo, Sepp. Mírame. Soy la misma de siempre, reconóceme.»

Ni siquiera se volvió para mirarme.

—Y, por lo que veo, no has estado componiendo.

Me clavé la aguja en el dedo y solté un bufido. Una gota de sangre cayó sobre el vestido de seda blanca que estaba cosiendo. Parecía una amapola en mitad de una ladera cubierta de nieve. Maldije en voz baja. Había echado a perder el vestido. Tantas horas de trabajo para nada. No sabía qué le diría a Käthe cuando se despertara.

Bajo el cálido resplandor de la vela, la expresión de Josef resultaba indescifrable.

—Lava la mancha con agua bien fría y con un puñado de sal —dijo él.

Se dirigió hacia el armario donde guardábamos las especias y volvió con un trapo y un cuenco con un poco de sal. Cogió la jarra de agua del lavamanos y llenó el cuenco. Sin mediar palabra, sumergió la punta del trapo en la mezcla de agua y sal, y empezó a frotar la mancha de sangre.

¿Cuándo había aprendido esos trucos? ¿Y dónde? El tiempo que mi hermano había pasado alejado de mí era una incógnita, un misterio. No tenía ni la más remota idea de lo que le había enseñado el maestro Antonius. Ni de qué había hecho durante las semanas posteriores a su fallecimiento. Ni de por qué había desaparecido en los bajos fondos de Viena. Se lo había preguntado a François en una ocasión. Y esa había sido la única vez en que nuestra comunicación, verbal y no verbal, no había funcionado. El compañero de mi hermano no consiguió explicarme qué les había ocurrido. O tal vez no pudo. O tal vez no quiso.

Y, de repente, mientras trataba de borrar esa mancha roja, distinguí unos habones rojos en su antebrazo. Ahogué un grito.

—Sepperl...

Al oír su apodo de la infancia, paró en seco, pero al verme con los ojos clavados en sus muñecas, se apresuró a bajarse las mangas de la camisa.

—Puedes continuar tú misma —espetó, y me devolvió el vestido.

—Sepp, yo...

—¿Necesitas algo más, «Elisabeth»? —preguntó—. Si no es así, me voy a la cama.

Oír mi nombre de pila fue como una bofetada. Para él siempre había sido Liesl, siempre.

—Necesito... —empecé, pero no sabía cómo continuar. «Necesito que vuelvas a mí. Necesito que vuelvas a ser tú mismo. Y te necesito a ti para volver a ser yo misma»—. Necesito que hables conmigo, Sepp.

Me miró directamente a los ojos.

—¿Y qué crees que podría contarte?

Un nudo en la garganta.

—¿Cómo puedes ser tan cruel?

—¿Cruel, yo? —dijo, y soltó una carcajada. El sonido que salió de su boca sonó un poco atroz, un poco salvaje—. Oh, Liesl. Eres tú quien eres cruel. Eres tú quien miente. No yo. No yo.

Pestañeé y las lágrimas empezaron a escurrirse por mis mejillas.

—¿Cómo puedes decir eso?

En esa mirada azul y glacial percibí un brillo extraño, el brillo del desprecio, el brillo de la mezquindad. Me quedé atónita. El joven que tenía frente a mí ya no era el niño que había conocido. Desde que se hubo marchado de la posada bajo la tutela del maestro Antonius, había cambiado, había crecido: estaba mucho más alto y mostraba un cuerpo flaco y desgarbado, y aquellos mofletes rellenos y rosados habían desaparecido, para dejar lugar a un rostro anguloso, con unos pómulos afilados y una barbilla puntiaguda. Pero además de los cambios físicos, que eran claramente visibles, los cambios que más me preocupaban y angustiaban eran los invisibles, los imperceptibles a la vista, pues eran esos cambios los que le convertían en un completo desconocido para mí. Me pregunté cómo habría sido mi hermano de verdad, el que habían robado los niños cambiados. Aparté esa idea de mi cabeza de inmediato. Me reprendí por haberlo pensado.

—¿Es aquí donde quieres que tengamos esa conversación? —preguntó Josef en voz baja. Pero ese susurro no presagiaba nada bueno; era como el silencio que precedía a la tormenta—. Porque si eso es lo que quieres, tengámosla. Ahora mismo. Delante de François y de nuestra hermana.

Miré de reojo al joven que estaba tumbado en la cama que habíamos colocado junto a la mesa. François tenía los ojos cerrados, pero percibí cierta rigidez en cada músculo de su cuerpo. Estaba escuchándonos. La puerta de la habitación que compartía con Käthe estaba entreabierta; a través de aquella fina rendija percibí el brillo azul de su mirada. Agaché la cabeza.

—Lo imaginaba —espetó Josef con gesto severo.

—Está bien —dije—. Vete a la cama. Te veré por la mañana.

Dejé el vestido a un lado y, justo cuando estaba a punto de soplar la vela, mi hermano me sujetó por la muñeca.

—Liesl —murmuró. Se le quebró la voz, saltándose varias octavas; de repente, sonó joven, vulnerable, inocente—. Yo..., yo...

Contuve el aliento. Una tregua más frágil que una telaraña, un filamento de paz. No me atrevía ni a respirar por miedo a romper ese momento.

Los segundos fueron pasando y, entre nosotros, empezó a abrirse un abismo.

—Buenas noches —dijo mi hermano al fin.

Cerré los ojos.

—Buenas noches, Josef.

Apagó la vela de un soplido. Me dirigí hacia mi habitación, dando varios traspiés en la oscuridad.

Y entonces, de entre las sombras, oí el más débil de los murmullos:

—Dulces sueños, Liesl.

Pero esa noche no soñé.

Al día siguiente, me desperté más tarde de lo habitual. Käthe había madrugado y ya se había marchado; los trajes que había estado remendando y cosiendo también se habían desvanecido. Los muchachos tampoco estaban en casa, pero François había tenido el detalle de dejar una nota. Josef y él habían salido a hacer un par de recados por la ciudad para prepararse para el carnaval. La fiesta de los Procházka se celebraría dentro de menos de dos semanas; no había tiempo que perder.

Había pasado mucho tiempo desde la última vez que había gozado de un poco de intimidad, que estuve sola, sin ningún tipo de compañía. Pero esa soledad me resultaba rara, casi incómoda, como un vestido viejo que tienes en el armario y no te pones desde hace años. No se asienta bien sobre los hombros y no sabes cómo llevarlo con elegancia. En la posada, apenas podía disfrutar de un momento a solas, así que los valoraba como si fuesen oro. Nunca desperdiciaba ningún minuto, ningún segundo. Y dedicaba todos mis despertares a aquello que más me importaba, que más amaba.

Mi música.

La mesa del salón se había transformado en un caos de

papeles, plumas despuntadas y tinta derramada. No hacía falta ser adivino para saber que mi hermana se había pasado toda la mañana diseñando y plasmando ideas para los disfraces que luciríamos en la fiesta del conde. Allá donde miraba veía bocetos a medio acabar con encajes, satén y volantes. Había aprovechado cada trozo de papel que había encontrado en casa para dibujar los trajes: facturas de la compra semanal, páginas arrancadas del libro de cuentas, el reverso de partituras abandonadas. Podía seguir la progresión de las ideas de Käthe con tan solo echar un vistazo a ese cúmulo de hojas. Los incansables intentos de mi hermana para perfeccionar y mejorar sus ideas me resultaban ajenos a la vez que familiares. Comprendía muy bien ese proceso de creación y de génesis, pues era el proceso de un genio.

O, al menos, antes lo comprendía.

Una de las primeras cosas que compramos en cuanto nos instalamos en el que iba a ser nuestro nuevo hogar fue un piano. François y yo estuvimos varios días recorriendo todas las tiendas de la ciudad que vendían instrumentos: clavecines, virginales e incluso los pianofortes más novedosos y, por lo visto, más codiciados. Nos habíamos quedado maravillados al oír los matices y tonalidades que esos instrumentos tan modernos podían emitir. Podía advertir nostalgia en los ojos de François, el irreprimible deseo de volver a tocar…, pero, por desgracia, no teníamos espacio suficiente en el apartamento para un pianoforte.

Al final, optamos por adquirir un clavicordio, pues era pequeño y cabía en esa caja de zapatos en la que vivíamos. Además, era lo bastante discreto como para no molestar a los vecinos. No era el mejor instrumento con el que tocar, pero sí con el que escribir y componer. Me resultaría más útil a mí que a François. Una lástima, pues él era mejor músico que yo.

No me había sentado frente al clavicordio desde que lo habíamos comprado.

«Por lo que veo, has estado tocando.»

«Y, por lo que veo, no has estado componiendo.»

Pasé las manos por las teclas. Mis dedos dejaron un claro rastro sobre la fina capa de polvo que se había posado sobre el instrumento. Quería pensar que un día, cuando menos me lo esperara, volvería a tener ganas de componer, volvería a inspirarme, volvería a tocar. Pero ese día nunca llegaba. A mi alrededor solo había soledad y, en mi interior, silencio. No había soñado ni una sola noche desde que nos mudamos a la ciudad. Mi voz interior, «mi voz», había desaparecido. Me había quedado sin ideas. Sin impulsos. Sin pasión. Mis noches habían enmudecido. Estaban vacías. Y esa opacidad, esa insipidez, también había empezado a impregnar mis días.

Había creído que al abandonar mi hogar, al abandonarlo a él, podría escapar de mi incapacidad de escribir.

«¿La propuesta del conde te ha hecho salir disparada hacia Viena o, en realidad, estás tratando de escapar de un reino que te acecha?»

No me había costado mucho inventar excusas que justificaran mi falta de creatividad, mi inapetencia por componer. Allí, en Viena, entre tanto alboroto y agitación, era muy fácil disimular mis heridas. Cada vez que sufría un arrebato de locura o melancolía, lo atribuía a frustraciones cotidianas: el precio del pan, las salpicaduras fuera del orinal, los gritos y chillidos de alegría, de pena, de rabia y de sorpresa de completos desconocidos, la calculada indiferencia de los transeúntes con los que me cruzaba a diario. El ruido y el ajetreo de las calles de la ciudad me abrumaban. Músicos, artistas, nobles, mendigos, zapateros, sastres, tenderos, arrendadores…, personas de todas las clases, tamaños, credos, colores.

Vivía en una ciudad abarrotada, pero jamás me había sentido tan sola.

Y mi relación con Josef no era la única que se estaba viendo perjudicada. Cada vez era más tensa, más frágil. Käthe estaba hasta la coronilla de mí; a veces le daba pena, y a veces la sacaba de quicio. Me había convertido en una criatura que dejaba un rastro de lamentos y reproches a mi paso, y mi humor era tan volátil como el mercurio. Hasta

137

François, que tenía una paciencia infinita, empezaba a inquietarse. Unos días se levantaba alegre, servicial y dispuesto; otros, melancólico, taciturno y decaído. Sabía que me había convertido en una persona insufrible, pero era incapaz de controlar mi irritabilidad. Había momentos en que incluso a mí me aburría mi constante mal humor. Me balanceaba entre la rabia y el abatimiento, y me enfurecía no poder obligarme a ser feliz. Tenía todo lo que siempre había deseado. Estaba ahí. En Viena. En los inicios de mi carrera.

Aquello era un sinsentido.

No había querido dedicar ni un solo minuto a trabajar en la *Sonata de noche de bodas* desde que logré escapar del Mundo Subterráneo. Y la explicación era bien sencilla: me negaba a ver los monstruos que merodeaban por mi mente, a pensar en esa caricia espectral en el pelo, en las mejillas, en los labios. Tampoco quería recordar ese aliento gélido sobre mi piel desnuda. Ni ese murmullo, ese susurro de mi nombre tras el velo. Me aterrorizaba descubrir qué significaban esos ecos de mis recuerdos. Siempre tenía la impresión de que, si exploraba mis miedos, derribaría un muro, pero ¿un muro que separaba qué? ¿El velo entre los mundos? ¿O mi cordura? Y por eso había optado por abstenerme, por contenerme.

Y entonces empecé a comprender por qué papá siempre necesitaba una copa más, solo una más. La tentación de abrir esas heridas, de evocar esos sentimientos y sensaciones, de consentirme y darme el capricho de trabajar en la *Sonata de noche de bodas* delante del Rey de los Duendes, ya fuese real o imaginado, había sido casi irresistible.

Había sido muy muy buena. Pero estaba muy muy sola.

Era muy fácil, demasiado fácil, a decir verdad, pensar en el Rey de los Duendes como mi salvador, como el jinete montado en un caballo blanco que venía a rescatarme de esa profunda tristeza. Las teclas del clavicordio parecían gritar mi nombre a los cuatro vientos, me atraían como el láudano a un adicto. Solo un poco. Un poco más. Lo suficiente para aliviar el dolor.

138

Me senté y empecé a tocar.

Las notas del clavicordio sonaban apagadas y atenuadas, pues el mecanismo no estaba diseñado para emitir un sonido angelical. Empecé con un calentamiento suave; repasé varias escalas y después me centré en ejercicios de agilidad. Notaba los dedos rígidos y agarrotados, así como la mente cansada. Tocaba escalas de memoria, produciendo una música fría y desangelada, como mi alma.

«La práctica hace al maestro.» Aún oía la voz de mi padre en mi cabeza. A mi hermano y a mí nos impuso una disciplina casi militar, una disciplina que él jamás siguió. «Los sentimientos se pueden fingir, el talento no.»

Pero ¿qué era la música sin emoción? ¿Sin sentimientos, sin convicciones? Notas ruidosas, notas colocadas de tal forma que producían una sensación agradable al oído. Presté atención al vaivén de los agudos, a los intervalos de sonido y de silencio, pero era incapaz de oír y reconocer mi música. No sabía adónde ir. No sabía qué escribir.

Había creído que mi falta de imaginación y de creatividad para componer se debía al miedo, al miedo que parecía haberse instalado en mi frágil mente y me había paralizado por completo, pero tal vez me había equivocado. Quizá tuviera miedo de haberme quedado sin nada que decir. Tal vez mi inspiración y mi musa se habían quedado enterradas en el Mundo Subterráneo. Al fin y al cabo, ¿qué arte podría producir sin *Der Erlkönig*? Las horas que habíamos pasado juntos escribiendo y rescribiendo la *Sonata de noche de bodas* habían sido las más productivas de toda mi vida. ¿Y si era la música que era gracias a él?

El Mundo Subterráneo, el Bosquecillo de los Duendes, el Rey de los Duendes… Había dejado todo eso atrás. A pesar de estar sola, era Elisabeth, con todas las letras.

Un consuelo frío e insuficiente.

—Si tú estás conmigo —murmuré—. Por favor.

Sabía que, en lo más profundo de mi ser, yacía algo, una semilla, pero que estaba asfixiada, ahogada, estrangulada. Me habían arrancado de los rayos de sol, de la marga, de la naturaleza y del Bosquecillo de los Duendes que me habían nutrido durante toda mi vida y sin los que me estaba marchitando en Viena, pues era incapaz de echar raíces en suelo extraño. Me llevé la mano a la garganta, donde aún colgaba su anillo. Me lo habían arrebatado. Anhelaba su mera presencia.

—Por favor —supliqué con voz ronca—. Por favor.

Podía sobreponerme y pasar página. Sí, iba a sobreponerme y pasar página. Esa era la vida que quería. Era la culminación de todos mis deseos, de todas mis aspiraciones. Tan solo necesitaba tiempo. Estaba decidida a ser yo misma, entera. Y lo iba a conseguir.

Sí, lo iba a conseguir.

Sin embargo, a pesar de lo mucho que toqué el clavicordio y de lo mucho que lo invoqué, el Rey de los Duendes no apareció.

Estaba sola.

Una casa de locos y soñadores

*E*l Miércoles de Ceniza estaba a la vuelta de la esquina, y el entusiasmo y la ilusión de la gente llenaban las calles de Viena. En nuestra humilde aldea bávara, siempre celebrábamos el *Fasching* a la vieja usanza, es decir, tal y como mandaba la tradición: los vecinos se vestían con disfraces y ocultaban sus rostros tras una máscara para así alejar los espíritus del invierno. En la capital, en cambio, parecía haber un baile o concierto, o ambos, cada noche. Allá donde mirara, veía un alboroto de colores y tules y antifaces. Cada noche se oían gritos de *Ahoi!* Y *Schelle scelle!* que duraban hasta altas horas de la madrugada. Al parecer, allí no deambulaban los espíritus del invierno a los que nosotros espantábamos año tras año, sino los ídolos del exceso y la extravagancia que representaban los pecados que debíamos purgar antes de la Cuaresma.

Era martes de carnaval, el día que nuestro benefactor había elegido para celebrar su tan misterioso y reputado baile. François había alquilado un carruaje para que nos llevara a la mansión del conde. La Casa Procházka no era una *Stadhause* en el centro de la ciudad, sino un palacete ubicado en las afueras, alejado de la civilización y rodeado por una naturaleza demasiado perfecta, demasiado cuidada. No me habría importado caminar los dos kilómetros y pico que había hasta allí, pero François insistió en que esas cosas no se hacían. A veces sentía que Viena era como un tablero de un juego del que todo el mundo, excepto yo, conocía las fichas, los movimientos y las reglas.

—Oh, ojalá no hagamos el ridículo y logremos parecer tan decentes y respetables como el resto de los invitados —dijo Käthe mientras se abanicaba con un pañuelo.

Todos observábamos tras las ventanillas del carruaje los majestuosos jardines ondulantes y las inmensas casas señoriales que decoraban el paisaje.

A diferencia de las otras fiestas que se celebraban en Viena durante la quinta estación del año, la velada orquestada por el conde Procházka exigía que todos los asistentes acudieran vestidos de blanco y negro. Una limitación bastante peculiar a la que, en un principio, Käthe se había opuesto en redondo. Sin embargo, no había tenido más remedio que claudicar y aceptar el desafío. Había diseñado los atuendos de François y Josef: llevaban dos trajes idénticos, pero de tonalidades opuestas. Representaban la noche y el día. Josef lucía los colores diurnos, blanco y dorado, y mi hermano, los nocturnos, el negro y el plata. Abrigos sobrios de lana, chalecos bordados con hilo dorado y plateado, así como unos bombachos hechos a medida que combinaban a la perfección con unas botas de cuero de caña alta. Unos trajes sencillos, pero despampanantes. Las máscaras eran unos dominós de seda, el de Josef con un estampado de estrellas, y el de François con unos rayos de sol dorados.

—*Magnifiques* —le aseguró François—. *Très belle, mademoiselle.*

—Eres un genio —añadí.

Miramos de reojo a Josef, esperando a que también felicitara a Käthe por su trabajo. Pero mi hermano no musitó palabra. Ni siquiera apartó los ojos de la ventanilla del carruaje. La indiferencia de Josef me enfureció. Sentía que me hervía la sangre. Käthe se había dejado la piel para diseñar y confeccionar todos los disfraces a tiempo para el gran baile. Tenía las manos encallecidas y apenas había dormido en los últimos días, así que lo mínimo que podía hacer era alabar el esfuerzo que había hecho por todos nosotros.

—Estamos espectaculares —dije, como si así pudiera compensar la insolencia de nuestro hermano.

Y no me faltaba razón: estábamos espectaculares. Käthe y yo íbamos de ángel y demonio, pero, para mi sorpresa, mi hermana había escogido ser Lucifer. Estaba espléndida en ese traje de terciopelo negro, con sus rizos dorados enroscados en retales de seda y encaje negros, y colocados de tal manera que parecían dos cuernos que brotaran de su cabeza. Se había pintado los labios con un carmín rojo pasión; sus ojos azules resaltaban tras aquella máscara negra. De repente, me vino una imagen a la cabeza: vestidos elegantes y pomposos que el paso del tiempo había estropeado, y un espejo de bronce pulido que reflejaba una fila infinita de reinas de los Duendes, todas olvidadas y descoloridas. Tragué saliva.

El disfraz que mi hermana había ideado para mí era la inocencia hecha vestido. Metros y metros de muselina blanca que creaban un efecto flotante, etéreo. Käthe se las había ingeniado para coser una especie de capa de brocado que imitaba la forma de dos alas de ángel plegadas. A simple vista, daba la sensación de que las alas nacían de mis omóplatos y caían en cascada hasta el suelo. Käthe había cuidado hasta el último detalle, y había trenzado una corona dorada que, sobre mi cabeza, parecía un halo. Y, como guinda del pastel, llevaba una lira colgada del hombro. Los cuatro nos mirábamos a través de los dóminos. Las máscaras alteraban nuestros rasgos; apenas reconocía las caras que tenía delante.

Esa noche iba a ser nuestra presentación oficial ante la alta sociedad vienesa. Las invitaciones que habíamos recibido nos marcaban como personas del círculo más íntimo y personal del conde Procházka, así que decir que estábamos un pelín nerviosos era subestimar nuestra inquietud. Käthe y yo todavía no habíamos tenido la oportunidad de codearnos con la flor y nata de la ciudad; en realidad, no éramos más que las hijas de un posadero. El único contacto que habíamos tenido con el dinero se reducía a las monedas que habíamos conseguido reunir en nuestras huchas. François, por su parte, había crecido rodeado de personajes adinerados, aunque jamás había sido uno de ellos. El color

143

de su piel lo había marcado de por vida como un forastero entre la clase noble, a pesar de haber aprendido sus modales y formalidades desde pequeño.

Miré a Josef, que seguía ignorándonos como quien oye llover. Su expresión transmitía una indiferencia absoluta. Se había colocado una máscara más rígida y más almidonada que el antifaz que llevaba esa noche. Me exasperaba que jamás se la quitara.

Käthe ahogó un grito.

—¡Mirad! —exclamó, y señaló algo tras la ventanilla—. ¡La Casa Procházka!

Todos arrimamos la nariz al cristal para admirar aquella majestuosa mansión. Atravesamos las verjas de hierro forjado, que emulaban hiedras enredadas entre sí, y avistamos el palacete, construido con piedra gris, madera oscura y cristales en forma de rombo. A simple vista parecía una abadía, o un castillo, con arcos puntiagudos como gabletes en los tejados. En el patio frontal se erigía una gigantesca fuente, con una sirena que jugueteaba con el agua que fluía entre las rocas. No se parecía a ninguna de las casonas y palacios que habíamos visto por el camino; parecía mucho más antigua, como de otro siglo, de otro mundo.

Un lacayo se acercó para abrir la puerta del carruaje en cuanto llegamos a la entrada. Era un muchacho enclenque y bajito, algo extraño en un lacayo, y mostraba un aspecto más bien desaliñado. Llevaba la peluca despeinada y mal colocada. De hecho, parecía una nube de pelo blanco que planeaba sobre su cabeza. Y era mucho mayor que los lacayos que había visto por la ciudad.

—Gracias —dije cuando se ofreció a ayudarme a bajar.

El lacayo me devolvió la sonrisa, y casi me da un infarto. Tenía los dientes amarillentos y afilados; bajo la luz parpadeante de las antorchas, su tez cetrina parecía de color verde.

—Bienvenida a la Casa Procházka, *Fräulein* —dijo—. Una casa de locos y soñadores. Espero que disfrute de su estancia con nosotros. —Y, como por arte de magia, me ofreció una flor con ademán ostentoso—. Estoy convencido de que así será.

Acepté la flor de sus dedos, unos dedos retorcidos y ajados. Era una amapola.

—Gracias —respondí con voz temblorosa.

—Póngasela —dijo—. Cuestión de fe.

¿Fe? Me pareció una razón un poco extraña, pero me coloqué la flor tras la oreja para seguirle la corriente. Y en ese preciso instante me di cuenta de que varios de los invitados que llegaban al baile también llevaban flores escarlatas clavadas en las solapas y en los trajes, unos puntos de un carmesí muy brillante que se podían confundir con manchas de sangre sobre los disfraces blancos y negros. El lacayo hizo una reverencia y salí disparada para alcanzar al resto de la familia, que ya estaba a las puertas de la mansión. El encuentro con el lacayo me había perturbado bastante.

Locos y soñadores. Me coloqué en la fila, junto con Käthe, Josef, François y el resto de los invitados que esperaban que los anfitriones los recibieran como es debido. Tras las máscaras, todos éramos anónimos, pero el hecho de que todos los asistentes fueran vestidos de blanco y negro aumentaba la sensación de ensoñación. No era un desfile de monstruos fantásticos y criaturas hermosas, sino fragmentos de luz y oscuridad. La situación, y el detalle de que estaba atardeciendo, me hacía temer que en cualquier momento todos fuésemos a desaparecer.

«Se rumorea que tu benefactor es muy excéntrico y que tiene… extrañas propensiones.» El miedo se instaló en mi estómago. Podía sentir sus dedos gélidos en las entrañas. Estábamos a punto de llegar a la puerta.

—¿Preparada? —preguntó Käthe, y me apretó la mano.

El azul de su mirada resaltaba todavía más en aquel mar blanco y negro. Estaba hecha un manojo de nervios, igual que yo. Solo que sus nervios se debían a la emoción; los míos respondían al miedo. Intenté sacar fuerzas de la alegría de mi hermana, de su humor risueño. Sí, su felicidad serviría para disipar mis sombras de duda.

Esbocé una sonrisa y le acaricié la mano. Entregué las invitaciones al lacayo que había junto a la puerta y entré;

145

atravesé el umbral que separaba el atardecer de la más opaca oscuridad. Noté algo crujiente y arenoso bajo los pies, así que miré al suelo. Y fue entonces cuando vi los diminutos granitos blancos.

Sal.

No sabía qué iba a encontrarme tras esos descomunales portones. Gárgolas mirándome con ojos lascivos desde los rincones más oscuros, quizá, o una decoración ruinosa y decrépita, ese inconfundible estilo decadente que reinaba en habitaciones y cavernas inmensas y solitarias, como en el Mundo Subterráneo. Esperaba un recibimiento frío y siniestro, pero no podía haber estado más equivocada. Pasamos a un gigantesco vestíbulo de mármol que destilaba elegancia y finura. El interior de la Casa Procházka no tenía nada que envidiar al de los grandiosos salones y galerías del palacio Schönbrunn y demás residencias vienesas conocidas por su modernidad y belleza. El corazón de la mansión chocaba con aquel exterior grisáceo y gótico; por un momento, me pregunté si nos habíamos equivocado de casa.

Una majestuosa escalera conducía al piso superior; las puertas del salón de baile estaban abiertas de par en par. Bajo la curva de la escalera advertí un túnel oscuro y tenebroso. De pronto, oí los suaves compases de un minueto entre los murmullos de la muchedumbre y los pasos arrastrando sobre los tablones de madera. Un escudo de armas de piedra presidía lo alto de la escalera; mostraba los brazos extendidos de la familia Procházka. No pude evitar fijarme en la amapola que ocupaba el centro del escudo. El cuarto superior izquierdo mostraba una aldea sobre la cima de una colina; en el cuarto inferior derecho, una melusina sobre una roca, con su cola de pez ondeando en las aguas de un lago. Se parecía bastante a la sirena que decoraba la fuente de la entrada. Y, encima del escudo, esculpido en mármol, el lema de la familia: HOSTIS VENIT FLORES DISCEDUNT.

Mientras esperábamos a entrar en el salón de baile, un criado se ofreció a guardarnos las cosas. Casi de mala gana, todos le entregamos los abrigos y prendas más pesadas, pero Josef sacudió la cabeza y se aferró a la funda de su violín como si fuese un niño vulnerable. O un escudo. Habíamos ido preparados para lo que pudiera ocurrir. Yo había traído mi carpeta de partituras. Y Josef, su instrumento. Todo por si nos pedían que actuáramos para el conde.

—¿No quieres bailar? —preguntó Käthe.

—No —respondió Josef, malhumorado—. No quiero bailar.

—Josef, somos sus invitados, no los músicos que ha contratado para animar la velada —replicó Käthe, y puso los ojos en blanco—. Haz un esfuerzo y trata de divertirte, por favor.

Nuestro hermano soltó un suspiro desesperado y se marchó ofendido, desapareciendo entre la multitud. François y yo intercambiamos una mirada. Él cerró los ojos y sacudió la cabeza, apenado. Hice una mueca. Todo apuntaba a que la noche iba a ser muy larga. Y eso que todavía no habíamos puesto un pie en el salón de baile.

El vestíbulo estaba atestado de invitados. Me sentía acorralada. La cercanía de tantos desconocidos anónimos empezaba a incomodarme. Cada vez que alguien me rozaba, yo me encogía y me apartaba, como un gato desconfiado y arisco. Recordé el último baile al que había asistido. En aquella ocasión, había estado rodeada de duendes y niños cambiados, criaturas propias del Mundo Subterráneo. Sin embargo, a decir verdad, aquel ejército uniformado de blanco y negro no parecía menos aterrador. Viena me resultaba un lugar mucho más extraño y peligroso que el Mundo Subterráneo. Y, de repente, me entró un sudor frío. Tenía la piel de gallina.

—¿*Mademoiselle*?

Me volví. François, haciendo gala de su caballerosidad, me ofreció el brazo. Esbozó una sonrisa compasiva y decidí aceptar su ofrecimiento. El joven no reaccionó cuando le

147

apreté el brazo al entrar en el salón de baile. Estaba tan nerviosa que hasta me sudaban las palmas de las manos. Agradecí que él mantuviera el temple y la estabilidad, pues yo sentía que el salón se balanceaba, como un barco sobre las olas.

En cuanto entramos en el salón, percibí una breve pausa en el constante zumbido de charlas y murmullos, un suspiro, un latido. Una miríada de ojos se posó en nosotros. De inmediato, noté un cosquilleo gélido por toda la piel. Demasiados rostros, demasiados desconocidos, demasiadas expectativas. Estaba temblando. Me solté del brazo de François y traté de esconderme entre las sombras. Y en ese preciso instante caí en la cuenta de que, en realidad, los invitados no estaban observándome a mí, sino a François. A su piel de ébano bajo el blanco níveo del disfraz. El contraste de mi brazo sobre el suyo. Cruzamos el salón dejando una estela de murmullos y cuchicheos. Me sentí culpable. Se me revolvió el estómago y por un momento pensé que iba a vomitar allí mismo, delante de la flor y nata de la ciudad.

148

—Oh, François —dijo Käthe, alzando un tanto la voz para que todos pudieran oírla—. Espero que me reserves un baile.

Y, de golpe, los susurros cesaron. Käthe sonrió. Sus tirabuzones rubios, que había enredado entre seda y bordados negros para recrear los cuernos del diablo, parecían emitir un resplandor dorado bajo la luz de las velas. Era la joven más hermosa del baile. Su belleza emitía un halo como el de su melena, un halo precioso, encandilador. Le tendió la mano a François, una reina de la noche ofreciendo una alianza con un príncipe del sol.

Él no reculó ni vaciló. Hizo una pomposa reverencia y aceptó la invitación.

—Sería un gran honor, *mademoiselle*.

Se dedicaron una sonrisa de oreja a oreja. Una sonrisa forzada, fingida. Una sonrisa tras la que se ocultaba una inquietud, un temor. Käthe y François me miraron por el rabillo del ojo; en sus miradas intuí una pregunta, una petición silenciosa. Asentí con la cabeza y se escurrieron hacia la pista de baile. Se entremezclaron con varias parejas que, en ese momento, bailaban una alegre cuadrilla. Faldones blancos y negros que rodaban sobre baldosas de mármol de los mismos colores, colocadas para formar una cuadrícula perfecta. Estaba un poco mareada y aturdida, así que, con la mayor discreción, me deslicé hacia una de las esquinas del salón. Necesitaba beber algo. Tenía que tomar el aire.

Me había alejado de la abarrotada pista de baile, pero, aun así, necesitaba un lugar tranquilo para serenarme y recomponerme. Deambulé por el laberinto de pasillos de la excéntrica y fantástica mansión de mi misterioso benefactor. Sin embargo, cada vez que asomaba la cabeza por una puerta entreabierta, veía más personas, más disfraces, más desconocidos.

Las mesas del banquete estaban a rebosar de comida; en los extremos, se alzaban unas esculturas de hielo talladas en formas fantásticas: monstruos alados y criaturas enastadas que se iban derritiendo poco a poco. En el centro de la sala había un autómata, un cisne plateado que «nadaba» en un arroyo plateado lleno de peces. Movía el cuello y pescaba uno de los peces que saltaba del agua, deleitando así al público, que contemplaba el espectáculo embobado. El cisne no se movía con la torpeza y los espasmos de los otros autómatas que había visto expuestos en otras mansiones de la ciudad; sus movimientos eran increíbles: parecían reales. Aquel artilugio me recordó las historias que Constanze solía explicarnos sobre las maravillas que los duendes eran capaces de crear. Armaduras mágicas, una destreza insólita y exquisita para elaborar trabajos metálicos, joyas que poseían una bendición o una maldición... Se habían librado guerras, se había derramado sangre y se había invertido una ingente cantidad de dinero por el privilegio de conseguir uno solo de todos esos tesoros. Me pregunté cuánto debía de costar ese cisne de plata.

Sin embargo, las curiosidades no terminaban aquí. Aquella casona tan rara y particular contenía objetos igual de raros y peculiares. De un rincón sobresalían dos ma-

149

nos plateadas que sostenían una especie de flauta por la que salía un chorro de champán. En otro había un par de esculturas de bronce muy extravagantes que no parecían tener forma ni significado…, hasta que uno se colocaba en el ángulo correcto y vislumbraba un rostro desfigurado. Fui serpenteando por los pasillos, entrando y saliendo de todas esas salas llenas de jóvenes brillantes y de ancianos respetables que descansaban los pies mientras disfrutaban de una amena y jocosa conversación. Pero yo solo buscaba paz, calma.

Al parecer, allí no encontraría lo que andaba buscando. El chismorreo y la murmuración planeaban por toda la casa, como el zumbido de las alas de un insecto, y se entremezclaban con el humo que salía de las velas y el polvo que escupían las pelucas. El aire estaba cargado de un hedor a sudor y perfume. Ese olor ácido y empalagoso al mismo tiempo me había taponado la garganta con una bola húmeda y caliente. Notaba las olas de calor que emanaban los cuellos empapados y las pecheras jadeantes, el almizcle rancio de la carne humana. La sensación era tan fuerte e intensa que incluso parecía estrangularme. Me pareció ver el destello de unos ojos tan negros como el caparazón de un escarabajo y de unos dedos nudosos y retorcidos, pero enseguida me percaté de que eran los botones de azabache del chaleco de un invitado y el recargado bordado del corsé de una mujer. Se me revolvieron las tripas de nuevo.

—¿Estás buscando a alguien, jovencita? —preguntó una voz melodiosa.

Me di la vuelta y me encontré con una mujer alta y esbelta disfrazada de espíritu de invierno.

Iba vestida de blanco de los pies a la cabeza. El traje era precioso y tenía abalorios cosidos que imitaban el brillo de la nieve. Sostenía un huso y llevaba la máscara arrugada de una mujer anciana, lo que no encajaba mucho con su cuello, que era tan alargado que parecía el de un cisne. El único detalle que manchaba esa visión blanca y plateada era la amapola escarlata clavada en su corsé, como una gota de sangre sobre la nieve.

—N..., no —tartamudeé—. Quiero decir sí, o sea, no. Creo que mi hermano ha...

Pero mis palabras se atropellaban entre sí y no era capaz de ordenarlas, de controlarlas. Los sonidos de la casa perdieron nitidez. Se oían apagados, amortiguados. La música que sonaba en la sala contigua se oía atenuada, como si estuviera escuchándola bajo el agua. Mi visión también se alteró. Lo veía todo borroso y del revés. Lo que estaba cerca parecía estar muy lejos, y lo que estaba lejos, muy cerca.

—Toma —dijo la mujer, que llamó a un camarero que pasaba por allí y cogió dos copas a rebosar de un vino color rubí—. Bebe, querida. Te calmará los nervios —prometió, y me ofreció una copa.

Estaba abotargada y no podía pensar con claridad, pero sabía que no debía aceptar ninguna copa de vino, o de cualquier otro brebaje que pudiera confundir todavía más mi buen juicio. No pude evitar recordar la última vez que había asistido a un baile como ese, la última vez que había bebido de un cáliz que me había ofrecido un misterioso desconocido. Me asaltó la misma incertidumbre, la misma sensación de incomodidad y entusiasmo. Pero, por educación, acepté la copa. Tomé un sorbo con sumo cuidado, tratando de no hacer una mueca cuando notara ese regusto a flores. Para mi sorpresa, el vino me serenó. Sí, aquel licor actuó como un bálsamo para mis nervios.

—Gracias —dije, y noté que se me escurría una gota de vino por los labios. Abochornada, me los limpié—. Disculpe, señora.

La mujer soltó una carcajada.

—Cuesta acostumbrarse al sabor del vino. Se aprende a disfrutarlo con el tiempo —dijo.

Los ojos que escondía tras la máscara eran del mismo color que un prado, de un verde pálido precioso. En mitad de aquel salón en el que reinaba la monotonía bicolor, se veían brillantes y vívidos.

—¿Es tu primer baile aquí?

Me reí, cohibida.

—¿De verdad es tan evidente?

Ella me respondió con una sonrisa enigmática.

—¿Y te estás divirtiendo, querida?

—Estoy un poco abrumada, la verdad —admití—. Estaba buscando un lugar tranquilo para recuperar el aliento. Y tomar algo de aire fresco.

La mujer de invierno me retiró un mechón de pelo del rostro; casi de forma instintiva, me llevé la mano al oído y palpé la amapola marchita que todavía tenía detrás de la oreja. Era una completa desconocida para mí, por lo que aquel gesto tan íntimo y familiar me descolocó, pero, sobre todo, me incomodó. Y, una vez más, aquel mareo, aquel nudo en el estómago. Eché un vistazo al salón. Todos los invitados, excepto François, Käthe y Josef, llevaban una flor escarlata clavada en el disfraz.

—¿Estás segura? Hace bastante frío ahí fuera —dijo—. Si te apetece estar un rato a solas, puedo acompañarte a uno de los aposentos privados del segundo piso. Si quieres, claro.

152 —Oh, no. No pretendía importunar a nadie —respondí, y me sonrojé—. Es solo…, es solo un sofoco, creo. Un paseo por el jardín me sentará de maravilla.

Aquellos ojos verdes me observaban con detenimiento.

—El conde y la condesa mandaron a sus jardineros diseñar un laberinto de setos. Es el lugar perfecto para escapar de la fiesta y perderse unos minutos.

—Oh, sí, por favor —rogué.

Ella asintió con la cabeza.

—Sígueme.

Dejé la copa sobre la bandeja de un camarero y seguí los pasos de la mujer de blanco a través de salones y pasadizos hasta llegar a los jardines. Enseguida me di cuenta de que andaba renqueante. Por debajo de aquella falda de varias capas asomaba un pie zambo. Sabía muy bien qué representaba ese disfraz. *Frau* Perchta en su versión blanca, joven y hermosa, también conocida como pie de cisne, el espíritu que nos visitaba cada Navidad para asegurarse de que habíamos tejido todo el lino que nos había dado el año anterior. Pero había llovido mucho desde Navidad; de hecho, estábamos a punto de entrar en primavera, pues al día siguiente empezaría la Cuaresma. Por eso me pareció una elección bastante peculiar.

Llegamos a una sala vacía con un ventanal enorme que daba a una terraza.

—Estos jardines necesitan más horas de cuidado —dijo, casi a modo de disculpa—. Se han vuelto un poco rebeldes. Indisciplinados. Feos.

—La fealdad no me asusta —apunté—. A decir verdad, me gusta la naturaleza salvaje.

Aquellos luceros verdes me estudiaron en silencio, como si buscaran la respuesta a una pregunta que todavía no se habían atrevido a formular.

—Sí —dijo, y me acarició la mejilla con el dorso de la mano—. Hay algo extraño e insólito en ti, querida.

Me aclaré la garganta, abrí los enormes portones de cristal y salí a la terraza para evitar cualquier contacto físico con aquella mujer.

—No te entretengas mucho, Elisabeth —me advirtió—. La noche es larga, y aún no es primavera.

«Elisabeth.» Se me pusieron los pelos de punta.

—¿Cómo ha sabido...?

Pero cuando me volví, las puertas estaban cerradas y la mujer se había esfumado. Eché un fugaz vistazo a mi alrededor y enseguida me fijé en una línea delgada y blanca que flanqueaba la terraza. Bajo la luz de la luna llena parecía brillar con luz propia. Tragué saliva y atravesé el umbral, el renglón de sal.

Luego, me adentré en la oscuridad.

153

El laberinto

*N*o estaba sola.

Allí fuera también se había reunido un grupo de invitados; se apiñaban alrededor de unas antorchas que se habían dispuesto por los jardines. Los caballeros, con pose firme y señorial, sostenían una pipa, de la que fumaban de vez en cuando, mientras las damas agitaban las manos para disipar la nube de humo azul que se acumulaba a su alrededor, como un halo. El aire era frío, así que todos se acurrucaban en busca de un poco de calor humano. Aunque en Viena los días cada vez eran más cálidos y más agradables, las noches todavía eran gélidas. Ni siquiera los más valientes soportaban el mordisco del frío. Enseguida noté la caricia glacial del aire en las mejillas, lo que agradecí, porque todavía me ardían. Eso sí, me arrepentí de no haber traído mi capa.

Las conversaciones a media voz se veían interrumpidas por repentinas risitas y murmullos. Bajé la escalera hasta los jardines. Una vez más, percibí ese constante e ineludible zumbido que parecía seguirme como un enjambre de abejas a todas partes. Me habría puesto a hacer aspavientos para tratar de espantar esas palabras ajenas, pero lo último que quería era ponerme en evidencia o llamar la atención.

—¿Te has enterado de lo que le ha ocurrido al pobre Karl Rothbart? —murmuró una de las mujeres.

—¡No! —exclamó uno de los caballeros—. ¡Cuenta, cuenta!

154

—Ha fallecido —contestó la mujer—. Hallaron el cadáver en su taller, con los labios azules del frío...

No me detuve. Seguí andando, buscando un lugar tranquilo y aislado, tratando de encontrar la entrada al laberinto de setos. Y, poco a poco, las voces se fueron atenuando hasta perderse en la distancia. Aunque no soportaba el silencio, en ese instante deseaba que todas las voces del mundo enmudecieran. La intimidad era muy distinta de la soledad. Y lo que estaba buscando es justamente eso: intimidad, unos minutos de serenidad a solas.

Por fin encontré el laberinto de setos. Lejos del resplandor anaranjado de las antorchas y los farolillos repartidos por los jardines, las hojas y las ramas de aquel oasis de paz parecían estar recubiertas de un encaje plateado, un encaje de luz de estrellas y sombra. La entrada estaba custodiada por dos árboles enormes cuyas ramas estaban totalmente desnudas y desprovistas de cualquier brote verde. En aquella oscuridad, no parecían los postes que marcaban el camino hacia el laberinto, sino dos centinelas silenciosos que vigilaban y protegían la entrada al Mundo Subterráneo. Unas extrañas siluetas se retorcían en la penumbra que se extendía más allá de aquel arco de zarzas y arbustos espinosos. Aquella imagen me resultaba seductora a la par que intimidante.

Sin embargo, no estaba asustada. Aquel laberinto de setos y arbustos altísimos olía igual que el bosque que flanqueaba la posada, una esencia que siempre me había imaginado de color verde oscuro y que relacionaba con el aroma a nuevos brotes, a hierba recién cortada y a podredumbre, un lugar en el que convivían la vida y la muerte. Era un olor familiar. Un olor que me resultaba acogedor y agradable. Era el olor que siempre había asociado con mi hogar. Me quité la máscara, crucé el umbral y dejé que la negrura me tragara.

Los senderos que serpenteaban por el laberinto no estaban iluminados con antorchas o velas, y los arbustos eran tan densos y espesos que no dejaban traspasar ni un solo rayo de luz de luna. Sin embargo, avanzaba con paso seguro, sin titubear. Cada parte de mi ser parecía estar en sintonía con la naturaleza que me rodeaba. A diferencia del laberinto del palacio Schönbrunn, una construcción artificial y cuidada al mínimo detalle, aquel lugar era más natural, más salvaje, más indómito. La naturaleza se colaba por cualquier resquicio y, poco a poco, se iba adueñando de esos pasadizos tan civilizados, tan arreglados y tan ordenados para convertirlos en una confusa maraña de túneles y caminos, de malas hierbas y flores silvestres. Aquellas galerías abovedabas estaban repletas de raíces rebeldes y ramas incontrolables. De repente, en el corazón del laberinto, resonaron unas risitas y gritos ahogados. No quería dar un paso en falso, ni interrumpir el encuentro romántico y secreto de dos amantes, así que seguí avanzando con sumo cuidado. Sin embargo, no me crucé con nadie. Por fin podía dedicar algo de tiempo a pensar, a meditar. Deambulé por aquella espiral infinita, rodeando el caracol de arbustos y setos que no parecía tener fin. Y, por primera vez desde hacía mucho tiempo, me sentí tranquila, serena.

De pronto, en el corazón del laberinto, un violín empezó a tocar.

Sentí como si una parte de mí que hasta entonces había permanecido dormida y aletargada empezara a desperezarse, a despertarse. El sonido destapó mis oídos y desató esa venda invisible que me tapaba los ojos. Ahora podía ver y oír con total claridad. El lamento agudo del violín parecía lejano, pero podía distinguir cada una de las notas como gotas de rocío. Era un sonido envolvente, un sonido que resonaba en todo el laberinto y que me alcanzaba desde todos los ángulos: norte, sur, este, oeste, arriba, abajo, delante, detrás.

—¿Josef? —llamé.

No había vuelto a ver a mi hermano desde que nos había dejado plantados nada más entrar en la mansión. Había desaparecido entre la muchedumbre sin dignarse a dar una explicación; me había extrañado no haberlo encontrado en la pista de baile o en la ristra de habitaciones y salones que había recorrido en busca de una salida. Imaginaba que, al igual que yo, se había sentido fuera de lugar y que, también como yo, había huido despavorido de la fiesta en busca de un lugar alejado, seguro. El laberinto me recordaba al Bosquecillo de los Duendes, pues tenía el aire místico y etéreo de los lugares sagrados y olvidados del mundo.

Un repentino soplo de aire hizo crujir las ramas de los arbustos. Se me erizó el vello de la nuca. La noche era cada vez más fría y húmeda. Me abracé y me froté los brazos. Percibí un extraño olor metálico, el que precede a una tormenta, aunque el viento que se colaba por las endebles costuras de mi disfraz era glacial, cortante. Las hojas secas se revolvían por el suelo como ratas escurridizas y la oscuridad cada vez era más opaca y tenebrosa. Miré al cielo y vi que unos nubarrones habían oscurecido la luna.

Me repetí varias veces que no estaba sola en el laberinto, que en algún lugar de ese bucle de arbustos había escondida una pareja de amantes que, a esas alturas, ya estarían retozando sudorosos entre los setos.

A medida que iba avanzando por aquel sendero infinito, la voz del violín fue cambiando. Se tornó más profunda, más pesada. El sonido se tornó mucho más pasional, más emotivo, más resonante. No podía ser mi hermano. Esa música carecía de la ligereza, la trascendencia y el misticismo con los que Josef tocaba. Tenía que ser otro violinista.

Y justo entonces reconocí la pieza: *Sonata de noche de bodas*.

De repente, empezaron a castañetearme los dientes. Estaba tiritando y sentía que había perdido el control. Aquel temblor se debía al frío… y al miedo. Me daba la impresión de que se me había congelado la sangre. ¿Cómo era posible? Jamás le había mostrado esa partitura a mi hermano; las cartas que le había enviado desde la posada contenían algún que otro esbozo, pero él jamás había llegado a leer las cartas, pues habían caído en manos del conde. Además, nunca había oído la pieza completa. Aunque su oído y su memoria eran brillantes, ni siquiera una mente tan privilegiada como la de Josef podría recordar con todo lujo de

157

detalles todas las notas, pausas y frases de esa pieza. Solo había otra persona en el mundo que conociese mi *Sonata de noche de bodas*.

—¿M-mein Herr?

No podía ser. Era una idea descabellada. Atravesar el velo, quebrantar la frontera que dividía ambos mundos… era imposible. Y punto. Pero ¿qué significaba todo eso? La suave brisa que agitaba las hojas se tornó huracanada. Oía arañazos, zarpazos. El murmullo de las hojas secas sobre el suelo se convirtió en el chirrido de pezuñas y garras sobre la piedra.

«Majestad.»

Di un respingo y miré por encima del hombro. No reconocí ninguna silueta familiar entre la oscuridad que reinaba en los pasadizos del laberinto. Ni tampoco una forma humana. Las ramas y las zarzas parecían abalanzarse sobre mí con manos avariciosas, hambrientas. Los espinos parecían brotar de las paredes para alcanzarme. Las urnas de piedra y los bancos de mármol empezaron a retorcerse y a deformarse hasta convertirse en gárgolas de mirada lasciva. Traté de no mirarlas, de no pensar en esos ojos negros diminutos y en ese cabello que parecía un nido de telarañas.

«Alteza.»

Era el susurro del viento. El mismo viento que traía consigo un frío invernal, pese a no ser invierno, y que arrastraba una esencia a hielo, a pino, a aguas profundas y a cuevas subterráneas. Era un recuerdo, un fantasma, mi anhelo manifiesto. No había perdido la chaveta. Y, de repente, el sotobosque empezó a zarandearse y a crecer hasta cobrar la forma de una joven.

—No —dije con voz ronca.

De entre las hojas secas y podridas emergió un rostro de nariz alargada, barbilla puntiaguda y pómulos marcados. Era un rostro familiar, un rostro que creí que jamás volvería a ver.

—¿Ramita? —susurré.

La duendecilla asintió e inclinó la cabeza: hecha de ramas y telarañas. El gesto era una señal de respeto. Sí, era ella. Sus brazos, de un verde amarronado, estaban recubiertos de manchitas de granito que, de lejos, parecían moratones. Eran pedazos de piedra maciza que se alineaban por su cuello y por un lado de su rostro, y que parecían una enfermedad. Se rascaba las manchas como si le escocieran y mostraba una expresión de profundo dolor y agonía. La única vez que había visto a Ramita transformarse en piedra había sido cuando violó las viejas normas y me reveló qué le había ocurrido a la primera Reina de los Duendes. Se me encogió el corazón de pena… De pena y de miedo y de nostalgia. Todavía temblando, extendí los brazos.

La criatura también extendió los brazos, pero, cuando intenté tocarla, mis dedos traspasaron los suyos, como si fuese un holograma, una nube de humo. Movía los labios, pero no lograba oír nada, tan solo el murmullo de aquella brisa.

—¿Ramita? —pregunté—. ¿Ramita? ¿Qué ocurre?

Ella abrió la boca para hablar, pero el granito avanzaba a toda prisa y ya se había apoderado de todo su cuello y empezaba a estrangularla.

—¡Ramita!

«La alianza se ha roto.» Sus ojos, de ese negro opaco y penetrante, destilaban terror. Era la primera emoción humana que veía en la cara de un duende. «Nos está corrompiendo. Y a él también.»

Él. El Rey de los Duendes. Mi joven austero e inocente.

—¡Ramita! —grité. Traté de cogerla de la mano, pero solo atrapé un puñado de espinas—. ¡Ramita!

«Sálvanos.» Ramita lloraba desconsolada. En un abrir y cerrar de ojos, su cuerpo se resquebrajó y se rompió en mil pedazos. Pero mi duendecilla sacó fuerzas para articular unas últimas palabras: «Sálvalo».

—¿Cómo? —chillé—. ¡Dímelo!

Los ojos de la duende salieron rodando de sus cuencas y se deslizaron por su cuerpo como si fuesen las cadenas de un prisionero. Con un esfuerzo tremendo, alzó una mano y me señaló los pies con un dedo retorcido y nudoso.

«Las… amapolas…»

Bajé la mirada y vi que estaba sobre un sendero de color rojo, un reguero de sangre que me marcaba el camino que debía seguir. Era como un río de pétalos escarlata.

—¿Ramita?

Se había esfumado. Eché un vistazo a mi alrededor, pero allí solo habían quedado las estrellas, que seguían parpadeando tras el inmenso zarzal. Me pareció oír el gruñido de una tormenta a lo lejos, el aullido del viento más allá del laberinto de setos. Cascos de caballos y ladridos de sabuesos. La Caza Salvaje.

La encarnación de las «viejas» normas: acero y dientes y sabuesos para reclamar y recoger lo que les correspondía por ley.

Con el corazón martilleándome el pecho, eché a correr, siguiendo aquel camino de amapolas, tratando de alejarme y escapar de ese ruido ensordecedor que no traía ningún buen presagio. A mis espaldas todavía oía los jadeos y las pisadas de mi acechador. Corría tan deprisa como me permitían las piernas hasta que, en un momento dado, perdí de vista el camino de flores carmesí y me di cuenta, tal vez demasiado tarde, de que me había perdido.

Y el violín seguía retumbando entre esos muros de arbustos.

Me llevé una mano al pecho e intenté recuperar el aliento.

—¿Josef? ¿Käthe? ¿François? —susurré.

Pero ¿quién iba a encontrarme allí, en mitad de un laberinto tan intrincado y confuso? Pensé en el Rey de los Duendes y sentí una punzada en el pecho.

Oí un crujido entre los arbustos. Me di la vuelta y ahogué un grito. Una figura se cernía sobre mí en la penumbra. Destacaba su mirada, pálida como la luna. Advertí unos dedos rotos y retorcidos, como ramas secas y ajadas enroscadas alrededor del mástil de un violín, con la resina agrietada por el paso del tiempo. Y no pude evitar fijarme en el nido de cardos y vilanos del que sobresalían dos enormes cuernos. Sin embargo, el rostro de aquella criatura que me observaba era humano. Y familiar.

Era él.

—¿*M-mein Herr*?

No pronunció palabra alguna. Ni siquiera movió un solo músculo. Habría reconocido ese rostro entre un millón, pues era inconfundible. Sin embargo, los ojos que me miraban tan fijamente eran los de un completo desconocido para mí. Su preciosa mirada bicolor se había apagado y sus iris, uno esmeralda y otro zafiro, se habían teñido de un azul blanquecino que brillaba en la oscuridad.

—¿*Mein Herr*? —repetí.

No vi ni el más mínimo destello o chispa de amor en esa mirada glacial. No sabía si podría soportar el peso de mi corazón roto.

—Oh, *mein Herr* —jadeé—. ¿Qué te han hecho? ¿Qué te he hecho?

Y con muchísima cautela, como si estuviera acercándome a un animal indefenso y muerto de miedo, levanté una mano y extendí los dedos. Alargué el brazo, ansiosa por acariciarle la mejilla, por tocarle, por notar su piel bajo mi palma. El Rey de los Duendes permaneció inmóvil. Había conseguido acortar un poco la distancia que nos separaba, pero todavía estaba lejos. Lo último que quería era dar un paso en falso, así que seguí avanzando muy poco a poco. Sus pupilas empezaron a dilatarse y el anillo pálido que las rodeaba se fue intensificando hasta cobrar su color original. Azul grisáceo y verde musgo.

—¿Elisabeth?

Al oír que alguien decía mi nombre, sacudió la cabeza.

—¡Elisabeth!

—No —susurré—. No, por favor, si tú estás conmigo…

Pestañeé y, cuando volví a abrir los ojos, ya había desaparecido. La piel que había estado a punto de acariciar se convirtió en la suave corteza de un cerezo; la corona de cuernos, en ramas; y sus ojos, en un par de estrellas titilantes del cielo. Era como si, desde allí arriba, me hubiera guiñado un ojo. Una broma cruel y despiadada. Me invadió una oleada de impotencia y de desesperación. Por supuesto, todo aquello no había sido más que una horrible pesadilla. La nostalgia y la soledad habían creado esa fantasía entre las sombras.

—¿Elisabeth? ¡Ah, aquí estás! —exclamó una voz desconocida y con un acento extraño.

Miré por encima del hombro; casi me desmayo al ver una calavera cerniéndose a mi lado, mostrándome una sonrisa terrorífica.

—¿Querida? ¿Estás bien? —preguntó.

La calavera ladeó la cabeza y fue entonces cuando me percaté de que lo que tenía al lado no era un esqueleto incorpóreo, sino un hombrecillo un tanto rollizo vestido con una capa negra y con la máscara de la muerte colocada sobre la cabeza. Aquella máscara era increíblemente realista; por eso me había confundido.

—Lo…, lo siento —tartamudeé—. ¿Quién eres?

—Der Tod —respondió el desconocido—. Y tú, querida, eres el ángel musical que había perdido. Llevamos buscándote más de una hora.

162 Me quedé quieta, pues no quería hacer ningún movimiento brusco que pudiera asustar a ese hombre o provocar alguna reacción impredecible.

—¿Llevamos? —pregunté—. ¿Quién ha estado buscándome?

—Mi esposa y yo, por supuesto —contestó, como si fuese la respuesta más obvia del mundo—. La espera ha sido larga, lo reconozco. Y ahora, querida, volvamos a la fiesta.

No supe qué responder ante un comentario tan críptico. Al ver que no tenía ninguna intención de seguirle a ningún sitio, el hombrecillo que había elegido la muerte como disfraz para la fiesta me miró con cierta perplejidad y desconcierto.

—¿Fräulein? ¿Me acompañas?

—Por favor, perdóneme —dije, tensa y rígida—. No sé quién es, Señor de la Muerte.

—¿Hmmm? ¡Oh! —exclamó, y se echó a reír. Y entonces se retiró la máscara y reveló una cara de mejillas sonrojadas y expresión alegre y bonachona—. Te ruego que me disculpes —dijo, y se inclinó en una elegante reverencia—. Soy Otto von Procházka und zu Snovin, para servirte.

Se irguió y volvió a colocarse la máscara para recuperar el anonimato.

—Soy el anfitrión de esta afamada velada, el propietario de esta majestuosa mansión y, si no me equivoco —continuó, y advertí un brillo enigmático en las profundidades de la calavera—, tu nuevo benefactor.

163

Piel de cordero

*E*l conde Procházka era… muy distinto de lo que esperaba.

Mi misterioso benefactor era un hombre bajito y rechoncho de una edad indefinida. El cabello que le crecía en la coronilla y en la barba era escaso y grisáceo, pero el brillo y color de sus mejillas detonaba juventud y buen humor. Los botones de latón de su chaleco jalaban de la tela, creando así un sinfín de arrugas tirantes, igual que hacía su piel cada vez que esbozaba una sonrisa. Aparte de la máscara de calavera, que rozaba la perfección, su disfraz de Muerte dejaba mucho que desear; una capa de seda negra colocada sobre lo que, a primera vista, parecía una vestimenta mundana: un chaleco de satén, una chaqueta de lana oscura, unos bombachos de color parduzco, medias blancas y zapatos negros con hebillas de latón que brillaban bajo la luz de la luna. Y, en la solapa, una amapola carmesí.

Hasta ese momento no me había dado cuenta de que, de forma inconsciente, ya había dibujado un retrato de mi benefactor. Me había basado en la escritura elegante e instruida de las cartas que me había enviado, así como en las historias escabrosas y lascivas que me había contado *Frau* Messner y que había oído comentar a las clientas de *Herr* Schneider. No sabía muy bien qué iba a encontrarme (alguien alto, apuesto y lánguido, quizá), pero desde luego no había imaginado que mi patrón, quien provocaba todo tipo de recelos y rumores incendiarios, fuese una especie de cacatúa alegre y dicharachera que piaba un alemán con un marcado acento bohemio.

—Siento muchísimo si te he asustado —prosiguió el conde—, pero tu hermano, tu hermana y tu amigo estaban muy preocupados porque no te encontraban por ninguna parte. Cuando mi esposa me dijo que habías salido a los jardines, enseguida salí a buscarte. Muy pocas personas han sabido resolver este laberinto.

No tardé en descubrir que mi achaparrado anfitrión conocía aquel laberinto de memoria: avanzaba apresurado por aquella espiral de pasadizos, tomaba los giros correctos y no titubeó en ningún momento. Yo, en cambio, tropecé varias veces y tenía que correr para alcanzarle y no volverme a perder.

—Fue idea de mi abuela —prosiguió el conde, decidido a retomar la conversación, le contestara o no—. Me refiero al laberinto. Tenía una mente brillante y le apasionaban las matemáticas y los rompecabezas, pero siempre me han asegurado que este laberinto no sigue ninguna lógica, por lo que es imposible descifrarlo —dijo, y se rio por lo bajo—. Las malas lenguas dicen que solo un mago o un loco podrían resolverlo.

165

Magia. Recordé el sendero de amapolas que había florecido delante de mis narices, en mitad de la penumbra, y aquellos ojos brillantes que titilaban en el cielo estrellado. Locura.

—Y creo que no hay ninguna duda de qué soy yo —continuó el noble.

Dibujó una sonrisa y su expresión bonachona y campechana se tornó lunática y perturbada. Sospechaba conocer la respuesta.

—Los dos, obviamente —respondió el propio conde—. Aunque mi esposa discreparía.

Volvió a dedicarme una sonrisa de oreja a oreja, pero ni siquiera ese gesto sirvió para tranquilizarme. Estaba al borde de un ataque de nervios.

—Ah, cualquiera que me escuchara diría que parezco una criatura cándida recién salida del colegio. Anda, vamos, date prisa, pues la noche es fría y alberga horrores que podrían abalanzarse sobre ti y llevarte consigo.

Casi me caigo de bruces.

—¿Llevarme consigo?

Y entonces, al fin, se detuvo y se volvió para mirarme a través de los agujeros de su máscara.

—Pero ¿es que no has oído las historias que corren por ahí, *Fräulein*? —preguntó con voz dulce y melosa—. Hay quienes —empezó, y señaló la mansión y la ciudad que asomaba tras ella— asegurarían que estas desapariciones son la desafortunada consecuencia de ciertos, eh… placeres; placeres gracias a los que tanto yo como mis socios nos hemos ganado una reputación en la capital.

Me puse tensa y pensé en los relatos que mi casera, *Frau* Messner, me había contado. La joven desconocida que los Procházka habían acogido y protegido, la campesina ingenua y sencilla que había desaparecido en circunstancias muy sospechosas. Desenterré recuerdos de otros rumores y chismorreos. Parpadeaban y oscilaban como la llama de una vela. Láudano. Rituales. Secretos.

Mi mentor rompió aquel silencio tenso e incómodo con una carcajada.

—Era una broma, querida. ¡No tienes nada que temer! Ah, ya los hemos encontrado —dijo, y se puso a agitar los brazos para saludar a alguien—. O quizá nos han encontrado ellos a nosotros.

Emergimos del laberinto. Ahí fuera nos esperaban dos figuras cuyo perfil iluminaban las antorchas de los jardines: una mujer vestida de blanco y con una máscara de cisne y un joven alto y esbelto que sostenía la funda de un violín, disfrazado de noche.

Josef.

—Oh, aquí estás —dijo la mujer—. Había empezado a preocuparme. —Tenía unos ojos verdes que brillaban como dos esmeraldas, a pesar de estar casi ocultos tras la máscara—. Esta noche hace un frío terrible y llevabas mucho tiempo ahí fuera.

—*Fräulein* —dijo el conde, dirigiéndose a mí—. Permíteme que te presente a mi esposa, la condesa Maria Elena von Procházka und zu Snovin.

Su esposa.

Ahora que conocía su identidad, todo cobraba un poco más de sentido. Las piezas del rompecabezas encajaron de inmediato. La mujer cisne se había mostrado cariñosa, familiar, y me había tratado como si ya me conociera. Ahora que los veía juntos, la verdad era que formaban una extraña pareja; ella, la elegancia personificada; él, una piltrafa que parecía vestido por un titiritero.

—Encantada —dijo—. Aunque ya nos habíamos conocido.

Había ignorado por completo las formalidades protocolarias, así que, aunque demasiado tarde y con torpeza, me incliné e hice una reverencia.

—Se…, señora.

—El título con el que debes dirigirte a mí es «ilustrísima» —corrigió la condesa con voz amable.

—Oh —exclamé, y me ruboricé, muerta de vergüenza—. Disculpadme.

El conde hizo un gesto con la mano, quitándole hierro al asunto.

—No discutamos sobre esa clase de nimiedades absurdas. Llámame Otto, o *mein Herr*, si lo prefieres.

De forma instintiva, me llevé la mano a la garganta, pero, al parecer, nadie se percató de ese gesto.

—Te suplicaría que dejaras de abochornar a nuestros invitados, Otto —le reprendió la condesa, aunque con una ternura infinita—. Perdonad a mi esposo, queridos —dijo, dirigiéndose a mi hermano y a mí—. Siempre se deja llevar por el entusiasmo.

Miré de reojo a Josef, pero él no me devolvió la mirada.

—¿Entramos? —preguntó con voz apagada—. Necesito un poco de tiempo para calentar.

—Tu hermano se ha ofrecido a deleitarnos con una actuación —explicó la condesa. Esos ojos verdes tan deslumbrantes estaban clavados en mí—. Una selección que incluirá alguna obra tuya, según he entendido.

167

—Ah, sí, la compositora —dijo el conde Procházka—. ¡Tienes un talento único y magnífico, *Fräulein*!

Traté de sonreír, pero notaba la cara tan helada como el aire de ahí fuera.

—No es un talento, ilustrísimo señor.

—Tonterías —contestó la condesa—. El don de la creación y la genialidad es el único que compartimos con Dios. Acepta los talentos que te han sido otorgados, Elisabeth, pues son únicos y muy especiales. Y ahora —dijo, y echó un fugaz vistazo al laberinto por el rabillo del ojo— volvamos adentro. Y rápido. No debemos quedarnos aquí, en la intemperie, de noche, sin protección.

Josef arrugó la frente.

—¿Protección?

—De este frío infernal —respondió el conde con una sonrisa encantadora.

La condesa negó con la cabeza.

—Ah, una antigua superstición, querido, nada más. Es martes de carnaval, la noche de transición de una estación a otra. A medida que los días de invierno van llegando a su fin, unas fuerzas hostiles se desatan y campan a sus anchas.

Esta vez mi hermano sí se volvió y me miró. Leí una pregunta en aquellas profundidades de color azul pálido, una pregunta que no sabía muy bien cómo responder. A pesar de que Josef y yo habíamos crecido escuchando cuentos e historias de duendes, loreleis y *Der Erlkönig*, había mitos y leyendas que habíamos olvidado. La Caza Salvaje. Marcados por los duendes. Atacados por los duendes.

El conde se estremeció.

—Entremos, queridos; se me están congelando los innombrables —bromeó, y le ofreció el brazo a su esposa, no solo como acto de cortesía, sino para ayudarla a subir los escalones, que, para su cojera, suponían un gran obstáculo.

—¡Otto! —exclamó la condesa, y después le dio una palmada en el brazo, aunque la expresión de esa mirada verde no era en absoluto jocosa ni bromista. Más bien parecía preocupada. No dejaba de mirar el laberinto de setos por el rabillo del ojo, como si también pudiera oír el eco de los cascos de los caballos trotando a nuestras espaldas.

Dentro de la majestuosa mansión, el baile seguía en pleno auge. La música marcaba el ritmo de los pasos, el suave taconeo de los zapatos y el vaivén de las faldas sobre el suelo. El conde y la condesa nos acompañaron hacia una galería alejada de la muchedumbre que se había agolpado en el salón de baile, aunque no por ello estaba vacía. Allí se habían reunido unos cuantos invitados. Disfrutaban de una copa de licor y un puro mientras charlaban y se reían con conocidos y amigos de toda la vida. Los antifaces ocultaban parte de su rostro, pero, aun así, intuí una espeluznante similitud en todos ellos. No los había visto nunca. Todos tenían esa mirada plácida y serena del que jamás ha sufrido una adversidad en la vida, ese ademán generoso y cómodo de quien nunca había anhelado algo que no pudiera conseguir. Sin embargo, percibí un hambre voraz en todos ellos, un ansia, un deseo. Mi hermano y yo no éramos más que dos pobres diablos que se habían colado en su esfera privilegiada; sin embargo, cuando se dieron cuenta de nuestra presencia, nos observaron con interés, con codicia. Aquella curiosidad tan descarada me incomodó.

—¿Dónde están Käthe y François? —pregunté.

Me castañeteaban los dientes. Y no solo por el frío.

—¡Estás temblando! —exclamó la condesa—. Venid, venid los dos. Acercaos al *ofen*, ya veréis como enseguida entráis en calor.

Y entonces señaló lo que, hasta el momento, creía que era un adorno de cerámica o un armario de piedra. Al acercarme noté que irradiaba calor. Me recordó un horno. Tenía amapolas esculpidas sobre toda la superficie.

—¿Quieres que te traiga un mantón de lana, querida? —me preguntó el conde.

Se había retirado la máscara y se la había colocado sobre la cabeza. Tenía las mejillas como dos tomates, por el sobreesfuerzo que había realizado y también por el frío. Y por sus patillas rodaban unas grandes gotas de sudor.

—Oh, no, ilu…, ilustrísimo señor —respondí—. Estoy bien. ¿Ha visto a mi hermana y a nuestro amigo?

Pero el conde me ignoró como quien oye llover. Hizo un gesto a un criado y le murmuró algo al oído.

—¿Hay alguna sala en la que pueda ensayar y afinar el violín en privado? —le preguntó Josef a la condesa en voz baja. Repasó la habitación de arriba abajo para contar el número de invitados que se había agolpado en la galería.

—Por supuesto, querido —respondió ella, y le hizo un gesto a otro de los criados, que enseguida asintió con la cabeza y desapareció entre la multitud—. Tenemos un clavicordio en el salón principal, en la planta baja —ofreció—. Me temo que no es nada del otro mundo, tan solo un viejo clavecín que Otto heredó de su abuela. ¿Servirá?

Josef me miró con las cejas enarcadas. Reconozco que me sorprendió un poco que el conde, un amante declarado de la música, de mí música, no tuviera un instrumento moderno en su casa. En aquella época, no había ninguna actuación que no incluyera *fortepianos*.

—Deberíamos preguntárselo a François, ilustrísima —dije—. Él es quien suele acompañar a mi hermano en los conciertos.

—Oh, ¿no eres tú? —preguntó la condesa.

A pesar de su tono impasible, parecía desconcertada.

—No, señora.

—Pero tenía entendido que eras música.

Me mordí el labio. En una ocasión, mi hermano había dicho que yo era el genio de nuestra relación. Era la creadora de nuestra música, no la intérprete. Yo me dedicaba a escribir notas, y Josef, a darles vida. Pero la mayoría de los compositores que se habían ganado un nombre en Viena también tocaban sus obras; entre ellos, el difunto e inigualable Mozart, así como ese tal Beethoven, un tipo engreído y presuntuoso. Yo no era brillante en el arte de la interpretación, algo que había podido comprobar en cuanto había oído a François tocar por primera vez.

En ocasiones como esa, era cuando deseaba que mi hermano saltara a defenderme con uñas y dientes, que explicara nuestro proceso de creación. Quería que, aunque fuese por una vez en su vida, él llevara la batuta, la voz cantante. Pero, como siempre, se quedó callado. A pesar de esos rizos dorados, de esos rasgos tan prominentes y de su altura, sabía volverse invisible.

—Y soy música —recalqué—, pero mi don consiste en crear música, no en ejecutarla. Mi interpretación musical es muy pobre, tosca y poco elegante. Sería una pésima sustituta de François, créanme.

La condesa me estudió en silencio, observándome con aquellos ojos verde hierba. Percibí un brillo extraño. ¿Diversión? ¿Fastidio?

—Sea como sea —dijo al fin—, eres la indiscutible compositora de *Der Erlkönig*, ¿verdad? Lo que me interesa es tu propia interpretación de tu trabajo, no la de otro.

Volví a mirar a Josef. Estaba nervioso. Jugueteaba con la funda del violín y era incapaz de tener los pies quietos. Sentí una oleada de impotencia y enfado por todo el cuerpo. Si mi propio hermano no era capaz de apoyarme y defenderme, entonces yo haría lo mismo. François era, sin duda, el mejor compañero para Josef. Llevaban meses ensayando y tocando juntos ante un público refinado y exigente, y habían aprendido a moldear y crear una música angelical, y no una música centrada solo y únicamente en la exhibición de talentos individuales.

—Como deseéis, ilustrísima señora— dije.

—Por favor —contestó ella con una sonrisa—. Estamos entre amigos. Llámame Elena.

Traté de disimular mi inquietud, mi malestar.

—Sí, señora —murmuré, olvidándome de llamarla por su nombre de pila.

En las profundidades de su máscara invernal, sus ojos titilaron.

—Arreglado, entonces —resolvió—. Vamos, os acompañaré al salón.

Y, de repente, apareció otro criado con una bandeja lle-

171

na de copas de jerez. ¿O tal vez era el mismo de antes? Ya no podía distinguirlos.

—Ah, gracias. Tomad un sorbito de vino, queridos. Os ayudará a mantener el calor. Ahí abajo no hay chimenea… ni *ofen*.

Josef y yo aceptamos el ofrecimiento por educación, pero en ese momento a ninguno de los dos nos apetecía tomar una copa de jerez.

—Bebed, bebed —insistió la condesa—. Bebed, y bajaremos al salón principal.

Estábamos entre la espada y la pared. Así pues, para no parecer groseros, vaciamos el jerez de un solo trago y devolvimos las copas a la bandeja. Josef empezó a toser y se puso como un tomate.

—Fra…, François —logró articular, pero, por lo visto, nuestra anfitriona no lo oyó.

Se volvió hacia su marido y le extendió el brazo para que la ayudara a descender la larguísima escalinata.

Josef y yo los observamos sin mediar palabra.

—En fin —dijo él, tras unos segundos—. ¿Vamos?

Se rascó el cuello, como si así pudiera deshacerse de la copa de jerez que acababa de beberse. Y fue entonces cuando me fijé en la amapola escarlata que tenía clavada en la solapa de su disfraz.

—Sepperl —murmuré, y señalé la flor—. ¿Qué es esto?

—¿Hmmm? —Bajó el brazo y echó un vistazo a su solapa—. Oh. La condesa me la regaló antes. «Cuestión de fe», dijo.

Me palpé la amapola marchita que me había colocado detrás de la oreja. Suspiré, aliviada. No la había perdido en el laberinto.

—Sepp —dije en voz baja—, ¿dónde nos hemos metido?

Se produjo un breve silencio que se me hizo eterno.

—Dímelo tú, Liesl —me respondió. Bajo la máscara, mi hermano me miraba con dureza y severidad—. Después de todo, ¿no es lo que siempre habías querido?

Criaturas de *Der Erlkönig*

*L*a sala de recepciones de la planta baja era bastante pequeña; parecía más bien la sacristía de una iglesia que un salón principal. Las paredes estaban revestidas de paneles de madera oscura, como si fuese un coro, y el suelo de granito estaba cubierto por una mullida alfombra persa. La acústica de aquella estancia era muy extraña; los sonidos retumbaban y, al mismo tiempo, sonaban amortiguados. Una vez más, pensé que era un lugar muy extraño para celebrar un concierto improvisado, sobre todo teniendo en cuenta que el conde había reconocido ser un gran apasionado de la música.

El conde y la condesa ya habían tomado asiento en unos sillones enormes, como tronos, tapizados de terciopelo rojo. Cuando Josef y yo entramos, estaban uno frente al otro. El clavecín estaba justo entre ellos. Parecían los guardianes divinos de un reino musical. Ninguno se había quitado la máscara; la condesa como *Frau* Perchta, con su plumaje de cisne, y el conde como Der Tod, con su disfraz de Muerte. Dos espejos, dos polos opuestos: blanco y negro, noche y día. Salvo por las amapolas que tenían clavadas en la ropa, como una gota de sangre.

—Bienvenidos —dijo la condesa—. Por favor, poneos cómodos. Estáis en casa. Cuando consideréis que ya habéis calentado lo suficiente, avisaremos al resto de los invitados para que también puedan disfrutar de la actuación.

—¿Y mi hermana? —pregunté—. ¿Y François?

El conde sonrió.

—Estoy seguro de que vendrán con los demás.

Su esposa señaló el clavecín con la barbilla.

—Vuestro reino os espera, mis niños.

Mi hermano y yo intercambiamos una mirada cómplice antes de encaminarnos al centro de la sala. Josef dejó la funda en el suelo y sacó el violín. Mientras, yo me acomodé en el banco del clavecín. Alcé las manos y las posé sobre las teclas negras y marfil, aunque el patrón bicolor estaba invertido. Nunca había tocado un teclado como ese. Los acordes mayores eran de color negro, y los menores, de color blanco. Durante una fracción de segundo pensé que había olvidado todas las clases de piano. Se me revolvió el estómago. Aquel teclado de colores invertidos me producía una sensación de vértigo. Ya no confiaba en mi digitación. Ni siquiera en las notas.

—¿Liesl? —llamó Josef, que sostenía el arco sobre las cuerdas, preparado para afinar el violín.

Traté de centrarme y ubicarme. Toqué unos acordes; era un instrumento viejo, pero sin duda lo habían cuidado muy bien. El mecanismo del clavecín, compuesto por un sinfín de palancas, funcionaba a la perfección y las cuerdas estaban afinadas. Josef asentía con la cabeza mientras yo tocaba el acorde sol, re, la y mi, punteando las notas una y otra vez, esperando a que Josef sintonizara su instrumento con el mío. Después, con una diligencia asombrosa, repasó fluidamente todos sus ejercicios: escalas, terceras, cuartas, quintas, varias rondas de frases musicales para calentar los dedos.

Yo también practiqué varios ejercicios para familiarizarme con el instrumento. Hacía tanto tiempo que no tocaba en público, ni en privado, que temía haber olvidado todo lo aprendido. No recordaba la última vez que había practicado los ejercicios de agilidad que papá nos obligaba a repetir a diario. Y sentía los dedos pesados y algo torpes.

—¿Estáis listos? —preguntó la condesa, que nos observaba con un vívido interés.

Sin embargo, el conde parecía ausente, como si tuviera la mente en otro sitio. Había insistido tanto en traerme allí, a Viena, a su propia casa, se había mostrado tan emocionado por oír mi música en directo, que me sorprendía el poco interés que le suscitaba nuestra música. Llegué a creer que las excentricidades de mi benefactor eran el fruto de su carisma personal, o tal vez del láudano, que le nublaba los pensamientos, pero ahora volvía a temerme lo peor.

—Si no es mucha molestia —dije, avergonzada—, dejé mi carpeta de partituras en el piso de arriba, junto con mi capa y otras cosas. Si alguien pudiera…

Y, en ese mismo instante, incluso antes de que pudiera terminar la frase, entró en la sala un criado vestido de rojo de pies a cabeza. Sostenía una bandeja plateada sobre la que estaba mi carpeta de cuero. Mi temor se transformó en pavor. Aquel enorme salón, el laberinto, los propios anfitriones… Todo lo que rodeaba aquella inmensa mansión me resultaba espeluznante. Y el hecho de que todo el servicio, incluidos lacayos, camareros y criados, compartiera casi los mismos rasgos físicos solo hacía que contribuir a esa creciente sensación de irrealidad.

Le dediqué una sonrisa forzada a modo de agradecimiento y abrí la carpeta. Rebusqué entre todas las partituras hasta encontrar *Der Erlkönig*. Sentí los ojos de la condesa clavados en mi nuca. Traté de ignorar la presión. Había algo en su escrutinio que iba más allá de la mera curiosidad; era una especie de hambre o deseo que se expandía por el ambiente como oleadas de perfume, lo cual me intimidaba y emocionaba al mismo tiempo.

Coloqué las partituras sobre el atril del clavecín y me acomodé en el banco. Miré a Josef, que en ese momento estaba pasando los dedos por el mástil del violín, practicando su digitación de un modo casi indiferente. El desinterés y la apatía que estaba mostrando mi hermano a escasos minutos del concierto me sorprendió más que la frialdad con la que me trataba; Josef era un muchacho sensible y tímido. O, al menos, lo había sido hasta ahora.

—Ya podéis avisar a los invitados, ilustrísima —anunció con voz triste y apagada.

La condesa sonrió y se inclinó sobre su sillón.

—Lo cierto es que albergaba la esperanza de que nos deleitarais con una interpretación privada de *Der Erlkönig, Herr* Vogler —respondió ella—. Espero que no os importe.

Josef se encogió de hombros y después hizo una reverencia.

—Como deseéis, *milady*.

Posó el instrumento sobre el hombro, alzó la mano que sostenía el arco y me miró a los ojos. Estaba preparado. Noté un cosquilleo en la nuca, una pulsación insistente que me martilleaba la base del cráneo. Me arrepentí de no haber probado bocado, de no haberme servido un plato de la miríada de manjares que había en el banquete. Tenía la garganta reseca, como si hubiera tragado gravilla, pero sonreí a mi hermano y asentí con la cabeza. Él irguió la espalda y apoyó la barbilla sobre el violín; coloqué las manos sobre el teclado, esperando su entrada. Josef marcó el tempo, haciendo brincar el arco sobre las cuerdas, y ambos empezamos a tocar *Der Erlkönig*.

Al principio, la música sonaba algo discordante. El sonido del clavecín no parecía fusionarse bien con el del violín. El plectro punteaba y rasgueaba, las cuerdas temblaban y no resonaba; la pieza tomó un matiz amenazante y siniestro, un matiz que jamás había oído en un instrumento moderno. Intenté adaptarme a esa nueva sensación auditiva, centrarme en las notas y no en el sonido. Pero un repentino deseo de experimentar, de improvisar, me distrajo. Quería tocar. Quería retozar y brincar y serpentear entre la música, tal y como solía hacer con el Rey de los Duendes cuando era una cría. Sacudí la cabeza y traté de centrar toda mi atención en mi hermano, de escucharle, de seguirle, de apoyarle.

Pero Josef no estaba ahí. Mi hermano no estaba en ese salón.

No lo reconocía en esa música. Las notas eran tan precisas como siempre, pero faltaba algo, esa conexión que fluía entre nosotros con la misma naturalidad e intimidad que una conversación. Tocábamos el uno para el otro, no el uno con el otro.

El conde se revolvió en su asiento y reprimió un bostezo.

«Oh, *mein Brüderchen*», pensé. «Oh, Sepp, ¿qué nos ha ocurrido?»

Estaba al borde de la desesperación. Busqué su mirada en un intento de recuperar ese vínculo, ese cordón umbilical que siempre nos había mantenido unidos. «Toca conmigo, Sepp —rogué—. Toca conmigo.»

Cuando le había confesado a la condesa que no era buena intérprete, no había mentido. Conocía la técnica y la teoría, pero no tenía alma de músico. Me pregunté si tal vez mi hermano se había acostumbrado a tocar con François y ya no recordaba cómo hallarme entre las notas, cómo bailar conmigo al son de la música que compartíamos. ¿O quizás esa desconexión era tan solo el síntoma de un distanciamiento más profundo? ¿Cómo habíamos llegado a eso? ¿Cómo era posible que nosotros, que habíamos estado más unidos que las cavidades de un corazón, ahora nos tratáramos como dos desconocidos? Me invadió una profunda tristeza. A medida que pasaban los segundos, el peso de la pena empezó a percibirse en las notas.

Y Josef... Él seguía tocando con aquella perfección tan rigurosa y despiadada. No era más que éter y aire y vacío. Yo, en cambio, era tierra y raíces y roca. La tristeza se transformó en resentimiento, en ira. «Mírame, Sepp», pensé y, sin previo aviso, cambié el acompañamiento.

Esa repentina alteración se notó de inmediato en la sala. Una mayor presión, un suspiro de alivio, la tranquilidad que precede a una tormenta. Josef era un músico de los pies a la cabeza, con una experiencia mucho más amplia que la mía. Por eso, siempre que intentaba sorprenderle, él no titubeaba y se adaptaba a los nuevos sonidos. Pero esta vez fue distinto. Por primera vez en muchísimo tiempo, saltó una chispa, un destello de luz que parecía brincar de nube en nube. Mi hermano estaba ahí. Conmigo. Estaba en ese mismo salón, escuchándome.

«Un juego, Sepperl —pensé—. Un juego como con los que nos divertíamos de pequeños.»

Improvisé las estructuras que ya había compuesto, creando nuevas formas, nuevos matices en los acordes. Mi hermano se adaptaba a esos giros con una habilidad pasmosa; su música empezó a sonar más nítida. La melodía era la misma, pero la tonalidad había cambiado. Esa versión de *Der Erlkönig* tenía unos bordes afilados que te rasgaban y cortaban con su belleza, con su misticismo. No era una versión de la bagatela que tenía *in mente* cuando la escribí. Compuse esa pieza para que sonara melancólica, nostálgica, soñadora. Era la despedida que había querido dedicar a mi familia cuando me aventuré por primera vez al Mundo Subterráneo, pues quería dejar una parte de la chica que era allí, en el hogar que me había visto crecer.

Después de haber moldeado la música, mi hermano se encargó de tomar la batuta del concierto. Las notas se volvieron agresivas y furibundas, como si a través de ellas quisiera preguntarme: «¿Querías reconocimiento? Pues aquí lo tienes». Era nuestra forma de comunicarnos. Y en ese momento me di cuenta de lo poco que nos habíamos escuchado. De repente, volvimos al arreglo original. Y, por fin, comprendí lo que estaba intentando decirme.

Descontento. Insatisfacción. Un vacío inmenso. Una búsqueda constante que le llevaba al mismo lugar donde había empezado. Atrapado. Sí, mi hermano se sentía atrapado. Acorralado y asediado por las expectativas, por la presión, por el peso de mis deseos, de mis anhelos, de mis sueños. Le abrumaba tanto ese peso que incluso le impedía respirar y expresar sus propios deseos, anhelos y sueños.

«Oh, Sepp», pensé.

Escuché. Escuché y escuché y escuché. Acompañé a mi hermano como no lo había hecho desde que nos mudamos a Viena. Josef tocaba, añadía vibraciones y ornamentaciones que rozaban lo barroco por su complejidad y florituras, pero que también expresaban su frustración, su impotencia. Tocó a toda velocidad un conjunto de dieciséis notas, pero incluso en ese extraño arrebato de emoción mantuvo el control. Tantos años de estricta disciplina le ayudaban a mantener el tempo.

De pronto, noté que algo había cambiado.

El aire que se respiraba en aquel salón no era el mismo. No tenía nada que ver con la complicidad que por fin mi hermano y yo habíamos recuperado, ni con el embeleso y el respeto del público. Distinguí ese aroma a pino y marga y hielo en la atmósfera; el olor era casi imperceptible, como la estela de un perfume. Inspiré hondo y la brisa limpia, alpina y fresca que soplaba en las montañas y en las cuevas de piedra me llenó los pulmones. Las máscaras de muerte y de cisne cada vez estaban más cerca.

«Elisabeth.»

Mis dedos se saltaron varias notas… Estuve a punto de arruinar la actuación, de estropear por completo la pieza musical. Pero, por suerte, tras tantísimas horas que había pasado sentada frente a mi clavicordio ensayando y practicando escalas, mis músculos se movían de forma automática, como si tuvieran memoria propia.

«Elisabeth.»

Tenía la mirada clavada en mi hermano para no perderme ninguna de sus entradas, pero percibía una presencia en la sala. Una presencia que no era humana ni mortal. Pensé en la visión que había tenido en el laberinto, en esos ojos brillantes y esos cuernos puntiagudos, sin despegar los ojos de Josef y tratando de ignorar la otra voz que resonaba en mi cabeza.

Y entonces la música terminó.

La bagatela no era una pieza muy larga. Acababa con una nota indecisa, insegura. Josef no sostuvo la última *fermata* con mucha convicción, sino con una resignación que me rompió el corazón, que me dolió aún más que su desesperación. Aflojó el brazo con el que sujetaba el arco y agachó la cabeza, como si fuese incapaz de soportar el peso de la soledad. Pese a nuestra conexión momentánea, esa magia que habíamos creado juntos parecía no haberle afectado en absoluto. En cuanto la música dejó de sonar,

179

noté un ronroneo en la cabeza, el inicio de la que iba a ser una terrible jaqueca.

El público estalló en aplausos. El conde lo hizo con especial entusiasmo.

—¡Excelente, magistral! —exclamó, satisfecho y sonriente—. ¡Jamás había oído una interpretación semejante a esta! Ha sido hermoso. ¡Qué placer!

Fruncí el ceño. Sí había oído una interpretación como esa; de hecho, así lo había hecho constar en la carta que me había enviado. Aunque me sentía halagada por sus comentarios, la música que esa noche habíamos tocado no podía calificarse como un «placer». Se me encogió el corazón. Había empezado a darme cuenta de que el conde no era un tipo de gustos exquisitos. Le estaba agradecida por todas las atenciones que nos había prestado, así como por su empeño en encumbrarnos, pero me asaltaba la duda de si tan solo pretendía parecer distinguido y culto en el arte de la música.

180   La condesa Thun y el príncipe Lichnowsky habían sido los patrones de Mozart y Beethoven; tal vez él estuviera buscando su propia mascota musical, sin preocuparse de la calidad y de la estética. Por lo que a él respectaba, podría haber elegido a cualquier otro compositor. Me froté las sienes. Aquel dolor punzante ya estaba en mis ojos. Necesitaba ponerme de pie. Necesitaba sentarme. Necesitaba tumbarme.

—¡Bravi, bravi! —exclamó la condesa, aplaudiendo con gran entusiasmo—. No me ha defraudado. De hecho, ha superado todas mis expectativas.

¿Todas sus expectativas? Y, de repente, ese atisbo de duda, esas sospechas, ese mal presentimiento sobre el conde desaparecieron. Las piezas sueltas del puzle por fin encajaron. Y ahora lo comprendía todo.

—Fuiste vos quien escribió la carta que me trajo hasta aquí —dije, y, esta vez, no cuidé mis modales ni me atuve al protocolo. Me sentía demasiado desconcertada como para preocuparme de algo tan absurdo.

Todo cuadraba. La caligrafía elegante de la invitación, el

hecho de que se hubiera dirigido a mí como «*mademoiselle*» (igual que el remitente de la carta) y no como *Fräulein* (tal y como había hecho su marido). Aquel pigmeo regordete no tenía oído para la música. De hecho, no había mostrado ni una pizca de interés o emoción por conocernos a Josef o a mí. Solo nos había prestado atención cuando su esposa había estado delante.

Sus ojos verdes se iluminaron, como si estuviera sonriendo.

—¿Tan evidente soy?

Negué con la cabeza, pero no como respuesta a su pregunta. No podía pensar con claridad y notaba que me pesaban los párpados.

—Me han llegado rumores extraordinarios sobre ti, jovencita —continuó en voz baja—. Rumores sobre... la naturaleza mística y etérea de tu música.

Solté una carcajada, aunque sonó perversa y maliciosa.

—Soy una chica de carne y hueso —contesté con voz ronca—, no mágica.

—¿Estás segura de eso, querida?

Sentí una oleada de fuego y hielo por todo el cuerpo. Estaba tiritando. Todo mi cuerpo se sacudía. Por mucho que lo intentara, no podía controlar el repentino temblor, a pesar de que en la sala no hacía ni una pizca de frío. Estaba sudando y notaba la piel húmeda y pegajosa.

—¿Qué...? ¿Qué...?

Pensé en las copas de jerez que Josef y yo habíamos tomado antes de bajar a ensayar.

—¿Qué me han echado en la bebida? —mascullé.

Un ruido sordo. Josef se había desplomado sobre el suelo. Su violín tintineó al golpear el suelo y el brazo con el que sostenía el arco quedó extendido hacia la condesa, como si estuviera señalándola con un dedo acusador.

—¡Sepperl! —grité, pero las palabras sonaron débiles, sofocadas, adormecidas.

Me llevé los dedos a los labios, pero ya no podía sentirlos.

Aquel gigantesco salón cada vez era más pequeño, más

181

estrecho, más asfixiante. El aire parecía haberse estancado a mi alrededor; se había tornado frío y húmedo, y arrastraba el inconfundible hedor a flores podridas. No podía respirar, no podía salir de allí. Sentía las piernas entumecidas y pesadas, y notaba una presión insoportable en la frente. Me giré hacia la condesa.

—¿Por qué? —pregunté con un hilo de voz, tratando en vano de mantener el equilibrio en esa sala que no dejaba de balancearse.

—Lo siento, Elisabeth —respondió la condesa, y hablaba en serio, pues su voz destilaba pena y tristeza—. Pero te prometo que es por tu bien.

—Käthe...

—Tu hermana y el joven caballero de tez oscura están en buenas manos —aseguró. Sentía que me hundía en el suelo, que me precipitaba hacia un vacío oscuro y eterno—. ¿Quiénes sois? —farfullé.

—Ya sabes quiénes somos. —La voz de la condesa retumbaba como un grito entre las montañas, como si estuviera hablándome a cientos de kilómetros de distancia—. Somos los locos, los terribles, los fieles. Somos los que cumplimos y mantenemos las viejas normas, pues somos las criaturas de *Der Erlkönig*.

«Elisabeth.»

Abro los ojos, pero no reconozco dónde estoy. El mundo que me rodea se ve borroso, turbio, opaco, como si tuviera una nube de bruma o niebla que me impidiera verlo con perfecta nitidez. Mi respiración resuena de una forma extraña; unas veces retumba, y otras suena ahogada, sofocada. Y el corazón me late tan fuerte que cada latido parece el tañido de un gong.

«Elisabeth.»

Se me acelera el pulso y los redobles de mi sangre se vuelven mucho más agudos, más chirriantes. Me doy la vuelta. Un nombre en mis labios, un grito eufórico en mi corazón. «¡*Mein Herr, mein Herr*!»

«Elisabeth.»

Su voz suena a lo lejos, como si me hablara desde la otra punta del mundo. Deambulo como alma en pena por aquella masa gris en busca de algún objeto, de alguna luz, de alguna sombra, de cualquier cosa que dé profundidad y realidad a lo que hay a mi alrededor.

¿Dónde estaba? ¿Estaba soñando?

Me envuelve el espeluznante sonido de unos aullidos. Son los gruñidos de los sabuesos. Los bramidos resuenan en mi caja torácica, retumban en mi pecho. Los berridos se arrastran como serpientes por mi garganta, rasgándola, arañándola con sus pezuñas afiladas. Quiero gritar, pero no de dolor, sino de rabia y locura. Me rasco el cuello y lo hago con tal fuerza que de los arañazos brotan gotas de sangre. No sé si lo hago para liberar mi voz o para mantenerla atrapada.

«¡Elisabeth!»

Aparto la mano y me doy cuenta de que las yemas de mis dedos no están manchadas de sangre, sino de un líquido plateado. Me observo las manos tratando de comprender lo que está pasando y, de repente, de aquella penumbra vacía y sin vida, emerge un monstruo.

Advierto unos ojos de color azul blanquecino con un diminuto punto negro en el centro. Y entonces sí. Entonces grito. Grito a pleno pulmón. Empiezo a distinguir sus rasgos: un rostro alargado y elegante, unos tirabuzones de un negro azabache que se arremolinan sobre una tez del color de la luna, unos cuernos de carnero que brotan junto a unas orejas puntiagudas, como las de un elfo. Es más aterrador y más real que la visión que había tenido en el laberinto. Pero lo más siniestro y espeluznante son las manos, unas manos dobladas y retorcidas con demasiadas articulaciones en los dedos. En uno de ellos luce un anillo plateado. Un anillo con forma de cabeza de lobo y con dos piedras preciosas como ojos, una verde y otra azul.

Mi anillo. Su anillo. El símbolo de nuestra promesa, el mismo que le había devuelto al Rey de los Duendes en el Bosquecillo de los Duendes.

«*¿Mein Herr?*»

Por un breve instante, esos ojos pálidos y sin brillo recuperaron algo de color. Es el único rastro cromático en ese mundo gris y opaco. Azul y verde, como las gemas del anillo que lleva en el dedo. Unos ojos de distinto color. Unos ojos humanos. Los ojos de mi amado inmortal.

«Elisabeth», dice. Mover los labios le produce un dolor inmenso. Tiene los dientes afilados y punzantes, como los colmillos de una bestia horrible. El miedo me paraliza la sangre, pero siento que mi corazón se ablanda. Lástima. Compasión. Ternura. Alargo el brazo. Anhelo tocarlo, sostener su rostro entre las manos, tal y como había hecho cuando era su esposa.

«*Mein Herr.*» Me acerco para acariciarle la mejilla, pero él se aparta.

«No estoy aquí», dice. A sus palabras les acompaña un aullido amenazante. Su mirada vuelve a perder su tono, su intensidad. «El hombre al que amas ha desaparecido.»

«¿Y quién eres tú, entonces?», pregunto.

184

Abre las aletas de la nariz y unas sombras empiezan a bailar a nuestro alrededor. Al fin el mundo cobra forma. Él se envuelve en una capa. De la nube de niebla aparece un bosque oscuro y tenebroso. «Soy el Señor de las Fechorías y la máxima autoridad del Mundo Subterráneo.» Estira los labios, dibujando una sonrisa lasciva y maliciosa. «Soy la muerte y la condena y *Der Erlkönig.*»

«¡No!», grito, e intento acercarme de nuevo. «No, tú eres a quien amo, un rey con música en el alma y un rezo en el corazón. Eres un erudito, un filósofo y mi joven austero e inocente.»

¿Era así? El malvado y corrupto Rey de los Duendes se relame los dientes mientras me devora con esa mirada azul pálido, como si fuese un delicioso manjar que fuera a llevarse a la boca. «Entonces demuéstralo. Llámalo por su nombre.»

Mi cuerpo se sacude, de culpa, de miedo, de deseo. Todo a la vez. Su nombre, un nombre, el único vínculo que mi joven austero e inocente mantiene con el mundo exterior, lo único que no puede entregarme.

Der Erlkönig echa la cabeza atrás y suelta una risotada. «¿Ni siquiera conoces el nombre de tu amado, doncella? ¿Cómo te atreves a llamarlo «amor» después de haberte marchado, de haberlo abandonado a él y a todo por lo que tanto había luchado?»

«Lo encontraré», digo con firmeza. «Lo llamaré por su nombre y lo traeré a casa.»

La mezquindad ilumina su mirada etérea. A pesar de sus rasgos monstruosos y de sus colmillos y de sus cuernos, y del pelaje que cubre el cuerpo esbelto y hermoso del Rey de los Duendes, se vuelve con ademán seductor. «Ven, doncella valiente», ronronea. «Ven, acompáñame y conviértete en mi esposa una vez más, pues tu joven austero e inocente no fue quien te mostró los placeres oscuros del Mundo Subterráneo y de la carne. Fui yo.»

Sus palabras me estremecen, me galvanizan de los pies a la cabeza. Mi cuerpo responde a la dulzura de su voz, pese a que a mi mente le resulta amarga, rancia. «No», digo. «Jamás.»

185

Der Erlkönig entrecierra los ojos y la niebla que se desliza entre nosotros empieza a recular, a desvanecerse. Y entonces caigo en la cuenta de que no es una niebla espesa y sin forma, sino las siluetas espectrales de jinetes fantasma, retales que cuelgan de una piel marchita y arrugada, de unos huesos ancestrales. La horda profana. Ojos lechosos que brillan sin luz, sin vida. A sus pies brincan unos sabuesos hechos de oscuridad, con unos ojos rojos. Rojos como la sangre, como el infierno, como... las amapolas.

Amapolas.

Un aroma dulce y empalagoso que me abruma, que me hace toser y atragantarme. Se me revuelve el estómago y me entran ganas de vomitar. De pronto, una esencia fuerte y pegajosa impregna el mundo que me rodea. Me sujeta y me aleja de *Der Erlkönig*, de los sabuesos, de la Caza Salvaje.

«¡No!» *Der Erlkönig* está furioso y se abalanza sobre mí justo antes de que desaparezca en una nube de neblina púrpura. Pero esas manos retorcidas no logran atraparme, me atraviesan como una espada hecha de hielo, de frío y de muerte. Grito de dolor y ahogo un nombre, pero ese abrazo fantasmal me mantiene en ese sueño, en esa pesadilla.

Y, de repente, esos ojos blanquecinos se enternecen y recobran su color original. «¡Elisabeth!»

El Rey de los Duendes se aparta, se gira, se retuerce. Yo me desplomo sobre el suelo, jadeando. «¡*Mein Herr!*»

«Elisabeth», dice. Veo que lucha por seguir ahí, que trata de combatir la penumbra que amenaza con tragárselo. «Márchate. Huye. Sal de aquí, escapa de la Caza ahora que puedes.»

«No —replico—. Si tú estás conmigo, ¡si tú estás conmigo!»

Pero el Rey de los Duendes niega con la cabeza. El perfume floral se intensifica, se vuelve mucho más pesado. El mundo tiembla, como si lo estuviera observando desde las profundidades del mar.

Las viejas normas pretenden restaurar el viejo equilibrio. «Te hice una promesa, Elisabeth, y pienso cumplirla.» Extiende la mano y, sobre la palma, veo el anillo que le había dejado en el Bosquecillo de los Duendes antes de mudarme a Viena. Su anillo. El símbolo de su poder... y de nuestra lealtad. Alargo la mano y, por un instante, nos tocamos. Su palma acaricia la mía y siento que una violenta corriente de nostalgia me arrastra. Y temo volverme loca.

«Sujétame, bésame, tómame, llévame contigo...»

«¡No!», brama el Rey de los Duendes, embravecido.

Y me aparta.

«Oh, por favor, oh, por favor, oh, por favor, oh, por favor...»

«¡Vete, Elisabeth! —grita—. Vete antes de que me pierda, antes de...»

Y entonces desaparece y su mirada bicolor se ahoga en un mar blanquecino.

«¡*Mein Herr!*»

«¡Elisabeth!»

Todavía dice mi nombre. Hurgo en las profundidades y los recovecos de mi mente, remuevo todos mis recuerdos porque necesito encontrar el suyo. De lo contrario, perderé la cordura.

«¡Elisabeth!»

«¡Elisabeth!»

Me despierto.

El fin del mundo

—¡*E*lisabeth!

Me costó una barbaridad abrir los ojos. Los párpados me pesaban tanto… Por momento pensé que alguien los había sellado con hierro fundido. El fuerte olor del amoniaco fue lo que me despertó de aquel letargo. Necesitaba respirar aire fresco. Inspiré hondo, pero solo tragué más amoniaco. Se me revolvieron las tripas y me retorcí en el suelo, apretándome el estómago para aliviar ese tremendo dolor.

—¡Puaj! —exclamó alguien a mi lado, asqueado.

Sentí la quemazón de la bilis en la garganta.

—Está despierta —dijo otra voz. Era una voz femenina. Y familiar—. Aparta eso, ese olor me está quitando las ganas de cenar.

Poco a poco, a medida que las náuseas iban disminuyendo, fui recuperando todos mis sentidos. Estaba tumbada sobre algo suave y muy mullido, y notaba el tacto suave del terciopelo en la mejilla. No sabía dónde estaba, pero me movía, me balanceaba de un lado a otro, como un barco en medio del mar. En mi cabeza sonaba un traqueteo constante, *cloc-cloc-ras*, *cloc-cloc-ras*. Tenía los puños cerrados y, en el interior, algo pequeño, rígido y redondo. Lo veía todo un poco borroso y como… nublado, así que traté de enfocar mis ojos para distinguir lo que guardaba en la palma de la mano. Advertí un destello plateado y brillante. Un punto azul y otro verde.

Un anillo.

Su anillo.

Y fue entonces cuando reconocí el ruido que resonaba en mi cabeza, el *cloc-cloc-ras* de los caballos trotando sobre la gravilla. Estaba montada en un carruaje que avanzaba a toda prisa y se bamboleaba. Cerré el puño de nuevo, guardando la promesa del Rey de los Duendes a salvo. Di un respingo y me incorporé. Y en ese instante sentí un dolor punzante en la cabeza, como si alguien me hubiera atravesado el cráneo con una lanza.

—¿Liesl? —Era la voz de mi hermano. Parecía muy preocupado.

—¿Sepp? —dije como pude. No respondió, pero noté que me envolvía el puño con sus manos. A pesar del frío, su piel estaba húmeda, sudorosa—. ¿Dónde...? ¿Qué...?

—¿Cómo estás, querida? —preguntó alguien con voz cariñosa y afable.

Tuve que realizar un esfuerzo hercúleo para levantar la mirada. Justo delante de mí advertí la silueta rolliza del conde Procházka. Todavía llevaba esa máscara espeluznante sobre la cabeza.

Notaba un ardor tremendo en la garganta y tenía la boca reseca, como si hubiera mascado telarañas y algodón.

—Como si me acabaran de drogar —farfullé.

—Ya te hemos pedido disculpas —respondió otra voz. Era la condesa, cuyo vestido blanco resplandecía en la oscuridad. Las sombras le ocultaban el rostro. Sus ojos, esos ojos verdes tan vívidos, eran su único rasgo visible y reflejaban la luz tenue que se filtraba por las cortinas como si fuesen dos espejos—. Los métodos han sido un poco... toscos, pero no teníamos tiempo para explicaciones.

—Entonces explicaos ahora —exigió Josef, sin andarse por las ramas—. Decidnos a dónde nos lleváis y qué habéis hecho con François. Y con Käthe.

Me sobresalté. El miedo estaba resonando por todos mis huesos, como si fuese una campana inmensa. Disipó todas las nubes de niebla que se habían instalado en mi mente y me incliné. Aparté de un manotazo las cortinas que nos impedían contemplar el paisaje. La luz de la luna se coló en

189

el carruaje, junto con el frío. Distinguí algunas granjas repartidas por unos campos vastos e interminables. A juzgar por ese páramo aislado, desolado y tan poco poblado, debíamos de estar a varias horas, y kilómetros, de la ciudad.

—Cierra esas cortinas, niña —ordenó la condesa—. O nos matarás a todos de frío.

—¿Qué le habéis hecho a mi hermana? —exigí saber—. ¿Y a nuestro amigo?

Rememoré las leyendas que circulaban sobre los Procházka, la misteriosa desaparición de la joven que habían tenido a su cargo y a su cuidado, la sospechosa muerte de un muchacho que afirmaba conocer a los condes.

—Están bien —aseguró el conde—. Te prometo que están a salvo. Ahora mismo están en la casa Procházka. Nuestros amigos y socios cuidarán de ellos.

—¿También los habéis drogado? —espeté.

—No sufrirán ningún daño —repitió.

—Perdonadme si no os creo.

—Estás perdonada.

Me volví hacia la condesa y me sobresalté al ver esa mirada inconfundible en un rostro desconocido. Y entonces caí en la cuenta de que se había quitado la máscara de *Frau* Perchta. Ahora revelaba su verdadero rostro. La condesa no era una mujer joven, tal vez tenía diez años más que mamá. Lucía una melena oscura con varios mechones grises, pero su tez era brillante y lisa, de rasgos marcados, lo que le otorgaba un aspecto atemporal. No era hermosa, pero su aspecto mostraba la misma elegancia desfasada que había visto en la aldea rural donde había nacido. No era un rostro delicado y refinado, sino un rostro sólido, de mandíbula y pómulos muy marcados, el rostro de la esposa de un lechero... o de un granjero.

—Vuestra hermana y vuestro amigo no sufrirán ningún daño —repitió la condesa una vez más—. Aunque no puedo decir lo mismo de ti... o de tu hermano.

Josef se puso rígido, tenso. Y noté el mordisco del anillo del Rey de los Duendes en la palma de la mano.

—¿Eso es una amenaza? —pregunté.

—No, Elisabeth —respondió—. No es una amenaza, sino una advertencia. En este momento, vamos de camino a nuestra mansión de verano, en Bohemia. Es una fortaleza familiar. Hay fuerzas que escapan a nuestro control que pretenden haceros daño. Nuestro deber es protegeros.

—¿Protegernos? —dije, incrédula—. ¿Por qué?

—Porque se ha roto un pacto, un compromiso, una alianza —explicó la condesa con expresión seria y adusta—. Se ha engañado a las viejas normas; no se les ha concedido el sacrificio que exigen, así que han liberado a la horda profana para que arrase el mundo.

Trozos de carne espectral que colgaban de cuerpos esqueléticos, unos ojos blanquecinos, sin vida, gotas de sangre plateada entre mis dedos y una voz que me suplicaba: «Márchate. Huye. Sal de aquí, escapa de la Caza ahora que puedes».

—¿Creéis que corremos peligro? —pregunté.

Me fulminó con sus ojos verdes. Su mirada me escocía como los rayos de sol de un día de verano.

—No lo creo. «Sé» que corréis peligro —contestó en voz baja—, Reina de los Duendes.

Las palabras quedaron suspendidas en el aire, ominosas y acusatorias. El interior del carruaje quedó sumido en un silencio pesado, un silencio capaz de bloquear cualquier pensamiento, sensación o reacción. Josef refunfuñó, sorprendido, y se apartó de mí, como si acabara de quemarle. De traicionarle. El conde miró a su esposa, y luego a mí. Estaba temblando como un conejo nervioso y asustado, como un animal indefenso que se debate entre ser devorado por un halcón o por un lobo.

—No —susurré—. ¿Cómo ha…? Yo no…

—Sí —siseó ella. El brillo que iluminaba esos ojos verdes era de fervor, de pasión. Parecían la hoguera de San Elmo—. ¿De verdad creías que podrías irte de rositas, que podrías escapar sin afrontar las consecuencias?

Sacudí la cabeza.

—Él me dejó marchar —contesté con un hilo de voz. Recordé la última vez que había visto al Rey de los Duen-

191

des, al verdadero y auténtico, en mitad del Bosquecillo de los Duendes, con la mano alzada, despidiéndose de mí—. Él me dejó marchar.

La condesa resopló.

—¿Y le creíste?

Pensé en el anillo que tenía en la mano, pero no me atrevía a mirarlo, a comprobar que lo había sacado de un sueño.

—Sí —murmuré.

—No fue proclamado el Señor de las Fechorías en vano —contestó ella.

En mi mente se sucedían varias imágenes: unos ojos de distinto color que palidecían, la imagen de un muchacho transformándose en un monstruo, de sus manos de violinista convirtiéndose en zarpas afiladas, de unos cuernos brotando de su cabeza.

—Pero es mucho más que eso.

—Liesl —intercedió Josef—. ¿Qué está pasando? ¿Qué está ocurriendo? ¿Reina de los Duendes? ¿Horda profana? ¿Qué significa todo esto?

No dije nada. En ese momento, no podía mirarle a los ojos. En una ocasión había tratado de contarle mi increíble pasado, el tiempo que había vivido bajo tierra como la novia de *Der Erlkönig*. Había desnudado mi alma en la escritura, en palabras y en notas que jamás había leído ni oído. Esa carta en concreto jamás había llegado a sus manos, al igual que las otras que le había enviado, pues la mujer que ahora mismo tenía delante de mí las había robado. La complicidad que siempre habíamos compartido se había roto. Se había esfumado. Ahogado. Silenciado.

—No significa nada bueno, chico —dijo el conde, afablemente—. Significa que tenemos que llevaros a un lugar seguro…, y rápido. Tenemos que alejaros de la horda profana.

Josef entrecerró los ojos.

—¿La horda profana?

—Se los conoce por muchos nombres —murmuró el conde, que era la viva imagen de un hombre distraído y torpe, la clase de hombre al que uno no presta atención por ser demasiado amable. Sin embargo, en sus ojos negros, que se hundían en unas mejillas regordetas y sonrojadas, advertí el brillo de una inteligencia astuta—. Algunos los conocen como la Caza Salvaje. En mi ciudad natal, en Bohemia, los llamamos *divoký hon*. Y me jugaría el pellejo a que vuestro amigo de piel de ébano los conoce como el *Mesnée d'Hellequin*.

—¿*Hellequin*?

El término me recordó a las figuras de la *commedia dell'arte*, los actores con máscara de rombos blancos y negros que solían interpretar personajes como Colombina, Pierrot o Arlequín. Había visto varios de esos disfraces en el baile de los Procházka.

—¿Como el personaje?

—*Hellequin*, Arlequín, el *Arlecchino* italiano, Alichino, el demonio de Dante. Los anglosajones lo conocían como *herla cyning* —respondió él—. La lista es bastante larga. Tú, *Fräulein*, sueles llamarle *Der Erlkönig*.

Josef inspiró hondo.

—El Rey de los Duendes.

—Sí —respondió el conde solemnemente—. La máxima autoridad del Mundo Subterráneo.

El anillo de mi palma. Una promesa, una petición de mano que se había truncado. Apreté todavía más el puño y noté el relieve de la cabeza del lobo clavándose en mi piel, como un hierro para marcar ganado.

—Entonces es cierto —murmuró Josef. Estaba temblando en su asiento, pero no de miedo. Sino de emoción. De ilusión—. Las leyendas que circulan por ahí. Las historias que nos contaba nuestra abuela. «*Der Erlkönig* nos invoca, nos implora que nos unamos a él.» ¿De veras es cierto?

La voz de mi hermano rezumaba nostalgia y melancolía. Sus palabras me llegaron al alma, y, poco a poco, las cadenas de culpabilidad y amor que cubrían mi corazón empezaron a romperse. «Al final, todos acabamos volviendo.» Sus mejillas recuperaron algo de color y sus ojos azules brillaban como piedras preciosas en la oscuridad.

—Sí, muchacho —sentenció la condesa—. Todo es cierto. Y por eso os trajimos aquí, para poder vigilaros, para poder protegeros.

La carta. Los cincuenta florines. El apartamento, los muebles, las audiciones, los conciertos. La condesa se había encargado de todo, hasta del último detalle. Todo empezando por la primera carta, cuya elegante caligrafía no revelaba las intenciones del autor, estaba calculado para esto. Para traerme a Viena. Para llevarme ante ella.

«A la compositora de *Der Erlkönig*.» A la condesa nunca le había interesado mi música. No sabía si sentirme decepcionada o aliviada.

—Pero ¿por qué? —le pregunté—. No soy la Reina de los Duendes. Ya no. Tomé la decisión de renunciar a ese poder. A esa responsabilidad.

Los ojos de la condesa resplandecieron.

—Las viejas normas no van a renunciar a ti, Elisabeth. ¿Creías que podías borrar esa marca que te hace tan especial, tan fascinante? Tienes un don, querida. Y ese don te hace vulnerable.

Fruncí el ceño.

—¿Qué don?

Tardó un buen rato en contestar.

—La primera vez que oí a tu hermano tocar esa alegre bagatela, la misma que habéis tocado esta noche, lo percibí —explicó.

—¿Percibió el qué?

Apartó la mirada.

—Que el velo que divide ambos mundos se afinaba.

Se me erizó todo el vello del cuello.

—Al principio, creí que era tu hermano quien poseía ese don —dijo, y miró a Josef de reojo—. Tiene un talento maravilloso para la música, de eso no me cabe la menor duda, pero la melodía de su violín no bastaba para derrumbar el muro que nos separa del Mundo Subterráneo, sino las notas. —Soltó una carcajada, pero sin humor, sin alegría—. Los elegidos por *Der Erlkönig* tenemos la capacidad de deambular entre ambos reinos, aunque no en todos los sentidos. Oímos cosas, vemos cosas, sentimos cosas que los mortales ignoran. Mi talento es el tacto, las sensaciones. Pero el tuyo, Elisabeth, es el sonido.

El aire del carruaje se volvió pesado, espeso, rancio. Era como estar atrapados en una madriguera. En un ataúd.

—¿Los elegidos por *Der Erlkönig*? —susurré—. ¿Qué queréis decir? ¿Le..., le habéis..., le habéis conocido?

El matrimonio intercambió una mirada cómplice.

—No todos —murmuró él, negando con la cabeza—. Algunos de nosotros nos conformamos simplemente con el honor de poder disfrutar de los talentos del Mundo Subterráneo.

—No dejáis de repetir esa palabra —dije—. ¿De qué talentos habláis?

—Pues qué va a ser: la conexión con las corrientes invisibles del mundo —respondió él; extendió los brazos, con las palmas mirando hacia arriba, a modo de súplica—. Dicen que los grandes artistas, músicos, filósofos, inventores y locos están, en realidad, marcados por los duendes.

Marcados por los duendes. Magda. Constanze. Yo. Miembros de mi familia, mujeres hermosas y frágiles, todas con un pie en el Mundo Subterráneo y otro en el mundo exterior. Ese cabalgar constante entre ambos reinos las había trastocado y perturbado.

—La locura no es ningún talento..., y menos una bendición —repliqué, molesta.

—Pero tampoco una maldición —rebatió el conde sin alzar el tono de voz—. Es locura, y punto.

La condesa sacudió la cabeza. Cuando creyó que nadie la estaba mirando, le dedicó una sonrisita tierna a su marido. Miré de reojo a mi hermano, pero Josef no se había percatado de ese detalle. Observaba a los Procházka fijamente, y su cara era la viva imagen del hambre, del anhelo y del deseo. Su expresión era casi la de un depredador.

—Aseguráis que mi talento es el sonido —le dije a la condesa—, pero sois incapaz de explicarme su importancia... o su significado.

—Pero las tiene —afirmó ella—. Eres la única que pue-

195

de hablar con *Der Erlkönig* en persona. Y tu música tiene el poder de construir un puente entre ambos mundos.

—¿Un puente entre ambos mundos? ¿Qué quiere decir eso?

Los Procházka intercambiaron otra mirada cómplice. En un abrir y cerrar de ojos, mantuvieron una conversación, se enzarzaron en una discusión y la resolvieron. El conde agachó la cabeza, asintió y después se volvió hacia mí con expresión seria y adusta, una expresión que no encajaba con su semblante alegre y afable.

—Quiere decir, *Fräulein* —empezó—, que eres la única que puede salvarnos.

—¿Salvaros de qué? —pregunté.

Su mirada se volvió más severa.

—Del fin del mundo.

INTERLUDIO

$\mathcal{N}$adie percibió los zarpazos de las pezuñas por encima de la música. Los aullidos y los bramidos quedaron ahogados por el sonido de la gaita y la viola. Y el redoble de las herraduras de los caballos quedó sofocado por el murmullo de los pasos de baile. Los invitados, ataviados de blanco y negro, daban piruetas por aquel suelo de baldosas blancas y negras. Negro, blanco, negro, blanco, rojo. Las amapolas escarlata que llevaban clavadas en las solapas de seda y brocados aparecían y desaparecían como luciérnagas sangrientas en un cielo negro como el carbón y blanco como la nieve.

Fuera de ese inmenso salón, la horda profana empezaba a agruparse.

Los invitados eran bailarines incansables y, aunque habían pasado varias horas y ya era de madrugada, seguían deslizándose y girando por la pista. Los labios ligeramente teñidos por el vino y las risas confusas por el láudano se fundían en besos adormilados, y las manos se entrelazaban y se soltaban al son del minueto, como moscas a la miel. Extraños que escondían su identidad tras máscaras, amigos íntimos que se escurrían hacia salas vacías y cerraban la puerta. Los nombres de los invitados se murmuraban solo entre penumbras, para mantenerlos en secreto.

Nadie se percató de que el conde y la condesa habían desaparecido.

Sin embargo, en mitad de aquella algarabía, había un par de bailarines que no se mezclaba con el resto. Una melena azabache y rizada; otra, dorada y ondulada. Un príncipe del sol y una reina de la noche. Tenían los dedos entrelazados, piel oscura sobre piel blanca, y se movían por el salón de baile con pasos medidos y movimientos precisos. Personificaban el orden en mitad del caos, la lógica en mitad de la locura. Poco a poco, pero con paso firme y decidido, se fueron deslizando hacia la puerta de salida, hacia los jardines. Mantuvieron la elegancia y la serenidad. Ninguno de los presentes habría intuido la ansiedad y desasosiego que sentían en ese momento.

Ellos sí se habían percatado de la ausencia de Josef y de Liesl. Su desaparición había pasado desapercibida para el resto. No para ellos. Todos seguían excitados y sonrientes, ajenos a las corrientes que entraban y salían de la casona. Era la víspera de Miércoles de Ceniza, una noche en que las barreras entre este mundo y el siguiente se estrechaban, se difuminaban. Ocurrían hechos insólitos e inexplicables en cada esquina, en los umbrales, al amanecer y al atardecer. Era un momento de transición. No era de día, ni tampoco de noche. Ni invierno ni primavera. Era una hora vacía, una hora en que los horrores y los canallas salían a jugar.

Y, de repente, un grito perforó el aire y pareció detener el tiempo. Todo el mundo se quedó inmóvil.

—¡Están muertos! —gritó alguien—. Oh, ayuda, ¡están muertos!

Habían descubierto un par de cadáveres entre los arbustos del jardín: uno con tez de mármol; otro con tez de ébano. Tenían los ojos vidriosos y los labios teñidos de un azul grisáceo, pero lo más curioso e inquietante de todo eran los dos cortes plateados que recorrían sus gargantas.

«Atacados por los duendes», murmuraban los invitados, aterrorizados y asombrados a la par.

«¿Quiénes eran?», se preguntaban los unos a los otros.

Y es que, a pesar a que el baile era anónimo, todos podían adivinar quién se escondía detrás de cada una de las máscaras. Pero incluso sin los disfraces, ninguno de los presentes habría podido identificar a las víctimas. Un hombre y una mujer. Ni ancianos ni jóvenes. Los dos estaban a medio vestir, lo que incitaba a pensar que se habían escabullido hasta el laberinto para dar rienda suelta a su pasión; aquello era de lo más habitual en las veladas infames e incendiarias que organizaban los Procházka. Pero había algo que no habían perdido durante su encuentro amoroso: la amapola escarlata que les marcaba como criaturas de *Der Erlkönig*.

Como unos de los protegidos.

Käthe y François asomaron la cabeza y enseguida respiraron aliviados. Los dos se llevaron una mano al corazón al ver que no eran Liesl y Josef. Seguían en paradero desconocido, pero al menos no eran sus restos los que habían hallado en mitad del laberinto.

—Debéis marcharos —dijo una voz ronca a sus espaldas—. Debéis iros.

Detrás de ellos había un criado con la librea de la casa: un tipo bajito, de piel cetrina y con el pelo encrespado. Era el mismo que les había recibido al llegar. El mismo que les había dado la bienvenida y le había regalado una amapola a su hermana. Käthe le reconoció enseguida, ya que era totalmente distinto al resto de los lacayos, ese ejército ataviado de rojo que compartía rasgos tan similares que resultaba casi imposible distinguirlos.

—¿Disculpa? —preguntó Käthe.

—Debéis marcharos —repitió el sirviente—. No estáis a salvo.

—Pero Josef... Liesl... —empezó François, pero el lacayo sacudió la cabeza.

—No es su vida la que corre peligro, sino la vuestra —respondió con expresión adusta y sombría—. Venid, seguidme, *meine Dame und Herr*. Hemos de llevaros a un lugar seguro.

—¿De qué diablos estás hablando? —replicó Käthe. Desde bien pequeñita, cuando tenía miedo o se sentía intranquila, saltaba a la primera de cambio—. ¿Y qué hay de mi hermano y de mi hermana? ¿Y por qué deberíamos confiar en ti?

El criado ni siquiera pestañeó.

—Tu hermano y tu hermana ya están muy lejos de aquí —informó—. Y no podéis ayudarlos.

Käthe arqueó las cejas, alarmada.

201

—¡Prométeme que no les habéis hecho ningún daño!

—Te lo prometo, *Fräulein* —murmuró él, y negó con la cabeza—. Están con los condes. No os preocupéis por ellos. Tenéis asuntos más urgentes que os acometen.

François estaba desconcertado, perplejo. No podía apartar la mirada de los cadáveres que yacían en el suelo, el de la joven rubia y el del criado de tez oscura.

—Käthe —farfulló—. *Qu'est-ce que c'est...?*

Ella miró al lacayo con los ojos entornados.

—¿Quién eres?

—No soy nadie —respondió él con un hilo de voz—, tan solo un amigo. Y ahora, daos prisa. Tenéis que volver a entrar antes de que la Caza regrese.

—¿La Caza? —preguntó François.

Y, al oír esa palabra, Käthe se puso pálida.

—¿La horda profana?

El criado se volvió, sorprendido.

—¿Crees en ellos? ¿Tienes fe?

Ella apretó los labios.

—Tengo fe en mi hermana. Y ella cree en esas viejas historias.

Él asintió con la cabeza.

—Si no confiáis en mí, al menos confiad en esas viejas historias. Todas las leyendas que corren por ahí son ciertas. Y creedme cuando os digo que aquí no estáis a salvo.

Käthe echó un vistazo a la pareja de amantes. Tenían los ojos abiertos, como si contemplaran el cielo nocturno. ¿Qué habrían visto antes de fallecer? ¿Habrían confundido retales de tela podrida por volutas de niebla? ¿El brillo deslucido de una armadura oxidada por la luz de la luna sobre piedra? ¿No habrían creído en la horda profana? ¿Por eso habían perdido la vida?

—Está bien —resolvió Käthe—. ¿Dónde piensas llevarnos?

—A casa, *Fräulein* —respondió el lacayo—. Allí donde los «fieles» puedan cuidaros y protegeros.

Sabía que no se refería al apartamento que tenían alquilado cerca de Stephansplatz. Käthe se giró hacia François.

Aunque ninguno de los dos hablaba con fluidez la lengua del otro, había un idioma que sí compartían. El idioma de la confianza y de la fe en sus seres queridos. Unos segundos después, François asintió y le ofreció el brazo.

—*Mademoiselle* —dijo, e hizo una reverencia.

Ella aceptó su brazo con elegancia y miró al criado.

—Guíenos, *Herr*…

El criado dibujó una amplia sonrisa, dejando al descubierto varias hileras de dientes torcidos y amarillentos.

—Podéis llamarme Zarza —dijo. Al ver la cara de confusión que ponían sus dos invitados, añadió—: Así es como me bautizaron los vecinos de la aldea cuando no era más que un bebé. Me encontraron abandonado y enredado en un zarzal.

—Ah —exclamó Käthe, avergonzada.

La sonrisa de Zarza se torció y se volvió más siniestra, más triste.

—No pasa nada, *Fräulein*. Fui de los pocos que tuvo suerte. Me dieron un nombre. Y un alma.

François arrugó la frente.

—¿Un alma?

—Así es, *Herr* Crepúsculo —dijo Zarza—. Un niño cambiado no tiene nombre, por lo que nadie puede reclamarlo ni considerarlo su hogar. Pero yo sí. Yo sí.

203

PARTE III

Siempre nuestro

¿Puede consistir nuestro amor en otra cosa que en sacrificios,
en exigencias de todo y de nada?

Cartas a la amada inmortal, Ludwig van Beethoven

La Casa Snovin

*L*a finca de la familia Procházka estaba patas arriba.

La mansión que tenían a las afueras de Viena ya me había parecido curiosa y peculiar, pero esto era totalmente distinto. La Casa Snovin, un palacete que en otra época había sido esplendoroso, pero que ahora estaba en ruinas, era la casa familiar. Habíamos huido a toda prisa de la ciudad y habíamos viajado la noche entera. Tan solo habíamos parado para cambiar los caballos. Habíamos dormido dentro del carruaje. Habíamos comido dentro del carruaje. Habíamos bebido dentro del carruaje. Ni siquiera nos habían permitido volver a casa a recoger nuestras cosas.

O escribir una carta de despedida.

—¿A qué vienen tantas prisas? —le había preguntado a la condesa—. Estoy convencida de que la aristocracia y la nobleza de la ciudad pueden permitirse un alojamiento mucho más lujoso y un medio de transporte mucho más cómodo.

—Oh, Otto detesta viajar —había contestado ella—. Las viandas que sirven en las posadas de carretera le sientan fatal.

Era cierto que el conde parecía un tipo caprichoso y algo consentido, pero sospechaba que los Procházka tenían otros motivos para semejante celeridad. Así evitaban que Josef o yo charláramos con algún desconocido en una taberna o en una posada, o que enviáramos una nota a mi hermana o a François. Así evitaban que tuviéramos la oportunidad de... escapar.

Apenas cruzamos palabra durante todo el viaje. Preferimos descansar o contemplar el paisaje por la ventanilla. A medida que nos alejábamos de la ciudad, el ambiente se iba volviendo más frío, más glacial. Los olores y los aromas de la civilización humana, esa mezcla de corral y barro, de heno pisado y leña quemada, dejaron paso a fragancias más salvajes, como el olor a pino, a piedra mojada, a cenagal y a lugares oscuros y húmedos. Las tierras de labranza se volvieron más montañosas, más boscosas, más como... casa.

No me fiaba ni un pelo del matrimonio Procházka, pero reconozco que cuando nos adentramos en Snovin sentí cierto alivio. Fue como si por fin hubiera exhalado el aliento que llevaba conteniendo desde que dejé Baviera. Mi hermano no había abierto la boca en todo el trayecto, pero intuía que a él le había ocurrido exactamente lo mismo. Su silencio fue cambiando a medida que nos acercábamos a nuestro destino, y se tornó más expectante, más atento. Si bien antes había sido una fortaleza, un castillo, un burgo, ahora, al menos, me parecía ver una puerta de entrada en ese muro infranqueable. Podía abrirse, pero solo en el momento adecuado.

Los copos de nieve vagaban por el aire como motas de polvo. Al empezar el ascenso por la colina, se fueron apilando sobre los bordes del camino. Tras alcanzar la cima, nos dirigimos a toda velocidad hacia el valle. El camino estaba despejado. Cuando vi lo que tenía enfrente, ahogué un grito.

Unas torres y torretas alargadas de lo que, a simple vista, parecía un viejo castillo emergían del suelo como dedos de piedra que se elevaban para tratar de rozar el cielo. El edificio estaba cercado por un bosque que podía confundirse con una corona de espinas, una maraña de ramas desnudas recubiertas por una capa de musgo seco por el que asomaban parches de granito. A lo lejos, cerniéndose sobre las montañas, se habían arremolinado algunas nubes cargadas de nieve. Me abrumó una sensación de nostalgia. Sentía que estaba regresando a mi hogar. Fue como si alguien me atravesara el pecho y me arrancara el corazón. Ese paisaje me resultó vagamente familiar, y no por los bosques o las colinas o la penumbra que cubría todos los rincones, tan parecidos y a la vez tan distintos a los de los bosques de Baviera, mi tierra natal; tenía la impresión de que había visto ese paisaje antes, aunque era incapaz de recordar dónde.

—Es hermoso —murmuró Josef.

Le miré de refilón; era la primera palabra que decía desde hacía varios días.

El conde dibujó una sonrisa de oreja a oreja.

—¿Verdad que sí? Este castillo forma parte de la herencia familiar y es una de sus propiedades más antiguas. Tiene más de mil años. Cada generación de Procházka se ha empeñado en restaurar los muros del castillo, por lo que apenas queda una sola piedra de la construcción original. Es diferente y, sin duda, único e inimitable, pero no todo el mundo sabe apreciar su belleza como tú, jovencito.

No creía que fuese el castillo lo que mi hermano había tildado de hermoso, pero al conde no le faltaba razón; aquel viejo castillo era único e inimitable. Pensé en el burgo que había visto representado en el escudo de armas de los Procházka, pero ese castillo no parecía una fortaleza, sino más bien un caserón construido a partir de pedazos de edificios mucho más grandes y majestuosos. Las almenas y los parapetos formaban ondas irregulares y asimétricas, como la espalda de un dragón dormido; no había dos torres idénticas, sino que cada una mostraba un estilo distinto y los gabletes sobresalían de los lugares más inesperados. Sin embargo, a pesar de todas esas rarezas, lucía un encanto pintoresco: era una casa agreste e indómita construida en un paisaje igual de agreste e indómito.

—¿Qué es eso? —preguntó Josef, y señaló al otro lado del valle.

Allí, hundida entre las colinas, asomaba una edificación enorme, una ruina que a punto estaba de desmoronarse y que nos miraba como un sacerdote observa con desdén al populacho.

209

—Es el antiguo monasterio —respondió el conde—. Pertenecía a la orden de San Benedicto, pero quedó destruido hace varios siglos. Y lleva vacío desde entonces.

—¿Qué ocurrió? —quise saber.

—Un incendio.

Ahora que estábamos más cerca, advertí marcas de quemaduras en las piedras, rastros de unas gotas de aceite negras que se escurrían por los cristales rotos de las ventanas.

—¿Qué provocó el incendio?

El conde se encogió de hombros.

—Nadie lo sabe a ciencia cierta. Aunque corrieron todo tipo de teorías, por supuesto. Hay quien jura y perjura que esa noche cayó una tormenta de rayos y truenos de proporciones bíblicas. Pero también hay quien asegura que el fantasma del espíritu de un lobo impaciente e inquieto hizo saltar la primera chispa. Aunque, es más que probable —continuó, y volvió a encogerse de hombros— que un pobre monje se quedara dormido sobre su escritorio mientras transcribía algo y, sin querer, tirara la vela. Mala suerte.

—¿El espíritu de un lobo? —preguntó Josef.

—Por estos lares siempre se han oído historias sobre lobos y sabuesos espectrales —contestó el conde—. Los ermitaños que habitan estas montañas todavía hablan de D'Ábel, una bestia monstruosa con ojos de distinto color, como el demonio.

De manera casi instintiva, desvié la mirada al anillo que tenía en el dedo; las dos piedras preciosas, una esmeralda y un zafiro, titilaban en el rostro plateado de un lobo. Me apresuré a esconder el anillo. Lo hice con tanta tosquedad y tan poco disimulo que el gesto no pasó desapercibido a mis… ¿anfitriones?, ¿benefactores?, ¿captores?

—Llevas una joya muy muy interesante, *Fräulein* —apuntó él, y cruzó una mirada con su esposa—. ¿Me dejas verla?

—Yo… Yo… —No sabía qué decir ni cómo negarme a mostrársela sin llamar aún más la atención. De hecho, todavía no estaba preparada para intentar comprender cómo había vuelto a mis manos—. No… No es mía —dije—. No tengo ningún derecho a mostrarla.

—Qué curioso —comentó la condesa—. ¿De veras es tan valiosa que debes protegerla con tu propia vida?

Eché un vistazo al anillo, rayado y deslustrado por el paso del tiempo. Las dos piedras preciosas, una azul y otra verde, eran diminutas, así que no podían valer una fortuna. Desconocía el valor económico de la joya, pero el valor sentimental que tenía para mí era incalculable. Pensé en el sueño (¿o en la visión?) que había tenido del Rey de los Duendes, de las sombras arrastrándose por su piel, de los cuernos que habían brotado de su cráneo, y entonces recordé sus votos.

—Uno no puede poner un precio a una promesa —repliqué—. Y no pienso decir una palabra más sobre el tema.

Josef me fulminó con la mirada. Era la primera muestra de interés por parte de mi hermano desde hacía mucho tiempo.

—Qué cosas tiene la vida. Siempre nos empeñamos en dar importancia a esa clase de baratijas —murmuró la condesa—, en dar significado a nuestras posesiones. Ese anillo no es más que un poco de plata forjada en una forma muy peculiar. Sin embargo, es mucho más que una joya. ¿Un símbolo? ¿Una llave?

No contesté. Miré por la ventana y vi que la oscuridad empezaba a tragarse el paisaje y que el sol comenzaba a ponerse tras las nubes, arrojando unas sombras retorcidas sobre el valle... y sobre mi corazón.

Cuando por fin llegamos a las puertas de la finca familiar, tras las que se extendía un camino de gravilla larguísimo, ya era de noche, y una fina capa de nieve se había posado sobre el paisaje. La oscuridad era casi opresiva en esos lares, una opacidad densa que tenía profundidad y peso, casi idéntica a la negrura de los bosques de Baviera, nuestra tierra natal. El único punto de luz, sin contar con el farolillo que colgaba de un poste en el carruaje para iluminar el camino al conductor, eran dos antorchas que sujetaban las dos figuras que nos estaban esperando en la puerta principal del palacete.

—Demasiado tarde para cenar, supongo —gruñó el conde—. Me apetecía tomar un cuenco de la sopa de col de la que hace Nina antes de acostarme.

—Estoy segura de que el ama de llaves te servirá un buen desayuno mañana. Te pondrás las botas, como siempre —dijo su esposa.

—Pero lo quiero ahora —replicó él, malhumorado.

—Le pediremos a Nina si puede subirnos una bandeja con algo de picar después de que nos hayamos instalado —suspiró la condesa—. Cuando tienes hambre, te pones insoportable. Lo siento, chicos —dijo, y se volvió hacia Josef y hacia mí, aunque dentro del carruaje apenas se veía nada—. Os prometo que mañana disfrutaremos de una cena exquisita. Si no os importa, os mostraremos Snovin en otro momento.

—¿Y por qué nos habéis traído aquí? —pregunté.

Noté la mirada esmeralda de la condesa quemándome la piel.

212   —Todo a su debido tiempo. Mañana.

Las dos siluetas que aguardaban nuestra llegada fueron cobrando forma a medida que nos acercábamos. Un hombre y una mujer. Ella, bajita, achaparrada, un tanto oronda y de mejillas regordetas. Él, alto, delgado, huesudo y de mejillas marcadas. Abrieron la puerta del carruaje y el conde enseguida los presentó como Nina y Konrad, el ama de llaves y el senescal de la finca.

—Nina os acompañará a vuestra habitación —indicó el conde—. Konrad se encargará de llevaros vuestras cosas.

—¿Qué cosas? —espeté.

Habíamos salido tan rápido de Viena que lo único que habíamos traído era la ropa que llevábamos puesta, el violín de mi hermano y mi carpeta de partituras.

Bajo la luz titilante de las antorchas, vi que el conde se avergonzaba.

—Ah, sí. ¿Te importaría enviar al sastre a primera hora de la mañana para que les tome medidas, amor mío? —le preguntó a su esposa, y no al ama de llaves, algo que pareció fastidiar, y mucho, a la condesa.

—Como quieras —farfulló, molesta—. Mandaré a alguien a buscar a mi tío.

¿Su tío? Me sorprendió que una aristócrata de su talla, arrogante y altiva a veces, pudiera tener un familiar cercano que se dedicara a un oficio tan vulgar como la sastrería.

—Excelente —dijo su marido—. En fin, chicos —continuó—, que paséis buena noche. Si hay algo que me irrite todavía más que tener el estómago vacío, es la falta de sueño. Me saca de quicio. Llevamos varios días de viaje y necesito apoyar la cabeza en una buena almohada, ¡lo necesito como el aire que respiro! Os veré por la mañana. Dulces sueños.

Y, tras esa breve despedida, el matrimonio se dio media vuelta y desapareció por un pasillo junto a Konrad, así que nos quedamos solos con el ama de llaves.

—Por aquí —dijo Nina, que tenía un acento alemán muy marcado.

Atravesamos el majestuoso vestíbulo y nos dirigimos hacia el ala este de la casa. Bajamos una escalera de caracol que parecía interminable, subimos otra, cruzamos unas puertas de madera maciza, doblamos una esquina, luego otra, pasamos por una serie de intrincados pasadizos. Estaba totalmente perdida. Había creído que resolver el laberinto de setos del jardín de los Procházka había sido un desafío difícil, casi imposible. Pero comparado con esto, había sido un juego de niños.

Avanzamos por la mansión sin mediar palabra, ya que, por lo visto, Nina apenas chapurreaba el alemán (de hecho, estaba casi segura de que solo conocía las dos palabras que había pronunciado antes); además, Josef parecía haber hecho un voto de silencio. El viaje había servido para que se abriera un poco, pero todavía no tenía ni la menor idea de qué pensaba o sentía sobre la extraña aventura que acabábamos de emprender. No sabía si estaba asustado. O nervioso. O emocionado. O aliviado. Ese rostro, el mismo que había conocido y amado toda mi vida, era como un lienzo en blanco, como una máscara inexpresiva con sus mismos rasgos físicos. Aquella mansión era inmensa y, sin lugar a dudas, requería un cuidado excesivo, un cuidado mucho mayor del que un ama de llaves y un senescal de mediana edad podrían ofrecer. Y el abandono era más que evidente. Se veía en los marcos combados y ajados de las ventanas, en las telarañas que ocupaban todos los rincones, en el polvo que se había acumulado sobre los muebles, en los nidos de pájaros y en las madrigueras de roedores que había en los aleros de la casa y en los cojines de los sofás. El mundo exterior se filtraba por las ranuras; la hiedra se arrastraba por el papel pintado podrido y las malas hierbas asomaban por las grietas del suelo.

«Soy el hombre del revés.»

Unos instantes después llegamos a una zona más agradable (o al menos más cuidada) de la casa. Los Procházka habían decorado su mansión con el mismo estilo que su residencia habitual de Viena. Eso es, con exquisitez y una pincelada de excentricidad: diminutas figuritas de peltre que trillaban trigo, un rebaño de ovejas de bronce brincando sobre vallas, un precioso reloj con anillos de oro que rodeaban las cifras. Cada uno de esos objetos decorativos contenía un sistema mecánico, como el cisne que había visto en el banquete. Sus movimientos eran fluidos, demasiado finos para ser reales.

Subimos otra escalinata que nos llevó a una galería larguísima. Nina abrió una de las puertas y nos invitó a entrar. Eran nuestros aposentos, una *suite* con dos cuartos conectados. El espacio estaba dividido por una chimenea de doble cara y ambos espacios tenían una puerta que podíamos cerrar con llave, por si queríamos disfrutar de privacidad. Alguien había encendido el fuego, por lo que el ambiente era cálido y seco en comparación con el pasillo que había detrás del umbral, donde soplaban unas corrientes frías y húmedas. La habitación parecía acogedora, a pesar de que los muebles estuvieran un poco viejos y andrajosos. A primera vista, uno ya intuía que todo era de segunda mano, tal vez reliquias familiares. Junto a la mesita de noche, había un pequeño lavabo y una jarra de agua, pero no un espejo. Pensé en los cincuenta florines que me había regalado la condesa para persuadirme a mudarme a Viena. Había algo que no comprendía: ¿por qué razón la casa familiar, el emblema de un linaje como el suyo, estaba en condiciones tan penosas? Estaba convencida de que tenían dinero suficiente para mantener Snovin.

—¿Es bien? —preguntó Nina con una sonrisa. Sus ojos negros quedaron hundidos entre las montañas de sus mejillas.

—Todo está perfecto, gracias —dije.

Asintió y señaló un armario lleno de ropa de cama y de velas.

—¿Es bien? —preguntó de nuevo, y luego soltó algo en bohemio que no logré entender. Empezó a gesticular con las manos, como si estuviera comiendo; tras unos segundos, adiviné que nos enviaría unas bandejas con comida a la habitación.

—Gracias, Nina —dije.

Miró por el rabillo del ojo a Josef, que se había mantenido en silencio y taciturno durante ese breve intercambio de palabras. Ni siquiera se dignó darle las gracias por la atención, así que Nina se marchó un tanto contrariada y disgustada. Sus pisadas delataban su rabia, su enojo.

Nos habíamos quedado solos.

Durante un buen rato, ninguno de los dos pronunció palabra. Todavía no habíamos decidido quién se quedaba con qué cuarto y, por lo visto, no teníamos ninguna preferencia. El crujido del fuego llenaba el espacio y arrojaba unas sombras que bailaban en la pared. Tenía tantas cosas que contarle a mi hermano. Pero no me salían las palabras.

—En fin, *mein Brüderchen* —susurré—. Aquí estamos.

Me miró a los ojos.

—Sí —contestó él—. Estamos.

Y, por primera vez desde hacía mucho tiempo, vi a Josef. Vi a mi hermano. Debía admitir que, hasta ese momento, lo había visto como el muchacho que me había abandonado, ese muchacho dulce, sensible, tímido. Mi Sepperl. Sepp. Pero el joven que tenía ahora mismo delante ya no era un niño.

215

Había dado un estirón, por lo que estaba mucho más delgado y me sacaba una cabeza, por lo menos. Sus rizos dorados caían sobre sus hombros, pero no porque quisiera seguir las tendencias dictadas por la moda del momento, sino porque, al igual que otros genios de la música, era despistado y tenía otro tipo de preocupaciones. El tiempo también había hecho mella en sus mejillas y en su barbilla; ya no era el duendecillo con carita de querubín, sino un chico desgarbado y larguirucho. Su mirada azul era más severa, menos inocente, más distante y menos entusiasta. Sin embargo, aún conservaba ese misticismo indescriptible que me enternecía el corazón desde que era un bebé que se mecía en la cuna. O desde que lo habían cambiado por el niño que era mi hermano de sangre, o el hermano de mi corazón.

—Oh, Sepp —murmuré—. ¿Qué estamos haciendo?

Tardó unos instantes en contestar.

—No lo sé —reconoció en voz baja—. No lo sé.

216

Y así, sin más, el muro que Josef había construido a su alrededor se desmoronó. Por fin se le cayó esa máscara y el hermano al que quería, el jardinero de mi corazón, apareció.

Extendí los brazos, ofreciéndole un abrazo como si aún fuese un crío, y no un hombre hecho y derecho. Josef no titubeó y se acercó a mí, fundiéndonos en un fuerte y largo abrazo. Las lágrimas que había estado conteniendo desde que me despedí del Bosquecillo de los Duendes salieron a borbotones y rodaron por mis mejillas. Había echado de menos a mi hermano, sí, pero hasta ese momento no me había percatado de cuánto.

—Oh, Sepp —exclamé de nuevo.

—Liesl —respondió él con una voz adulta, grave y profunda. Cargaba con la resonancia de sus vivencias y, sin duda, se volvería aún más rica con el paso del tiempo, como ocurría con el sonido de un violín. En mi corazón latía un mantra doloroso: «No crezcas, Sepp, no crezcas nunca».

—¿Cómo hemos llegado hasta aquí? —pregunté con un hilo de voz—. ¿Qué vamos a hacer?

Él se encogió de hombros.

—Lo que siempre hemos hecho, supongo: sobrevivir.

Los dos lloramos en silencio. Los dos sabíamos sobrevivir. Lo habíamos hecho desde pequeños, aunque de forma distinta. No solo nos habíamos acostumbrado a esas noches largas y frías, así como al rugido del hambre en nuestros estómagos; también habíamos sufrido la presión de las expectativas de nuestro padre. Y de las mías propias. Siempre había creído que, al ayudarle a soportar sus cargas, le estaba haciendo un favor, pero nada más lejos de la realidad. Eso solo había servido para añadirle más peso, el peso de mi resentimiento. Le estreché entre mis brazos. No sabía cómo pedirle perdón. Al menos, no con palabras.

—¿Tienes miedo? —le pregunté, incapaz de mirarle a los ojos—. ¿De… la Caza Salvaje? ¿De los Procházka? ¿De… todo? Porque yo sí.

No obtuve respuesta, pero el rápido latido de su corazón le traicionaba.

—Tengo miedo —confesó al fin—. El miedo me persigue desde que me fui de casa. Ha sido mi fiel e incansable compañero durante tantísimo tiempo que creo que he olvidado cualquier otro tipo de sensación.

El peso de la culpabilidad me aplastó el corazón y se me llenaron los ojos de lágrimas.

—Lo siento, Sepperl.

Nos separamos.

—Ya he cerrado ese capítulo, Liesl —murmuró con voz apagada y triste—. He asumido que esta es mi vida, y basta. Sé que esa aura de miedo y añoranza e insatisfacción me acompañará durante el resto de mis días, esté en Viena o en cualquier otra parte del mundo.

Estaba preocupada, inquieta.

—¿Y qué hay de Käthe? ¿Y de François? ¿No quieres volver a casa?

Josef soltó una carcajada llena de amargura.

—¿Y tú?

Estuve a punto de contestar con un «por supuesto», pero entonces recapacité. ¿Dónde estaba mi casa, mi ho-

217

gar? ¿En Viena? ¿O en el Bosquecillo de los Duendes? ¿O en el Mundo Subterráneo? Esa última idea me alarmó.

«Al final todos acabamos volviendo.»

—No lo sé —admití—. Puede que mudarnos a Viena haya sido un tremendo error. Pero volver…

—¿Volver sería admitir el fracaso? —finalizó Josef en voz baja.

—Sí —dije—. Y… no.

Rememoré las palabras del viejo rector: «Los salvajes, los lunáticos, los incomprendidos, los que muchos han bautizado como marcados por los duendes… Todos pertenecen al Rey de los Duendes». Me había costado dolor, esfuerzos y lágrimas pasar página e iniciar una nueva vida sin él, por lo que la mera idea de visitar un lugar en el que todavía merodeaba su fantasma me aterrorizaba. Volver al Bosquecillo de los Duendes sería como retroceder lo poco que había avanzado. Sería volver a la Liesl que había dejado atrás. Y entonces pensé en la visión que había tenido, con un *Der Erlkönig* transformado, torturado, desleal, traicionero.

Noté el peso de su anillo en el dedo.

Josef me miraba con detenimiento.

—¿Qué sucedió? —preguntó, cauteloso. Y señaló el mundo que se extendía más allá de los cuatro muros de aquella habitación, al bosque que rodeaba la finca de los condes, a los senderos que serpenteaban entre los Alpes y que conducían al Bosquecillo de los Duendes—. ¿Le… conociste?

A «él». A *Der Erlkönig*. Al Rey de los Duendes. A mi joven austero e inocente sin nombre.

—Sí —admití, casi sin darme cuenta—. Sí, Sepperl. Le conocí.

Él inspiró hondo. Noté que se le aceleraba el pulso. De repente, sus pupilas se dilataron, formando un círculo negro y opaco. Mi respuesta despertó su interés. Su interés… y su envidia.

—Cuéntamelo —instó—. Cuéntamelo todo.

Abrí la boca, y enseguida la cerré. ¿Por dónde empezar? ¿Qué quería saber? ¿Qué iba a decirle? ¿Que todas las historias que Constanze nos había contado eran reales? ¿Que bajo nuestros pies mortales existía un mundo fantástico donde habitaban criaturas mitológicas? ¿Iba a describirle el lago iluminado, las loreleis, los salones de baile construidos en cuevas subterráneas, los duendes con ojos de escarabajo, los sastres con agujas como bigotes? ¿O iba a hablarle de la capilla, de la sala de recepciones y de los espejos que, en realidad, eran ventanas a otro mundo? ¿Cómo iba a revelarle que la magia no era una invención, sino una realidad…, sin revelarle la verdad de quién… o qué era él?

«Al final, todos acabamos volviendo.»

—No…, no sé si puedo, Sepp —murmuré—. Todavía no.

Él entornó los ojos.

—Ya veo.

Percibí algo en su tono de voz que me desconcertó e irritó. Fruncí el ceño.

—¿Y qué ves?

—No, no, lo entiendo —continuó, e hizo una mueca de fastidio—. Liesl, la especial. Liesl, la elegida. Siempre has querido ser extraordinaria, y ahora lo eres.

Me quedé boquiabierta. Parpadeé. No daba crédito a lo que acababa de escuchar. Las palabras de mi hermano me dolieron más que un puñetazo en el estómago. Apenas podía respirar. Hacía semanas que nuestra relación era tensa y delicada. Nos esquivábamos siempre que podíamos y nos lanzábamos comentarios afilados, comentarios que escocían, pero no herían. Era un baile de provocaciones, no de heridas abiertas. Podíamos haber sido fríos y crueles, pero era la primera vez que mi hermano se había mostrado mezquino.

Apartó la cara y se negó a responder. Se negó a dignificar ese comentario turbio e hiriente con una explicación; prefirió optar por la vía fácil, la vía del cobarde. «Está bien —pensé—. Yo también sé jugar a ese juego.» Mi hermano apostaba por el juego sucio, y eso era lo que iba a tener.

—De acuerdo —dije, con voz dura y severa—. Además de egoísta, soy egocéntrica. Pero al menos valoro mi vida,

219

mi propia existencia, y lucho por salir adelante, por mejorar y por evolucionar.

Josef se quedó de piedra. Posé la mirada en sus muñecas. Estaba bajándose las mangas, como si tratara de ocultar algo. Y entonces me arrepentí. El peso de la culpabilidad me oprimía el corazón.

—Oh, Sepp, no quería…

—Basta —susurró. Y, en un abrir y cerrar de ojos, la máscara de indiferencia que se había quitado instantes antes volvió a su sitio. Mi hermano adoptó de nuevo ese semblante displicente e indolente—. Basta, Liesl. Me rindo. Admito la derrota. Vamos a dormir.

—Sepp, yo…

—Me instalaré en la otra habitación —dijo. Se inclinó para recoger el violín y se encaminó hacia la puerta que conectaba nuestros cuartos—. Deberías descansar. Ha sido un viaje muy largo. Te veré por la mañana.

No sabía qué decir. Era consciente de que mi comentario había sido mucho más punzante, cínico y doloroso que el suyo. Solo esperaba que los daños causados no fuesen irreparables. Lo peor de todo era que no tenía ni idea de cómo arreglar la situación, de cómo reconducir la relación con mi hermano pequeño. Así que dije lo único que podía decir.

—Buenas noches —gruñí—. Que duermas bien, *mein Brüderchen*.

Josef asintió con la cabeza.

—Buenas noches —murmuró; cerró la puerta y, desde su cuarto, añadió—. Dulces sueños…, Reina de los Duendes.

—¿Eso es lo que piensas de mí? —murmuré.

*L*os vecinos de la aldea aseguraban que era un demonio, que *Der Teufel* se había encarnado en un lobo y que merodeaba por los bosques cuando caía el sol. Una bestia enorme y monstruosa que tenía a todo el pueblo atemorizado porque se pasaba meses acechándolos, masacrando las ovejas y robándoles todo el ganado.

«Dos ojos como dos gemas de distinto color», decían los aldeanos. «Uno verde como el pecado, y otro azul, como la tentación. ¡El diablo, el diablo! —exclamaban—. ¡Vendrá a asolar nuestro pueblo!»

Así que hicieron venir a *Wolfssegner*, encantadores de lobos, a cazadores y a sacerdotes. Pidieron ayuda a todo aquel que creían que podría liberarlos de ese horror, de ese sufrimiento. «¡Cuatrocientos florines por la piel de *Der Teufel*!», gritaban los aldeanos mientras empapelaban la plaza del pueblo con carteles de recompensa. «¡Cuatrocientos florines por su cabeza!»

Aquel lobo de tamaño descomunal llevaba varios meses aterrorizando a sus ovejas y cabras, pero sabían que, en cuanto el invierno empezara a asomar la cabeza, en cuanto el ganado comenzara a morir de hambre y de frío, sentirían sus colmillos hambrientos en la nuca.

Los aldeanos sabían que ellos serían los siguientes. Sabían que, después del ganado, vendría a por ellos.

La primera en desaparecer fue una niña. Era la hija pequeña de un pastor. Ocurrió una tarde, justo cuando las nubes se cernían sobre las colinas cargadas de hielo y escarcha. Los aldeanos salieron en su busca; el nombre de la niña resonaba en cada peñasco y en cada ranura del bosque, pero no tardaron en descubrir unas cenefas de sangre que serpenteaban entre la nieve y que conducían a su cadáver.

La siguiente fue una joven de quince años, una lechera dulce y tierna. Después le tocó el turno a un anciano, cuya edad era difícil de calcular.

El diablo los estaba masacrando poco a poco, matándolos uno a uno. Los sacerdotes rociaban el pueblo con agua sagrada, los *Wolfssegner* colgaban talismanes y los cazadores se aventuraban en el bosque todos los días, pero a medida que el invierno se hacía más crudo, también lo hacían los ataques del diablo.

«Un sacrificio —propusieron los encantadores de lobos—. Ofrezcámosle un sacrificio al diablo para apaciguar su negro corazón.» El sacerdote se negó en redondo a aceptar tal propuesta, pero los aldeanos decidieron llevarla a cabo. Rastrearon todas las casas en busca de la víctima perfecta: un cabeza de turco, alguien ingenuo a quien poder ofrecer en sacrificio.

El primer elegido fue un pobre vecino que tenía la lengua demasiado grande y que caminaba con torpeza. «No —dijo el sacerdote—. Eso sería una brutalidad inhumana.»

Después se decantaron por la ramera que se exhibía sin reparos por el pueblo. «No —dijeron los cazadores—. Eso sería una crueldad horrible.»

Por último eligieron a un pobre crío. No hacía ni un año que había salido de las entrañas de su madre. «Sí —dijeron los encantadores de lobos—. Es un buen sacrificio.»

El bebé era huérfano. Sus padres estaban perdidos, desaparecidos u olvidados. Sin nombre, sin bautismo, sin registro. El cielo y la tierra habían decidido darle la espalda, así que era un niño condenado a la perdición. La Iglesia lo había acogido y adoptado, pues lo habían abandonado en una cesta justo delante del altar. Sin nadie que lo reclamara ni lo amara, no consideraron que fuese un crimen entregárselo al diablo, pues era evidente que Dios negaba de él.

Los ojos de ese pobre desamparado eran de distinto color: uno verde como la hierba en primavera; otro tan azul como el agua de un lago en verano. «Ojos de bruja. Ojos de gato. Ojos como los de *Der Teufel*», decían los aldeanos. «Como los del diablo. ¡Arrojemos a ese pequeño demonio a las hogueras del infierno! ¡De allí vino, y allí es donde debe estar!»

El sacerdote de la aldea se negó a entregarles al bebé. Era un tipo devoto que temía el castigo divino, pero su bondad iba a ser su condena.

Aparecieron con horcas y con cuchillos. Se presentaron con antorchas encendidas y con determinación. Llegaron con toda su rabia y temor hasta los peldaños de la iglesia y construyeron una pira para quemar al huérfano. Los muros de la casa de Dios se derrumbaron y los huesos del sacerdote del pueblo se fundieron entre brasas y cenizas. Encontraron sus restos tres días después, cuando la nube de polvo se hubo disipado y las brasas por fin se hubieron enfriado.

Sin embargo, no hallaron ningún rastro del crío. Ni ropa, ni cabello, ni los diminutos huesos de sus dedos. Rebuscaron entre las ruinas, pero no encontraron nada. Fue como si se hubiera esfumado.

Cuando por fin llegaron las ansiadas lluvias de primavera y empezaron a derretir el hielo del invierno, los ataques del lobo cesaron. «¡Alabado sea el Señor!», exclamaban los aldeanos. «*Der Teufel* ha aceptado nuestro sacrificio.»

Y, durante el transcurso de las siguientes semanas, los aldeanos no advirtieron ningún rastro de ese demonio de mirada bicolor ni del lobo, tan solo unas pisadas que habían quedado marcadas en el fango helado. Pisadas que delataban unas garras gigantescas y las huellas apenas perceptibles de unos piececitos humanos.

223

Nuestra alianza

Al día siguiente me desperté con una mano apoyada sobre la otra, sobre el anillo del Rey de los Duendes. El viaje hasta allí había sido fatigoso y había pasado la noche casi en vela, inquieta y nerviosa por la discusión que había tenido con mi hermano. Sin embargo, podía pensar con perfecta claridad, algo que no ocurría desde hacía mucho tiempo. Los resquicios de un sueño habían quedado suspendidos en mi mente. Traté de agarrarlos porque quería recordar lo que había visto, sentido y vivido en ese sueño. Todo eso se había desvanecido, pero, aun así, me había quedado una sensación de plenitud, como si mi mente fuese un pozo que se hubiera rellenado en mitad de la noche.

La puerta que separaba mi cuarto del de mi hermano seguía cerrada. Me pregunté si volvería a abrirse algún día, o si la había cerrado y tirado la llave. Quería pedirle disculpas. Pero también quería exigirle una disculpa a él. Detestaba las personas en las que nos habíamos convertido. Despreciaba al maestro Antonius y al Rey de los Duendes por haberse entrometido en nuestra relación... y por haberla destruido. Y me enfurecía que mi propio hermano pudiera hacerme sentir culpable por disfrutar de la que, hasta el momento, había sido la época más transformadora de toda mi vida. Quería gritarle. Quería derribar esa puerta que nos separaba. Quería estrangularlo. Quería envolverlo entre mis brazos, mimarlo. Aparté las sábanas y me obligué a salir de la cama.

Nina me había dejado una bandeja con comida y algo de ropa frente a la puerta de mi habitación. La comida estaba fría, pero la ropa estaba limpia y agradecí poder quitarme ese disfraz y ponerme algo mucho más cómodo. Me lavé la cara e intenté arreglarme el pelo sin un espejo. Estaba muerta de hambre, pues apenas había probado bocado desde que partimos de Viena. Podría haberme zampado el pan y el queso que me había traído Nina para cenar, pero estaba duro y rancio, y mi carácter era más aventurero. Me apetecía salir a explorar… y sobre todo quería encontrar a alguien que pudiera ayudarme a saber algo de mi hermana y de François.

Los pasillos serpenteantes y laberínticos de la Casa Snovin eran igual de confusos y desorientadores de día que de noche. Sabía que estábamos en el ala este de la casa porque lo había leído en un cartel cuando llegamos. Me dirigí hacia lo que intuía que debía de ser la entrada porque suponía que, desde allí, me resultaría más fácil orientarme.

Ahora, a plena luz del día, la decadencia y el abandono eran mucho más notorios. A pesar de que el ala donde nos habían alojado estaba más o menos en buen estado, una gran parte de la mansión estaba totalmente dañada: el techo se había venido abajo en una de las habitaciones y la vegetación se colaba por los cristales rotos de las ventanas. Pasé por una hilera de retratos de los antepasados de los Procházka. Sus rostros serios y arrogantes me observaban desde unos marcos raídos y desportillados. Me sentía como una intrusa que se estaba entrometiendo entre ellos.

—Sí, tienes toda la razón —masqué a uno de los retratos; su expresión era aún más adusta y ceñuda que la del resto—. Yo tampoco sé qué estoy haciendo aquí.

El conde y la condesa aseguraban que mi hermano y yo corríamos un grave peligro, por lo que no habían tenido más remedio que raptarnos para así protegernos de las garras de la Caza Salvaje. Pero me costaba creer que la Casa Snovin, que no era más que una ruina de paredes

225

destrozadas y salones desolados, fuese el refugio perfecto. Pese a ser la sede familiar de los Procházka, al parecer no había lacayos, ni criadas, ni guardias armados. Me daba la sensación de que en esa inmensa casona no estaríamos más seguros que en Viena. Y eso me hacía sospechar que nos habían llevado hasta ahí por otras razones.

Las advertencias de mi casera, *Frau* Messner, seguían resonando en mi cabeza. Era incapaz de olvidar los misterios sin resolver, como la repentina desaparición de la joven que habían acogido. O como ese muchacho que había fallecido en extrañas circunstancias. Un accidente. En su casa de campo. Las palabras de Käthe también retumbaban en mi memoria: «Los Procházka sacrifican cabras a un dios oscuro en rituales ocultos. Beben láudano para que les induzca visiones. Invocan fuerzas siniestras».

Sin embargo, había una voz que se imponía por encima del resto, la voz de la condesa: «Tu música tiene el poder de construir un puente entre ambos mundos».

226 Bajé la mirada y contemplé el anillo del Rey de los Duendes. Era la prueba indiscutible de que el velo que separaba los dos reinos era muy fino. Los Procházka creían que solo yo podría salvarles del fin del mundo, pero lo cierto era que no tenía ni idea de cómo iba a lograrlo sin regresar allí. Sin volver a poner un pie en el Mundo Subterráneo. Sin tener que sacrificar todo lo que amaba. Mi música. Mi vida. Mi propia existencia.

Y entonces pensé en esa mirada de distinto color, en aquellos labios carnosos y llenos de amor. Pensé en el Rey de los Duendes y lo imaginé como el día en que nos convertimos en marido y mujer. La imagen que me vino a la cabeza no fue la de la noche de bodas, con nuestros cuerpos desnudos entrelazados sobre el lecho matrimonial, sino tocando una sonata en la capilla. Tal vez regresar al Mundo Subterráneo no implicaba sacrificarlo todo; tan solo ceder, sucumbir a la tentación.

Y entonces rememoré la imagen de otro hombre, un hombre de ojos azules blanquecinos y una tez azabache que siseaba: «El hombre al que amas ha desaparecido».

Tras unos minutos deambulando por aquella casa inmensa y ruinosa, me di cuenta de que estaba vagando por una zona desconocida. Recordé mi época como Reina de los Duendes, cuando los caminos del Mundo Subterráneo se retorcían y se deformaban a mi antojo. La noche anterior había llegado tan agotada del viaje que no me había molestado en prestar atención a los detalles, pero no recordaba haber pasado por una galería de ese tamaño. Unos cuadros, que parecían enmarcar retratos o pinturas, estaban colgados en lo más alto de las paredes y cubiertos con sábanas. Me picó la curiosidad, así que alargué el brazo para retirar la sábana y ver qué se escondía debajo. Pero en ese preciso instante oí un grito ahogado y un estruendo ensordecedor. Me sobresalté y me di la vuelta. Ahí, arrodillada en el suelo, estaba Nina. Se le había caído una bandeja al suelo y estaba recogiendo todos los pedazos rotos de la vajilla. Debía de haberse asustado al verme allí. Me agaché para echarle una mano y para disculparme por haberla asustado, pues en ningún caso había sido mi intención.

Ella hizo varios aspavientos para evitar que la ayudara, pero seguí insistiendo. Fingí no entender ni una palabra de lo que decía, aunque sus gestos estaban más claros que el agua. El ama de llaves iba a traernos algo para desayunar a mi hermano y a mí, pero, como toda la comida estaba desparramada por el suelo, no le quedó más alternativa que acompañarme a las cocinas.

Sin embargo, no me llevó a las cocinas. En lugar de eso, Nina me escoltó hasta una salita apenas iluminada con unos ventanales gigantescos. Allí, frente a una chimenea chisporroteante, estaba el conde.

—¡Ah, *Fräulein*! —exclamó al verme—. Ya estás despierta. Por favor, acompáñame y desayunemos juntos.

A juzgar por su aspecto, llevaba unas horas despierto. Sus ojos negros, aunque pequeños, brillaban con luz propia y mostraba unas mejillas rosadas, señal de salud y de buen humor. Se levantó, me ofreció su asiento y después se dirigió hacia un aparador rebosante de pastelitos, fru-

227

tas, una selección variada de embutidos y quesos y una botella plateada.

—¿Tomas café? —preguntó.

—Ejem…, sí, gracias —farfullé, un poco aturullada.

El café era la bebida estrella en Viena. Por lo visto, los turcos la habían traído a la ciudad y, desde entonces, se había vuelto muy popular. Sin embargo, aquella elaboración era demasiado amarga para mi gusto.

—¿Leche, azúcar?

—Los dos, por favor.

El conde me ofreció la taza y después se sirvió un café solo, sin nada que pudiera rebajar la amargura. Se relamió los labios con expresión de deleite. Ahora que había saciado su hambre, estaba de mucho mejor humor que anoche.

—Espero que hayáis dormido bien —dijo—. Una lástima que mi esposa no pueda acompañarnos. No es muy madrugadora y además no suele desayunar. Así que esta mañana estaremos solos tú y yo.

Al menos tenía algo en común con la condesa. En Viena, me había acostumbrado a levantarme tarde; no tenía la presión de una lista interminable de quehaceres y de tareas fatigosas para mantener la posada en orden, así que el lujo de poder regodearme un ratito en la cama después de despertarme resultaba demasiado tentador.

Nos acomodamos en los sillones y, en silencio, nos tomamos el café. Yo, a sorbos cortitos; y él, de un solo trago. Tampoco me gustaba atiborrarme en el desayuno, pero me sentía obligada a tomar algo para no parecer una desagradecida. Dejé la taza sobre una mesita auxiliar y fui hacia el aparador. Tras examinar las exquisiteces allí servidas, me llené un plato de varios pastelitos con una salsa dulzona de semillas de amapola por encima. La sala en la que estábamos estaba bastante bien conservada; los muebles eran de madera maciza, aunque estaban raídos y gastados, y la alfombra era de excelente calidad, aunque estaba andrajosa y deshilachada. Junto a la chimenea se abrían dos ventanales grandiosos que daban a una terraza con vistas a la finca. El paisaje era frondoso, probablemente porque hacía décadas que nadie lo cuidaba. Sobre el aparador colgaba un marco gigante, igual que en el comedor, tal vez un cuadro o un espejo, pero, como el resto de los marcos en aquella casona, estaba tapado con una sábana.

—Si no es mucho preguntar —empecé, y señalé el objeto enmarcado—, ¿qué hay ahí debajo?

El conde se atragantó con el último sorbo de café y se puso a toser.

—No, no —contestó. Tenía la cara roja como un tomate—. No se debe tocar.

Y entonces oí otra voz, una voz de otra época, murmurando las mismas palabras: «No, no, no se puede tocar». Pensé en el espejo que tenía en mis aposentos del Mundo Subterráneo, mi ventana mágica al mundo exterior.

Tras varios minutos tosiendo y aclarándose la garganta, el conde prosiguió:

—No es un cuadro, ni tampoco un retrato, querida —dijo—. Es un espejo.

Me sorprendí.

—¿Un espejo?

—Tal vez te parezca una superstición absurda —murmuró, un tanto avergonzado—, pero por estas tierras se dice que destapar los espejos en habitaciones vacías mientras la casa está durmiendo trae mala suerte. Es una creencia anticuada e ilógica, pero sigue muy arraigada.

—¿Por qué?

Dejó escapar una risa nerviosa.

—Oh, es un cuento de viejas, pero dicen que si no se cubren los espejos, el alma de un soñador puede atravesarlos y adentrarse en el mundo de las sombras, quedándose así atrapado para siempre —explicó. Después miró de reojo al marco colgado sobre la repisa de la chimenea—. Uno nunca sabe dónde puede terminar su alma. El reino que se extiende tras el reflejo puede existir o no, y hay quien asegura que los duendes y los espíritus inquietos de los muertos viajan a través de senderos de sombras creados por espejos.

229

Me estremecí. Recordé todas las horas que había pasado espiando a mi hermano y a mi hermana a través del espejo mágico que tenía en mi habitación del Mundo Subterráneo. Y, de repente, entendí por qué siempre me había dado mala espina: porque era imposible adivinar quién te estaba observando desde el otro lado.

—¿Estás asustando a nuestros invitados, Otto? —preguntó la condesa, que había aparecido sin hacer el menor ruido. Entró cojeando, agarrada del brazo de Konrad—. No te creas todo lo que cuenta —me advirtió—. A Otto le encantan las viejas historias.

Él le dedicó a su esposa una sonrisa tierna y llena de amor.

—Sobre todo las que tienen un final feliz.

La condesa puso los ojos en blanco.

—Mucho me temo que mi marido es demasiado sentimental —dijo, sin lograr ocultar una sonrisa que delataba su amor—. Yo, en cambio, prefiero los cuentos de toda la vida. ¿Qué opinas tú, *mademoiselle*?

Konrad ayudó a la condesa a sentarse y el conde se levantó *ipso facto* para prepararle una taza de café.

—Si no os importa, os agradecería muchísimo que dejáramos los cuentos y las leyendas para otro momento y habláramos de asuntos más serios, como conocer la verdad de una vez por todas —espeté—. ¿Qué estamos haciendo aquí? ¿Por qué? ¿Para qué?

Ella suspiró y, tras dar un sorbito de café, dejó la taza a un lado.

—Esperaba que estuviésemos todos instalados antes de tratar todas esas cuestiones.

—¿Por qué no dais una vuelta por la finca? Así os familiarizaréis con el entorno de Snovin —añadió el conde—. Sois nuestros invitados y queremos que os sintáis cómodos, como si estuvieseis en vuestra casa.

Arqueé las cejas.

—¿Y cuánto tiempo estaremos aquí?

—Hasta que el peligro que os acecha haya desaparecido —respondió la condesa—. Y, para asegurarnos de que estáis a salvo, necesitamos tu ayuda, Elisabeth. Eres mucho más valiosa para nosotros de lo que imaginas.

—¿Valiosa? —pregunté, incrédula—. ¿Para ustedes? ¿Por qué?

—Por lo que eres —sentenció ella con tono serio—. Y por lo que soy.

—Por lo que soy —repetí—. La Reina de los Duendes. La condesa asintió.

—Entre nosotras hay una alianza.

—¿Alianza? —pregunté, perpleja—. ¿Quién sois?

Miró a su marido por el rabillo del ojo, pero él enseguida agachó la cabeza y fijó los ojos en el plato de comida que estaba devorando.

—Supongo, y corrígeme si me equivoco, que no te refieres a la ilustre y distinguida dinastía de los Procházka und zu Snovin, de la que mi marido es el decimonoveno conde, y yo, su esposa.

Me crucé de brazos. Y la condesa volvió a suspirar.

—Somos… Soy —corrigió— la última de un linaje no menos antiguo o ilustre que el de mi marido, aunque tal vez no tan noble. Los Procházka siempre se han encargado de vigilar los lugares intermedios y los umbrales del mundo. Mi familia, en cambio, es la guardiana de sus secretos. Conservamos las viejas normas y las salvaguardamos para mantener el equilibrio entre nuestro mundo y el Mundo Subterráneo.

Fruncí el ceño.

—¿Cómo?

—Ya te lo expliqué. Los que hemos sido elegidos por *Der Erlkönig* podemos cruzar la barrera —respondió, y separó las manos—. Podemos encontrar ventanas, portales. Y podemos —dio una palmada con las manos— cerrarlas. Tú también puedes hacerlo, Elisabeth —prometió—. Igual que yo.

—¿Vos? —le dije, y ella asintió con la cabeza. Entrecerré los ojos—. ¿Quién sois?

La condesa y su marido intercambiaron una mirada fugaz. Esta vez, él no apartó los ojos, sino que asintió, aunque de una forma casi imperceptible. Se volvió hacia mí, con esos ojos tan grandes, tan luminosos y tan verdes.

—Soy de su misma sangre —susurró—. Una de mis ancestros fue la primera de su larga lista de novias. Una doncella valiente que sacrificó su vida por el mundo al que después condenó cuando decidió sacar a *Der Erlkönig* del mundo de los muertos.

*U*na voz que salía de un lugar profundo y oscuro, como el corazón del mundo, decía su nombre. Josef se despertó. Los rayos de sol se colaban por el cristal de las ventanas. La noche anterior se había olvidado de correr las cortinas, así que la luz del día bañaba todo el cuarto. No era la luz fría del amanecer, pero tampoco la cálida del mediodía. Por un momento, pensó que estaba de nuevo en casa, en la posada, pues el aire que se respiraba allí tenía también ese suave frescor de pino y barro y nieve.

233

Y entonces lo recordó todo.

Sentía el peso de la discusión con Liesl sobre el pecho. Un peso que lo oprimía y lo aplastaba hacia la cama. La presión era tan asfixiante que incluso le costaba respirar.

Durante el largo viaje desde Viena, había notado que su hermana estaba incómoda, ansiosa e inquieta porque no sabía qué les iba a deparar el futuro. Había percibido todo eso, y había tratado de preocuparse por ella. Pero, al final, no lo había hecho. No había podido hacerlo. Sabía que debería estar preocupado, que tendría que estar asustado, pues la información que los Procházka les habían revelado era alarmante a la vez que increíble. Sin embargo, el esfuerzo que tenía que hacer para sentir algo más que un vago interés le resultaba agotador e inhumano. Y hacía mucho, mucho tiempo que Josef se sentía así, extenuado.

Consideró la idea de quedarse en la cama todo el día. No había ningún lugar al que ir, ni gente a la que visitar, ni audiciones a las que acudir.

Y en ese momento cayó en la cuenta de que no tenía que cumplir con las expectativas de nadie. Esperaba sentir felicidad, emoción o incluso alivio, pero no sintió nada, tan solo esa indiferencia apagada que lo acosaba desde que había abandonado Baviera. Desde que había abandonado su hogar.

Sin embargo, después de tantos años madrugando para practicar con el violín, era incapaz de quedarse holgazaneando en la cama. Así que se desperezó y se levantó. Encontró un conjunto de ropa limpia junto a la puerta. Aún no había aprendido a matar el tiempo sin música, y sentía un cosquilleo en los dedos, como si le estuviesen suplicando que tocara. Se vistió y abrió la funda del violín.

Salió del cuarto, pero Liesl ya se había marchado y no veía por ningún lado al ama de llaves que había conocido la noche anterior. Se paseó por los salones y vestíbulos de la Casa Snovin, pero no se cruzó con nadie, lo cual no le molestó en absoluto. Nunca había sido capaz de pensar en compañía de otros, salvo de su hermana mayor y de François. Por eso no soportaba tocar frente a un público numeroso.

234

A medida que Josef iba avanzando por ese laberinto de pasillos y salones, la decadencia que se había adueñado de la mansión se iba haciendo más notoria. La luz del sol se colaba por los techos casi derruidos y las ventanas rotas, y las motas de polvo bailaban sobre los rayos como luces de hada. El invierno seguía afincado en ese lugar montañoso, pero a él no le importaba el frío, ya que le calmaba, le serenaba. Le resultaba tranquilizador, a pesar de la mugre y las ramas y las criaturas que se escurrían bajo sus pies. Aquella sensación le recordaba el bosque que había junto a la posada. Un cambio radical comparado con las casas apestosas y abarrotadas de la ciudad. Ahí podía tocar. Ahí podría encontrar de nuevo la comunión consigo mismo.

Sin embargo, a pesar de que se sentía como pez en el agua entre esos muros, no lograba encontrar el lugar idóneo para sacar el violín de la funda. Buscaba un rincón que emanara espiritualidad, que desprendiera el mismo misticismo que el Bosquecillo de los Duendes. Buscaba un santuario.

—Ayúdame —susurró a nadie en particular—. Ayúdame a encontrar la paz.

Un reloj marcó la hora.

A su derecha había un reloj de pie, con la esfera chapada en oro y la carátula pintada con el movimiento de los cielos. Las agujas no señalaban una hora en concreto, a pesar del sonido que acababa de oír. Josef habría jurado que las esferas que en ese momento avanzaban por esos senderos celestiales habían estado quietas tan solo un segundo antes. A su espalda se oía un rasgueo suave, una especie de chirrido, un chasquido, el lamento agudo del metal oxidado sobre el metal. Se volvió para mirar.

Una armadura estaba alzando el brazo.

Aquella imagen desenterró una leyenda en particular, una que describía armaduras encantadas, forjadas por duendes y empapadas de magia. Aquel que tuviera el honor y la suerte de vestir una de esas armaduras sería inmune a las lanzas y a las heridas y a la propia muerte. Esas historias también relataban pericias y destrezas inusitadas en el arte de la lucha; el guerrero siempre lograba vencer a varias hordas de enemigos gracias a su arte en la batalla, que podía ser sobrenatural o fingido, pero jamás, bajo ningún concepto, real. Ese arte, ese don con la espada no era del guerrero, sino del Mundo Subterráneo.

Josef observaba boquiabierto y fascinado la armadura; que levantó el brazo, cerró el puño y estiró el dedo índice para señalar uno de los pasillos, respondiendo así a su pregunta.

«Ayúdame. Ayúdame a encontrar la paz.»

—¿Por ahí? —preguntó, y señaló el pasillo.

Esa cabeza, que era un casco vacío, se desplazó hacia arriba y después hacia abajo. Inclinó la cabeza varias veces. Sus movimientos eran toscos y poco fluidos, así que el gesto parecía más bien una parodia grotesca.

—Gracias —susurró—. Gracias.

Siguió las directrices de la armadura y se encaminó hacia un pasillo larguísimo, oscuro y de techos altos que acababa frente a unos portones dobles gigantescos. Estaban entreabiertos y, por la diminuta ranura, penetraba algo de luz. Sin embargo, no era un rayo fuerte y potente, sino un resplandor tembloroso y vacilante, como si en esa habitación bailaran parejas de sombras. Se acercó a las puertas, apoyó las manos en los picaportes, una verdadera obra de arte de madera tallada, y empujó.

Era un salón de baile.

La estancia estaba vacía, aunque por el rabillo del ojo logró advertir la danza de unas sombras. El salón, una estancia circular con las paredes forradas de espejos enormes y rotos, reflejaba la luz y el movimiento como un prisma. El suelo de mármol estaba hecho pedazos y, entre las grietas, crecían todo tipo de raíces y malas hierbas. Las enredaderas se arrastraban por las paredes como dedos esqueléticos que quisieran apoderarse de la sala. Josef y la vegetación que lo rodeaba se reflejaba en todos los rincones del salón, como si un centenar de muchachos estuvieran en mitad de un bosque inmenso.

236

—Sí —murmuró Josef.

Aunque ese lugar no alcanzaba a transmitirle la paz que necesitaba, lo cierto era que fue como un bálsamo para su alma: un salón que antaño estaba dedicado a la música y el baile, y que, poco a poco, estaba siendo tragado por la naturaleza. A su alrededor había doce espejos. Doce. Como los doce alisos que circundaban el Bosquecillo de los Duendes. Le resultaba familiar y desconocido al mismo tiempo. Hacía un tiempo, cuando era más joven, antes del maestro Antonius, antes de Viena, antes de que cargara con el peso y las expectativas de los demás, Josef había tocado su música en un lugar como ese.

Dejó la funda del violín en el suelo, la abrió y apoyó el instrumento sobre el hombro. No había traído consigo un par de guantes y tenía los dedos congelados, pero era un virtuoso y, con los años, había aprendido a tocar con los dedos entumecidos o adormecidos. Cerró los ojos e inspiró hondo; la esencia a tierra húmeda y a polvo y a bosque le llenó los pulmones. Alzó el arco con una sonrisa abierta en los labios. Y se puso a tocar.

Y entonces el mundo cambió.

Si había algo que Josef amaba en esta vida, era precisamente eso: la música. Era la única invención humana que prefería a cualquier otra creación de la naturaleza. El canto de los pájaros y los coros de grillos habían sido la orquesta de su infancia, pero la música de su hermana siempre había sido su estrella. Ella había sido su primera solista. Cuando le tarareaba canciones de cuna en la oscuridad de la noche. O cuando le escribía pequeñas melodías para que ensayara con el violín. En cierto modo, era como si hubiera aprendido a hablar a través de las notas y las líneas y los pentagramas. Un idioma sin palabras. Una comunión sin comunicación.

Las zarzas y las ramas se revolvieron al sonido del violín. El mundo, que parecía sumido en una hibernación eterna, empezaba a desperezarse. A su alrededor, y también bajo sus pies, el bosque se retorció, se estiró, creció. Josef tenía la impresión de que estaba respondiendo a una llamada. Los paneles con espejos rotos mostraban una miríada de jóvenes entre una miríada de árboles, pero él no se percató de que todos salvo uno tocaban la misma canción. Comenzó con ejercicios de calentamiento y después se adentró en el largo de *L'inverno*, de Vivaldi: su pieza favorita desde bien pequeño. Sin embargo, aunque las notas sonaban perfectas y claras, él se sentía apartado. Lejano. Ya no recordaba por qué le fascinaba tanto ese movimiento y la emoción de interpretar la melodía se había esfumado por completo. En ese instante, pensó en su padre, un hombre aficionado a la bebida, incapaz de beberse una sola cerveza porque nunca tenía suficiente.

Aquel recuerdo le había distraído. Sin querer, tocó una nota que sonó amarga y resentida. Dejó de tocar, y todos los chicos de los espejos se quedaron inmóviles.

Todos, excepto uno.

Josef ya no tenía el violín apoyado en el hombro, pero seguía oyendo la música del violín. No era un eco, sino un reflejo. Era una melodía familiar, una melodía que había amado, que había adorado.

237

Der Erlkönig.

Un huracán de emociones recorrió su pecho: dolor, miedo, culpa, alivio, emoción, ternura. La música de su hermana siempre le había despertado un sinfín de sentimientos. Y, en ese momento, sacó a la luz partes de sí mismo que había enterrado en su hogar, en el Bosquecillo de los Duendes. Se volvió y buscó a Liesl, pues estaba ansioso por pedirle perdón y hallar consuelo en ella, pero su hermana no estaba allí. Estaba solo, con mil versiones de sí mismo, pero solo. Mil ojos azules y mil violines le observaban a través de los pedazos rotos de los espejos. Sin embargo, advirtió que una de esas versiones se movía.

Empezó a dar vueltas sobre sí mismo para tratar de distinguir la versión que se negaba a imitar sus movimientos, pero cada vez que se giraba, la perspectiva cambiaba. Debía quedarse quieto, pues de ese modo los otros Josef dejarían de moverse y así podría descubrir al intruso. Escudriñó sus alrededores, pero ese reflejo en particular parecía haberse escondido en los límites de su visión, en los límites de su cordura.

Pasaron minutos. O tal vez horas. Pero no fue hasta que *Der Erlkönig* terminó cuando se topó cara a cara con su reflejo errante. El otro Josef mostraba una sonrisa distinta a la suya y sujetaba el instrumento con la otra mano. Ese detalle le llamó la atención porque no conocía a nadie que tocara el violín así, es decir, apoyándolo sobre el hombro derecho y sujetando el arco con la mano izquierda. Pero estaba tan desconcertado que ya no sabía qué encajaba y qué no, en aquel mundo tan extraño.

—¿Quién eres? —preguntó Josef; la boca de su reflejo no se movió al mismo tiempo que la suya.

«Soy tú», respondió el otro Josef.

—¿Y quién soy? —susurró.

El reflejo se limitó a sonreír.

El cuento de la doncella valiente, segunda versión

*L*a doncella valiente.

Estaba sentada frente a una descendiente de la doncella valiente. La primera de todas nosotras que murió. La única de todas nosotras que sobrevivió al abrazo del Rey de los Duendes.

Hasta que llegué yo.

—Tú…, tú… —empecé, pero no me salían las palabras, que parecían atrancadas en mi garganta.

—Yo, yo —dijo la condesa, aunque no con tono burlón, sino serio—. Sí, Reina de los Duendes —murmuró—. Logró escapar del Mundo Subterráneo, y vivió. Y yo soy prueba de ello. Durante siglos, durante varias generaciones, sus hijas y nietas y bisnietas han sido las guardianas y protectoras del equilibrio entre dos mundos, entre el mundo exterior y el reino que se extiende bajo nuestros pies.

El corazón me latía con tal fuerza que me martilleaba los tímpanos y ahogaba cualquier otro sonido. Veía que la condesa movía los labios, pero no alcanzaba a comprender ni oír una sola palabra de las que salían de su boca. La idea era demasiado grande, demasiado importante, como para asimilarla tan rápido. Y solo podía pensar en una única cosa.

No estaba sola.

—¿Querida? ¿Querida?

Tras ese breve instante de iluminación, volví a la realidad. Una realidad que incluía el sillón sobre el que estaba sentada, la sala en la que me hallaba y la persona que tenía delante.

—Querida, ¿estás bien? Te has quedado pálida. Konrad, ¿podrías traerle a *mademoiselle* Vogler algo más fuerte que un café? ¿Tal vez una copa de jerez?

—Estoy bien —farfullé, aunque ni siquiera yo reconocí mi propia voz. Era una voz que venía de dentro y fuera de mí, una voz que sonó tan sosegada y calmada que parecía pertenecer a otra Liesl, a otra Elisabeth—. No necesito beber nada.

La condesa me observaba con detenimiento con esos ojos tan verdes y tan vívidos que parecían de otro mundo. Un batiburrillo de imágenes y palabras y frases a medio acabar rodaba por mi mente (¿esposa?, ¿hija?, ¿hija de *Der Erlkönig*?, ¿descendientes y un legado familiar?). El estruendo era tan ensordecedor que me impedía pensar con claridad. Pestañeé. Al darse cuenta de que no respondía a su generoso ofrecimiento tal y como esperaba, la condesa resopló.

—En fin —dijo, y forzó una risita—, no es la reacción que esperaba ante tal revelación, la verdad.

240

—¿Y cómo se suponía que iba a reaccionar? —pregunté con esa voz tan extraña, tan ajena.

La condesa se encogió de hombros.

—¿Sorpresa? ¿Conmoción? ¿Gratitud? ¿Rabia? Para serte sincera, querida, cualquier cosa menos esa indiferencia absoluta, esa pasividad.

El conde se aclaró la garganta.

—Acabas de confiarle un secreto muy difícil de asimilar y digerir, cielo.

Y no le faltaba razón. Era demasiada información de golpe y necesitaba procesarla poco a poco.

—¿Sois… hija de *Der Erlkönig*?

Era imposible. Una de las duendes me había asegurado hacía ya mucho tiempo que ninguna unión entre una mortal y el Rey de los Duendes había prosperado, es decir, había sido fructífera. Me llevé la mano al vientre. No había sufrido ninguna alteración ni cambio preocupante en la regularidad de mi menstruación desde que había regresado del Mundo Subterráneo. Sentí una punzada de… ¿envidia?, ¿alivio?, ¿vacío?, ¿exultación?

La condesa negó con la cabeza.

—No, Elisabeth, no soy hija de *Der Erlkönig*, a no ser que lo digas en sentido figurado, puesto que tú, tu hermano, mi marido, todos aquellos creyentes y fieles y yo misma somos sus hijos. Pero no —repitió, esta vez con voz menos autoritaria y severa—. Soy descendiente de la Reina de los Duendes y su consorte, un hombre que una vez fue el Señor de las Fechorías y la máxima autoridad del Mundo Subterráneo. La hija de una mujer mortal… y un hombre mortal.

Miró a su marido, y él apoyó una mano sobre su hombro.

—Pero si los dos eran mortales… —balbuceé, pero no sabía cómo formular la pregunta. De hecho, no sabía ni qué quería preguntar. Tal vez si lo que acababa de revelarme era cierto, si en realidad tenía poderes que podía utilizar en ambos mundos, el exterior y el Subterráneo.

—¿Cómo es posible que tenga el don de abrir y cerrar las barreras entre los mundos? —terminó la condesa.

Asentí con la cabeza.

—¿Conoces la historia de Perséfone? —preguntó.

Parpadeé.

—No —murmuré. Esa pregunta me confundió todavía más—. Creo que no.

—Era la hija de Deméter —explicó el conde. A diferencia de su esposa, él me miraba con una expresión un tanto extraña: de compasión, incluso de lástima—. Hades la raptó y la obligó a casarse con él.

Me estremecí, aunque no solo de repulsión.

—Sí —apuntó la condesa—. Perséfone mordió la fruta del inframundo y, como consecuencia, fue condenada a pasar la mitad del año en el reino de Hades y la otra mitad en el mundo exterior, junto a su madre.

Al oír su historia, sentí piedad y conmiseración por Perséfone. Piedad y envidia. Seis meses junto a su familia, y otros seis con su amante siniestro. Ojalá. Ojalá.

—Pero lo que la historia no cuenta —añadió su esposo— es que Perséfone regresaba del inframundo cambia-

241

da. Distinta. Una reina oscura para un reino oscuro. Los antiguos griegos no se atrevían a pronunciar su nombre, pues mencionarlo era una forma de llamar su atención. Así que decidieron ponerle un apodo, «Kore», que significaba doncella.

Sentí un escalofrío punzante que me recorrió toda la espalda. «Su nombre se perdió», había dicho Ramita en una ocasión. La doncella valiente. Sin nombre... y desaparecida.

—Perséfone volvió cambiada —repitió la condesa en voz baja—. Igual que la primera Reina de los Duendes. Cuando resurgió de entre los muertos, lo hizo distinta. Reapareció con la capacidad de percibir las grietas del mundo, las ranuras invisibles, los lugares intermedios, de crearlos y de modificarlos. Era una mujer del Mundo Subterráneo y, al mismo tiempo, del mundo exterior, así que sus hijas heredaron ese talento. Igual que yo.

242 Por un segundo, se me paró el corazón. Recordé la última vez que había visto a mi Rey de los Duendes en el Bosquecillo de los Duendes, el momento en que nuestras manos intentaron tocarse, pero se atravesaron como si fuesen humo, como quien trata de agarrar la llama de una vela. ¿Qué podía hacer con ese don? ¿Deambular por los dos reinos libremente? ¿Tocar y abrazar a mi Rey de los Duendes en carne y hueso, y no su recuerdo?

—Pero —prosiguió la condesa—, como puedes ver, soy la última de la estirpe. La última que tendrá esta habilidad, este don.

Noté un ligero cambio en su voz; un temblor que habría pasado desapercibido de no ser por las lágrimas que brillaban en sus ojos. No sabía si se lamentaba por los hijos que jamás podría tener, o por los hijos que había tenido, y perdido. Su marido le acarició el hombro, en un gesto de consuelo. Era un momento triste y doloroso para los dos. El matrimonio estaba tenso, rígido. No obstante, la expresión del conde era mucho más afligida y consternada, como si estuviéramos abordando una conversación que él no quisiera tener.

—Sin embargo —resumió ella con voz ronca—, parece ser que, después de todo, no soy la última.

La condesa me observaba fijamente, buscando en mi rostro la respuesta a una pregunta que no quería formular en voz alta. Tardé un buen rato en contestar.

—Yo —dije en voz baja—. Os referís a… mí.

Estiró las comisuras de sus labios rojos y dibujó una sonrisita.

—Sí —confirmó—. Tú, Reina de los Duendes.

Silencio. Un silencio sepulcral. No sabía qué decir. De hecho, no sabía qué pensar, ni siquiera qué sentir. Cuando tomé la decisión de dejar atrás el Mundo Subterráneo, opté por la vida en lugar de la muerte, preferí disfrutar de los placeres del mundo exterior, en lugar de resignarme y aceptar mi destino. Me había hecho una promesa: vivir cada día como Elisabeth, entera.

Pero ¿quién era Elisabeth, entera? ¿Quién era la mujer que había desaprovechado todas las oportunidades que le habían brindado? ¿Quién era la hermana que había utilizado el dolor de su hermano como excusa para huir de sus problemas? ¿Quién era la compositora que se sentaba frente a su instrumento cada noche, incapaz de escribir? ¿Podría descubrir quién era ahí, en las ruinas de la Casa Snovin? ¿Como la sucesora de una línea secreta de mujeres brillantes y asombrosas?

—¿Por eso me trajisteis aquí? —pregunté—. ¿Para… convertirme en vuestra heredera?

La idea me resultaba absurda, ilógica. Pero no descabellada, visto lo ocurrido.

La condesa sonrió, pero su mirada seguía siendo triste.

—Tienes todo el derecho a serlo —contestó—. Siempre creí que…, cuando mi Adelaide murió, iba a ser el fin del mundo. —Soltó una carcajada, pero no sonó en absoluto divertida, sino melancólica—. Para una madre, perder a un hijo es el fin del mundo, desde luego, pero si nadie continuara el legado familiar, el equilibrio entre los mundos se descompensaría.

Adelaide. Su hija. De repente, me pregunté a quién per-

243

tenecía la ropa que llevaba. Esa mañana me había vestido sin pensar, ansiosa por quitarme el disfraz arrugado, manchado y maloliente que llevaba desde hacía al menos una semana, desde que partimos de Viena. El vestido y el chal que Nina había dejado frente a mi puerta me picaban la piel y no se ajustaban a mi cuerpo de ningún modo. Era como si me hubiera puesto la piel de otra persona. Llevaba la vestimenta harapienta de una muerta; y no solo eso, también cargaba con el peso de las expectativas y sueños de su madre. Me levanté de un brinco. No soportaba estar un segundo en la presencia de mis anfitriones, una pareja de mentirosos e hipócritas.

—Debo irme —anuncié, de repente.

—Querida, soy consciente de que es demasiada información de golpe… —empezó la condesa, pero la interrumpí sin miramientos.

—Me asegurasteis que era vuestra invitada. Y, como vuestra invitada, os informo que quiero irme de aquí. De esta sala. Y de esta casa. Necesito…, necesito aire. Yo…, yo…, yo… —tartamudeé; las palabras se me atropellaban en los labios, como si estuvieran huyendo de un grito de espanto—. Y…, a menos que estéis mintiendo y que, en realidad, sea vuestra prisionera, os ruego que no pongáis ningún impedimento. Debo…, debo irme. —Me temblaban las manos. ¿Por qué no podía dejar de temblar?

—Por supuesto, *Fräulein* —dijo el conde, adelantándose así a su esposa—. Queremos que te sientas libre en nuestra casa. Tú decides qué quieres hacer.

—Pero Otto —protestó—. ¿La Caza Salvaje, la horda profana? La trajimos aquí para protegerla.

—Si no está a salvo en Snovin, entonces no lo estará en ningún lugar —replicó el conde—. Toma —dijo, volviéndose hacia mí. Se metió la mano en el bolsillo del chaleco y sacó una reliquia familiar: un reloj, o eso parecía. Le quitó la cadena y me lo dejó en la palma de la mano—. Toma esto.

—¿Vuestro reloj? —pregunté, desconcertada.

Estaba hecha un manojo de nervios. Si ese dichoso matrimonio no daba su brazo a torcer y no me dejaba salir ya mismo de esa cárcel, temía que un torrente de sangre y furia fuese a explotarme en los ojos.

—Una brújula —rectificó el conde. Abrió aquella cajita metálica y me mostró una brújula preciosa con una aguja dorada que no dejaba de dar vueltas y más vueltas—. Una pieza de hierro bastante interesante. Una pequeña medida de protección contra la horda salvaje. Además, también te marcará el camino de vuelta. Si te pierdes en Snovin, la brújula siempre te mostrará cómo regresar aquí —dijo, y señaló el suelo que estaba pisando—, a esta misma sala. Se construyó sobre un gigantesco imán, por lo que la aguja siempre apunta aquí. A nuestro hogar.

Hogar. Para bien o para mal, ese era mi hogar ahora. Y lo sería para siempre si los Procházka conseguían salirse con la suya. Pero no quería obcecarme con eso. No podía. Tenía que vivir el día a día. Y avanzar paso a paso. Siempre y cuando esos pasos me llevaran lejos de la condesa, de su historia y de sus esperanzas.

—Gracias —le susurré al conde—. Lo guardaré con cuidado.

Él asintió.

—Puedes marcharte, *Fräulein*.

Y salí disparada de la sala.

Empujé los enormes ventanales del salón con tal fuerza que se abrieron de par en par. Sin pensármelo dos veces, salí al balcón. El sol ya casi había derretido toda la nieve caída la noche anterior, aunque todavía había una fina capa de escarcha blanquecina que tapaba la vegetación muerta y podrida de la finca. No sabía qué dirección tomar. De haber estado en la posada, habría echado a correr hacia el Bosquecillo de los Duendes. Pero allí, en una casa y en unas tierras desconocidas, me sentía perdida. Y en varios sentidos.

Tal vez en verano sí se tomaban la molestia de arreglar los jardines, pero, en ese momento, en mitad del crudo invierno, no eran más que un embrollo de arbustos descui-

245

dados, de enredaderas secas y de flores que, pese a haber logrado sobrevivir al deshielo, estaban marchitas, disecadas, muertas. A lo lejos, en los linderos de la finca, advertí una hilera de pinos que parecían marcar el perímetro como soldados bien entrenados, de una forma uniforme y recta. Tras ese anillo perfecto de pinos, asomaban las cimas de unas colinas ondulantes. A la izquierda, los rayos de luz, aunque débiles, iluminaban los techos de un invernadero; a la derecha, una alfombra brillante de color escarlata. Entorné los ojos. Parecía un campo de flores silvestres. De… ¿amapolas? Me parecía increíble que en esas condiciones climáticas, y teniendo en cuenta que la finca estaba a una altitud más que considerable, pudieran brotar amapolas. Pero lo más extraño de todo era que no solían florecer hasta el verano.

Sin embargo, esa mañana había descubierto cosas más imposibles que amapolas que florecían a finales de invierno. En la finca soplaba una suave brisa que arrastraba consigo susurros intranquilos. Sujeté la brújula del conde con ambas manos. Para ser un objeto tan pequeño, pesaba muchísimo, como si contuviera más magnitudes de lo que parecía a simple vista. Observé la aguja dorada. Giraba sin parar, como las manecillas de un reloj cuyo mecanismo había dejado de funcionar. A medida que me iba alejando de la casa y adentrándome en esa espesa vegetación, la aguja se estabilizó. Era una flecha que señalaba directamente al imán sobre el que estaba construida la Casa Snovin y que ahora mismo tenía detrás de mí. Contemplé aquella hermosa antigualla: allí donde marcaba el norte una brújula normal y corriente, había pintada una amapola. No le faltaba detalle y era realmente preciosa. En el lado opuesto, donde debería estar el sur, una miniatura exquisita de la melusina que ya había visto en el escudo de los Procházka. La melusina me recordó a las loreleis que nadaban por las aguas turquesas del lago del Mundo Subterráneo. Justo delante de mí se abría un sendero que zigzagueaba entre los pinos y desaparecía en lo más alto de la colina.

Lo tomé como una señal. Una dirección. Un camino. Me dirigí hacia él y empecé a caminar.

El sendero enseguida se volvió escarpado y rocoso, dejando atrás las praderas y llanuras que rodeaban la casa, y poco a poco se fue haciendo más angosto e impreciso y peligroso. Sentía que estaba caminando en espiral, dibujando círculos alrededor de la montaña para así poder alcanzar la cima. Me faltaba el aire y estaba empapada de sudor, pero no desistí y seguí el ascenso, pues el esfuerzo y la fatiga me ayudaban a calmar los nervios y la angustia, que no habían dejado de acecharme y atormentarme desde que la condesa me había revelado su historia, y mi futuro. Andaba con paso firme y veía con perfecta claridad.

En la cima de la colina había un lago.

Sin embargo, no era un lago común y corriente, sino algo totalmente fuera de lo normal. Consistía en una extensión inmensa de agua turquesa que contrastaba con el paisaje de los alrededores. El sendero del bosque terminaba en un saliente rocoso que sobresalía varios metros del agua, como si fuese una especie de plataforma... o de trampolín. Me daba la sensación de haberme topado con un secreto. Era imposible ver ese lago desde la casa Snovin o desde la carretera secundaria que atravesaba el valle y que habíamos tomado el día antes. De hecho, ni siquiera se veía desde el tortuoso camino que conducía hasta allí. Emergía del corazón del bosque como una gema mágica. Su color me hizo pensar en una aguamarina pulida y brillante cuyo exótico color destacaba aún más entre esos bosques invernales, unos bosques marrones y grises.

La superficie del lago era totalmente lisa, como un cristal, como un espejo bordeado por un anillo de árboles. Sin embargo, parecía reflejar el cielo de otro mundo, un mundo mucho más vívido. Una neblina se cernía sobre la superficie, como una especie de calima. Sentía que allí no hacía tanto frío como en la llanura sobre la que se había construido la mansión. Una suave brisa revolvía la niebla que se había instalado sobre las aguas; me quedé de piedra al percatarme de que no era niebla, ni calima, sino vapor, pues cuando me acarició el rostro noté una humedad cálida en la piel.

«Liesl.»

Di un respingo. El viento había murmurado mi nombre, como si arrastrara la llamada de alguien muy lejano. El vapor se arremolinó y empezó a dibujar espirales en el aire, pero no alteró la superficie plácida y prístina del agua. Me acerqué al borde de la plataforma y me asomé para echar un vistazo al agua.

«Liesl», susurró de nuevo el viento.

Alcé la vista y observé la otra orilla del lago en busca de una figura, de una silueta. Rememoré el sinfín de historias sobre la Caza Salvaje, acerca de las obras de los duendes. ¿Me iban a raptar? ¿O a asesinar? ¿Había perdido la cordura? ¿O tan solo estaba sufriendo un ataque de nervios? En el laberinto de setos y arbustos de los Procházka había visto a Ramita y al Rey de los Duendes. O, al menos, creía haberlos visto. Pero en aquel lugar aislado y recóndito no había nadie, ni siquiera un producto de mi imaginación. Estaba sola. En aquel santuario inesperado, solo estábamos yo y mi reflejo.

«Liesl.»

Agaché la mirada. Un rostro me observaba desde las profundidades de esa agua cristalina. Ojos azules, cabellera dorada, mejillas sonrojadas. Reconocí ese rostro de inmediato.

Pero no era el mío, sino el de Käthe.

Di un paso atrás, desconcertada y confundida. La cara de Käthe desapareció de mi vista, pero cuando volví a asomar la cabeza, la vi de nuevo. Seguía ahí.

—¿Käthe? —pregunté mientras sus labios articulaban mi nombre.

«Liesl.»

—¡Käthe! —exclamé; me arrodillé sobre el suelo y me arrastré hacia el borde.

Alargué el brazo y traté de alcanzar el agua, a mi hermana, la visión que tenía frente a mí. ¿Era magia? ¿O era locura? En ese momento me daba igual. Vi mi angustia y preocupación por mi familia reflejadas en los ojos de Käthe.

«¡François!» Vi que avisaba al joven de tez negra. «¡François! ¡Zarza! ¡Venid, rápido!»

No conseguí adivinar dónde estaba. En las profundidades turquesas del lago solo se distinguía su rostro, nada más. ¿Todavía estaría en Viena, en la casa de huéspedes de *Frau* Messner, cuidada y mantenida por los socios de los Procházka? ¿O había vuelto a casa, a Baviera, a la posada, junto a mamá y Constanze y el Bosquecillo de los Duendes? Me moría de ganas por zambullirme en el agua y nadar hasta el fondo del lago, hasta ella.

—¿*Fräulein*?

Me volví y vi a Nina. Estaba justo detrás de mí, con una expresión de miedo y horror en el rostro. Había extendido las manos, quizá para impedirme que hiciera una locura, o tal vez para sujetarme. Fue entonces cuando comprendí la imagen que estaba dando al ama de llaves: la de una jovencita que se había acercado al borde de un acantilado sobre un lago.

—Oh, no. Estoy bien, estoy bien —murmuré, en un intento de tranquilizarla. Me puse en pie y me sacudí el polvo y las piedrecitas de la falda. Nina no dejaba de hacer gestos con los brazos para que me alejara del precipicio—. Estoy bien, en serio —repetí, aunque sabía que la pobre no entendía ni una sola palabra de lo que le estaba diciendo.

Debía de llevar allí mucho más tiempo del que creía, porque el sol estaba mucho más bajo y anaranjado de lo que esperaba. Nina empezó a gesticular de nuevo. A juzgar por mímica, intuí que quería decirme algo sobre la cena y sobre el conde y la condesa. No quería inquietarla más, así que asentí con la cabeza y la seguí hasta la Casa Snovin, pero no sin antes echar un último vistazo al lago mágico y al mundo que se reflejaba en él.

Espejos.

Todavía no sabía muy bien qué opinar sobre la condesa y su increíble linaje familiar, pero una cosa estaba clara. La Casa Snovin era un lugar insólito y sorprendente. Al igual que ocurría con el Bosquecillo de los Duendes, tal vez fuese uno de los últimos lugares sagrados que quedaban sobre la

249

faz de la Tierra, umbrales muy difusos en los que el mundo exterior y el subterráneo se solapaban. Pensé en la conversación con el conde de esa misma mañana. Mantenía los espejos de su casa tapados para así sellar los senderos de sombra que unían ambos mundos. El lago era un espejo… y una ventana a otro lugar. Quizá podía abrir mi propia ventana a otro lugar.

Sin embargo, hasta que llegara ese momento, no me iba a quedar más remedio que pedir a mis anfitriones un poco de tinta y papel para poder escribirle una carta a mi hermana.

*E*l ruedero juraba y perjuraba haber visto el espectro de un lobo merodeando por el bosque.

Los vecinos de la aldea ignoraron el comentario del hombre, ya que, durante los últimos años, había asegurado haber visto cosas fantásticas en los bosques que rodeaban la aldea: osos que caminaban sobre sus patas traseras, lobos que se transformaban en hombres y duendes que raptaban a doncellas ingenuas y sanas. Pese a que en su mente las visiones eran vívidas y, por lo tanto, no dudaba de ellas, siempre que trataba de buscar una prueba que demostrara su verdad, no encontraba nada. Jamás había hallado un rastro fehaciente de las criaturas fantásticas que había visto.

«Es inofensivo», murmuraban los vecinos siempre que pasaban por delante de su puestecillo de la plaza del mercado.

«Es excéntrico.»

En realidad, era un joven viudo (sí, todavía no era un hombre hecho y derecho cuando se casó). Su difunta esposa había sido una de las desafortunadas víctimas del «gran invierno» del año anterior, cuando la nieve trajo consigo lobos, preocupación y calamidades. La esposa del ruedero, una doncella hermosa de mejillas sonrojadas que destilaban juventud y vitalidad, había muerto porque en su interior empezó a arder un fuego incontrolable. La fiebre, un animal raudo y veloz, devoró primero sus pulmones, y luego el resto de su cuerpo. Esas llamas invisibles le habían arrebatado a su esposa, y al hijo que llevaba en sus entrañas.

Sin embargo, la mujer había sido de las pocas afortunadas del pueblo. Había sufrido una enfermedad que le había consumido hasta la última gota de vida, pero a las demás las devoraron los lobos.

La pena y el dolor se instalaron en el pueblo, que quedó enterrado en la nieve, esperando como agua de mayo la llegada del buen tiempo. Albergaban la esperanza de que la primavera derritiera el sufrimiento de los vecinos. Una esposa, un hijo, una hija, un abuelo, un nieto... Sus ausencias eran demasiado evidentes como para ignorarlas, como quien, de un día para el otro, pierde una pierna. Algunos aliviaban el dolor con los bálsamos habituales (alcohol, rameras y Dios), pero la pena y locura del ruedero eran distintas a las del resto.

Empezó con las sombras, esos borrones oscuros en las esquinas.

«Vaya, vaya», cuchicheaban las mujeres del pueblo al ver el hollín que se acumulaba en el suelo del puestecillo del joven viudo.

«Sed más amables», respondían sus maridos. «Acaba de perder a su esposa.» «Un hombre tiene que ser más fuerte», replicaban sus esposas. «La vida no acaba aquí, la vida sigue.» El joven prefería ignorar los murmullos y las palabras que oía cada vez que alguien pasaba por delante de su tienda. Durante el día reparaba ruedas, pero durante la noche construía un imperio de cachivaches y juguetes. Tallaba madera y esculpía metal, pulía piezas y silbaba melodías. Y, poco a poco, de trozos sueltos de madera y metal, fue creando un fantástico reino de hadas y duendes y osos y lobos y bosques.

Los primeros que se dieron cuenta de esa maravilla fueron los niños de la aldea. Mientras sus padres hacían negocios con el ruedero, ellos se entretenían jugando con los duendes y los osos y los lobos que había apilados sobre ese suelo cubierto de serrín y de mugre. Los adultos solo veían una montaña de restos de madera y metal, y un montón de raíces enroscadas y secas de árboles muertos. Sus hijos, en cambio, veían un mundo mágico en el que todo era posible. El ruedero, en cuyo rostro aún se podía advertir una infancia reciente, también daba rienda suelta a su imaginación y se arrodillaba junto a ellos para jugar con aquel montón de figuritas.

Al principio, los vecinos de la aldea se mostraban encantados con aquel comportamiento tan infantil del ruedero. «Un buen padre», decían todos. «Algún día será un buen padre.» Sin embargo, el joven empezó a ocupar la mayor parte de su tiempo en ese reino de fantasía, y sus clientes comenzaron a preocuparse. Las figuritas que tallaba, y que al principio les habían resultado preciosas y delicadas, ahora les parecían grotescas. Ya no eran la obra de un hombre que anhelaba tener hijos, sino la de un desquiciado que se había quedado anclado en sus años de infancia.

La locura del ruedero fue en aumento, igual que la montaña de figuritas del rincón. Uno ya no podía entrar en la tienda, pues el suelo estaba cubierto de tierra y musgo, y había colocado ramas secas en todas las ventanas y puertas. Sin embargo, seguía tallando, añadiendo a su colección de diminutas esculturas historias que encajaban con esas formas tan estrafalarias. Criaturas mitad hombre, mitad oso, lobos con la mirada de un humano, duendes tallados en forma de alisos.

Los niños de la aldea no tardaron en dejar de acudir a la tienda. Les gustaban las historias que narraba el ruedero. Les fascinaban los juguetes que hacía con sus propias manos, pero se sentían incómodos junto a ese muchacho. Jugaba con ellos, pero no era uno de ellos. Era mucho mayor, aunque su mirada era la de un niño abandonado. Sí, era la mirada de un huérfano. Uno a uno, los niños dejaron de acercarse a su puestecillo y, una a una, las figuras fueron desapareciendo, algunas en las pecheras de una camisa, otras en los bolsillos traseros de unos pantalones. Una vez más, el ruedero se quedó solo.

Así pues, cuando apareció contando la historia del fantasma de un niño que vagaba por los bosques, nadie lo tomó en serio. Después de todo, el ruedero estaba muy

253

solo; el «gran invierno» le había robado a su esposa y a su futuro hijo, y sus padres habían fallecido uno justo después del otro.

«Otra muestra de que ha perdido la chaveta», decían al ver la mugre que asomaba por las ventanas, umbrales y dinteles de la tienda del ruedero. «Otro síntoma de una mente loca.»

El niño fantasma era maravilloso, o eso afirmaba el ruedero. Un crío que encarnaba la perfección humana, o eso afirmaba él, y que andaba con la misma elegancia que un lobo; su mirada era inconfundible, pues tenía un ojo de cada color. «Debemos encontrarlo —suplicó el joven—. Debemos salvarlo.» El pobre insistió día y noche. Al final, consiguió convencer a los cazadores, que peinaron todo el bosque en busca de alguna pista o algún rastro que los condujera al niño perdido en el bosque, pero no hallaron nada, ni un trozo de tela, ni un pelo.

Tras varias semanas de búsquedas infructuosas en el bosque, los aldeanos dijeron basta.

«Ha llegado el momento de que el ruedero descanse. Dejemos que Dios se encargue de él, pues quizás en él encuentre consuelo y su curación», decidieron.

La Iglesia preparó un lecho y los burgueses de la aldea se dirigieron a la tienda del ruedero. Hacía muchísimos días, puede que varias semanas, que nadie se atrevía a poner un pie ahí dentro. En el interior de ese cuchitril no solo había barro y porquería en las ventanas y en los umbrales de las puertas, sino también raíces y enredaderas y rosales marchitos que se arrastraban por las paredes como telarañas monstruosas.

Hacía días que ningún vecino oía el estruendo de cascos de caballos espectrales.

Los vecinos gritaron el nombre del ruedero, pero nadie respondió. Llamaron a la puerta, la aporrearon, suplicaron que saliera de allí. Y nada. Tan solo un silencio agorero, un silencio que no presagiaba nada bueno.

Cuando por fin lograron forzar la puerta, los vecinos no entraron en una tienda, sino en una tumba. La tienda estaba llena de mugre y lodo y hojas y ramas. Y, entre aquel montón de putrefacción y deterioro, advirtieron algo extraño, varias amapolas escarlata repartidas como si fuesen gotas de sangre. Pero eso no fue lo más sorprendente de lo que vieron ahí dentro; entre las figuritas rotas de osos que caminaban como hombres y de lobos con rostros humanos, había un niño. Un niño con el pelo del color de la nieve y unos ojos de distinto color.

Un niño lobo.

Los vecinos se abalanzaron sobre el crío. Él respondió retorciéndose y forcejeando como el animal salvaje que era. Lo llevaron a rastras hasta la iglesia, donde habían colocado el lecho para el ruedero. Sin embargo, no había ni rastro de él por ningún lado. Lo único que había quedado era una última escultura, la más extraña de todas: un joven con la cara del ruedero y la sonrisa puntiaguda de un duende.

El viejo monasterio

—*H*áblame de tu hermano —propuso la condesa.

Para ser finales de invierno, hacía un día bastante cálido y agradable, por lo que la condesa y yo habíamos decidido salir al jardín a disfrutar de un tranquilo tentempié. Era el cuarto día seguido que mi hermano prefería no reunirse con nosotros, la que ahora se había convertido en su familia, en el salón principal para almorzar. No nos había acompañado en ninguna ocasión. Daba igual si era el desayuno, el almuerzo, la merienda o la cena. Josef se había ausentado de cualquier tipo de reunión de ese tipo. Sabía que seguía alimentándose, pues, cada mañana, cuando me acercaba a la puerta de su cuarto, en el plato que habían dejado la noche anterior solo quedaban las migajas.

—¿Os referís a Josef?

Debía reconocer que ese inesperado interés me había sorprendido; un instante más tarde, me reprendí por ser tan egoísta.

Él era el otro invitado (o prisionero, según como se mirara) de los Procházka.

La condesa asintió y untó un bollito con mantequilla.

—Apenas lo he visto desde que llegamos, aunque sí le he oído tocar el violín. Su música es exquisita. Tu hermano tiene un talento extraordinario, eso es indudable.

Me puse tensa de inmediato. Apenas habíamos cruzado palabra desde la terrible discusión que habíamos mantenido la primera noche que pasamos en la Casa Snovin, aunque sí lo había visto alguna que otra vez en los sótanos de la mansión, siempre con su violín y con aire distraído. Su música parecía más presente y más palpable que su cuerpo; solía oír la voz dulce y aguda de su violín retumbando en los pasillos abandonados de la casona.

—Sí —respondí, sin alterar el tono de la voz—. Tenéis toda la razón.

Mi anfitriona me miraba con recelo, con desconfianza.

—¿Y cómo está? Imagino que todo esto —empezó, y señaló la mansión Snovin, el palacete, el Mundo Subterráneo— ha sido demasiado abrumador para los dos.

A veces odiaba esa mirada verde de la condesa, pues había días en los que era incisiva, y otros, compasiva. Todavía no confiaba en ella, pero había momentos en que anhelaba hacerlo, en los que me sentía sola y necesitaba una amiga, una confidente, una compañera... Era tal la necesidad que incluso llegaba a plantearme la idea de apartar mis dudas y aceptarla en mi vida. Estaba tan lejos y tan aislada de todo y de todos aquellos a quienes conocía y amaba (como mamá y Constanze, Käthe y François, y Josef, sobre todo Josef) que la tentación de aceptar su apoyo emocional se me hacía casi irresistible.

—No..., no lo sé —murmuré—. Josef y yo... nos peleamos. —Detestaba tener que admitirlo frente a ella, pero fue un alivio.

—¿Por tu pasado como Reina de los Duendes? —preguntó la condesa en voz baja.

Alcé la mirada, perpleja, y ella se echó a reír.

—Oh, querida —dijo, entre risas—. Siempre habrá envidiosos que deseen nuestro don. La caricia del Mundo Subterráneo. Adoro a Otto, pero soy plenamente consciente de que no se casó conmigo solo por amor.

Di un bocado al almuerzo. Los celos de Josef por la conexión que tenía con el Rey de los Duendes había abierto una herida entre nosotros, una herida que no dejaba de supurar, que no cicatrizaba. Pero no era la única herida que había empezado a infectarse. Mi hermano tenía más derecho que el resto de nosotros a acceder al Mundo Subterráneo, y a su magia. Él era producto de esa magia, aunque

257

no lo supiera. Aunque yo me negara a que se enterara. Me asustaba la magnitud de las consecuencias que esa decisión podría acarrearle. A él... y a mí.

—¿Cómo..., cómo la soporta? —susurré.

La condesa dejó de masticar de repente.

—¿El qué?

—La soledad —contesté, pero no me atreví a mirarla a los ojos.

Tardó unos instantes en responder. Sentía esos ojos afilados y escrutadores clavados en mi rostro, y no sabía si rehuir o aceptar su empatía.

—Tienes un destino —dijo al fin—. No voy a mentirte. Este no es un camino fácil. No se recuerda a nadie capaz de lograr lo que hiciste tú, es decir, escapar del Mundo Subterráneo y sobrevivir. Es una proeza, una hazaña que ni siquiera yo, la última descendiente de la primera Reina de los Duendes, podría hacer.

Tenía un nudo en la garganta que me impedía respirar. Estaba sola.

Y siempre lo estaría.

—Pero si tu hermano te quisiera de verdad, lo comprendería —añadió la condesa en voz baja—. Al fin y al cabo, ambos sois obra del Mundo Subterráneo, solo que cada uno a su manera.

En mi mente empezó a sonar una alarma. Me puse rígida de inmediato. Había querido mantener la naturaleza de mi hermano en secreto, así que jamás le había confesado a nadie, ni siquiera a la persona que más merecía saberlo, que, en realidad, era un niño cambiado.

—¿A qué os referís?

Ella ladeó la cabeza y esbozó una sonrisa enigmática.

—Tiene un don extraordinario con la música. Se dice que el arte y la genialidad son frutos que crecen y maduran en el Mundo Subterráneo. Después de todo, somos criaturas de *Der Erlkönig*.

Relajé los hombros.

—Ya veo —murmuré, y me mordí el labio—. Pero ¿es suficiente?

—¿Para ti o para él? —preguntó con una mirada astuta.

—Para los dos —repliqué—. Para cualquiera de los dos. Los celos pueden ser venenosos.

Y quién mejor que yo para saberlo. Había envidiado a mi hermano durante toda su vida.

—Solo vosotros lo sabéis —prosiguió la condesa con voz amable—. Algunos creen que el amor puede vencer a los celos. Para otros, los celos siempre derrotan al amor. Quiénes seais es un asunto que está en vuestras manos. Solo depende de vosotros, de nadie más.

Agaché la mirada y contemplé el bollito que había mordisqueado y que no había dejado de manosear durante los últimos minutos.

—Ven —resolvió la condesa tras unos segundos de silencio. Se sacudió todas las migas de las manos y las faldas—. Acompáñame.

—¿Acompañarla? —pregunté, y entonces me di cuenta de que estaba recogiendo los platos y las servilletas, y los estaba colocando dentro de la cesta de pícnic—. ¿Adónde?

—Donde suelo ir siempre que me martirizo, siempre que siento lástima por mí misma —respondió. En su sonrisa advertí comprensión, amabilidad y pena—. A ver, échame una mano, querida. Le diré a Konrad que prepare los caballos.

No sabía montar a caballo, pero, según la condesa, no había mejor forma de llegar al monasterio.

—¿El monasterio? —pregunté, atónita. Recordé a mi hermano señalando el edificio calcinado que habíamos visto cuando nos adentramos en el valle—. Pero creía que había quedado destruido.

—Y así es —confirmó ella—, pero las ruinas están en buen estado y disponen de las mejores vistas del valle.

—¿Es... seguro? —pregunté, y no me refería a las ruinas.

—¿De la Caza? —replicó la condesa, que enseguida adivinó mi miedo. Asentí con la cabeza—. Sí, siempre y cuando no te separes de mí.

—¿Por qué?

—Porque —contestó ella con un destello extraño en la mirada— mi estirpe goza de una protección ancestral.

Desvió esa mirada esmeralda hacia Konrad, que se estaba acercando con los caballos.

—Por lo que mi antepasado hizo cuando logró escapar.

Fruncí el ceño.

—Pero la Caza sigue acechándome. ¿Cómo consiguió librarse de ese castigo?

Esa duda me perseguía desde hacía mucho tiempo. Notaba un ardor que me quemaba el pecho, como si fuesen los rescoldos aún calientes de una inmensa fogata. Sabía muy bien desde cuándo me acechaba esa pregunta: desde que supe de la existencia de la doncella valiente. Desde el momento en que había visto la galería de novias en la sastrería del Mundo Subterráneo, la ristra de trajes y vestidos pomposos que todas habían lucido el día de su boda. Aquella grotesca exhibición era la única prueba que quedaba de su existencia. Había oído todas sus historias y conocía varios de los nombres de las protagonistas: Magdalena, Maria Emmanuel, Bettina, Franziska, Like, Hildegard, Walburga. Mujeres que se habían sacrificado por razones bien distintas: desesperación, placer, aventura, engaño. Pero el nombre de la primera novia, la doncella valiente, se había perdido de la memoria de los duendes; su legado había quedado en el olvido porque las viejas normas lo habían prohibido. ¿Cómo había conseguido escaparse… para siempre?

—Todo a su debido tiempo, querida —dijo la condesa—. Ahora, deja que Konrad te ayude a subir al caballo.

Miré de reojo a esas bestias de cuatro patas con miedo y sospecha. Aunque en la posada teníamos un establo para caballos, lo cierto era que jamás había montado en uno. La condesa me aseguró que aunque no era una jinete experta no debía tener miedo, pues iríamos muy despacio hasta nuestro destino.

Un cuarto de hora más tarde, estaba encaramada sobre una yegua blanca que habían bautizado como Vesna.

—La llamamos así por la diosa de la primavera —explicó la condesa, que montaba sobre un caballo castrado de color parduzco, pero que, aun así, se las ingenió para alargar el brazo y acariciar la grupa de mi yegua.

Pese a proclamar a los cuatro vientos que no era una experta amazona, la condesa se había sentado a horcajadas sobre la silla de montar con una facilidad y una elegancia pasmosas. Montaba por placer, no por obligación, y trotaba a paso ligero, por lo que Vesna y yo no tuvimos más remedio que seguirla. Me habría encantado haberme sentado a horcajadas, pero a Vesna le habían colocado una montura para mujeres y tenía que sentarme con las piernas a un lado. Era la primera vez que montaba y mis movimientos eran torpes, así que me aferré a las riendas como si fuesen un salvavidas. Aunque a trompicones, logramos ascender por los rocosos senderos que conducían al monasterio Snovin.

—Precioso, ¿verdad? —dijo la condesa en cuanto alcanzamos la cima.

Tenía las mejillas sonrosadas por el frío y el esfuerzo matutino que había realizado. Sus ojos brillaban más que nunca. Allí, montada sobre el caballo, se sentía segura. Segura y libre. Yo, en cambio, tenía las manos entumecidas, casi azules. Además, me dolían una barbaridad porque había estado aferrando las riendas con todas mis fuerzas durante la última hora y media.

—Lo es —grazné.

Estaba temblando de frío y tenía todos los músculos del cuerpo agarrotados pero, poco a poco, me fui acostumbrando a la temperatura y por fin pude disfrutar del paisaje que se extendía ante mis ojos.

Mi anfitriona tenía toda la razón. La imagen era preciosa. Ahora que estaba más cerca, podía ver que el monasterio había sido construido sobre una piedra dorada que, a pesar de los estragos del tiempo, todavía resplandecía. Y, desde ese punto tan privilegiado, las vistas eran hermosas. Por primera vez advertí el pueblo más cercano, Nuevo Snovin, con edificios de tejados rojos que brillaban bajo la luz vespertina. La condesa me explicó que habían desplazado el pueblo de su ubicación original hacía varios años por la plaga y la hambruna; de hecho, habíamos pasado por los restos abandonados de varias casas y cabañas de camino al monasterio. Por eso la Casa Snovin parecía estar tan aislada de la civilización: porque el pueblo que hubo en los alrededores había sido abandonado años antes.

Pasamos por debajo de una puerta de hierro oxidado y entramos en una especie de patio inmenso que perfectamente podría haber sido la plaza central de un pueblo.

—Es un castillo reconvertido en monasterio —explicó la condesa—. De hecho, es el baluarte representado en el escudo de armas de mi marido. Sin embargo, a medida que las guerras fueron disminuyendo, los Procházka ganaron prosperidad y paz, así que construyeron la Casa Snovin para convertirlo en su legado. Podemos dejar los caballos aquí —anunció, y nos acercamos a lo que a primera vista parecían los restos carbonizados de un establo.

—¿Es seguro? —pregunté al ver que las vigas de madera estaban totalmente podridas.

—Lleva trescientos años en estas condiciones, así que dudo mucho de que se venga abajo justo ahora. Querida, ven y ayúdame a bajar del caballo —ordenó.

No sabía si sería capaz de desmontar de mi yegua sin caerme de bruces al suelo, pero por alguna extraña razón conseguí hacerlo sin romperme la crisma. Me acerqué para echarle una mano, pero, por lo visto, pese a su cojera, era mucho más ágil y diestra que yo.

—A Otto no le gusta que venga sola aquí —admitió—. Cree que soy una insensata, que me voy a caer y a romperme algo —dijo, con una sonrisa burlona—, pero lo cierto es que me encanta subir hasta aquí arriba. Este lugar posee un encanto especial, un atractivo indescriptible. Y una parte de mí, una parte oscura y temeraria, se estremece cada vez que contempla la belleza y el deterioro de la muerte.

Entrelacé mi brazo con el de la condesa; entonces comprendí a qué se refería. La idea de encontrar belleza en la muerte y en la decadencia sonaba ridícula y mórbida, pero, en mi humilde opinión, había algo de romanticismo en ella. Pensé en las hojas del Bosquecillo de los Duendes descomponiéndose, disolviéndose en el suelo, esa tierra rica y fértil que esperaba crear vida tras recibir la caricia de los rayos de sol y la lluvia. Pensé en la Casa Snovin, cuyo antiguo esplendor estaba envejeciendo, destruyéndose poco a poco. La diferencia entre la tristeza y la melancolía era como el filo de un cuchillo que dividía el placer estético y la devastación emocional.

Una vez más, sentí esos ojos verdes clavados en mí.

—Siempre supe que eras una de nosotras —dijo con una sonrisa dibujada en el rostro—. Las criaturas de *Der Erlkönig* sabemos que, un día u otro, regresaremos a los brazos del Mundo Subterráneo.

«Al final, todos acabamos volviendo.»

Pensé en Josef, y sentí un escalofrío por la espalda.

—Pero creía que tú…, que ella…, que la primera Reina de los Duendes había logrado escapar. Sana, salva y libre.

Atravesamos un umbral y nos adentramos en una arquería que rodeaba lo que antaño debía de haber sido un jardín. Estaba descuidado, repleto de malas hierbas y flores silvestres, pero, a pesar de la fina capa de nieve que cubría el paisaje, el color que más abundaba allí era el verde. ¿Adónde quería llevarme la condesa?

—La torre del sureste tiene las mejores vistas —dijo, como si me hubiera leído el pensamiento. Así que nos abrimos camino entre los escombros y los arbustos, y nos encaminamos hacia allí—. Sana, salva y libre. Eso no existe. No con las viejas normas.

Arrugué la frente.

—Entonces, ¿cómo lo hizo? ¿Cómo escapó?

Dejamos atrás la hilera de arcos, cruzamos una puerta

263

y llegamos a la base de la torre en cuestión. Tomamos aire y empezamos a subir una angosta escalera de caracol. No sé en qué momento su expresión se tornó ceñuda, adusta.

—Cuando mi ancestro escapó del Mundo Subterráneo, la Caza Salvaje removió cielo y tierra para dar con ella. La persiguieron hasta los confines del mundo. Podría haber evitado ese constante acecho si se hubiera conformado con marcharse, y punto. Después de todo, una vida por una vida; *Der Erlkönig* podría haber encontrado otra esposa, y basta.

Otra esposa. Los celos, la tristeza y la esperanza fluían por mis venas.

—¿Y por qué no lo hizo?

La condesa sonrió.

—La amaba. No encontraría a nadie como ella. Y, por su amor, las viejas normas lo castigaron.

Noté un retortijón en el estómago. Recordé la visión que había tenido al partir de Viena, cuando los Procházka me habían drogado, cuando me había despertado con el anillo del Rey de los Duendes en la mano. La oscuridad que se arrastraba por su piel, sus ojos blanquecinos y apagados, los cuernos que brotaban de su cabeza, su melena fina y blanca, como una telaraña, sus manos retorcidas, ajadas, esqueléticas.

«La alianza se ha roto. Nos está corrompiendo. Y a él también.»

—¿Y entonces qué ocurrió? —pregunté.

—Regresó al Mundo Subterráneo.

—¿Qué? —pregunté, atónita ante aquel giro inesperado de la historia—. ¿Por qué?

—El poder de un nombre es inimaginable —respondió la condesa—. Y ella encontró el suyo. Su verdadero nombre, el nombre con el que le habían bautizado, el nombre que había perdido al convertirse en *Der Erlkönig*. Lo había guardado en el interior del corazón de su amada para que así una parte de él siempre la acompañara mientras siguiera viva. Su nombre era la llave que abría el candado de sus grilletes y, una vez hallado, por fin pudieron caminar juntos por el mundo exterior.

Se me aceleró la respiración y sentía el latido de mi corazón ene el pecho, en los oídos. Un huracán de emociones amenazaba con tragarme. Miedo, alegría.

—¿Cómo? —susurré—. ¿Cómo encontró su nombre?

—Se abrió el pecho y se lo arrancó.

No estaba segura de si la condesa estaba siendo poética o literal. No podía adivinarlo por su expresión, pues la mantuvo seria e indescifrable. Me moría de ganas por acariciar el anillo del Rey de los Duendes, pero me contuve.

«Viajaría por todo el mundo tocando el violín, hasta que alguien me llamara por mi nombre y me considerara su hogar.» Se me había formado un nudo en la garganta y estaba a punto de romper a llorar. Sentía las lágrimas agolpadas en mis ojos, amenazando con desbordarse en cualquier momento. Mi joven austero e inocente, atrapado en el Mundo Subterráneo mientras sufría el castigo por el pecado que había cometido, el pecado de amarme más que a las viejas normas. Si pudiera hallar su nombre, si pudiera liberarlo… Demasiado bonito para ser cierto. Una vida por una vida. Y entonces me asaltó una duda: ¿quién se convirtió en *Der Erlkönig* después de que el primero quedara libre? ¿Y cómo?

—Ah, por fin —anunció la condesa.

Llegamos a lo alto de la escalera. Ante mí se extendía un pasillo larguísimo de techo alto. Por lo visto, el incendio apenas había afectado a esa parte del monasterio.

El suelo era de mármol y las paredes estaban forradas con papel de seda amarillo. Las puertas de las celdas de los monjes estaban recubiertas por unos tablones de madera maciza y, entre puerta y puerta, había figuras de porcelana de Cristo. Habían permanecido intactas, igual que los cuadros.

—Esta sala tiene las mejores vistas —informó la condesa, y abrió una puerta al final del pasillo—. Envidio a los hermanos que vivieron aquí.

La sala era una caja de zapatos, una estancia pequeña

265

y oscura. Advertí una diminuta ventana en aquella pared de piedra, pero estaba demasiado alta y no lograba ver qué había tras ella. En otra época debía de haber un inmenso panel de cristal para tapar el agujero, pero estaba hecho añicos y el viento se colaba produciendo un silbido agudo. Había dos camastros muy estrechos, uno en cada lado, pero, como la habitación era minúscula, apenas había un palmo de distancia entre ellos. Dudaba que allí hubiera dormido más de un monje. La cama colocada justo frente a la ventana tenía una colcha sucia y andrajosa; los pájaros habían arrancado partes de la colcha y más de un roedor había decidido construir su nido ahí. Sobre los pies de la cama había varios trajes apilados; en la mesita de noche, vi una Biblia junto a una vela medio consumida y con cera desparramada alrededor.

Sin embargo, la otra cama estaba totalmente desnuda. Ni colcha ni almohada. De hecho, ni siquiera tenía colchón. La condesa señaló el marco de la ventana, una invitación a que me encaramara hasta allí para así disfrutar de las vistas.

—Estoy demasiado vieja para ese tipo de acrobacias —dijo—. Pero sube, querida. Apóyate en mí, si quieres.

No estaba muy convencida, pero me armé de valor, me apoyé en su hombro y me impulsé para así poder echar un vistazo por la ventana. En la argamasa que rodeaba el marco de la ventana había algo. Unas palabras talladas con una caligrafía clara y comprensible, lo cual me sorprendió: *Wolfganfus fuit hic*. Latín. Pasé los dedos por las letras y, durante un breve instante, sentí una conexión con el hermano que había dejado una pequeña parte de él en este mundo.

Y entonces contemplé el valle.

—Oh —suspiré.

—Maravilloso, ¿verdad? —dijo la condesa con voz orgullosa.

—Sí —admití. Era un lugar privilegiado, desde luego. Desde allí podía ver las montañas y un hilo plateado que serpenteaba por el valle—. ¿Qué río es?

—El río Snovin —respondió la condesa—. Me temo que los Procházka no eran muy creativos.

Alargué el cuello para tratar de ver la Casa Snovin y las montañas que se erigían tras la casona. Y fue entonces cuando vislumbré una mancha de color turquesa intenso. Era aquel lago mágico que había descubierto por casualidad, después de que la condesa me hubiera hablado de su linaje familiar y cuando decidí salir a dar un paseo.

—¿Qué es..., qué es ese lago? —pregunté.

—¿Puedes verlo desde ahí? —preguntó. Sonó sorprendida.

Asentí con la cabeza.

—Es el lago Snovin —respondió—. Ya te he dicho que los ancestros de Otto no eran muy imaginativos.

Al ver mi expresión se echó a reír.

—Pero nosotras siempre lo llamábamos el lago Lorelei. Adelaide y yo —comentó con voz más suave, más tierna.

Su hija.

—¿El lago Lorelei? —repetí, y recordé esa sensación mágica que se cernía sobre el agua, la ventana a otro mundo que me había parecido ver en el reflejo de sus aguas.

—Sí —confirmó ella—. Según la historia familiar, descienden de una lorelei que encontraron bañándose en ese lago. Siempre han presumido de ello, pero nadie sabe si la leyenda es cierta o, simplemente, es una farsa. Es la melusina que aparece en el escudo.

—¿El agua siempre es de ese color? —pregunté.

—Oh, sí —dijo la condesa—. Y el agua siempre está a una temperatura agradable. Actividad volcánica, o eso me dijeron, pero nosotras, Adelaide y yo, preferíamos creer que era mágico. Ella estaba convencida de que era un portal al Mundo Subterráneo —añadió, y, de repente, algo en su interior se cerró de golpe, como una trampa para ratones—. Baja ya de ahí, querida —espetó—. Me estoy deslomando.

Bajé de un brinco y le ofrecí el brazo a la condesa para ayudarla a descender las escaleras.

—Espero que esta noche tu hermano nos honre con su

267

presencia durante la cena —dijo, pero con un tono distinto. Esta vez me llevó por otro camino. Abrió una puerta que hasta entonces no había visto y aparecimos en un espacio amplísimo y cavernoso—. Quizá podamos conocerle un poco mejor cuando los dos estéis instalados en casa.

Aquel repentino cambio de tema de conversación me desconcertó, y no supe qué responder.

—¿Dónde estamos? —pregunté, y señalé la estancia rocosa en la que nos encontrábamos.

—La cripta —respondió la condesa—. La mayoría de los hermanos están enterrados en el cementerio, en la base de la propia montaña, pero sus nombres están grabados aquí, para que no se olviden, para que perduren hasta el fin de los días.

Acaricié las letras talladas en la piedra. Y rememoré el día en que enterramos a papá. Pensé en la lápida de piedra caliza que habían clavado junto a las pequeñas cruces de madera de sus hermanos y hermanas (mis tíos y tías; casi todos habían muerto antes de tomar aliento por primera vez). Con el tiempo, esas cruces acabarían podridas y rotas, y todo lo que quedaría de ellos no sería más que el registro de la aldea. E incluso en ese caso, la tinta acabaría por difuminarse, y el papel, por disolverse. Todo lo que quedaba de un difunto era su legado, que permanecería vivo solo mientras alguien siguiera amándolo u odiándolo.

La inmortalidad era el recuerdo.

Evzen, Filip, Andrej, Victor, Johannes, Hans, Mahieu.

Me detuve al leer ese último nombre. Hubo algo, quizá fuese su sonoridad, que llamó mi atención. Eran los nombres de monjes que habían fallecido; sus nombres eran tan anónimos para mí como los rostros de los habitantes de ese valle. Sin embargo, el nombre de Mahieu me sonaba de algo, como si alguien me lo hubiera susurrado mientras dormía.

«Se llamaba hermano Mahieu.»

Me quedé quieta. La voz del Rey de los Duendes resonó en mi cabeza y evoqué las confesiones que nos habíamos hecho la última noche, en la capilla. Le había preguntado quién le había enseñado a tocar el violín.

«Se llamaba hermano Mahieu.»

Y entonces comprendí por qué aquel lugar me había resultado tan familiar desde el momento en que llegué. Entonces supe por qué tenía la impresión de haberlo visto antes. La respuesta era bien sencilla: porque había visto ese monasterio con mis propios ojos. En un espejo. Bajo tierra. Acostada en la cama del Rey de los Duendes.

269

*L*os vecinos de la aldea llamaban al niño el *vlček*, o «lobezno». Tenía el rostro alargado, como el de un lobo, y una nube de cabello blanco sobre su cabeza. Parecía la melena de un león albino. Gruñía y rugía como un animal salvaje que se siente acorralado. Era imposible adivinar la edad de aquel niño-lobo; era bastante bajito, apenas le sacaba un par de dedos a la hija pequeña del panadero, Karolína, que tenía tres años. El sacerdote creía que el niño tenía algún año más, pues era ágil como un gato, y mucho más astuto.

Era desconfiado y arisco. Durante varios días, no dejó que nadie se acercara a él, ni siquiera para bañarlo o para curarle las heridas. Tenía un corte bastante profundo en el pecho, justo sobre el corazón. Se le había hinchado y tenía muy mal aspecto. El sacerdote temía que la herida pudiera infectarse, pero todo el que intentaba acercarse al pobre crío acababa con varios dedos doloridos. El mismísimo sacerdote apareció un día con una venda y una cataplasma sobre su antebrazo; *vlček* le había dado un mordisco y le había arrancado un buen trozo de piel.

Tan solo Mahieu, otro huérfano del «gran invierno» y que tutelaba la propia iglesia fue capaz de domesticar al niño-lobo.

Mahieu el fiel. Así lo bautizaron los feligreses. El joven era amable y bondadoso, un apasionado de la naturaleza y de todos los seres salvajes que merodeaban por el bosque. Una obra de Dios, proclamó el sacerdote. Mahieu era capaz de persuadir a las plantas para que florecieran en pleno invierno. Poco a poco, como un pastor con una oveja descarriada, el muchacho consiguió dormir al lobo y despertar al niño. Le enseñó los principios básicos de un niño civilizado, conceptos como higiene personal, postura, modales, ropa. El proceso fue lento y largo, pero al final el *vlček* aprendió a utilizar las manos (y no las garras), a llevar prendas de algodón (y no de piel) y a comer alimentos cocinados (y no crudos). Cuando llegó el momento del bautizo, no se revolvió, ni forcejeó, ni puso impedimentos para sumergir la cabeza en la fuente bautismal. El sacerdote le otorgó el nombre de Kašpar, que quedó anotado en el registro de la iglesia junto a la nota: «Un regalo del Señor que nos entregaron los bosques salvajes».

Habían logrado amansar a la fiera. Solo quedaba un último detalle.

El *vlček* no hablaba ni respondía a su nombre. Y no era por falta de inteligencia, pues los lobos eran animales astutos y muy ingeniosos. Era un niño rápido y listo, capaz de resolver los rompecabezas y adivinanzas que le proponía el sacerdote. Obedecía las normas sin rechistar y se encargaba de la limpieza de la celda que le habían concedido en la iglesia. Tenía edad suficiente para empezar a aprender la alquimia del lenguaje y la expresión escrita en la escuela de primaria de la aldea. Conocía las letras del alfabeto, igual que los demás niños del pueblo. Así pues, el crío no era un zopenco. Cuando le daban permiso para explorar el pueblo y los bosques que lo rodeaban, los vecinos aseguraban oír conversaciones a media voz entre el *vlček* y los árboles, entre el niño y las bestias. Era una forma de comunicación que recordaba a bebés parlanchines, un curioso murmullo que solo entendían los inocentes, los locos, y Mahieu. «¿Qué estaría murmurando?», se preguntaban. Sonaba a hechizos espeluznantes.

«Padre, Padre —le rogaban al sacerdote—. Algo pasa con ese niño.»

El buen pastor hizo todo lo que estaba en su mano para calmar al rebaño, pero lo que no sabía era que el miedo era mucho más poderoso que la fe.

Los vecinos de la aldea empezaron a inquietarse, pues no consideraban que el silencio del crío fuese síntoma de su timidez, o desconfianza, sino de la tozudez de un animal astuto y malicioso. Poco a poco, se fueron convenciendo de que el *vlček* sí sabía hablar, pero simplemente no le venía en gana hacerlo; lo veían en su mirada, en esos ojos de distinto color. «El *vlček* piensa —murmuraban en la plaza del mercado—. Maquina algo. Nos espía.»

«¿Qué secretos esconde ese crío tan silencioso? Solo él lo sabe.» En el fondo, le temían. Les asustaba lo que el *vlček* pudiera saber. La aventura amorosa del carnicero con una chica que era más joven que su propia hija. El alijo de caramelos robados que la mujer del herrero guardaba en su casa, y que devoraba los domingos de Cuaresma, cuando los devotos ayunaban. El romance imposible del cabrero y el panadero, que se besaban a escondidas en los rincones más oscuros del pueblo.

El último día del año, la amante del carnicero apareció muerta en su cama.

Su cuerpo estaba intacto. Ningún corte. Ninguna herida. Ningún moratón. Su tez se había teñido de azul y sus ojos estaban vidriosos, como si el invierno se hubiera colado en sus huesos y la hubiera congelado.

«¡Atacada por los duendes! —gritaban los vecinos—. ¡Los duendes se han llevado el alma de Ludmila mientras dormía!»

El frío cada vez era más intenso, más insoportable. Se sucedieron más muertes, más traiciones. El rebaño del cabrero se desperdigó y el pobre pastor perdió casi todas su cabras. Las tenazas del herrero se volvieron frágiles y se rompieron. Y fue entonces cuando los vecinos comprendieron que algo había trastocado el equilibrio del mundo.

Y no tenían ninguna duda de qué podría haber sido: el monstruo que habían adoptado. ¿Quién era el *vlček* en realidad? ¿De dónde había salido? Empezaron a difundirse rumores e historias sobre un kobold de ojos de distinto color que robaba tótems y otras baratijas para sembrar el pánico y la desconfianza en el reino de los vivos.

Hasta que un día un demonio poseyó a Karolína, la benjamina del panadero.

Todo empezó con unos dolores desgarradores en las manos y en los pies. La pobre niña se despertaba llorando a lágrima viva cada noche, gritando que un lobo le devoraba las piernas y los brazos mientras dormía. Se levantaba con el cuerpo magullado, con arañazos en carne viva y con heridas profundas que supuraban pus. «Mordiscos de duende», aseguraron los vecinos, y decidieron enviar al sacerdote para que le practicara un exorcismo.

Apareció en casa del panadero con incienso, con agua bendita y con dos ayudantes: el *vlček* y Mahieu. Pero cuando el niño-lobo se acercó a la cama, Karolína se puso a bramar como si la estuvieran quemando viva.

Era una señal.

«¡Es él, es él! —gritaban todos—. ¡Él es el culpable!»

El sacerdote y los vecinos se apiñaron alrededor del niño, que enseguida se puso a la defensiva. Se había sentido atacado, pues aún no se había acostumbrado del todo a la compañía humana. Gruñó como un animal salvaje y se puso a cuatro patas. Salieron despavoridos. En un abrir y cerrar de ojos, reaparecieron armados con calderos, con ollas y con sartenes. Otros fueron a buscar horquetas y palas. El *vlček* estaba acorralado y asustado, pero iba a luchar hasta el último momento.

Y fue entonces cuando Mahieu los traicionó a todos.

«¡Corre, Kašpar!», urgió. Se abrió paso entre la muchedumbre y se colocó frente a ellos, como si fuese un escudo que pudiera protegerlos de la rabia del niño-lobo. La pobre criatura estaba aterrorizada y los miraba con los ojos como platos. El gesto de Mahieu, su único amigo, le sorprendió, pero un segundo después salió disparado. A empujones, logró atravesar esa horda de cuerpos sudorosos y desapareció en la oscuridad.

Se encendieron antorchas y se oyeron bramidos furibundos y chillidos impacientes. El ansia y el frenesí por dar caza al niño-lobo corrió por la aldea como la pólvora, como una plaga, como un incendio incontrolado. Mientras

273

la pequeña Karolína se retorcía de dolor y miedo, su madre y su padre, el sacerdote y el alcalde, el carnicero y el herrero, reunieron todas las herramientas de las que disponían y salieron en busca del niño-lobo.

«¡Matémoslo, matémoslo!», repetían a coro. «¡Demonio! ¡Demonio!»

Mahieu sabía adónde iría el *vlček*, y no siguió al resto hacia el corazón de los bosques. Se dirigió a toda prisa hacia la iglesia, hacia el cementerio, hacia las criptas. Estaba convencido de que el crío se escondería ahí, entre la penumbra y entre los muertos, los únicos humanos que jamás le habían pedido que hablara.

Mahieu entró en la iglesia y se encontró al niño-lobo agazapado entre una montaña de trastos, una colección de chismes, telares y secretos de los feligreses. Un pequeño vial de cristal azul, los pedazos de una espada rota y el cascabel de un cabrero, que se había visto por última vez atado alrededor del cuello del macho cabrío más importante y valioso de Jakub.

—Oh, Kašpar —suspiró Mahieu.

El *vlček* lo miró, pero era más terco que una mula, así que no dio su brazo a torcer. Pese a que Mahieu lo estaba llamando, se negaba a responder.

—Kašpar —repitió Mahieu, que estaba a punto de sufrir un ataque de pánico—. Por favor. Tenemos que marcharnos de aquí. Y rápido.

El niño-lobo gruñó.

Mahieu, el fiel, a quien Dios le había otorgado el don de comulgar con cualquier tipo de criatura, salvaje o domesticada, no era capaz de encontrar las palabras adecuadas para acercarse al niño, mitad indómito, mitad amansado.

—Sé que no te llamas así —le susurró al *vlček*—, pero, hasta que no me confíes tu nombre, no podré considerarte mi hogar.

Mahieu nunca supo si su ruego desesperado fue lo que desarmó al niño-lobo, pero en ese mismo instante el *vlček* se derrumbó y se echó a llorar a moco tendido. El pobre había sufrido mucho desde que decidió salir de su madriguera. Llegó a la aldea dando patadas y escupiendo a todo aquel al que veía, pero había aprendido a comer y a vestirse y a caminar como un ser humano. Sin embargo, era la primera vez que derramaba una lágrima. Su mirada bicolor se volvió mucho más brillante, más hermosa, más impactante. Al ver ese resplandor, Mahieu se quedó sin aliento.

—Vamos —murmuró—. Vamos, tenemos que irnos.

Le ofreció la mano al *vlček*. El crío se quedó mirando aquella palma durante unos instantes. Sin embargo, Mahieu no advirtió desconfianza o miedo en su expresión. La pregunta seguía suspendida en el aire y, de repente, el niño-lobo lo miró a los ojos.

—Sí —dijo el *vlček*—. Sí.

Su voz sonó ronca y áspera, y era más que evidente que no sabía dónde ni cómo colocar la lengua. Pero eran palabras, palabras de verdad, palabras que jamás había pronunciado. Hasta ahora. El *vlček* aceptó la mano de Mahieu, y los dos salieron corriendo hacia el bosque, hacia el infinito, hacia lo desconocido.

El monstruo que tanto anhelo

$\mathcal{M}$i hermano no se dignó presentarse a la hora de la cena.

La verdad era que no esperaba que apareciese, pero aun así sentí el terrible escozor de la decepción como si fuese la primera vez. Las reuniones alrededor de la mesa siempre transcurrían con normalidad y educación, pero mis anfitriones sentían curiosidad por Josef. Y no se iban a morder la lengua para siempre. Me hicieron varias preguntas sobre el violín y su talento musical. Entendía que los virtuosos y prodigios musicales suscitaban todo tipo de preguntas, pues eran seres maravillosos y muy poco habituales, pero el interés que mostraban por las habilidades de mi hermano, y no por las mías, estaba abriendo viejas heridas; heridas que debían haber cicatrizado hacía años.

«Liesl, la especial. Liesl, la elegida. Siempre has querido ser extraordinaria, y ahora lo eres.»

La culpa, ese monstruo frío y resbaladizo, se revolvía en mi estómago, junto con el resentimiento y el rencor. Había perdido el apetito, por lo que no probé bocado de la cena que Nina había preparado para nosotros. El menú era sencillo pero copioso: salchichas estofadas, albóndigas con bechamel, col guisada y pasteles de carne. Una cena familiar. Reconfortante. Pero todo lo que probaba me sentaba fatal.

Después de cenar, volví a mi habitación. La puerta que separaba el cuarto de Josef del mío seguía cerrada. No sabía si ya se había recogido y se había metido en la cama, o si todavía no había regresado de sus largos paseos por los alrededores de la finca. Aunque todavía era bastante temprano, me desvestí y me acurruqué en la cama. Estaba agotada de la excursión al monasterio y sabía que me convenía descansar.

Sin embargo, no lograba conciliar el sueño. El silencio martilleaba mis oídos. La ausencia de sonido me resultaba insoportable. En la posada, los ruidos del bosque me adormecían. Esa sinfonía de cacofonías era como una canción de cuna para mí. Y en Viena, el constante zumbido y el ritmo frenético de la ciudad formaban una sinfonía grave que calmaba mis días de *staccato*. Pero ahí, en Snovin, todo estaba sumido en una quietud absoluta. Era una especie de quietud vacía. En otra época, mi intuición y mi instinto no me habrían fallado, y enseguida habría adivinado si Josef estaba durmiendo al otro lado de una puerta, de una ventana o de un muro infranqueable. El lazo que nos unía, urdido a partir de nuestro amor por la música y la magia, estaba raído y desgastado. De él solo quedaba un hilo frágil y quebradizo.

Ya no había nada que nos uniera como antes.

Di varias vueltas en la cama. Estaba inquieta. Cerré los ojos con toda la fuerza posible, como si así pudiera hacer desaparecer la culpa, el rencor.

Era una idea sobre Josef desleal e ingrata, pero no era la primera vez que se me pasaba por la cabeza. Esa idea siempre me había hecho sentir odio y desprecio por mí misma, pero esa noche dediqué unos minutos a meditarla, a analizarla. Necesitaba comprender qué significaba que mi hermano no fuese mi hermano, sino un niño cambiado. Y necesitaba averiguar qué sentía al respecto.

Un niño cambiado. De no haber conocido jamás el Mundo Subterráneo, me habría alegrado. O tal vez me habría sentido orgullosa. O a lo mejor celosa. Puede que lo hubiera envidiado por las mismas razones que él me envidiaba a mí ahora. Entendía mejor que nadie el dolor y la frustración de ser alguien del montón, alguien que no destacaba en ningún ámbito. ¿Acaso no había despotricado del increíble talento que poseía mi hermano, el mismo

277

talento que lo separaba de todos nosotros? La música era una lengua que ambos conocíamos y compartíamos, y me partía el corazón saber que no solo era mejor que yo, sino que papá siempre lo había admirado más que a mí. Si hubiera descubierto que mi hermano mantenía un vínculo con el mundo legendario y mágico al que solíamos escapar y que además era un niño cambiado, me habría hundido en la miseria.

«Liesl, la especial. Liesl, la elegida. Liesl, la extraordinaria.» Josef había elegido muy bien las palabras. Sus acusaciones me habían llegado al alma. Me hice un ovillo bajo las sábanas y coloqué la almohada sobre mi cara para evitar que me deslumbraran los últimos rayos de sol.

No obstante, desde que había abandonado el Mundo Subterráneo, mi opinión sobre los niños cambiados ya no era la misma. Recordé aquellos muchachos galanes y atractivos con los que mi hermana y yo habíamos bailado, con sus rasgos afilados y elegantes, con esas miradas inescrutables. Recordé a la criatura que había conocido a orillas del lago, la misma que me había engañado para que atravesara la frontera entre ambos reinos, aprovechándose de mi tristeza, de mi nostalgia por los pequeños placeres de la vida mortal.

Mentirosos, traviesos, crueles.

Inhumanos.

Josef era inhumano. Josef no era un mortal. Josef era una criatura, un duende, una cosa. Sentí un escalofrío por todo el cuerpo ante esa idea tan macabra. Si no era un ser humano, tampoco era una persona. Reía, lloraba, se enfurruñaba, se enfadaba. Razonaba y sentía lo mismo que cualquier otro muchacho, y daba igual que su cuerpo y su alma fuesen de otra especie distinta a la mía.

O eso creía, pero tal vez me equivocaba. Pensé en el niño que debería haber sido, en el hijo que mis padres, ambos mortales, habrían criado. Pensé en el niño cuyo nombre y hogar y vida mi hermano había robado. Ese Josef habría sido un niño alegre y honesto, un niño con las mejillas sonrosadas y los ojos brillantes. Pero mi Josef había sido un bebé enfermizo y cascarrabias, un niño difícil y desagradable que, a pesar de su mal humor y carácter insoportable, amaba con todo mi corazón. Tal vez lo amaba incluso más que al joven de mi propia sangre.

Debería sentirme indignada y furiosa conmigo misma. Amaba a un usurpador, a un ladrón, a un monstruo. Palpé el anillo del Rey de los Duendes que llevaba en el dedo y lo giré varias veces. Noté la suave caricia de la plata sobre mi piel.

«Eres el monstruo que tanto anhelo, *mein Herr*.»

A lo mejor amaba a ese ser monstruoso porque yo era un monstruo. Josef, el Rey de los Duendes y yo. Todos éramos criaturas grotescas en el mundo exterior. Demasiado distintos al resto, demasiado extraños, demasiado talentosos. Éramos demasiado, y punto.

Tenía los ojos cerrados, pero, aun así, veía una serie de imágenes pasando por mis párpados a toda velocidad, como si fuese una película. Las sombras de unas nubes danzando sobre unos tejados de tejas rojizas. Un monasterio que asomaba la nariz sobre un inmenso valle. Los nombres de los monjes esculpidos en las colinas de las montañas, los ecos del recuerdo resonando en mi memoria. Unas amapolas escarlatas que manchaban un paisaje nevado y un murmullo y un suspiro. Las imágenes se sucedían muy rápido y penetraban en mi inconsciente como la espiral de una perforadora. No podía dormir. No podía descansar. Me revolví y di varias vueltas en la cama, pero era incapaz de frenar ese carrusel de pensamientos. Y en el centro del huracán, una idea: revelarle la verdad a Josef. Se me habían enredado las sábanas en las piernas y me sentía atrapada, ahogada. Empecé a patearlas con todas mis fuerzas y apreté los puños y la mandíbula para contenerme y no ponerme a chillar como una histérica. Oía notas y frases musicales y melodías en mi cabeza, así que me tapé los oídos para silenciar el ruido. La rabia y la impotencia amenazaban con superarme, con dominarme, y temía que en cualquier momento fuera a explotar. La verdad sobre la naturaleza de mi hermano era una trampa muy peligrosa, y prefería hacerla saltar ahora que esperar a que cayéramos en ella y rompiera nuestra relación para siempre.

Tenía que contárselo.

Tenía que contárselo a Käthe.

Abrí los ojos. Aparté las mantas de un manotazo y salí de la cama de un brinco. Estaba agotada y necesitaba descansar, pero no podía quedarme de brazos cruzados un solo minuto más. Me puse a andar de un lado para el otro de mi cuarto; por primera vez en mucho tiempo, me entraron ganas de tocar. Quería sentarme frente al clavicordio y desahogarme a través de la música, a través de esas teclas blancas y negras.

«Tu música tiene el poder de construir un puente entre ambos mundos.»

Recordé la velada en que habíamos interpretado *Der Erlkönig* para el conde y la condesa; la esencia a hielo y pino y bosque que había llenado aquel salón diminuto y sofocante; el susurro de mi nombre al otro lado del velo; el peso del anillo del Rey de los Duendes en la palma de mi mano al día siguiente, tras despertarme de un sueño profundo. Anhelaba tocar, pese a la Caza Salvaje, pese a la frontera entre los mundos, pese a lo perverso y absurdo e ilógico que era recurrir a mi arte en el momento menos apropiado y más peligroso.

No debería caer en la tentación. Pero me moría de ganas.

¿Por qué no?

La borrasca de ira y exasperación que se había formado en mi interior se alimentaba de mi enfado, y cada vez era más grande, más fuerte. Estaba furiosa con Josef, con mi hermana, con la condesa, con el mundo. Ya no era la Reina de los Duendes, ya no era el ama y señora de un reino que podía moldear a mi antojo. No podía rasgar las cortinas. No podía destrozar la cómoda que había junto a la cama. No podía arrancar las puertas del armario de sus bisagras. No podía hacer añicos los cristales de las ventanas con mis manos. Ahora estaba en el mundo exterior, y no podía hacer nada. Nada, nada, nada.

Estaba anocheciendo rápido. El cielo se había teñido de azul índigo y del mismo púrpura que las violetas. Me acerqué a los ventanales de mi cuarto y contemplé las colinas que se alzaban majestuosas tras la finca y el lago Lorelei. Vi que la condesa se dirigía hacia el campo de amapolas. Su cojera era reconocible incluso en la penumbra. Una a una, las estrellas fueron iluminándose, como puntos de luz que bañaban el mundo de plata. En una noche como esa, mi hermano y yo habríamos imaginado duendes y hadas revoloteando a nuestro alrededor, portándose como criaturas traviesas y sembrando el caos y la confusión en el mundo de los mortales. Unas siluetas se deslizaban por el lindero del bosque que rodeaba la finca, así que dejé volar mi imaginación.

Hasta que una silueta de carne y hueso emergió de entre los árboles, con un violín en la mano.

Josef.

Se quedó quieto en los jardines, observando la mansión. Estaba demasiado oscuro como para ver su rostro o expresión con detalle, pero algo me decía que tenía la mirada clavada en la segunda planta, pues el camisón blanco que llevaba puesto resaltaba sobre todo el resto. Nos quedamos mirándonos, o no, durante un buen rato. Era la primera vez que nos cruzábamos desde aquella terrible discusión. Pero después mi hermano se dio la vuelta y se dirigió de nuevo hacia el campo de amapolas, hacia el bosque.

Sentía que me había abofeteado.

«Está bien —pensé—. Ya no eres el primero en mi corazón.» Esperaba que la culpa me desgarrara por dentro, pero no sentí nada. Fue como si no me hubiese afectado en absoluto, pues lo único que sentía era cansancio y resignación. Estaba harta de esperar, de desear y de anhelar que mi hermano por fin me tuviera en cuenta, me valorara. Josef me quería, de eso no me cabía la menor duda, pero al igual que muchos otros no me valoraba lo suficiente. Me subestimaba y daba por sentado que siempre estaría ahí para él. Sabía que acudiría a Viena para salvarlo. Que lo llevaría de vuelta a casa. Que estaba a su entera disposición. François y yo nos habíamos dejado la piel tratando de recomponerlo después de que se derrumbara y deprimiera. Pero cuanto más lo intentábamos, peor encajaban los pedazos rotos.

Y entonces pensé en Käthe. Mi hermana me había venido a decir que era como una peonza descontrolada y que el mínimo bamboleo o roce acabaría derribándome. Hasta ese momento no me había dado cuenta de lo egoísta que había sido al obligarla a cargar con todo el peso emocional. Ojalá Josef también se diera cuenta.

«Estoy cansada de sostenerte el corazón.»

—Te lo devuelvo —le susurré a mi hermano, cuya silueta ya se había perdido entre las sombras—. Te devuelvo tu corazón.

Me embargó la tristeza. La culpa, la frustración y la ira se desvanecieron; el huracán de emociones que amenazaba con arrasarme también. Solo sentía melancolía. Locura y melancolía, mis demonios gemelos. Con la tristeza llegó la fatiga, una sensación profunda e inevitable de agotamiento.

282   —Te devuelvo tu corazón —le murmuré a la oscuridad—. Y ojalá tú me devolvieras el mío.

*L*a Casa Snovin estaba encantada.

Pero las criaturas que la acechaban no eran las habituales, como fantasmas y espíritus. Josef sabía exorcizar fantasmas de una casa con campanillas y agua bendita. Sabía apaciguar a kobolds y a Hödekin con ofrendas de leche y pan. Sabía proteger su casa de las fuerzas invisibles del mundo con sal y mantras concretos. Pero lo que no sabía era alejar a los demonios que se habían instalado en su cabeza. Los murmullos que oía en cada rincón de la finca retumbaban en sus oídos por la noches, y era incapaz de dormir. Y por eso se había aficionado a deambular por los pasillos horas después de que todos ya se hubieran levantado y hubieran desayunado. Lo único que le reconfortaba era tocar el violín en algún claro del bosque, donde nadie pudiera oírlo. La música no servía para enmudecer esos murmullos, pero al menos esa repetición de notas rigurosa y tediosa le ayudaba a no pensar en ellos constantemente. Tocaba todas y cada una de las piezas que conocía; si hacía falta, las tocaba una, dos o hasta tres veces. La primera por sensación: el arco lánguido y suave, o afilado y enérgico. La segunda, por precisión: la digitación exacta, el tempo rígido y estricto. Y la tercera por desesperación: el último recurso de una mente retorcida y enredada. Y después de que Josef hubiera tocado todo el repertorio varias veces, se dedicaba a repasar todos los ejercicios. Escalas. Ritmos. Tempos.

Pero todo eso no servía de nada.

Cada vez que cerraba los ojos, veía la cara de su hermana cuando él la había llamado Reina de los Duendes. No había sido un comentario afectuoso, sino una acusación en toda regla. Le había lanzado una flecha directa al corazón, y no había fallado. Sabía que su hermana se había quedado perpleja y que se había sentido herida y traicionada. Su reacción lo había conmovido y tranquilizado. Ambos habían tomado la decisión de irse de casa, de abandonar el nido, pero al reencontrarse se toparon con personas distintas: su hermana se había convertido en toda una mujer, y él, en un despojo humano. Liesl había conocido a *Der Erlkönig*; él, al maestro Antonius. Tendría que haber sido al revés. Su hermana estaba destinada a convertirse en una compositora famosa y reconocida por el público, y él, a tocar en el Bosquecillo de los Duendes.

Después del atardecer, Josef consideró que ya era momento de volver al palacete. Estaba cansado, y se le notaba en la cara. Tenía unas ojeras moradas y las mejillas hundidas. Quería dormir, descansar, olvidar la imagen de los ojos avellana de Liesl mirándole con un reproche infinito. Rebuscó en su memoria y se percató de que su primer recuerdo eran los ojos de su hermana: enormes, centelleantes y llenos de amor. Apenas recordaba nada más de su infancia; al fin y al cabo, Liesl era la única que había conseguido que se sintiera a salvo. Pero no podía perdonarle que no hubiera estado ahí cuando más la había necesitado, que le hubiera animado a marcharse de casa, en lugar de suplicarle que se quedara.

284

Cuando por fin llegó a los jardines de la Casa Snovin, no pudo evitar contemplar la ventana de la segunda planta. Tras esa ventana debía de estar durmiendo su hermana. Pero, para su sorpresa, no estaba durmiendo. Estaba tras el cristal. El camisón blanco resaltaba en la oscuridad que reinaba en la habitación, como un fantasma. Se quedó petrificado. El dolor que sentía era indescriptible. Por sus venas corrían ríos de culpabilidad y resentimiento, de odio y amor. El dolor era tan intenso, tan profundo, que temía no volver a sentir jamás otra cosa que eso: dolor y más dolor. De haber estado en su mano, se habría desangrado para mitigar la presión, para deshacerse de la mala sangre y los malos pensamientos.

Se dio la vuelta.

A lo lejos, advirtió la inconfundible silueta de la condesa. La cojera la delataba. Era noche cerrada y tan solo las estrellas le iluminaban el camino, aunque avanzaba con paso firme y decidido, por lo que supuso que sabía muy bien hacia dónde iba. Notó el hormigueo de la curiosidad en el pecho, pero era tan suave que lo habría ignorado de no haber sido por un pequeño detalle: la condesa estaba siguiendo los susurros.

Los murmullos se oían con más claridad en dirección al campo de amapolas. Josef se preguntaba si su anfitriona también podía oír ese constante susurro. El silbido le recordaba al sonido de la brisa sobre las copas de los árboles. «Sin nombre», decían. «Usurpador.» Había tratado de hacer caso omiso a los murmullos, tal y como había hecho con sus emociones durante toda su vida. Tal y como había hecho con François. Por las noches, cuando se acostaba, si no veía la mirada recriminatoria de Liesl, veía los labios de su querido amigo. A François la vida le había dado tantos palos, tantas decepciones, que había aprendido a mostrar una máscara perfecta de calma y serenidad. Esa era su armadura para protegerse de un mundo hostil que despreciaba su color de piel. Pero Josef sabía dónde encontrar las rendijas, las ranuras de su armadura: en las comisuras de sus labios. Se tensaban cuando se enfurecía, y se torcían cuando se entristecía. El peso de los sentimientos de su hermana y de su amado era demasiado para él, y estaba agotado de cargar con ellos. Y los murmullos todavía aumentaban más ese peso.

285

Sin embargo, esa noche decidió seguir los susurros. Seguir a la condesa. Sus pisadas aplastaban hierbas secas y ramas rotas, pero no se fijó en los pétalos escarlata de las amapolas, que se marchitaban y pudrían tras el paso de su anfitriona.

Los murmullos enmudecieron.

El desconocido se acercaba, y las flores se morían.

De repente, la condesa se volvió. Y en ese preciso instante Josef cayó en la cuenta de que su presencia no había pasado desapercibida. La condesa sabía que la había seguido hasta allí.

—Hola, Josef —musitó.

Su voz se perdió entre el arrullo de la brisa. Las amapolas murmuraban a coro: «huye, huye, huye.» Pero Josef no huyó.

—Hola, señora —contestó. Las palabras sonaron ásperas y roncas. Era lo primero que decía desde hacía varios días. Sin embargo, su voz sonó alta y clara.

Los ojos verdes de la condesa brillaban en la oscuridad.

—¿No vas a tocar? —preguntó ella. Sabía que se refería al violín—. ¿Es que no me oyes?

Ella inclinó la cabeza y, bajo la tenue luz que desprendían las estrellas, Josef vio que movía la boca, como si estuviera diciendo algo, pero la cacofonía de advertencias se tragaron sus palabras: «¡Ten cuidado, ten cuidado, ten cuidado!».

286

—Lo siento —se disculpó Josef—. Me temo que tengo la cabeza en otro lado.

La condesa se limitó a sonreír. Se agachó y arrancó una flor. A Josef le pareció oír un grito de dolor ahogado, y se encogió.

—¿Sabes por qué el símbolo de la Casa Procházka es la amapola? —preguntó, como si nada.

Él no respondió.

—Se dice y se rumorea —prosiguió la condesa— que Jaroslav Procházka construyó esta mansión sobre un antiguo campo de batalla. Se libró una guerra encarnizada, y muchos fueron los soldados que cayeron y mancharon los campos con su sangre, tiñéndolos así de rojo carmesí. —Se llevó los pétalos a la nariz; aunque Josef sabía de buena tinta que esa flor no emitía aroma alguno, le pareció distinguir el inconfundible olor a cobre en el aire—. Esta casa se erigió en honor de su sacrificio y se plantó este campo de amapolas para conmemorar sus muertes.

Josef echó un vistazo a los pétalos marchitos y arrugados que había bajo sus pies.

—Por mucho que lo he intentado, nunca he conseguido encontrar una prueba que demuestre que aquí se libró una batalla —prosiguió la condesa—. Pero eso no significa que no se derramara sangre en estos campos.

«Ten cuidado, joven sin nombre, ten cuidado.»

—¿A qué se refiere? —murmuró, aunque no sabía si se lo preguntaba a la condesa o al campo de amapolas.

—Provengo de una larga familia de carniceros —dijo—. No nací entre la nobleza, pese a mi asombroso linaje. Mi padre era carnicero, y mi madre, una hermosa ramera francesa. Las descendientes de la Reina de los Duendes se han dedicado a toda clase de oficios. Además de las novias de *Der Erlkönig*, también fueron hojalateras y sastres, carniceras y panaderas. Pero Snovin —hizo una pausa, y olió una vez más esa flor sin aroma alguno— era el lugar al que siempre regresaban.

—¿Por qué? —quiso saber Josef.

—¿Sabías que la heredera de la Reina de los Duendes siempre es una desconocida? —replicó, y se echó a reír—. Forasteras, plebeyas, vasallas humildes. Y, sin embargo, todas sentimos la imperiosa necesidad de venir aquí, porque este lugar está empapado de sangre inocente. Y, al fin y al cabo, toda Reina de los Duendes fue, en otra vida, carnicera.

«Huye, joven sin nombre, huye.»

—Amapolas imposibles —dijo la condesa—. Florecen a finales de invierno. Este lugar rebosa magia. Las leyendas cuentan que la flor es lo único que queda de las almas de los robados.

—¿Robados por quién? —preguntó; el miedo había empezado a apoderarse de él, y sentía todos los músculos entumecidos. Tal vez por el miedo, o por el frío.

—Por la Caza Salvaje —aclaró la condesa. En mitad de esa negrura tan opaca, su mirada resplandecía—. Los atacados por los duendes están muertos, pero los marcados por los duendes están atrapados.

Él bajó la mirada; las amapolas que estaban esparcidas alrededor de sus botas parecían gotas de sangre.

—¿Nos protegen? ¿Nos protegen de la Caza Salvaje?

287

—A la horda profana no le satisface nada de este mundo, salvo un sacrificio —explicó la condesa—. Es una alianza ancestral que cumplimos a rajatabla. Una vida por una vida. Nuestras vidas.

Josef arrugó el ceño.

—¿Un sacrificio?

Sin embargo, la condesa se tomó su tiempo para responder. Se arrodilló y arrancó otra amapola de aquel campo infinito. Se marchitó de inmediato entre sus dedos. Primero se volvió púrpura, y después, negra. Se puso en pie y se colocó la flor muerta tras la oreja.

—Los regalos de *Der Erlkönig* no deben tomarse a la ligera. Pero, al final, los frutos deben recogerse, como toda recompensa.

No hubo respuesta, tan solo el gemido del viento entre los árboles.

—Ve a dormir, Josef —dijo la condesa con tono amable—. Ya no queda mucho para la llegada de la primavera.

Él se giró y obedeció sin rechistar. Caminó hacia la Casa Snovin con paso mecánico, como si hubiera entrado en un estado de trance. La oscuridad se volvió más intensa y penetrante. Y, de repente, el cielo que se extendía más allá de las montañas fue cambiando de color. Pasó por varias tonalidades de lila: violeta oscuro, lavanda claro. Las sombras fueron retirándose hasta desaparecer. Josef se metió en la cama y, una a una, las estrellas se apagaron, como luciérnagas en verano. Las siluetas de la finca, hasta entonces borrosas y desfiguradas, tomaron una forma y una textura más reconocibles, y los detalles por fin se hicieron visibles. El mundo tranquilo y armonioso empezaba a desperezarse para recibir un nuevo día. Y cuando el primer rayo del amanecer iluminó los pies de su cama, Josef recordó que la cosecha se hacía en invierno, y la siembra, en primavera. En aquel lugar tan extraño e imprevisible, todo parecía estar del revés. Le pesaban los párpados y estaba a punto de quedarse dormido. Y en ese instante le asaltó una duda, ¿en qué momento los murmullos por fin habían enmudecido?

*L*a gente decía que había espectros de lobos merodeando por los bosques.

Empezaron a divulgarse todo tipo de historias; un leñador aseguraba haber visto uno justo al amanecer, y un cazador presumía de haberse enfrentado a uno y haber sobrevivido. Pasteles recién salidos del horno que desaparecían de los alféizares de las ventanas en cuanto los dejaban ahí para que se enfriaran. Sacos de cereales que se esfumaban de los almacenes de las tiendas. Los lamentos del ganado rompiendo el silencio nocturno. Sin embargo, no parecían ponerse de acuerdo en el aspecto de los espectros. Había quienes decían que eran fantasmas de niños y había quienes insistían en que, en realidad, eran lobeznos que andaban apoyándose únicamente en las patas traseras. Pero había otros, los ancianos de las aldeas, que habían vivido muchos inviernos, que hablaban de kobolds y trasgos, de malhechores y ladrones. Dedos enjutos y ojos negros, esos eran los sospechosos habituales.

Duendes.

Los relatos siempre eran distintos, pero había un pequeño detalle que todos incluían: el rastro de amapolas rojas que esos espectros dejaban a su paso.

«Imposible», sentenciaron los filósofos. «Desafía el orden natural.» Pero lo imposible era no reconocer lo evidente.

Empezó en los corrales y los establos que los granjeros tenían a las afueras de la aldea. Puertas entreabiertas, huellas en el barro y en el estiércol, balidos y mugidos asustados, la silueta de unos cuerpos entre el heno. El primer granjero que reconoció haber visto los espectros se había levantado antes del amanecer para ordeñar a su vaca. Vio dos sombras que se escurrían por el establo. Temía que fuesen un par de ladrones, así que echó a correr tras ellos, pero se desvanecieron junto con la luz de las estrellas. No dejaron ningún rastro que demostrara que habían estado ahí, tan solo un puñado de amapolas rojas esparcidas entre los arbustos.

En todas las granjas, en todas las aldeas, empezaron a florecer amapolas. Brotaban en los lugares más insólitos, más sorprendentes. En un pajar, entre los adoquines, enroscadas alrededor de los gabletes de las casas. Cada vez que florecía una amapola, se narraba una nueva historia. Todas hablaban de figuras etéreas que hacían ruido por las noches. Despensas cerradas a cal y canto que amanecían medio vacías, sin los encurtidos y los ahumados que llevaban meses almacenando. Muebles que por la mañana aparecían recolocados sin ton ni son, y los afectados juraban no haber oído un solo ruido por la noche. Un susurro acechante, el ruido de las ramas de invierno agitándose, frotándose.

A medida que las amapolas empezaron a aparecer en el extremo sur y oeste de la zona, las descripciones de los espectros por fin comenzaron a ser más similares.

«Jóvenes», consensuaron. «Dos chicos fantasma.»

Siempre eran dos, o eso decían las historias. Uno más alto que el otro, uno más negro que la noche y otro más blanco que la nieve. Algunos creían que eran los espíritus de dos críos que sus propios padres habían asesinado y entregado como sacrificio para asegurarse una buena cosecha. Otros, en cambio, sostenían que no eran humanos, sino niños cambiados que habían escapado del reino de las hadas en busca de un hogar.

Los días cada vez eran más largos, y las noches, más cálidas. Con la llegada de la primavera, la floración de amapolas empezó a decaer y apenas se veían esas manchas carmesíes en la zona. Las historias que suscitaban esas flores fueron cambiando, igual que el paisaje. Las aldeas rurales se transformaron en ciudades prósperas.

«No son jóvenes muertos —decían—. Están vivos.»

«Son dos críos, uno mayor que el otro. Huérfanos. Uno con la melena negra como el hollín, otro con los ojos tan pálidos como el agua.» Tenían ese aura afligida y poseída de los afligidos y poseídos. Mostraban un rostro demacrado y cadavérico, con los ojos hundidos. Nadie sabía de dónde provenían, pues hablaban una lengua que ningún vecino era capaz de comprender.

«Llevadlos al monasterio —imploraban—. Los monjes sabrán qué hacer.»

Los hermanos del monasterio eran muchachos instruidos y formados. Eruditos, filósofos, músicos y artistas de todos los rincones del país. Y no se equivocaron. Por lo visto, el maestro del coro sí hablaba su lengua y enseguida comprendió que los dos jóvenes habían emprendido un largo viaje en busca de un lugar seguro. Pero lo que el maestro del coro no sabía era que la lengua que compartía con ese par de críos no era el lenguaje de los hombres, sino el lenguaje de la música.

«Bienvenidos —dijo el maestro del coro—. Descansad y sentíos como en vuestra casa, pues ahora estáis en las manos de Dios. La mano de la Providencia os ha guiado hasta nuestra puerta.»

El *vlček* había seguido los caminos de los lobos para llegar al monasterio; sin embargo, lo que realmente le había ayudado a encontrar la abadía había sido el sonido de los cánticos de los servicios del domingo. El niño-lobo no tenía palabras para describir una melodía, una armonía o un contrapunto, pero anhelaba aprenderlas. El viaje había sido muy largo y, en los momentos de descanso, durante esos instantes de duermevela, Mahieu había oído al *vlček* tarareando canciones de cuna. Fue la única vez que oyó a su compañero utilizar las cuerdas vocales, así que Mahieu el fiel decidió entonces que allí aprendería a tocar música, para poder hablar con su amigo.

Cuando el maestro del coro les preguntó sus nombres, solo uno contestó.

—Me llamo Mahieu —dijo el mayor.

291

El monje echó un vistazo al niño. «¿Y él, cómo se llama?»

El *vlček* no articuló palabra, tan solo se limitó a mirar fijamente al maestro del coro con esos ojos penetrantes, inquietantes y de distinto color.

—Él..., él todavía no me lo ha dicho —murmuró Mahieu.

El *vlček* suavizó la mirada y esbozó una tímida sonrisa. «¿Sabe hablar?»

Los críos intercambiaron una mirada.

—Sí —respondió Mahieu—. Habla la lengua de los árboles, de los pájaros y de las bestias salvajes.

«Pero ¿no habla la lengua de los hombres?»

Mahieu no contestó.

«Entonces le llamaremos Sebastian —decidió el maestro del coro—. En honor de nuestro santo patrón, y al hombre que curó la mudez de Zoe de Roma. Tal vez ocurra el mismo milagro con él.»

El *vlček* le mostró los dientes.

292 Esa noche, cuando el monje acompañó a los niños a su nueva habitación, Mahieu aprovechó la oscuridad que reinaba en el cuarto para susurrarle algo al niño-lobo.

—Habla, amigo —le rogó—. Sé que comprendes mis palabras y te he oído usar tu voz. ¿Por qué te empeñas en seguir callado?

El *vlček* tardó un buen rato en contestar; apretó los labios y movió la lengua, como si en su boca se estuvieran acumulando un sinfín de sonidos y sílabas y notas y nombres.

—No me llamo Sebastian. Y hasta que no me llamen por mi nombre y me consideren un hogar, no pienso responder.

Mahieu hizo una pausa.

—¿Y cómo te llamas?

El silencio que prosiguió a esa pregunta estaba cargado de dolor.

—No tengo nombre.

—¿Entonces cómo van a considerarte su hogar?

El niño se quedó pensativo.

—Nadie me ha dado un hogar.

—Los caminos de los lobos te han conducido hasta aquí —dijo Mahieu—. Si el monasterio no es tu hogar y Sebastian no es tu nombre, ¿qué lo es?

—Los caminos de los lobos —murmuró el *vlček*—. Mi hogar y mi nombre yacen al final de esos caminos. Pero este no es el final.

Mahieu estaba desconcertado.

—¿Qué es el final?

El niño-lobo tardó tantísimo en contestar que Mahieu llegó a creer que se había quedado dormido. Pero, de repente, con un hilo de voz, el *vlček* respondió:

—No lo sé. No lo sé.

293

Niño cambiado

—¿*T*odavía no ha recibido noticias de mi hermana? —le pregunté al conde a la mañana siguiente, mientras desayunábamos.

Tomó un sorbo de su café y se atragantó. Se puso a toser como un loco y su cara se transformó en una bola roja que parecía que en cualquier momento fuese a explotar.

—Está ardiendo —comentó casi sin aliento, y dejó la taza en el platillo—. Me ha quemado la lengua.

Esperé a que se le pasara el ataque de tos.

—Le envié a Käthe un mensaje en cuanto llegamos, y me preguntaba si había respondido.

El conde removió el café con una cucharilla, aunque él solía tomárselo solo, sin leche, ni azúcar.

—No que yo sepa, querida.

No se atrevía a mirarme a los ojos. A diferencia de la condesa, su marido era incapaz de mentir, de ponerse una máscara inexpresiva y engañarme. Su mirada, su expresión, siempre lo delataban. Tenía un semblante mucho más sincero y honesto. A pesar de sus miradas esquivas, me daba la impresión de que podía confiar más en él que en su esposa.

Sobre todo después de que ella admitiera que había robado mi correspondencia.

—¿Cada cuánto pasa el cartero por aquí? —pregunté—. Tal vez haya algún modo de que pueda ir hasta Nuevo Snovin para comprobar si se ha recibido alguna carta de Viena.

El conde siguió removiendo el café.

—Se lo preguntaré a mi esposa.

Lo observé con detenimiento.

—Es el señor de este palacete, ilustrísimo —dije—. Estoy segura de que no necesita su permiso.

Él se echó a reír, pero las carcajadas no sonaron en absoluto alegres, sino nerviosas.

—Ya lo descubrirás cuando te cases, *Fräulein*, pero en un matrimonio el marido tiene mucho menos poder de decisión del que imaginas.

—¿Hay algún inconveniente en que escriba a mi hermana? —pregunté.

—No, no, por supuesto que no —se apresuró a decir, y tomó otro sorbo de café—. Ah, quizá tenga que echarle un chorrito de leche. —El conde se levantó y se acercó al aparador de cristal.

Entrecerré los ojos. Había algo ahí que no encajaba.

—¿Hay algún motivo por el que no quieren que le escriba?

La jarrita para la leche era metálica y, de repente, se oyó un chasquido. El conde había derramado la leche y ahora había gotas blancas por todas partes.

—¡Cáspita!

Me puse de pie de un brinco.

—¿Estás bien, ilustrísimo?

Esa inquietud, esa ansiedad tan evidente me resultó sospechosa, así que seguí el rastro como si fuese un sabueso. Estaba agotada; apenas había pegado ojo en toda la noche y me dolía todo el cuerpo. No podía pensar con claridad porque todas las ideas se revolvían en mi mente con demasiada lentitud. Desde que había puesto un pie en Snovin no había dejado de descubrir secretos; secretos asombrosos que me habían provocado angustia y congoja. Y hasta que las distracciones no habían desaparecido, no había empezado a hacer preguntas.

Si yo era el puente entre ambos reinos..., ¿qué era Josef?

—Sí, sí, estoy bien —dijo, y me hizo señas para que volviera a mi asiento—. Avisaré a Nina para que se encargue de este desastre.

Recordé el mundo al revés que había contemplado en las aguas del lago Lorelei. En nuestra apresurada y delirante huida de la ciudad, los Procházka nos habían asegurado que sus amigos y socios se encargarían de cuidar a Käthe y François, pero lo cierto era que no habían dado más detalles, y yo tampoco había preguntado. En realidad, había hecho muy pocas preguntas desde que había llegado a Snovin, y había recibido aún menos respuestas. Su interés por mí resultaba claro y evidente (al fin y al cabo, era la Reina de los Duendes), pero su preocupación por mi hermano y la indiferencia hacia mi hermana y nuestro amigo no eran tan claros y evidentes.

¿Por qué Josef? ¿Por qué no Käthe y François? ¿Cuestión de azar? ¿De mala suerte? ¿Porque dio la casualidad de que mi hermano estaba a mi lado la noche en que los Procházka nos drogaron y nos raptaron? Se mostraban amables con nosotros, e intuía que esa amabilidad era genuina, y no un acto de hipocresía. Pero que no mencionaran a Käthe y François, que no nos prometieran que estaban sanos y salvos, me resultaba extraño. ¿Dónde estaban? ¿Por qué tenía la sensación de que el conde y la condesa estaban haciendo todo lo que estaba en su mano para disuadirme de ponerme en contacto con ellos?

—No hace falta que avise a Nina —dije. Cogí una servilleta y limpié la leche que el conde había desparramado—. Ni a Käthe, supongo.

Él arrugó la frente.

—¿Disculpa?

Dejé la servilleta sobre el aparador y miré al conde de frente, a los ojos. Era la primera vez que nos mirábamos de una forma tan directa. Y en ese breve instante, en las profundidades de esos ojos centelleantes, advertí miedo y turbación. Reconocí esa mirada asustada e inquieta; era la misma mirada que tenía un conejo antes de ser devorado por un halcón. Pero ¿quién era el halcón? ¿Yo, o su mujer?

—Ilustrísimo —dije en voz baja—. Cuénteme qué está ocurriendo. Conmigo. Con la Caza. Con mi hermano. Con mi hermana.

Tragó saliva. Se sentía entre la espada y la pared, así que empezó a mirar a su alrededor, buscando una salida, una vía de escape. Pensé en el tipo que había conocido en el laberinto de su mansión en Viena, ese hombre risueño y regordete que llevaba la máscara de la muerte sobre la cabeza. Ni siquiera en ese momento tan siniestro había tenido miedo de él; era demasiado jovial, demasiado alegre, demasiado frívolo como para representar una amenaza. Era como una tormenta de verano, un huracán de bravatas y carcajadas, pero su esposa era como un rayo eléctrico, hermosa pero mortal. Ella sí me asustaba.

—No…, no puedo —murmuró al fin.

—¿No puede? ¿O no debe?

El conde negó con la cabeza.

—Las dos cosas.

—¿Por qué?

Desvió la mirada hacia el pasillo, hacia la escalera que conducía a los aposentos de la segunda planta. Por lo visto, el halcón era la condesa, y no yo.

—Porque —susurró— este no es mi lugar.

Ese comentario me sacó de mis casillas.

—Snovin es suyo. El lago Lorelei es suyo. Este legado tan asombroso es tan suyo como de su esposa. Sea valiente y reclame lo que le pertenece.

Volvió a negar con la cabeza.

—Tú no lo entiendes —dijo con voz temblorosa—. No me atrevo a pasar por encima de ella.

Pensé en los gestos tiernos y cariñosos que se dedicaban los Procházka, en las bromas afectuosas que se gastaban y en el trato familiar y cómplice que mostraban entre sí. El orgullo con el que el conde contemplaba a su esposa, el rubor en las mejillas que lucía ella siempre que su marido le halagaba. Ese pavor me parecía extraño, inexplicable.

Y entonces recordé su reticencia a hablar de los senderos de sombra de los espejos y la brújula que me había prestado, pese a las reservas de la condesa. Y, de repente, caí en la cuenta de que no solo me había entregado su único talismán para protegerse de la Caza Salvaje, sino una medida de independencia de su mujer. Si tenía esa brújula, ya no tenía que preocuparme de la horda profana, pese a no contar con la protección de la condesa.

«Mi estirpe goza de una protección ancestral por lo que mi antepasado hizo cuando logró escapar.»

—Su ilustrísima —dije en voz baja—, solo respóndame a una cosa, se lo ruego. ¿Qué hizo la primera Reina de los Duendes para escapar de las viejas normas sana y salva?

«Sana y salva y libre. Eso no existe. No con las viejas normas.»

—No soy yo quien debe contar la historia —musitó el conde.

—¿Y por qué su esposa se niega a contármela?

Tardó un buen rato en contestar.

—¿Es que todavía no te has enterado? —replicó con una carcajada cargada de amargura—. Las historias de la Casa Procházka son incendiarias.

El conde se había negado en rotundo a revelarme nada más.

Y ese rechazo absoluto a contarme la verdad me hizo sentir impotente. Pero, sobre todo, estaba enfadada conmigo misma. Me había comportado como una incauta. Sí, ese cobarde y esa embaucadora me habían tratado como si me hubiera caído de un guindo y pudieran manipularme a su antojo. Había tirado el resto del desayuno a la basura y me había dado lo mismo si parecía un gesto grosero o egoísta. Y después había salido del salón hecha un basilisco.

Por un momento, me planteé volver al lago Lorelei, sumergirme en esas aguas turquesas y nadar hacia mi hermana, que me estaría esperando al otro lado del mundo que se veía reflejado en la superficie. Si mis cartas no le llegaban, al menos sí lo haría mi cuerpo. Anhelaba viajar por los senderos de sombra y escapar de esa cárcel llena de buenas intenciones y expectativas inalcanzables. ¿Y si era la última Reina de los Duendes? ¿Y si mi decisión de abandonar el Mundo Subterráneo no había servido de nada? Me sentía igual que antes de convertirme en la novia de *Der Erlkönig*: atrapada, ahogada, asfixiada.

De forma totalmente inconsciente, me perdí entre las entrañas de la Casa Snovin. En un principio, pretendía volver a mis aposentos, esperar a Josef y maquinar juntos nuestra huida de ese valle maldito. Sin embargo, debí de equivocarme en algún pasadizo, en algún giro. Aparecí en una sala que jamás había visto, con un gigantesco reloj de pie colocado en una esquina y una armadura en el otro extremo.

El reloj marcó la hora.

«Gong, gong, gong, gong.» Conté las campanadas. Una, dos, tres, cuatro. Sin embargo, las agujas del reloj no marcaban esa hora. Me acerqué para poder verlo más de cerca. En lugar de números, había una serie de símbolos dibujados: una espada, un escudo, un castillo, una melusina, un delfín, un lobo. Una colección de objetos excéntricos que no parecían tener conexión alguna. Había algo que no cuadraba en aquella disposición de figuras; hasta que no las conté no me percaté de que había trece, en lugar de las doce habituales.

Se me erizó el vello de la nuca.

Cuando por fin el eco de las campanadas dejó de retumbar en aquella habitación, oí un chasquido errático. No era la segunda aguja, que marcara los segundos; además, el ruido venía de la otra punta de la sala.

Me giré.

Detrás de mí, la armadura estaba levantando un brazo.

Se me aceleró el pulso. No podía creer lo que estaba viendo. El artefacto se movía solo. No era una marioneta que alguien estuviera manipulando a su antojo. Nadie estaba animando ese objeto, salvo su propia inteligencia inanimada. «Obra de los duendes —pensé—, impregnada con la magia del Mundo Subterráneo.» Cerró el puño y extendió el dedo índice. Estaba señalándome una dirección. El pasillo.

Me dirigí hacia allí y llegué a unos portones que jamás había visto. Eran altísimos, pues iban del suelo hasta el techo, y estaban tallados con criaturas grotescas, sátiros con miradas lascivas, ninfas chillando y bestias gruñendo. Era evidente que en otra época esas puertas habían sido brillantes, pero la pintura dorada se había desconchado y deslucido con el paso de los siglos, dejando tan solo el hierro oxidado debajo. Miré por encima del hombro a la armadura, que seguía señalando en esa dirección. Asintió una, dos veces. Oí el chirrido del metal y empujé los portones.

Una luminosidad blanca me cegó los ojos. Poco a poco, el mundo fue recuperando su color habitual; fue entonces cuando me di cuenta de que estaba en un salón de baile.

Y rodeada de espejos.

Atrapaban la luz del sol de la mañana y reflejaban y refractaban los rayos con tanta intensidad que incluso resultaba incómodo. Me sentía dentro de un prisma, donde no había ninguna sombra, donde incluso las baldosas que cubrían el suelo, rotas y agrietadas, estaban pulidas para que brillaran con luz propia. Hacía varios años que el bosque había empezado a abrirse camino entre las ranuras y recovecos del salón. Las raíces se asomaban entre las grietas de las baldosas, reptaban por las paredes y se arrastraban por los marcos de las dos puertas que había. Una parecía conducir a la oscuridad, y otra, a la luz.

Las puertas de la oscuridad se cerraron de golpe.

Di un respingo, pero la brisa que se colaba por los cristales rotos de las ventanas me acarició el pelo, como si se tratase de un hada enviada a calmarme los nervios. No distinguí una gota de magia mezquina o malintencionada, aunque el salón de baile estaba construido sobre un lugar asombroso y desconocido. Un centenar de Liesl me observaban desde los espejos. Nos mirábamos asombradas, con los ojos como platos. Teníamos un aspecto demacrado, cansado.

Espejos. Todas las superficies reflectantes de la casa se habían tapado, incluida piedra, cobre y latón pulido. Me extrañó que los Procházka no se hubieran molestado en cubrir todos esos espejos, aunque tal vez eso suponía demasiado esfuerzo para ellos. El salón de baile no era mucho más grande que el de su *Stadthause* en Viena. Sin embargo, al haber tantos espejos por todos lados, daba la impresión de que fuese un espacio inmenso.

Exploré los paneles y, con sumo cuidado, acaricié algún marco de plata. Descubrí que había dos paredes que podía deslizar, como si fuesen dos biombos. Para mi sorpresa, encontré un despliegue de instrumentos viejos y llenos de polvo, además de varias sillas y atriles. Era la galería de una orquesta. Una construcción realmente astuta e inteligente; los músicos podían colocarse allí y permanecer escondidos mientras tocaban para los invitados, cediendo así todo el espacio para el baile. Pasé los dedos por el violoncelo y una antigua viola. Las cuerdas se habían podrido hacía décadas y estaban cubiertas por una capa de polvo tan gruesa y blanca como la nieve. En un rincón había un antiguo virginal, con el teclado invertido y la tapa cerrada. El banco seguía en pie. El interior también estaba muy deteriorado, pero no pude resistirme y toqué algunas teclas. Se me encogió el corazón al pensar en el clavicordio que había dejado en Viena.

301

Las notas sonaron afinadas.

Aparté la mano enseguida y, por el rabillo del ojo, vi que la miríada de reflejos imitaba el gesto. Pero algo más se revolvió en los límites de mi visión, una milésima más tarde que el resto. Eché un vistazo a mi alrededor. Tal vez fuera una rata o cualquier otra alimaña que correteaba por el salón... De repente, me encontré frente a un par de ojos azules.

«¿Liesl?»

—¿Käthe? —pregunté, conteniendo el aliento.

Ambas salimos disparadas hacia la imagen de la otra, con los brazos extendidos, como si pudiéramos abrazarnos a través del cristal. A mis espaldas, un centenar de Liesl se quedaron rezagadas. Todas corrían hacia mi hermana, que estaba en un sendero de sombras.

«¡Liesl! —exclamó en un lamento mudo—. Liesl, ¿dónde estás?»

—Estoy aquí, estoy aquí —respondí, y distinguí el inconfundible sabor salado de mis lágrimas.

«¿Dónde es aquí?», preguntó ella, entornando los ojos, como si tratara de contemplar mi mundo a través del espejo.

—En Snovin —aclaré—. En la Casa Snovin.

«¿En casa de los Procházka?»

—¡Sí! Estoy aquí, y estoy a salvo. Estoy bien. ¿Dónde estás?

«¡Sal de ahí! —rogó Käthe con una mirada de horror—. ¡Debes irte ahora mismo!»

—¿Cómo? —pregunté—. ¿Recibiste mi carta? ¿Crees que puedes enviar ayuda?

«Oh, Liesl —se lamentó—. Llevamos semanas intentando comunicarnos con vosotros. La noche del baile de máscaras hallaron dos cuerpos sin vida entre los jardines. Los cadáveres tenían un corte plateado en la garganta y los labios azules y cubiertos de escarcha.»

—Atacados por los duendes —susurré.

«Sí —dijo Käthe—. Zarza fue nuestra salvación. Nos encontró y nos llevó con los fieles para protegernos.»

—¿Los «fieles»? ¿Y quién es Zarza, por cierto?

«Los fieles son todos aquellos marcados por el Mundo Subterráneo, como tú y como yo. Aquellos que gozan de la «visión», o aquellos que han escapado de las afiladas garras de las viejas normas. Son los guardianes del conocimiento, y una familia unida por la fe, no por la sangre. Oh, Liesl, debes marcharte de ahí ahora mismo. ¡Corres un gran peligro!»

Noté un nudo en la garganta.

—¿Los fieles? ¿Las criaturas de *Der Erlkönig*?

El reflejo de mi hermana sacudió la cabeza.

«Los Procházka se consideran criaturas de *Der Erlkönig*, pero no forman parte de la comunidad de los fieles. Los fieles nos vigilan y nos protegen, pero los Procházka son peligrosos.»

—¿Peligrosos? ¿A qué te refieres?

«¿Recuerdas las historias de la joven que habían toma-

302

do bajo su protección? La doncella desapareció y después hallaron el cadáver de un muchacho en los sótanos de su casa de campo.»

Noté un escalofrío que me heló hasta los huesos. Estaba muerta de miedo.

—Sí. Rumores…

«¡No son rumores! —gritó Käthe, pero su boca no emitió sonido alguno—. Nadie sabe qué hacen en las remotas y aisladas montañas de Bohemia, pero no debes fiarte de ellos, Liesl. Esa doncella y ese muchacho no fueron los primeros. Se llamaba Adelaide, y era una de los fieles.

Adelaide. La presunta hija de los Procházka. Tenía los dedos adormecidos.

«Zarza me ha enseñado los senderos de sombra —continuó—. Pero ellos lo saben, Liesl. Saben cubrir los espejos, ocultar sus rostros del mundo invisible. Para escapar de la Caza Salvaje y contentar a las viejas normas tuvieron que hacer un horrible sacrificio.»

—¿Qué? —grité—. ¿Qué hicieron?

«Utilizaron sangre de los fieles para sellar la barrera entre ambos mundos.»

—¿Y cómo lo sabes? —pregunté, confusa—. ¿Quién te lo ha dicho?

«Zarza —respondió—. Un niño cambiado.»

Estaba al borde de un infarto. De hecho, por un momento pensé que mi corazón había dejado de latir.

—¿Un niño cambiado? ¿Estás segura?

Mi hermana estaba desesperada y se tiraba de los pelos.

«¡Da igual si estoy segura o no! ¡Josef y tú debéis salir de ahí! ¡Ya! ¡Eso es lo único que importa ahora!»

—¿Cómo? ¿Y adónde voy? ¿Cómo vas a encontrarme?

«Debes…», empezó, pero algo la interrumpió.

—¿Käthe?

«Oh, no —suspiró, y vi que su rostro palidecía. Estaba muerta de miedo—. Ahí viene.»

—¿Quién?

«No puedo quedarme más tiempo —murmuró Käthe—. *Der Erlkönig* me encontrará. —Su expresión se tornó seria, severa—. Vete de ahí. Intenta llegar a la aldea más cercana y sigue el rastro de amapolas.»

—¿El símbolo de la Casa Procházka?

«No —contestó ella—. Las almas que la Caza ha robado. Las almas de los fieles. Todavía nos protegen, Liesl. Ellos… —Abrió los ojos como platos, presa del pánico—. Debo irme.»

—Käthe —llamé, pero mi hermana ya había desaparecido y, por mucho que mirara, tan solo veía mi propia imagen—. ¡Käthe!

—¿Liesl?

Me di la vuelta. Josef estaba justo detrás de mí y me observaba con semblante confuso.

—¡Sepperl!

—Liesl, ¿con quién estabas hablando? —preguntó.

No pude evitar fijarme en la funda de su violín. En otros tiempos, le habría tomado por un violinista que acudía al salón de baile a tocar junto con el resto de la orquesta, en la galería.

—¿No has visto…? ¿Has visto…?

Pero fui incapaz de terminar la frase. Por supuesto que no. Incluso yo empezaba a dudar de lo que había ocurrido. Me costaba creer que acabara de mantener una conversación cara a cara, o casi, con mi hermana. Y más teniendo en cuenta que todo había sucedido en un salón repleto de espejos. Miré a mi alrededor y advertí un sinfín de reflejos de Josef y míos. En su rostro distinguí escepticismo y una profunda preocupación; en el mío, miedo e inquietud. Parecía una lunática salida de un manicomio. Tenía el pelo despeinado y alborotado, una mirada salvaje y unos pómulos demasiado afilados, demasiado puntiagudos. Solté una carcajada, una carcajada que sonó demente.

—Quizá deberías sentarte y tranquilizarte —comentó Josef.

Dejó el violín en el suelo y arrastró una silla desde la galería de músicos. Me ayudó a acomodarme en ella. Me tocaba con cierta cautela e inseguridad, como si estuviese manejando una bomba a punto de explotar.

—¡Sepperl! —exclamé con voz temblorosa—. ¿Me estoy volviendo loca?

Él ladeó la cabeza, me acarició el pelo y me apartó los mechones rebeldes de los ojos con esas manos recubiertas de callos.

—¿Y qué importa eso?

Me eché a reír de nuevo, aunque las risas sonaron más bien como sollozos.

—No lo sé. Si te contara lo que acaba de pasarme, no me creerías.

Josef se había quedado inmóvil.

—Ponme a prueba —desafió en voz baja, y fue a buscar otra silla para él.

Y eso hice. Le hablé del lago Lorelei, de los senderos de sombra, de los espejos tapados. Le conté que había pasado un año entero en el Mundo Subterráneo, pues el Rey de los Duendes me había elegido como su futura esposa. Le abrí mi corazón y le revelé el calvario y la agonía que había supuesto para mí enamorarme de él a sabiendas de que nuestro amor no duraría para siempre. Le expliqué que, poco a poco, había ido perdiendo mis sentidos, olvidando las maravillas y las bondades del mundo terrenal. También mencioné la *Sonata de noche de bodas* y le desvelé por qué no había sido capaz de terminarla; porque mi decisión de escapar del Mundo Subterráneo, tremendamente egoísta, había condenado y corrompido a mi joven austero e inocente y al mundo exterior, ahora devastado y arrasado por la Caza Salvaje. Hablé y hablé y hablé, hasta que se me agrietaron los labios, hasta que se me secó la garganta, hasta que me hube desahogado.

Mi hermano no respondió de inmediato. Tras mi extenso e increíble relato, se hizo un silencio en aquella sala de espejos. Mi hermano se levantó y empezó a caminar de un lado a otro. Su expresión transmitía calma y serenidad, pero sus pasos eran los de alguien nervioso, furioso.

—Sepp...

—¿Por qué no me lo contaste antes? —interrumpió.

—No sabía cómo... —empezó, pero él volvió a interrumpirme.

305

—Y una mierda —espetó. Me quedé helada. Jamás le había oído soltar una palabrota como esa; de hecho, la palabra sonó mucho más sucia y obscena—. Se lo contaste a Käthe.

«No todo —quería decir—. No se lo conté todo.» Pero sí le había contado una parte de la verdad, que ya era mucho más de lo que le había contado a Josef hasta el momento.

—¿Por qué? —exigió saber—. ¿Por qué, de entre tanta gente, se lo contaste justamente a ella?

—Porque ella también estuvo allí —repliqué con cierta brusquedad. El comentario me había dolido—. Porque ella también lo vio.

—No estoy hablando del Mundo Subterráneo —dijo él—. Sino de «él».

Él. El Rey de los Duendes. La vehemencia de su tono de voz me cogió desprevenida. El Rey de los Duendes había marcado el inicio y el fin de mis días en el Mundo Subterráneo, y también era la parte más mágica y menos mágica de la experiencia. Comparado con el lago resplandeciente, los cantos de las loreleis, la manipulación del tiempo y el espacio, las luces de hada y las cavernas y salones, nuestro amor parecía casi mundano. No habíamos tenido grandes gestos románticos, no nos habíamos declarado y prometido amor eterno, no habíamos tenido que luchar contra adversidades por nuestro amor. Tan solo nos habíamos roto en mil pedazos para después tratar de juntarlos. No era una historia de amor típica y clásica, la clase de historia que podría despertar el interés de mi hermano.

—¿A qué te refieres, Sepp?

—Me refiero a «él» —repitió, haciendo hincapié en la palabra—. Y a ti —añadió, y me señaló con el arco del violín, que quedó suspendido sobre mi pecho, como si fuese una espada—. Siempre decías que era el jardinero de tu corazón —añadió en voz baja—, pero decidiste marcharte y cultivar tus flores sin mí.

Y fue entonces cuando caí en la cuenta de que no estaba dolido porque no le hubiera hablado del tiempo que había pasado en el Mundo Subterráneo, sino porque no había querido compartir con él mis sensaciones e impresiones como Reina de los Duendes. Desde que éramos un par de críos, siempre habíamos desnudado nuestra alma frente al otro, habíamos expresado nuestros pensamientos más profundos y emociones más oscuras, a veces incluso sin la necesidad de utilizar el lenguaje humano. Mi hermana había sido mi confidente en palabras y acciones, pero mi hermano siempre había sido el guardián de mis secretos.

—Oh —dije. No sabía qué más decir—. Lo siento, Sepperl.

Él sacudió la cabeza.

—¿Por qué no confiaste en mí? —preguntó, y en su voz me pareció oír al niño que creía haber perdido.

«Te devuelvo tu corazón.» Se me humedecieron los ojos.

—No lo sé.

Pero, en realidad, sí lo sabía. Ya no era la única persona que ocupaba mi corazón. Josef y el Rey de los Duendes eran los dueños de mi alma, de mi corazón, junto con Käthe, François, Constanze y mamá. Mi capacidad de amar no había menguado, sino más bien todo lo contrario; había ido creciendo a medida que incluía más personas. Con la edad y el paso del tiempo, el amor incondicional e infinito que había sentido durante mi infancia se había vuelto más definido, más claro. Había partes de mí que deseaba compartir con mi hermana, y otras que reservaba para mi hermano. Y después todavía quedaban partes a las que solo podía acceder mi joven austero e inocente.

La mirada de Josef era severa. Acusatoria.

—Pues yo creo que sí lo sabes.

Me conocía demasiado bien.

—¿Qué es lo que quieres oír, Sepperl? —pregunté. Aquel último comentario me había molestado sobremanera—. ¿Un «lo siento»? Ya te pedí disculpas.

—Pero ¿por qué me pediste disculpas? —replicó. Bajó el brazo y el arco del violín quedó colgando junto a su cuerpo—. No me explicaste el motivo. Y por eso te sientes tan culpable. Porque me estás ocultando algo, Liesl. Y eso no me gusta nada. Tú y yo nunca hemos tenido secretos.

—¿Estás seguro de lo que estás diciendo? —dije, y clavé la mirada en sus muñecas. Enseguida cerró los puños y empezó a sacudir los brazos, como si quisiese bajarse las mangas de la camisa y así cubrirse las muñecas—. Dime, Sepp, ¿siempre has sido sincero conmigo?

Se puso tenso.

—No quiero hablar del tema.

Me puse en pie.

—¡Entonces tampoco tienes derecho a interrogarme de esa manera!

—¡Está bien! —explotó—. ¡Está bien! ¿Qué quieres saber, Liesl? ¿Que el maestro Antonius me pegaba? ¿Que me daba palizas? ¿Que me humillaba día y noche? ¿Que transformó mi nostalgia por mi hogar, por el Bosquecillo de los Duendes, en una indulgencia bochornosa e infantil? No podía hablar con nadie, Liesl. Con nadie. Tenía a François para protegerme, pero él no me entendía. No podía entenderme. Cuánto más me alejaba de casa, más perdido me sentía. Llegué a sentirme como un bicho raro, como una criatura de otro mundo. Me convertí en un joven farsante, en un hombre desalmado, en un impostor. Y solo cuando tocaba tu música sentía una especie de conexión con…, con la vida.

«Si nos alejamos del Mundo Subterráneo, nos marchitamos, nos desvanecemos.»

Me quedé pálida. Y Josef se dio cuenta de ello.

—¿Qué? —preguntó—. ¿Qué ocurre, Liesl?

¿Le tranquilizaría saber la verdad, saber quién era en realidad? ¿O tan solo serviría para que el abismo que nos separaba fuese todavía más infranqueable? ¿Me odiaría por no habérselo contado antes? Si Josef estaba resentido conmigo por no haberle comentado nada de mi relación con el Rey de los Duendes, ¿hasta qué punto me odiaría y despreciaría por no haberle desvelado su propia historia?

—¿Qué pasa? —insistió—. ¿Qué sabes?

—Es porque… —susurré; estaba al borde de un colapso cardiaco—. Es porque eres un niño cambiado.

Su rostro perdió todo rastro de color. Esperaba que dijera algo, que hiciera algo, cualquier cosa que no fuese quedarse ahí parado. Pero se quedó inmóvil y en silencio, como si fuese una estatua, como si un espíritu mudo lo hubiera poseído. Me reprendí por haber pensado eso.

—¿Sepp? —musité—. Dime algo, Sepp.

—Cómo te atreves.

Mi hermano no parecía él, sino otro. Y, por primera vez en la vida, sentí que no lo conocía.

—Sepp, yo…

—Cállate —ladró. Alzó las manos; en una tenía el violín y en la otra, el arco—. Cállate.

—Lo siento —repetí, pero sabía que no iba a arreglarlo solo con palabras.

—No quiero oírlo.

—Sepp…

—¡Deja de llamarme así!

Josef arrojó el instrumento al suelo y el cuerpo de madera color cereza se hizo astillas al estrellarse contra el mármol. El cuello se partió. Solté un grito, pero un segundo más tarde lanzó el arco.

—Josef, por favor…

—¡No soy él! —chilló—. ¡Josef no es real! ¡Nunca fue real!

Me miraba con una expresión salvaje; las pupilas de sus ojos se dilataron, tragándose aquel mar azul y mostrando una negrura opaca. Eran los ojos de un duende.

—¿Quién soy? —preguntó. Estaba a punto de romper a llorar—. ¿Quién soy?

—Josef, yo…

Pero antes de que pudiera decírselo, de que pudiera tranquilizarlo, de que pudiera reafirmarlo, mi hermano se volvió y desapareció entre la naturaleza salvaje del bosque.

309

Un niño cambiado no tenía nombre, por lo que nadie podía considerarlo su hogar.

Salió escopeteado del salón de baile y se adentró en el corazón del bosque, dejando atrás a su hermana, a su pasado y a su nombre: Josef.

Ese nombre le pertenecía a otro muchacho, a otro hijo, y ya no soportaba que le siguieran llamando así. Sintió un hormigueo en las cicatrices de las muñecas. Habría dado cualquier cosa por poder clavar los dedos entre esas cicatrices y arrancarse la piel a tiras, quitarse el rostro, el cabello y los ojos de un joven que no existía.

Él no existía.

El niño cambiado apareció en mitad de un campo de amapolas. Las flores, de un rojo escarlata, se enroscaban alrededor de sus pies como un gato en busca de afecto y caricias. «Ven con nosotros, chico sin nombre —arrullaban—. Únete a nosotros.» Alzó la mirada y advirtió unos puntos rojos, carmesí y bermellón, como si fuesen gotas de pintura en mitad del lienzo gris y marrón y verde oscuro que exhibía el bosque a finales de invierno. No pudo evitar fijarse en el río de sangre que parecía serpentear por el bosque y se perdía en lo alto de la colina.

«Ven —le rogaban los susurros—. Ven.»

No preguntó dónde ni por qué. La condesa le había dicho que esas flores tan asombrosas eran, en realidad, las almas de los robados, los últimos restos mortales de aquellos que la Caza Salvaje había apresado. Le estaban guiando a su hogar, al Mundo Subterráneo.

El niño cambiado puso un pie sobre el sendero de amapolas y decidió seguirlo.

A sus espaldas oía la voz de su hermana. Estaba gritando su nombre. No, el nombre de su hermano, pero decidió
ignorarla. Josef había desaparecido; en realidad, nunca había existido. Por fin ese vacío infinito que ocupaba el centro de su alma tenía sentido. Durante muchos años, había
creído que algo no funcionaba bien, que esa incapacidad
de amar y apreciar a su entorno era un defecto, una tara.
Se preocupaba por su familia o, mejor dicho, por las personas que había considerado de su propia sangre. Sentía
un gran aprecio por su abuela y sus historias de miedo, un
infinito respeto por su madre y su incansable dedicación a
la posada, un terrible miedo por su padre y sus repentinos
cambios de humor, y un indescriptible cariño y orgullo por
sus hermanas. Tal vez el niño cambiado sentía amor, sobre
todo por Liesl, si es que podía comprender ese sentimiento.

Amor. Pensó en François. De inmediato, sintió una
punzada de culpabilidad en el estómago. El niño cambiado cerró los ojos y visualizó el rostro de su compañero;
una mirada oscura y penetrante, unas pestañas espesas y
curvadas, una piel cálida, unos labios carnosos. Ese rostro
activó una alarma en su interior, una alarma que le incitaba
a mirar y a mirar y a mirar. François era un ser hermoso,
y el niño cambiado lo sabía. Pero lo que le atraía de él no
era su belleza ni sus rasgos exóticos, sino la seguridad que
le transmitía. Siempre había preferido mantenerse en la
oscuridad, agazapado entre sombras. Y el amor de François
era como un ocaso en el que podía esconderse.

Sin embargo, desde que había llegado a Snovin, el recuerdo del rostro de su amado cada vez le resultaba más
borroso y desdibujado. Le costaba recordar la tonalidad
exacta de la piel de François, la esencia de la colonia que
usaba a diario, así como el timbre de su voz. Su recuerdo se estaba desvaneciendo en una nube espesa de niebla.
Su amado. Era la primera palabra que le venía a la mente
cuando pensaba en François, pues no se le ocurría otra palabra que pudiera expresar la ternura con que le había tra-

tado, el deseo de protegerlo, de abrazarlo, de besarlo. Pero el niño cambiado sabía que su amor no podía compararse con el amor que sentía François hacia él, pues no había una pizca de pasión ni una gota de lujuria.

«Te amo», le había confesado al muchacho de tez de ébano.

Y no le había mentido. Esa era la verdad tal y como él la entendía. Estaba jadeando. Escalar las colinas que se alzaban tras la Casa Snovin le estaba resultando fatigoso. Las amapolas no dejaban de susurrarle, de persuadirle, de rogarle, de instarle a que se diera más y más prisa. No sabía el porqué de tal apremio, de tal urgencia. Pero sentía una especie de libertad, una excusa, un motivo para escapar. Al niño cambiado no le importaba hacia dónde iba.

De repente, el camino alcanzó la cima de la colina desde donde podía disfrutar de unas vistas panorámicas preciosas. Las amapolas le habían llevado hasta un saliente rocoso. Bajo sus pies, un lago brillante. El abismo era considerable. Contempló ese lago aguamarina y sintió algo de vértigo, pues le daba la impresión de estar observando el cielo, y no las oscuras profundidades de un lago. El niño cambiado advirtió su reflejo en la superficie; un rostro pálido y de pómulos marcados y afilados le miraba con una sonrisa extraña, una sonrisa formada por dos hileras de dientes puntiagudos.

El niño cambiado se palpó el rostro. Quizás el mero hecho de conocer la verdad, de saber quién era, le había deformado los rasgos. Durante toda su vida, la vida de Josef, había creído que tenía el pelo rubio y los ojos azules. Pero el muchacho que le fulminaba con la mirada desde el lago lucía una melena alborotada y blanca como el algodón; sus ojos eran negros obsidiana. Sin embargo, sí reconocía su rostro: misma nariz, mismas orejas, mismos pómulos, misma barbilla.

—¿Quién eres? —murmuró el niño cambiado.

El reflejo sonrió.

«Soy tú», respondió.

—¿Qué me ocurre?

«Estás perdido», dijo el reflejo.

«Perdido.»

La palabra retumbó en el inmenso vacío que el niño cambiado sentía en su interior.

—¿Y cómo puedo encontrarme?

El joven del lago no le contestó. Alargó el brazo hacia la superficie. Entonces Josef se percató de que estaba haciendo lo mismo.

«Ven conmigo —invitó el reflejo—. Ven con nosotros.»

Josef se lanzó desde la plataforma y empezó a descender hacia el Mundo Subterráneo.

INTERMEZZO

Dentro de ese mundo del revés

Olvido

*T*ardé un instante en reaccionar. Y, después, salí escopeteada tras mi hermano.

—¡Josef! —grité—. ¡Sepp!

Mis chillidos resonaron en los sótanos de la Casa Snovin. Atravesé el salón de baile y corrí a toda prisa por aquel laberinto de pasadizos, tratando de encontrar a mi hermano. Pero no oí ninguna respuesta, tan solo el eco del canto de los pájaros. Josef había desaparecido, se había esfumado de la faz de la Tierra, y no me explicaba cómo había podido correr tan rápido y tan lejos en tan poco tiempo. Intenté encontrar su rastro, pero no distinguí ni una sola huella entre el barro, o entre las malas hierbas, o entre los arbustos. Nada más allá de varios pétalos de amapola aplastados y marchitos, repartidos por el suelo como gotas de sangre reseca.

—¡Sepp! —llamé de nuevo—. ¡Sepp!

—¿*Fräulein*?

Me di la vuelta. Nina estaba justo detrás de mí y me miraba con gesto de preocupación.

—¿Es bien?

Lo último que me apetecía en ese momento era dar explicaciones a una desconocida y fingir calma y serenidad, porque no estaba en absoluto calmada ni serena. Estaba furiosa. Me hervía la sangre y me sentía obligada a mantenerme impertérrita ante ella. ¿Quién iba a darse cuenta? ¿A quién iba a importarle? En el peor de los casos, Nina acudiría al conde y la condesa y se quejaría por lo grosera que había sido, por lo poco sociable de mi comportamiento, por lo errática y maleducada que había sido. Pero, sin embargo, no quería asustarla con mis monstruos, con el torbellino de emociones que amenazaba con tragarme. Y no solo a mí, sino al mundo entero.

—Sí —mentí, y traté de fingir una sonrisa. Noté que las comisuras de los labios me temblequeaban y, sin querer, solté un gruñido—. Todo está bien, gracias, Nina.

El ama de llaves no parecía muy convencida. De hecho, la vi todavía más preocupada.

—¿Es bien? —repitió, y entonces escupió un torrente de palabras en bohemio que no logré comprender, junto con un sinfín de gestos que no fui capaz de descifrar.

—¡Sí! —ladré—. Bien. Estoy bien.

Sentía la presión de mi ira e impotencia detrás de mis ojos. El dolor de cabeza iba a ser memorable. Estaba harta de retener a la bestia salvaje que habitaba en mi interior; me moría de ganas por soltarla, por liberar a los lobos y los sabuesos para que se abalanzaran sobre ella. No sé lo que Nina vio en mi expresión, pero de repente advertí pena en su mirada.

Pena.

Era la última emoción que quería ver en ella. Estaba a punto de estallar.

—Ven —dijo, y me hizo un gesto para que me acercara a ella—. Te mostraré.

—A menos que puedas mostrarme dónde está mi hermano, no me interesa —espeté.

Era incapaz de comprender mis palabras, y mucho menos mi tono de voz.

—Ven —repitió Nina. Su voz sonó firme, como la de una madre, y esta vez no me opuse.

Me condujo de nuevo hasta el salón de baile y, con sumo cuidado, se puso a recoger los pedazos del violín que Josef había arrojado contra el suelo. Una parte de mí, la parte que no estaba sumergida en las profundidades de mis pensamientos, del desprecio y la desesperación, lamentaba la pérdida de ese instrumento tan valioso. Y no solo porque era un hermoso Del Gésu, sino porque había conseguido sobrevivir a pesar de muchos años de excesivo uso y deterioro. Había perdido la cuenta de las veces que papá lo había llevado a *Herr* Kassl para empeñarlo a cambio de unas monedas para poder costearse unas cervezas. El ama de llaves me mostró el cuello partido del violín. Yo negué con la cabeza; dudaba mucho que pudiéramos salvar esa joya de la música.

Nina me lanzó una mirada autoritaria, como si fuese una niña mimada y consentida. Me ofendió que una desconocida me tratara como a una cría petulante. Negué con la cabeza una vez más, pero ella resopló, indignada. Con un tacto propio de un lutier sacó la voluta del cuello.

Las volutas decorativas no eran muy habituales, pero el pináculo de ese violín en particular se había tallado imitando la figura de una mujer. Nina me obligó a coger el pináculo. Lo miré y me percaté de que habían tallado la cara de la mujer con la boca abierta, en un canto perpetuo. Pero si uno la observaba desde otro ángulo daba la impresión de que estuviera gritando de alegría… o de terror. Cada día estaba más convencida de que la línea que separaba esas dos emociones era más fina y afilada que el filo de una navaja.

319

—Gracias —murmuré, aunque lo dije para contentar a Nina, para que por fin me dejara en paz y no porque realmente sintiera gratitud.

—¿Es bien? —repitió por tercera vez.

No, no estaba bien. Y no estaba segura de que algún día pudiera estarlo. El ama de llaves me miró con cierto recelo, cierta desconfianza, como si fuese una pieza de porcelana muy frágil colocada en el borde de una estantería. Forcé otra sonrisa. Esta vez ni siquiera me molesté en tragarme el gruñido que se escapó de mi garganta. Ella pilló la indirecta y se marchó.

Me asomé por las ventanas rotas del salón de baile y contemplé el mundo que se extendía ahí fuera. Debería haber seguido a mi hermano. Debería haber intentado encontrarlo. Debería haberlo buscado hasta quedarme sin voz y sin aliento. Estaba asustada. Por él... y de él. De lo que sería capaz de hacer. De hacerme a mí, pero, sobre todo, de hacerse a sí mismo. Debería haber, debería haber, debería haber.

Pero no había hecho nada.

En lugar de correr tras él, me había quedado atrapada en las arenas movedizas de mi mente, repasando y reviviendo todos y cada uno de los errores que había cometido con Josef. Cada tropiezo, cada paso en falso había traído otro... y otro. Y así había ido trazando una línea hasta nuestra infancia. Debería haberlo protegido de nuestro padre. Debería haberme dado cuenta de que las expectativas que habíamos puesto en él no habían servido más que para abatirlo y destrozarlo. Debería haberlo traído de vuelta a casa, al Bosquecillo de los Duendes, en cuanto comprendí que lo estaba matando.

Debería haberle dicho que era un niño cambiado. Más pronto. Y todo habría salido mejor.

320 No me correspondía a mí guardar el secreto sobre la verdadera naturaleza de Josef, y, sin embargo, lo había hecho. No había querido revelarle la verdad porque..., porque en el fondo de mi corazón sabía que lo perdería. Sabía que me odiaría por no habérselo contado antes. Y cuanto más tiempo tardara en contárselo, más me odiaría por ser tan egoísta. Debía ser sincera y honesta conmigo misma. Había tratado de convencerme de que lo mejor era que no lo supiera, por su propio bien. Pero la cruda realidad era que lo había hecho por «mi» propia tranquilidad.

¿Me preocupaba que quisiera regresar al Mundo Subterráneo? ¿Sabía cómo hacerlo? ¿Y yo? Me abrumó un repentino ataque de ira. Estaba furiosa con el Mundo Subterráneo. Con el Rey de los Duendes. Y con todas las criaturas extrañas, estrafalarias y asombrosas que me habían acosado durante toda mi vida. Si hubiera sido una chica del montón, una chica normal y corriente, nada de eso habría ocurrido. No estaría atrapada en una casa de locos y soñadores sintiendo el aliento de la horda profana en la nuca porque no sería Liesl. No sería quien era.

Quería chillar. Quería golpear algo. Sí, era un arrebato de ira, una pataleta de niña pequeña. Pero deseaba romper alguna cosa, destrozar algo y, sobre todo, gritar. Apreté los puños, frustrada y furibunda. En momentos como ese, siempre acudía a mi clavicordio y desataba todas mis emociones sobre las teclas, produciendo una cacofonía de discordancias. Siempre creaba un ruido desagradable, y esa era la intención, pues quería que el sonido reflejara mi yo más indómito y bárbaro. Y en ese instante, más que nunca, necesitaba eso.

«Tu música tiene el poder de construir un puente entre ambos mundos.»

No lo había vuelto a intentar desde que llegué a la Casa Snovin. Tocar. Componer música. Hasta entonces había creído que mi reticencia hacia la música era, en realidad, un miedo a las represalias, al peligro que mi poder podría suponer al entramado del mundo. Pero quizás esa reticencia no era más que eso, reticencia y falta de ganas. Había anhelado deshacerme de esa parte de mí para siempre. Esa parte que había caminado por el Mundo Subterráneo. Esa parte que se había casado, que se había enamorado del Rey de los Duendes. Estaba tan obsesionada con ser Elisabeth, sola, que ni siquiera me había molestado en pensar qué significaba ser Elisabeth, entera.

Y eso implicaba aceptar mi pasado, y mi futuro incierto. No había querido regodearme en mis penas y miserias para no sentirme tan sola en el mundo, pero había conseguido justo lo contrario. Había tratado de olvidar todos mis recuerdos y sentimientos por el Rey de los Duendes, y por mí misma. Había derramado alguna lágrima, pero no me había permitido lamentarme ni completar el luto de su pérdida. No me había permitido sentir.

«No pienses. Siente.»

Pero ahora había recuperado la decisión y las fuerzas, y, con ellas, el deseo. De expresarme, de llenarme, de vaciarme, de destruirme. Entré en la galería de la orquesta y me senté en el banco, frente al virginal. Las teclas estaban cubiertas de años (tal vez décadas) de polvo, pero el instrumento parecía afinado. Apoyé los dedos sobre el teclado y toqué acordes y frases, además de puntear el mecanismo. Había aparcado la *Sonata de noche de bodas* hacía mucho tiempo. El motivo era sencillo: no sabía cómo terminaba la historia. Y entonces me di cuenta de por qué no tenía ni la más mínima idea de cómo acababa: porque no había querido hurgar en mis emociones, porque todavía no había averiguado qué sentía por la música, por mi Rey de los Duendes. Pero, sobre todo, por mí misma.

La *Sonata de noche de bodas* era un fiel reflejo de mi persona. De la vorágine de sensaciones que circulaba dentro de mí. La rabia, la ira, la impotencia y el miedo formaban el primer movimiento. El anhelo, el cariño, el afecto y la esperanza, el segundo.

El odio, el tercero. El odio y el desprecio que sentía por mí misma.

Sabía qué debía hacer. Iba a tocar. Iba a componer. Iba a abrirme las venas para que mi música brotara y empapara las teclas.

Iba a deslizar el velo entre los mundos.

Debería haber tenido miedo. Debería haber tenido más cuidado. Pero era como una caja de Pandora desesperada y temeraria; una vez abierta, ya nadie podría cerrarla. Me preocupaba todo y nada, y lo único que quería era el olvido. Si la bebida había sido el vicio de papá, entonces el Rey de los Duendes y el Mundo Subterráneo eran los míos.

Esperé unos instantes. Sabía que, en un momento u otro, oiría el llanto espectral de su violín. No tardó mucho en empezar a sonar.

A través del espejo, a través del cristal, a través del velo que dividía los mundos se oía la suave voz de sus cuerdas. Yo lo había llamado, y él había respondido. Noté un nudo en la garganta: de alivio y miedo. Soñaba con oírle, con verle, con tocarle, con sostenerle entre mis brazos para siempre. Y la idea de que pudiera volverlo a hacer me resultaba apabullante y arrolladora. Y el peso de esa idea cayó sobre las yemas de mis dedos, presionando las teclas del virginal.

322

Pero, junto con la esperanza, llegó la incertidumbre. La incertidumbre o el arrepentimiento, ya que el Rey de los Duendes no vino solo, sino acompañado de la embriagadora esencia de pino, hielo y marga que impregnó el aire de todo el salón de baile.

La barrera se fue estrechando y difuminándose hasta desaparecer.

Alcé los ojos del teclado y me topé con miles de Liesl sentadas frente a miles de instrumentos observándome desde los espejos rotos que había en la galería de los músicos.

Todas, salvo una.

—Si tú estás conmigo —murmuré.

Der Erlkönig sonrió.

El joven austero e inocente está justo delante de mí, con el violín en la mano. Una mirada tierna y cariñosa ilumina esos hermosos ojos de dos colores. La nostalgia me abruma y siento que voy a desfallecer. Me tiemblan las manos. Sigo tocando las teclas del virginal, pero no presto ni la más mínima atención a mis notas ni a las melodías que el Rey de los Duendes está tocando para mí.

—Si tú estás conmigo —repito.

Él baja el violín y el arco. La música sigue sonando, un *ostinato* repetitivo de «sí, por favor, sí, por favor, sí, por favor.»

—Si tú estás conmigo —insisto, y me levanto del banco del virginal.

El Rey de los Duendes extiende los dedos y acerca la mano al cristal, que está hecho añicos. Me acerco a su reflejo para unir mi palma con la suya y unas esquirlas plateadas se clavan en mi piel. Agradezco el dolor, ese escozor de remordimiento y anhelo.

Sí, eso es olvido. Eso es el cielo, el paraíso. Eso es el infierno.

Nuestros dedos se entrelazan, como si pudiésemos atravesar el velo y el vacío. Noto su piel fría, seca, pero la emoción es indescriptible. Tiro de él y lo atraigo hacia mí. No se resiste y pasa de ser un mero reflejo a una realidad palpable. Extiendo los brazos y mi joven austero e inocente se acurruca en mi pecho, bañándome en una esencia de verdor, tierra, raíces, piedra. Me parece imposible, pero percibo un suave olor a melocotón. El perfume del Mundo Subterráneo me envuelve y me adentro en un sueño febril. El salón de baile empieza a parpadear. Me da la impresión de que estoy viendo el mundo desde el agua, o desde detrás de una hoguera. Estoy perdida.

—Llévame —susurro—. Llévame.

Los ojos del Rey de los Duendes, uno verde musgo y otro azul grisáceo, se tiñen de un azul pálido, casi blanquecino, y las pupilas se encogen hasta transformarse en un puntito negro. Tuerce la boca en una sonrisa y acerca mucho, muchísimo, sus labios a los míos.

«Tus deseos son órdenes, querida. Tus deseos son órdenes.»

Un aliento, un suspiro, un beso. Y nos fundimos.

324   Siento una sacudida de frío por todo el cuerpo. Una decena de puñales de hielo me atraviesan la piel, los músculos, los huesos. Sus caricias dejan un rastro de escarcha sobre mi piel, y ya no sé si estoy muriendo de calor o de frío. Una oscuridad opaca se arrastra por mis brazos y mis piernas formando espirales negras, y saboreo la amargura dulce y empalagosa del opio, o de la sangre, en la lengua. Nunca me ha dolido tanto, tanto por dentro como por fuera. No debería desearlo. No debería ansiarlo.

Pero lo deseo. Lo ansío.

«*Meine Königin.*»

Me llama su reina. Bebo de sus palabras y dejo que llenen mi vacío interior. Las manos del Rey de los Duendes buscan las costuras de mi vestido, y enseguida noto que deshace los lazos uno a uno y los va arrojando al suelo. Al tocar el suelo, están congelados y se rompen en mil pedazos.

—*Mein Herr* —susurro.

Estoy emocionada y asustada, exultante y temerosa, y las lágrimas ruedan por mis mejillas. Estoy sollozando y temblando, pero el Rey de los Duendes me sostiene entre sus brazos y lo hace con fuerza, como si solo él pudiera evitar que me desmontara, que me rompiera.

—No —murmuro—. Rómpeme. Deja que me desmorone.

Castígame. Destrózame. Déjame que sufra las consecuencias de ser una muchacha miserable, desdichada e innoble. Ya no soy Elisabeth, entera, sino Elisabeth, aniquilada. No percibo ni una gota de ternura en las caricias del Rey de los Duendes, y eso me desgarra por dentro, y por fuera. Me desprecio tanto que estoy dispuesta a poner punto final a mi existencia, a mi recuerdo, así que me aferro a él por última vez. No merezco ser recordada. No merezco ser amada.

Unas manos me rodean la garganta, unas jaulas de huesos que me estrangulan, y él me reclama como suya. Los labios del Rey de los Duendes se estiran en una sonrisa salvaje, y las puntas de los dientes brillan bajo la luz de aquel salón, como los colmillos de un lobo a plena luz del sol. No debería haber huido del Mundo Subterráneo. No debería haber hecho daño a mi hermano. No debería haber condenado al mundo. Sí, por favor, sí. Soy una pecadora, una villana, una desgraciada. No valgo nada. Soy la mujer más despreciable del mundo.

«Elisabeth.»

La voz del Rey de los Duendes ha cambiado. Ahora detecto un apremio desesperado en su voz que me revuelve las entrañas. Me parece oír el latido de mi corazón retumbar en todo mi cuerpo, en mis oídos, en mi garganta, en mis muñecas, en mi pecho, en mis muslos… Es un ritmo persistente y resonante. Marca el tempo de nuestro encuentro, pero siento que él está haciendo una pausa, resistiéndose.

«Elisabeth, por favor.»

Oigo el crujido de varias ramas partiéndose, o huesos rompiéndose, y los dedos de sus manos empiezan a retorcerse. Demasiadas articulaciones en esos dedos, demasiado poco color en sus ojos. Contemplo su mirada con detenimiento. Unos iris azules y blancos, después grises y verdes. Y entonces veo el rostro de un hombre que se asoma del monstruo que tengo entre los brazos.

325

«Elisabeth.»

La vulnerabilidad que percibo en su voz me detiene y me frena, y no el peligro ataviado de negro con mirada de hielo y muerte. Estoy abrazándolos a los dos, a mi joven austero e inocente y al Señor de las Fechorías. Los dos son uno. Y no.

Der Erlkönig sonríe. El Rey de los Duendes llora.

Suelto un grito y lo aparto de un empujón, pero me he quedado enredada entre sus brazos. Mis faldas están hechas jirones alrededor de mis tobillos y tengo que sujetarme el corsé para evitar que caiga al suelo. *Der Erlkönig* escupe una carcajada, un ruido sordo que me explota los tímpanos.

«Te haré mía ahora, Reina de los Duendes. Eres mía.»

«¡Elisabeth!»

Con un esfuerzo sobrehumano, mi joven austero e inocente toma las riendas de la situación y me suelta.

«¡Vete! ¡Corre!»

Da un paso atrás y recula hacia la ventana entre los mundos, hacia el reflejo, hacia el Mundo Subterráneo.

326

—¡*Mein Herr*! —grito, y me abalanzo sobre el espejo roto con todas mis fuerzas.

Mis manos dejan un rastro de sangre en el cristal. A pesar de mis ruegos y súplicas, el Rey de los Duendes no reaparece, no regresa. Mis gritos quedan hechos añicos, como los paneles del salón de baile, fracturados y refractados en las ruinas desordenadas de mi mente.

«Corre.»

El eco de su voz es todo lo que queda de él.

Ahora pertenece a *Der Erlkönig*

—¿*Fräulein*? ¡*Fräulein*!

Noté que alguien me agarraba por los hombros y, de inmediato, me revolví y aullé como un gato asustado. Golpeé algo suave y percibí un gruñido ahogado justo en el oído. En ese instante, unas manos me sujetaron las muñecas.

—¿*Fräulein*? —repitió la voz, que no cejaba en su intento de inmovilizarme—. Querida, no pasa nada, estás bien. Estás a salvo.

Las palabras se repetían en un murmullo tranquilizador, un arrullo reconfortante que logró recomponerme y unir todos mis pedazos rotos.

Pese a mi confusión de miedo y locura, conseguí distinguir un rostro. Una cara redonda, con las mejillas sonrojadas, unos ojos negros y brillantes y una melena de rizos grises como el hierro que enmarcaban una expresión de profunda preocupación.

El conde.

—¡Nina! Por favor, prepárale algo a la jovencita. Un té, quizá. O algo más fuerte.

Advertí la silueta del ama de llaves cerniéndose tras mi anfitrión. Me miraba con el ceño fruncido, nerviosa, inquieta. Al ver los riachuelos de sangre que manchaban los espejos rotos, abrió los ojos como platos y se llevó las manos a la boca. Estaba aterrorizada.

—¡Nina! —exclamó el conde con su marcado acento bohemio, y el ama de llaves pareció despertar de ese sopor.

Se inclinó en una torpe reverencia y salió escopeteada

del salón. Desapareció por el pasillo a toda prisa, tan rápido como le permitían las piernas.

—¿Estás bien? —me preguntó el conde al percatarse de que había perdido todo color en las mejillas, de que tenía los ojos hundidos e hinchados, y el pelo alborotado y enredado. Y en ese instante se dio cuenta de que no llevaba el corsé bien atado; la falda, desabotonada y rasgada. No pudo evitar fijarse en que estaba medio desnuda, y en los habones que tenía alrededor de las muñecas—. ¿Qué ha pasado?

Me había quedado sin defensas, sin fuerzas, sin dignidad. Aun así, no habría abierto el pico ni habría dado rienda suelta a mi locura de no ser por la compasión, la piedad y la comprensión que distinguí en la expresión de mi anfitrión. Si había algo capaz de romper y atravesar mi coraza, mi armadura, era la conmiseración y la amabilidad, así que en cuestión de segundos me encontré explicándole lo que había vivido los últimos días con todo lujo de detalles. La ranura por la que el conde había logrado colarse se fue abriendo hasta convertirse en una brecha. Estaba totalmente expuesta. Era totalmente vulnerable. Pero no me importaba. El conde me escuchó sin rechistar. Le conté que había tenido una fuerte e incoherente discusión con Josef; le hablé de la culpabilidad y de la imprudente indiferencia que sentía hacia cualquier otra cosa o persona que no fuese mi egoísta y despreciable ser; le hablé de mi anhelo y nostalgia por el Rey de los Duendes, así como de mis miedos por convertirme en una carga…, pues, ¿quién soportaría el peso de mi despreciable alma, tan llena de locura y paranoia? Le revelé todo, aunque de forma desordenada, pues en mi cabeza solo reinaba el caos.

Nina volvió con una bandeja en las manos a rebosar de ingredientes. Ahí llevaba todo lo necesario para preparar un buen té. También advertí una especie de poción mágica de color marrón. El conde me acompañó hasta el banco que había junto al virginal y le hizo señas al ama de llaves para que nos dejara a solas. Me sirvió una taza de té.

—¿Qué es? —pregunté, y traté de evitar que vertiera ese vial de solución desconocida en el té.

—Láudano —respondió el conde. Al ver mi expresión de terror, dejó el vial sobre la bandeja y me ofreció el té tal cual, sin añadidos—. No pretendo hacerte daño, *Fräulein*. Te lo prometo. Te lo juro por la vida de mi hermano Ludvik.

Estaba tomando un sorbo de té y, al oír tal juramento, me quedé de piedra.

Él asintió.

—Sí. Mi hermano gemelo. Era el mayor, por siete minutos.

Dejé la taza a un lado. Su mirada desprendía una profunda tristeza. En su tono percibí una nota de resignación; sin embargo, tenía los hombros rígidos, tensos. Era el hermano mayor. Ya teníamos algo en común. Ambos nos habíamos criado sintiéndonos responsables de alguien que, en principio, era más vulnerable y más frágil que nosotros. Y habíamos crecido con la semilla del rencor, del resentimiento.

Y entonces fruncí el ceño.

—¿Era?

El conde tardó unos instantes en comprender la pregunta.

—Oh —exclamó, y se levantó para servirse una taza de té. Por desgracia, Nina tan solo había traído té para uno. Cogió una bolsita de láudano y jugueteó con ella, distraído—. Sí. Murió cuando tenía veinte años.

—Lo siento —murmuré.

Él asintió, triste.

—Sé que me comprendes, *Fräulein*. Las obligaciones que conlleva ser el hermano mayor pueden ser motivo de orgullo… o de frustración. Sientes que tienes la responsabilidad de salvaguardar la vida y el corazón de tus hermanos pequeños, aunque sean unos ingratos y unos desagradecidos. Aunque Ludvik era mi hermano gemelo, yo era el mayor, así que todos esperaban que me convirtiera en el siguiente conde Procházka und zu Snovin después del fallecimiento de nuestro padre. Por lo tanto, mi deber era vigilarlo, cuidar de él.

Cogí la taza de té. Con suma cautela, tomé un sorbito. Era camomila. Solo camomila. Di otro sorbo, esta vez más tranquila.

—Y fracasé —prosiguió el conde, que todavía tenía la mirada clavada en la tintura de opio—. No cumplí con mi deber, y Ludvik fue quien pagó las consecuencias.

Igual que Josef. Alargué la mano para darle una palmadita en el brazo y mostrarle mi apoyo y mi comprensión, pero él ni se dio cuenta.

—Mi hermano era… una persona especial —continuó en voz baja—. Marcado por los duendes, habrían dicho en esa época. Todo pasó muy rápido. Un día se acostó tan tranquilo, con la mente clara y cuerda, y al día siguiente se despertó con delirios y alucinaciones. Aseguraba que podía ver duendes y hadas y elfos. Reconozco que siempre envidié que tuviera ese don. Desde tiempos inmemoriales, mi familia había sido el perro guardián que se encargaba de vigilar el umbral entre el Mundo Subterráneo y el mundo exterior, pero lo cierto es que muy pocos Procházka, por no decir ninguno, han gozado de esa magia ancestral.

—¿A qué se refiere?

El conde destapó el vial de láudano. Lo observé con cierto recelo y desconfianza, pero mi anfitrión no vaciló. Se lo llevó a los labios y se lo bebió de un trago. Me asusté. ¿Y si estaba envenenándose? ¿Debería detenerlo? No era médico, por supuesto, pero intuía que uno no podía beberse todo ese láudano sin envenenarse. El conde se secó los labios con la manga, se guardó el vial vacío en el bolsillo y se volvió hacia mí con las pupilas dilatadas y una mirada brillante y penetrante, como si acabara de tomarse una infusión de belladona.

—Somos personas mediocres, sin ningún talento especial, mundanas —dijo—. Tal vez porque ese es nuestro propósito en la vida. O tal vez porque ese es nuestro destino. Tal vez se necesite tener una mente prodigiosa para soportar la exasperante rareza de Snovin, pero los miembros de mi familia siempre han sido y siempre serán los senescales del linaje de la primera Reina de los Duendes.

—La doncella valiente —dije.

Torció los labios en una sonrisa de desprecio por sí mismo.

—¿Así es como la llamas? No sé qué concepto tendrás de la valentía, *Fräulein*. Si por valentía entiendes matanza, entonces estamos de acuerdo: nada que objetar.

Algo me decía que ya no estaba hablando de la ilustre ancestro de su esposa.

—¿Te haces una idea de lo que implica escapar de las viejas normas para siempre? —preguntó el conde con voz temblorosa, como si estuviera haciendo un tremendo esfuerzo por pronunciar esas palabras, como si su propio cuerpo estuviera tratando de impedirle que lo hiciera.

—La condesa aseguró que su estirpe familiar goza de una protección ancestral —murmuré. Noté unas gotas de sudor recorriéndome la espalda. Estaba nerviosa, así que miré a mi alrededor en busca de una salida. Tal vez había llegado el momento de avisar a Nina—. Una protección que se les otorgó gracias a lo que la primera Reina de los Duendes hizo cuando logró escapar del Mundo Subterráneo —añadí, y arrugué la frente—. Pero no mencionó qué fue lo que hizo.

Y no confiaba en que fuese a decírmelo algún día.

El conde soltó una carcajada, pero sonó llena de amargura, de dolor.

—Oh, querida —suspiró, y reconocí una nota de lástima genuina en su voz—. Todo tiene un precio. Una vida por una vida. Una muerte a cambio de la primavera. Tú lo sabes bien.

Y no le faltaba razón. El goteo de nervios se transformó en un río de miedo. Recordé la conversación que había mantenido con la condesa durante nuestra excursión al antiguo monasterio. Según sus propias palabras, las viejas normas habían castigado duramente al primer Rey de los Duendes por haber permitido que su esposa se marchara de rositas. Más tarde, la doncella valiente había regresado al Mundo Subterráneo para salvarlo. Había logrado encontrar su nombre, y eso lo liberaría para siempre. Pensé en mi joven austero e inocente, en esa mirada inconfundible, en esos ojos que se habían perdido entre el frío y la noche y la escarcha. Aunque descubriera quién era en realidad y así pudiera liberar su alma, en su interior vivían el hombre al que amaba y el monstruo al que añoraba, y no tenía ni la más remota idea de cómo liberar a uno sin perder al otro.

—Ludvik era el gemelo ejemplar —dijo el conde, de repente. Fue un giro inesperado que me cogió desprevenida—. El gemelo ejemplar, y el más puro. Había quien se refería a él como el marcado por los duendes, pero también había miserables que lo tildaron de bobo. De zoquete. De loco.

No me gustó el rumbo que había tomado la historia, pero mi anfitrión prosiguió el relato. Ni siquiera se dignó a mirarme a los ojos. Tenía la mirada fija en la pared, pero no estaba observando nada en particular, tan solo hurgando en sus recuerdos.

—En los viejos tiempos había muchos más como nosotros —dijo—. Criaturas de *Der Erlkönig*. Pero la ciencia y la razón han hecho mella en nuestras filas. Ahora tan solo quedan los locos, los temerosos y los fieles. Incluso mi propia familia, pese a su labor sagrada de salvaguardar las fronteras entre ambos mundos, ha dejado que Snovin se hunda, se derrumbe, se deteriore. No quedaba nadie. Nadie que pagara el precio.

—¿Qué precio?

Me lanzó una mirada punzante, fulminante. A pesar de que el láudano fluía por sus venas, a pesar de las alucinaciones que inducían el opio y la leche de amapola, el conde no divagaba. Seguía ahí, con la cabeza lúcida y despejada. Seguía consciente. Demasiado consciente. Empezaba a entender el porqué de la adicción a esa droga. No podía soportar el peso de la verdad.

—Sangre inocente.

Retrocedí.

—¿Qué?

Y entonces una sonrisa lenta y melosa empezó a extenderse en sus labios, como gotas de sangre en un charco de agua.

—Elena te habló de la protección ancestral de la que goza su estirpe, es decir, todas las mujeres que comparten su sangre. Y sí, la sangre forma parte de ella. Pero no la suya. La Caza Salvaje y las viejas normas aún la consideran una aberración, un error. La primera Reina de los Duendes las engañó y no les proporcionó el sacrificio que merecían. Y lo mismo hizo *Der Erlkönig*. Como castigo, juraron perseguirla a ella y a toda su estirpe hasta el final de los días, a menos que pagara con sangre.

Por fin las piezas empezaban a encajar. Era una revelación inevitable e inexorable, una realidad que me negaba a aceptar. Al menos todavía.

—¿Con sangre de quién? —murmuré.

El conde sacó el vial de láudano que se había guardado en el bolsillo. Lo contempló durante unos instantes, como si pudiese encontrar el olvido que buscaba en ese tubo de cristal.

—Antes era mucho más fácil —susurró él—. Era más sencillo cuando los vecinos de las aldeas dejaban en los alféizares ofrendas de pan y leche a los duendes y a las otras criaturas fantásticas. Era más sencillo cuando lo que imperaba era la superstición, y no la ciencia. Los fieles eran una presa fácil.

Estaba horrorizada. Rememoré las advertencias que me había hecho Käthe desde el otro lado del espejo. «Sangre de los fieles para sellar la barrera entre ambos mundos.»

Pensé en el campo de amapolas que había visto cerca de la Casa Snovin. Las almas que había robado la Caza Salvaje, o eso había asegurado mi hermana. Las almas de los fieles.

Las almas de los sacrificados.

—Pero a medida que fue pasando el tiempo, los fieles se fueron acostumbrando y aprendieron la lección —prosiguió el conde—. Y se metieron bajo tierra. No me refiero —añadió, y soltó una risita— a que se adentraran en los dominios del Rey de los Duendes, sino bajo tierra, literalmente. Se escondieron en madrigueras, se colaron por los senderos de sombra y se escurrieron en la oscuridad. Y por eso no tuvimos más remedio que recurrir a los nuestros —dijo con un hilo de voz.

Se me heló la sangre.

—¿Ludvik?

Sus ojos dilatados se entrecruzaron con los míos.

—Después de todo, él también era una criatura de *Der Erlkönig*.

Ahogué un grito y me llevé las manos a la boca. «¿Recuerdas las historias de la joven que habían tomado bajo su protección?»

—¿Y... Adelaide? —pregunté, y tragué saliva—. La muchacha que murió... ¿era vuestra hija?

El conde no dejaba de juguetear con el vial vacío que tenía en la mano. No era capaz de responder, lo cual ya era una respuesta en sí misma.

—¿Cómo murió? —pregunté.

—Se ahogó —susurró el conde—. En el lago Lorelei. Al final, siempre acaban volviendo, ya lo sabes. Los niños cambiados.

Me quedé perpleja.

—¿Niños cambiados?

Él asintió con la cabeza.

—Era una niña preciosa —canturreó en voz baja—. Una muñeca. Todo ocurrió de un día para el otro. Como un gusano cuando se convierte en mariposa. Elena y yo tratamos de cuidarla y protegerla. Intentamos mantenerla entera, pero, al final, quiso volver a casa.

Josef.

—Debo irme —resolví, y me puse en pie, aterrorizada—. Debo encontrar a mi hermano. Debo salvar a Josef.

—No puedes hacer nada por él —replicó el conde con voz triste al verme marchar—. Ahora está en manos de *Der Erlkönig*.

El final de la doncella valiente

Sabía dónde encontrar a Josef. Él, igual que yo, siempre sentía una especie de atracción incontrolable hacia lo extraño, lo insólito, lo salvaje. El lago Lorelei era un umbral, un portal, uno de los pocos lugares sagrados en los que ambos reinos, el subterráneo y el de los mortales, coexistían. Yo también habría ido allí. De hecho, cuando la condesa me desveló la verdad de su historia familiar, salí corriendo hacia ese lugar.

Subí a toda prisa a mis aposentos para coger la brújula del conde. Todavía no le había devuelto su amuleto. Según él, ese objeto actuaba como escudo protector contra la Caza Salvaje, aunque cada vez estaba más convencida de que el mayor peligro al que me enfrentaba no era la horda profana, sino mis supuestos anfitriones. Mis benefactores. Mis captores. La Caza siempre había sido la menor de mis preocupaciones; había sido un síntoma, pero no la enfermedad. La enfermedad, de hecho, era yo. Había roto el equilibrio, había corrompido al Rey de los Duendes, había traicionado a mi hermano, había dejado que las viejas normas camparan a sus anchas por el mundo exterior.

Y ahora había llegado el momento de dar la cara y enmendar mis errores.

Entré en mi cuarto y busqué la brújula. No la encontraba por ningún sitio. Habría jurado que la había dejado sobre la cómoda, pero no estaba. Hurgué en todos los cajones y en el armario. Vacié todos los joyeros y todas las cajitas decorativas del tocador. Pero el cachivache parecía haberse esfumado.

—¿Buscas esto?

Me di la vuelta y vi a la condesa justo detrás de mí, con la brújula de su marido en la mano. Me quedé de piedra. Ahí estaba, mirándome con esos ojos verdes de felino y una sonrisa maliciosa. Se las había ingeniado para seguirme a hurtadillas hasta mi habitación, a pesar de la cojera. O, peor todavía, se había colado en mi habitación y se había escondido allí para esperarme. La idea me resultó escalofriante.

—Había pensado en salir a dar un paseo por los alrededores de la finca —balbuceé. Odiaba que mi voz sonara temblorosa. Detestaba que mis emociones y sentimientos siempre traicionaran cualquier mentira—. Y no quería perderme.

—Estoy convencida de que a estas alturas ya te sabes orientar en Snovin —replicó la condesa.

Sonreí, pero la sonrisa también se vio forzada.

—Dudo mucho que algún día sea capaz de orientarme en Snovin, la verdad. No sé si podré acostumbrarme.

Ella entrecerró los ojos.

—¿No sabes si podrás... o si querrás?

No respondí. La condesa suspiró y sacudió la cabeza, como si sintiese lástima por mí.

—Por lo que veo, Otto ha estado charlando contigo.

—¿Cómo puede vivir con ello? ¿Cómo lo soporta? —espeté—. Tantas vidas inocentes... ¿Y para qué? ¿Para escapar del destino de su ancestro? ¿Cómo puede ser tan egoísta?

—¿Y cómo lo haces tú? —rebatió ella. Se acercó a mí, cojeando, pero sin apartar la mirada de mí—. Piensa, Elisabeth. Nuestra mera existencia es una abominación para las viejas normas. Que podamos caminar libremente por el mundo exterior significa que la Caza Salvaje nos pisa los talones. Nos acosa, nos persigue allá donde vamos. Y no solo a nosotras, sino también a aquellos a quienes apreciamos y amamos. Pero no se conforman. También acechan a los genios y a los grandes talentos, pues los frutos del Mundo Subterráneo son el arte, la genialidad y la pasión.

¿Privarías al mundo de tales obsequios, Elisabeth? ¿La vida de una persona vale más que la de miles?

—Sí cuando es la suya —repliqué—. Y la mía.

—¿Y qué pretendías hacer, *mademoiselle*? —preguntó la condesa—. ¿Qué tenías pensado hacer en cuanto llegaras al lago Lorelei? ¿Lanzarte a sus profundidades turquesa?

A decir verdad, no lo había pensado. Mi único objetivo era encontrar a mi hermano antes de que le ocurriera algo terrible, lo perdiera para siempre y me lo robara el Mundo Subterráneo, o la propia muerte.

La condesa se dio cuenta de mi incertidumbre y se acercó todavía más. Quería desviar la mirada, evitar que mi expresión delatara lo que sentía. Lo último que deseaba era mostrarle una pizca de miedo, de debilidad. Los Procházka no se merecían mi miedo. Eran unos cobardes, todos ellos. Lo único que sentía por ellos era desprecio.

—No serviría de nada, por cierto —añadió en voz baja—. Poner punto final a tu vida. O a la mía. Estamos manchadas, mancilladas. Sacrificar nuestra vida sería inútil y absurdo, pues no nos queda nada que podamos entregar. No tenemos nada que ansíe el Mundo Subterráneo. Ya no.

No quería seguir escuchándola ni un minuto más. No había nada que la condesa pudiera decir que me hiciera cambiar de opinión, que me impidiera salir corriendo de allí para buscar a mi hermana. Tal vez tuviese razón. Tal vez no había nada que pudiese hacer para salvarlo, pero tenía que intentarlo o, de lo contrario, sabía que me arrepentiría durante el resto de mi vida. Traté de apartarla para poder salir, pero la condesa se mantuvo firme. No tenía el bastón a mano, así que se apoyó sobre el pilar de la cama.

—¿Por qué crees que ya no puedes componer?

La pregunta me dejó estupefacta.

—¿Por qué el mundo te abruma a la vez que te aburre? Pues porque formas parte de los dos reinos… y de ninguno, a la vez, Elisabeth. Tu cuerpo y tu mente están aquí, pero tu alma vive en otro lugar. Yo también lo he sentido, querida. Lo he oído. El motivo por el que tu música actúa como puente entre el Mundo Subterráneo y el mundo exterior es tu sacrificio. Sacrificaste tu música. Cuando atravesaste el umbral por primera vez, sacrificaste tu genialidad, tu talento y tu creatividad a las viejas normas. Cada vez que tocas el clavicordio, cruzas esa barrera, esa frontera. Y eso te rompe y te reconforta al mismo tiempo.

Sus palabras me llegaron al corazón y se mezclaron con el huracán que se había formado en mi interior.

—¿Cómo..., cómo lo sabe?—pregunté con voz ronca.

La condesa estalló en risas. Fue un sonido jovial y alegre, pero a mí me pareció lo más horrendo y asqueroso que jamás había oído.

—Lo sé porque tu cara es como el agua, clara y cristalina. Porque eres incapaz de disfrazar tus sentimientos, de ocultarlos, de disimularlos. Porque tu cara es como un libro abierto y refleja todo lo que sientes. —Su mirada se tornó más oscura, más siniestra, más afilada—. Lo sé porque mi ancestro, una mujer temeraria e insensata, malvendió, por no decir regaló, la libertad de sus hijas, y todo por su propio bien. Estamos condenadas, Elisabeth. El castigo por nuestro egoísmo y nuestra avaricia es perpetuar el círculo.

Me llevé las manos a la boca para sofocar mis sollozos. «Liesl, la especial. Liesl, la elegida. Siempre has querido ser extraordinaria, y ahora lo eres.»

—No —murmuré apretando la mandíbula—. No. Me niego a creer que ese sea mi destino. No pienso dejar que mi inconciencia o mis imprudencias hagan daño a otras personas, aunque eso signifique rendirme a las viejas normas.

La condesa arqueó las cejas.

—Aunque te empeñases en tu intento de ser tan abnegada y altruista, Elisabeth, ¿de veras crees que regresar al Mundo Subterráneo servirá para enmendar todo el daño que has causado? Oh, querida. No podemos cambiar el pasado. Solo nos queda seguir adelante.

Pensé en Josef. Pensé en el Rey de los Duendes.

—Pero al menos tengo que intentarlo —susurré.

—Y solo por curiosidad, querida, ¿cómo piensas hacerlo? —preguntó la condesa.

Tenía la brújula de su marido sobre la palma de su mano; el artilugio brillaba bajo la luz del atardecer.

—Volver al lago Lorelei a... ¿A qué exactamente? ¿A lanzarte? ¿A zambullirte? ¿Y luego qué?

Eso mismo me preguntaba yo.

—Salvar a mi hermano —dije.

Y entonces pensé en esos ojos vívidos y llenos de vida, uno verde y otro gris, perdiendo ese brillo, volviéndose pálidos.

La condesa escupió una risotada.

—¿Y después qué? ¿Salvar a tu Rey de los Duendes?

La pregunta me irritó, me enfureció. Esa desgraciada acababa de expresar en voz alta las esperanzas e ilusiones que no me atrevía a reconocer. Y eso me molestó muchísimo más que el tono desdeñoso que había utilizado.

—Al menos tengo que intentarlo —repetí.

—Oh, querida. —La condesa suspiró con una risita maliciosa—. Si de veras crees que puedes romper el círculo de sacrificio y traición, entonces es que tu arrogancia no conoce límites.

Noté el sabor ácido y amargo de la bilis recorriéndome la garganta.

—¿Acaso la primera Reina de los Duendes no logró escapar? —pregunté—. ¿Me equivoco? ¿No consiguió huir del Mundo Subterráneo y salvar a su Rey de los Duendes de las garras de las viejas normas?

—¿Y qué precio crees que pagó por eso? —replicó la condesa.

Me quedé en silencio.

—Una vida por una vida, Elisabeth. Una muerte a cambio de una buena cosecha. Fue ella quien engañó y convenció a otro joven para convertirse en el siguiente Rey de los Duendes, el mismo que poco después se adentró en el mundo exterior en busca de una futura esposa que le recordara la vida mortal que le habían arrebatado. Y ese hombre, a su vez, impuso el trono a otro muchacho, y este a otro, y a otro. Es una espiral infinita, *mademoiselle*. No tiene final. No para nosotras. No para las criaturas de *Der Erlkönig*.

El huracán amenazaba con echárseme encima. Sentí que olas de locura estaban a punto de engullirme. No podía sucumbir. No quería sucumbir. No estaba dispuesta a ahogarme en mi propia desesperación. Si había algo que me empujaba a continuar, era que todavía creía en el amor; en el amor que me profesaba el Rey de los Duendes, en el amor que sentía por mi hermano. Y por mi hermana. Y por el mundo exterior. Tenía que intentarlo, para poder dormir tranquila, para tener la conciencia limpia.

—Pobre necia —murmuró la condesa al ver mi expresión—. Pobre, pobre necia.

Le arranqué la brújula de las manos.

—Si no piensa ayudarme —resolví—, lo menos que puede hacer es apartarse de mi camino.

Me miró fijamente durante unos instantes. No musitó palabra, pero esos ojos verdes tan vívidos hablaban por ella. Eran demasiado expresivos. Después, asintió con la cabeza y se hizo a un lado.

340

—*Viel Glück*, Elisabeth —murmuró cuando pasé por su lado—. Buena suerte.

Salí de la Casa Snovin a toda prisa y seguí el camino que marcaba la aguja de la brújula. Me escurrí por un sendero escondido, subí un sinfín de cuestas empinadas y al fin llegué a aquel lago tan misterioso, a esas aguas que parecían reflejar otro cielo. Un caminito serpenteante de amapolas brotó a mis pies. Parecían murmurar algo gracias a una brisa invisible. Las almas de los sacrificados. Se me erizó todo el vello de la nuca y de los brazos, como si notara esa brisa invisible, como si ese susurro sibilante estuviese murmurando palabras.

«Date prisa, date prisa —instaban las amapolas—. Todavía no es demasiado tarde.»

Y era verdad. No era demasiado tarde. Me armé de valor, y eché a correr.

Las nubes que se cernían sobre las colinas eran espesas y de un gris muy oscuro. Amenazaban con soltar lo que iba a ser la última nevada del invierno, o la primera de la primavera. Unos copos de nieve húmedos y pomposos empezaron a caer del cielo; algunos se deshacían en grandes gotas de lluvia, y otros en bolas de hielo. A mis espaldas oía el suave redoble de los cascos de los caballos. O tal vez fuese el latido de mi corazón, martilleándome el pecho, bombeando mi miedo errático, mi emoción incontrolada. Subí corriendo la colina, ignorando por completo el rastro que dejaba a mi paso.

El sendero enseguida se volvió tortuoso y peligroso; los copos de nieve se derretían al aterrizar sobre el suelo, formando así un lodazal resbaladizo. El camino se fue estrechando hasta convertirse en una pasarela angosta por la que solo podía escurrirse una persona tan menuda como yo. Un paso en falso, un traspié, y estaría condenada. La idea no dejaba de rondarme por la cabeza; la tentación de echar un fugaz vistazo al precipicio, a ese abismo infinito, me resultaba demasiado tentadora. La caída era brutal; bajo mis pies, a varios cientos de metros, se extendía un valle hermoso. No pude contenerme y me asomé. A una parte de mí le encantaba enfrentarse al peligro, mirarlo directamente a los ojos y desafiarlo. Deseaba notar el filo del cuchillo de la mortalidad en la garganta, sentir el latido de mi corazón murmurando bajo el metal. Jamás me había sentido tan viva, lo cual me resultó irónico, pues estaba muy cerca de la muerte.

Y, de repente, la plataforma por la que estaba avanzando se desmoronó.

Tuve un momento de lucidez, de perfecta claridad. Tal vez esa plataforma simbolizaba mi destino. Por mucho que tratara de hacer las cosas bien, por la gente que quería y por el mundo, al final sería mi propia arrogancia, mi temeridad, mi imprudencia y mi locura las que terminarían confundiéndome, mareándome. Las que terminarían oprimiéndome. Las que terminarían arruinándolo todo, a pesar de mis buenas intenciones.

Se me enredaron varias plantas alrededor de los brazos y las piernas; hiedras, trepadoras, arbustos de alta mon-

341

taña, matorrales marchitos... Toda la vegetación pareció movilizarse para amortiguar la caída y salvarme la vida. La brújula del conde daba volteretas en el aire y descendía en picado hacia el suelo; cada vez que chocaba con la colina, se oía un chasquido, un tintineo, el inconfundible crujido del cristal al romperse. De pronto escuché un «¡pum!», como si algo se hubiera roto en mi muñeca. El sonido retumbó tras mis ojos, aunque el dolor parecía lejano, irreal. Ese inesperado tirón, el mismo que había evitado que siguiera desplomándome por el despeñadero, me robó los gritos, la voz e incluso el aire de mis pulmones. Me quedé suspendida en el aire, con el cuerpo enredado de plantas y raíces. Estaba colgada en mitad de la nada. Si nadie acudía en mi ayuda, me quedaría así para toda la eternidad, balanceándome para siempre entre la vida y la muerte.

Y entonces, desde una grieta de una de las laderas advertí unos ojos negros, unos ojos de escarabajo. Entorné los ojos y distinguí unos dedos larguiruchos y un nido de ramas y telarañas justo donde debería haber una mata de pelo.

Ramita.

Las zarzas me sujetaban con fuerza y, poco a poco, fueron arrastrándome de nuevo al sendero, a tierra firme. Y justo en ese instante, de entre el barro y las piedras, emergieron dos manos, igual que había ocurrido cuando había intentado escapar del Mundo Subterráneo. Sin embargo, esas querían impulsarme hacia arriba, y no hundirme en las profundidades del mundo.

Estaba a salvo. Me dejaron sobre un pequeño saliente. Lo primero que hice fue echar una rápida ojeada al precipicio. Enseguida me tranquilicé, pues la caída era mucho menor que desde la plataforma de la que me había desplomado... y desvanecido. Me quedé ahí inmóvil durante unos segundos, tratando de recuperar el aliento y la concentración, intentando volver al presente, es decir, al dolor de la muñeca, al lodo que me empapaba la lana y la seda del vestido y del chal, a las piedrecitas que se me clavaban en las plantas de los pies. Mi mente no dejaba de divagar entre el pasado y el futuro, reviviendo todos los errores que había cometido, los rencores y arrepentimientos, y todas las decisiones, algunas buenas y otras terribles, que, de no haber sido por ese milagro, nunca podría haber tomado.

Cuando por fin logré centrarme y volver a ser yo misma, abrí los ojos.

Estaba sola.

¿Mi mente trastocada me la había jugado? ¿Había imaginado a Ramita, a esas manos de duende? El dolor de la muñeca no había desaparecido. Era un dolor agudo, punzante, insoportable. Me llevé la mano izquierda al brazo derecho y lo palpé. Y fue entonces cuando caí en la cuenta de que el codo estaba torcido, de que formaba un ángulo extraño. Miré de reojo. Al ver aquel destrozo, casi me desmayo. Ahogué un grito. No pude contenerme y me eché a llorar. Traté de mover la mano izquierda utilizando la derecha, para recolocar los huesos que se habían desencajado. Un giro rápido, un chasquido, un crujido que pareció electrocutarme todo el cuerpo y que retumbó en mi cabeza y en mi mandíbula. Y, justo después, alivio. Cada músculo se relajó, y yo también. La sensación era maravillosa, pero necesitaba tumbarme para recuperarme del mareo.

Podría haberme quedado ahí tumbada para siempre, disfrutando de la calma y el silencio que acompañan a un huracán de miedo y agotamiento, pero los murmullos me lo impidieron.

«Date prisa, querida, date prisa —siseaban, tratando de persuadirme—. No es demasiado tarde.»

No quería, pero tenía que hacerlo. No me quedaba alternativa. Me puse de pie y, esta vez, decidí caminar pegadita a la ladera de la colina, y no por el borde del precipicio. La brújula había desaparecido, pero daba lo mismo. Las amapolas florecían entre las piedras, entre las fisuras de la montaña, guiando mi camino.

Y, por fin, llegué al lago.

En esta ocasión llegué a la orilla del lago, no a un saliente desde el que contemplarlo. Las olas, unas olas suaves y centelleantes, impregnaban el anillo de arena negra. Desde

343

esas profundidades aguamarinas emergían unas espirales de vapor. Estaba tan cerca que era imposible no detectar ese toque de azufre que flotaba en el aire. Me estremecí. Tal vez me había equivocado y el lago no era un portal al Mundo Subterráneo, sino al mismísimo infierno.

Los cánticos dulces y melosos de las loreleis empezaron a sonar.

Había olvidado lo extraña, espeluznante e increíblemente seductora que era su música. Una sinfonía desentonada, deforme, etérea e hipnótica empezó a sonar a mi alrededor. Cada nota provocaba una explosión de color en mi cabeza. Las armonías y los acordes disonantes entretejían imágenes. Ese tapiz de sensaciones me abrumó hasta el punto que tuve que arrodillarme.

Pero no iba a sucumbir.

Reuní fuerzas y me levanté. Me descalcé y me quité las medias, el corsé y la falda. Estaba preparada para sumergirme en el agua. Aunque sabía que el agua no estaba congelada, sino más bien todo lo contrario, no pude evitar sorprenderme al notar esa caricia cálida en la piel. Podría nadar en esa calidez hasta el fin de mis días. Me alejé bastante de la orilla y esperé.

Y esperé.

Y esperé un poco más.

En mi último encuentro con las loreleis, todas se habían mostrado ansiosas por arrastrarme hasta lo más profundo del pantano y ahogarme. Tal vez fuese porque ya no era la Reina de los Duendes, o tal vez porque ya no me quedaba nada que ofrecer al Mundo Subterráneo, pero las siluetas oscuras y hermosas que se escurrían por debajo de la superficie del lago no vinieron a por mí. Me ignoraron por completo.

Me harté de esperar, así que decidí volver a la orilla. Nadé y nadé, pero mis movimientos, a pesar de ser enérgicos, no parecían llevarme a ningún sitio. Después de varios intentos, llegó el cansancio. Sentía que los brazos y las piernas se habían vuelto de plomo y el dolor de la muñeca se tornó mucho más fuerte e intenso. Tenía la im-

presión de que jamás alcanzaría la orilla y empecé a preocuparme. ¿Y si me ahogaba? Pero esa era una lucha a la
que me enfrentaba a diario; parecía un salmón nadando a
contracorriente. Cada día tenía que sobrevivir a la inevitable e inexorable tentación de mis inclinaciones destructivas. Aunque físicamente estaba agotada, al menos tenía la
mente clara y despejada.

Cuando por fin conseguí rozar la gravilla del fondo con
la punta de los pies, dejé de nadar y repté hasta la orilla.
Estaba empapada y embarrada de los pies a la cabeza, pero
el peso que notaba sobre el cuerpo tenía otro origen. El aire
que me rozaba la piel era helador. Tenía que intentar entrar
en calor; de lo contrario, moriría congelada. Tenía que seguir con vida. Tenía que encontrar la manera de volver al
Mundo Subterráneo. Tenía que salvar a mi hermano y, con
toda probabilidad, al mundo entero. Era una tarea de tal
magnitud que me abrumaba y me sobrepasaba. Lo único
que me apetecía en ese momento era tumbarme sobre la
arena negra de esa orilla y enterrarme en el olvido.

Estaba confundida, perdida.

El anillo con forma de cabeza de lobo emitió un brillo
sobrenatural. Ahí estaba, en el dedo anular de mi mano
derecha. Lo había olvidado por completo. Había sobrevivido a las volteretas que había dado en el aire, y también al
baño en las aguas del lago Lorelei. Me alegré de no haberlo
perdido, de saber que seguía conmigo. La verdad era que
me iba un pelín grande y me bailaba en el dedo. De hecho,
se me había resbalado en más de una ocasión, pero, por lo
visto, no quería separarse de mí. Y a mí me ocurría lo mismo. No quería separarme de él ni del recuerdo del joven
austero e inocente que me lo había regalado.

«Tal vez no gozaste de la protección de *Der Erlkönig*
mientras deambulabas por el Mundo Subterráneo, pero
siempre tuviste la mía.»

Siempre había estado conmigo, a mi lado. A pesar de
las decenas de kilómetros que le separaban del Bosquecillo
de los Duendes, él, mi joven austero e inocente, siempre
había estado ahí. Siempre me había protegido. Incluso en

345

los momentos más temerarios e imprudentes de mi vida, en lugar de darse por vencido, había luchado contra viento y marea, y había resistido a los huracanes de oscuridad que le estaban corrompiendo.

Y todo por mi culpa.

Y en ese preciso instante adiviné qué debía hacer.

Con los dedos temblorosos, me quité el anillo. Las piedras preciosas que tenía incrustadas, cada una de distinto color, resplandecían bajo la tenue luz del atardecer. Sin duda eran mucho más hermosas que las aguas turquesas que tenía frente a mí. Lo sostuve entre las manos por última vez y me lo llevé al corazón.

—Adiós, mi amado inmortal —le susurré al anillo.

Entonces, con lágrimas en los ojos, lo arrojé con todas mis fuerzas al lago.

En cuanto la plata rozó la superficie, empezaron a formarse unas ondas circulares que parecían brillar con luz propia. Unos segundos después, el lago se transformó en un espejo gigantesco que reflejaba el mundo entero. Era como estar dentro de una bola de cristal y me resultaba imposible decidir qué mundo era el real y cuál el reflejo. Me embargó una sensación de vértigo. Bajo mis pies (¿o sobre mi cabeza?) se extendía un reino. ¿Estaba contemplando el Mundo Subterráneo, o él me contemplaba a mí?

Una muchacha oscura y siniestra me miró directamente a los ojos. Tenía mi misma cara, mis mismas facciones, pero sus ojos eran los de un duende: negros, opacos, inexpresivos. Su melena azabache, que no llevaba recogida como solía hacerlo yo, es decir, con una corona de trenzas, flotaba a su alrededor. Iba desnuda y cada centímetro de su cuerpo estaba recubierto de unas escamas resplandecientes. Pero hasta que no me fijé en la membrana que le unía los dedos no reconocí a la criatura que tenía delante de las narices.

Una lorelei.

«Doncella valiente —dijo—. ¿Por qué has venido?»

—Por favor —le murmuré a la muchacha que me observaba desde ese mundo mágico—. Por favor, debo regresar.

La lorelei ladeó la cabeza: «¿Para qué?».

Para traer a Josef de vuelta. Para liberar al Rey de los Duendes. Para calmar los demonios que se habían instalado en mi cabeza.

—Para arreglar las cosas —respondí.

La criatura se echó a reír y dejó al descubierto una boca repleta de dientes afilados como guadañas. «Eso es imposible, doncella. No puedes arreglar nada. Lo único que puedes hacer es ajustar cuentas.»

—Entonces debo ajustar cuentas con todos a los que hice daño, a quienes traté de forma injusta —repliqué.

Ella enarcó las cejas.

«¿Y a quiénes hiciste daño? ¿A quiénes trataste de forma injusta?»

—A mi hermano —respondí con voz temblorosa—. Al Rey de los Duendes. A las viejas normas. Al mundo.

«En el Mundo Subterráneo no existe el perdón», dijo ella.

Y la verdad era que en el mundo exterior tampoco.   347

—Por favor —rogué, y extendí las manos ante ella—. Te lo suplico.

La lorelei me estudió durante unos instantes. Y, si bien no logré distinguir un ápice de compasión en esa mirada llana y fría, sí me pareció advertir un destello de lástima.

«No puedes atravesar el umbral cuando te venga en gana, doncella —contestó—. No depende de ti. O te arrastran hasta allí, o te invocan, como ha ocurrido con el niño cambiado, que ha regresado con nosotros.»

Josef.

—¡Entonces arrastradme a mí también! —grité.

Ella negó con la cabeza.

«Te empeñas en demostrar que es tu hermano, mortal. Pero te aseguro que es de los nuestros. Es de nuestra especie y, por lo tanto, nos pertenece. Él es nuestro hogar.»

Hogar. Se me llenaron los ojos de lágrimas. Rodaron por mis mejillas y cayeron sobre las aguas turquesa del lago.

«Le quieres —dijo la lorelei, sorprendida—. Puedo saborear tu sufrimiento, tu cariño, tu ternura. —Se relamió los labios—. Hacía muchísimo tiempo que no saboreaba ese tipo de sentimientos.»

—¡Llévatelos! —chillé, y me arañé la piel de la cara para contener las lágrimas—. ¡Quédatelo todo!

Esbozó una sonrisa.

«¿Estarías dispuesta a renunciar al amor que le profesas al niño cambiado si te lo pidiera?»

La propuesta me desconcertó. Jamás se me habría ocurrido. De entre todas las cosas que podría haberme pedido, mi amor por Josef era la única que no habría imaginado. ¿De veras era posible que dejara de querer a Sepperl, el jardinero de mi corazón?

—¿Podrías hacer algo así?

Ella se encogió de hombros.

«Podemos pedirte todo lo que tú estés dispuesta a ofrecernos, a lo que estés dispuesta a renunciar. Tu juventud, tu pasión, tu talento. Tú nos regalaste una parte de ti, como tus ojos, tu cabello, tu piel. ¿Qué es el amor, sino otra parte de ti?»

Visualicé a mi hermano, pero la imagen que apareció en mi mente distaba muchísimo del muchacho que había visto horas antes, un joven sano, alto y desgarbado, con tirabuzones dorados y los ojos más azules que el cielo en un día de primavera. Había desenterrado un recuerdo que creía haber olvidado, el de un bebé enfermo llorando en la cuna, una criatura fea, horrenda y perversa que, a pesar de eso, me había robado el corazón, igual que al resto de mi familia.

—No —sentencié—. No. No dejaré de querer a Sepp.

La lorelei volvió a encogerse de hombros.

«¿Y qué estás dispuesta a sacrificar, doncella, para regresar a nuestro reino?»

¿Qué me quedaba por darles? Les había entregado mi música, mi bien más sagrado y más preciado. Había entregado mi cuerpo a las viejas normas, mi aliento, mi latido y mis cinco sentidos. ¿Qué era un ser humano, sino una mente, un cuerpo y un alma?

Una mente.

Mi cordura.

Mi insensatez me estaba acorralando, como pirañas al acecho de una gota de sangre. Tenía la sensación de que me había transformado en una especie de remolino que se estaba acercando peligrosamente a un abismo muy oscuro. Me llevé las manos a la cabeza y traté de atrapar lo que me quedaba de razón, de buen juicio, como si fuese una corona. Después extendí los brazos ante la lorelei y, con las manos ahuecadas, le ofrecí la joya más preciada que me quedaba: mi entendimiento, mi sensatez, mi mente.

La lorelei sonrió.

Imitó mi gesto y, en cuanto acerqué mi cordura a la superficie del lago, ella alzó las palmas para arrebatármela. De repente, enroscó los dedos alrededor de mis muñecas y me arrojó al agua. Me sumergí hasta lo más profundo del lago. De súbito, el mundo se volvió del revés.

INTERLUDIO

*U*n pareja de jóvenes, un chico y una chica, estaba sentada en una de las casas de los fieles. Él, negro como un tizón. Ella, dorada como un rayo de sol. El viaje había sido largo y tortuoso. Ahora por fin habían podido instalarse en una casa, entre amigos. Desde su apresurada huida de Viena, Zarza, un niño cambiado, los había presentado a un sinfín de personas; actores y artistas, músicos e inadaptados sociales. Todos ellos formaban una familia. No los unían lazos de sangre, sino de lealtad. Käthe y François no tardaron en encontrar trabajo y amigos en óperas y teatros. Él, tocando el *fortepiano* y acompañando a los cantantes. Ella, diseñando y cosiendo trajes y vestidos para los actores.

Habían logrado escapar de la Caza.

Zarza había sido muy cauteloso y había preferido esquivar todos los lugares en los que el velo entre los mundos era especialmente fino y evitar cualquier lugar sagrado. Habían seguido el camino de amapolas que los guiaría hasta un lugar seguro. Aunque a veces al público le resultaba un pelín extraño que algunos miembros de la compañía musical o teatral llevaran esa especie de saquitos de sal colgados del cuello y los bolsillos llenos de llaves de hierro, al final siempre lo atribuían a las rarezas y excentricidades de genios y mentes creativas.

«Han perdido un tornillo», murmurarían, y después sacudirían la cabeza. Lunáticos. Estrafalarios. Salvajes.

Pero los trovadores lucían sus insignias y emblemas con gran orgullo.

Y también Käthe y François.

Les proporcionaron todo lo necesario para vivir. Un hogar. Un armario repleto de ropa. Y comían tres veces al día. Así que no tenían queja alguna. De hecho, eran felices, si es que se podía ser feliz con esa constante ansiedad pisándoles los talones, siguiéndolos allá donde iban. Había quien se maravillaba al ver esa productividad y esa ética laboral, pero tanto François como Käthe sabían que la mejor forma de no perder el control y caer en una depresión era la repetición mecánica.

Y por eso él se dedicaba a ensayar las piezas musicales día y noche mientras ella perfeccionaba las puntadas. Fingían no percatarse de la sombra que se cernía sobre ambos, una sombra de miedo y preocupación por Liesl y Josef.

—Tócala otra vez —pidió Käthe—. Toca esa canción para mí.

La joven no tenía oído para la música, pero François enseguida adivinó qué canción quería escuchar. *Der Erlkönig*, compuesta por su propia hermana e interpretada con una exquisitez única por su hermano. Era la única pieza musical que François había oído a Josef tocar con los pies en la tierra. Sus interpretaciones siempre sonaban etéreas, trascendentes, de otro mundo. Solo cuando tocaba la música creada por Liesl sonaban humanas.

Sonaban terrenales. Sonaban enteras.

Al principio, a los miembros de la compañía teatral con los que trabajaba y viajaba junto con Käthe les divertía escuchar la pieza musical.

«Jamás había oído algo parecido», apuntó un trovador. «Es una canción muy pegadiza —comentó el empresario teatral—. Me recuerda a una historia.» Y no le faltaba razón; tenía una historia, pero no eran ellos quienes debían contarla. Käthe y François eran conscientes de que la pieza simbolizaba la historia de Liesl y Josef, dos personas que habían desaparecido y que, pese a los incansables esfuerzos de los fieles, aún no habían encontrado.

Habían pasado varias semanas desde que habían logrado ponerse en contacto con Liesl a través de los senderos de sombra, varias semanas desde que habían intentado avisarla del peligro que corrían tanto Josef como ella.

Cada noche, Käthe encendía una vela frente al espejo del tocador, llenaba la bañera con agua salada y colocaba una campanita de hierro al lado. Sin embargo, cada mañana el reflejo era el mismo, el mundo en el que vivían, un mundo caótico, frenético, mundano.

Pero, de repente, una mañana cualquiera, la campana sonó.

Los ensayos de la última obra habían sido un desastre; el dramaturgo añadía diálogos nuevos cada dos por tres; el compositor se tiraba de los pelos y empinaba el codo cuando se enteraba de que tenía que añadir más compases musicales para adaptar los cambios. Zarza y Käthe se escurrían entre los actores dejando un rastro de alfileres y cintas de colores para intentar terminar los trajes a tiempo para la noche del estreno. François, por su lado, se veía obligado a estudiar las partituras que le entregaban a diario todavía con la tinta húmeda. Y, en mitad del tumulto y el desorden que reinaba en la noche del estreno, sonó la campana, pero nadie la oyó.

Solo cuando François volvió a los vestuarios a buscar un antiguo boceto de la banda sonora que, según el dramaturgo, encajaba mejor que la última versión, sucedió que se dio cuenta del cambio en el reflejo del espejo.

—¡Käthe! —llamó—. ¡Käthe, ven! ¡Rápido!

El entusiasmo y el asombro que percibió en la voz de François, y no sus ensordecedores alaridos, la empujaron a salir corriendo hacia los camerinos.

—¿Qué? —gritó—. ¿Qué ocurre?

Él señaló el espejo, que, en lugar de reflejar el camerino, mostraba una habitación repleta de raíces y rocas. En lugar de maniquíes medio desnudos, la sala estaba llena de árboles marchitos y petrificados, recubiertos de encajes polvorientos y de sedas podridas. En lugar de bancos y sillas, allí había tesoros, cofres rebosantes de oro, plata y piedras preciosas, una verdadera fortuna para un duende. Los únicos objetos que eran idénticos en la realidad y en el reflejo eran la bañera llena de agua salada, la campana y la vela, junto con las caras de estupor y desconcierto de Käthe y de François.

Al otro lado del espejo, una Käthe más oscura y más siniestra se inclinó sobre la bañera y cogió algo que enseguida guardó en el bolsillo del delantal. La verdadera Käthe metió la mano en su delantal y sacó un anillo plateado.

Ahogó un grito.

—¡Es de Liesl!

El anillo que tenía en la palma de la mano estaba deslustrado por el tiempo y el uso, y estaba forjado imitando la forma de un lobo con dos gemas de distinto color como ojos.

—Un mensaje de las viejas normas —dijo Zarza desde la puerta.

356

Se giraron para mirar al niño cambiado, que en ese momento no podía ocultar una sonrisa.

—¿Qué significa? —quiso saber François.

—Significa, *Herr Darkling* —contestó Zarza—, que no todo está tan perdido como temíamos.

—¿Qué hago? —preguntó Käthe—. ¿Cómo puedo ayudar a mi hermana?

Zarza seguía con esa sonrisita en los labios.

—Guárdalo. Mantenlo en un lugar seguro… y secreto. Se te ha entregado por una razón. Porque eres su faro en la oscuridad, *Fräulein*, su bastión en mitad de una marea. Debes convertirte en el ancla que le recuerde quién es, pues, sin ti, navegará a la deriva.

Los jóvenes intercambiaron una mirada. De repente, el estruendo espectral de cascos de caballos galopando en la lejanía se desvaneció. El único sonido que retumbaba entre esas cuatro paredes era el taconeo de los bailarines sobre el escenario y los gritos y exclamaciones de asombro entre el público, al ver que, de entre los tablones de madera, empezaban a brotar amapolas como por arte de magia. François envolvió la mano de Käthe con las suyas, como si quisiera proteger el anillo de Liesl.

Entonces ambos articularon una plegaria por su hermana y por su amado: «Mantenlos a salvo. Mantenlos en un lugar seguro. Mantenlos en secreto».

357

PARTE IV

Amantes inmortales

«Oh, dios, ¡tan cerca! ¡Tan lejos!
¿No es nuestro amor un verdadero edificio celestial?»

Cartas a la amada inmortal, LUDWIG VAN BEETHOVEN

*U*n monstruo permanece inmóvil en la orilla de un lago resplandeciente. Está esperando que la barcaza en la que viaja su futura esposa regrese a la orilla.

No es la primera vez que se planta allí. Ya estuvo en ese mismo lugar cuando era un hombre y un rey, cuando evocaba con la música de su violín la imagen de una joven. La pieza musical no solo le recordaba a la doncella, sino también sus pensamientos, sus pasiones, sus sueños. Y, a decir verdad, había visitado ese lugar varias veces antes para recibir a quien se convertiría en su esposa después de hacer el último viaje de la vida a la muerte, aunque jamás, a ninguna de ellas, les había dedicado la música de su violín.

Nunca había tocado el violín para ellas, ni para sus pensamientos, ni para sus pasiones, ni para sus sueños.

Los cánticos agudos de las loreleis retumban en la cueva que rodea el lago del Mundo Subterráneo; una barca asoma por el horizonte y navega hacia él, dejando un rastro brillante a su paso. La luz multicolor de las aguas ilumina a la joven que transporta la barcaza. Está tumbada boca arriba, como si fuese un cadáver, con las manos entrelazadas y los ojos cerrados. Tan solo lleva un camisón, todavía húmedo y transparente. Tiene el pelo hecho una maraña de nudos y enredos. Sabe que aún respira por el vaivén de su pecho. El monstruo retuerce los dedos y aprieta los puños, nervioso.

Sabe que debería ser bondadoso, que tendría que quererla lejos de ahí y lejos de él, pero las viejas normas le arrebataron hasta la última gota de bondad. Si bien antes sentía afecto y cariño, ahora siente crueldad. Si bien antes sentía ternura, ahora siente lujuria. Su reina no es una mujer hermosa, pero no le importa porque su piel aún desprende ese calor humano.

Sin embargo, a medida que la barcaza se va acercando, el monstruo no siente nada. De haber sido un hombre mortal, su corazón se aceleraría o latiría con más fuerza. Pero en su interior no hay nada, tan solo un vacío inmenso, pues hacía mucho tiempo había tenido que despojarse de la poca humanidad que le quedaba.

Lo había hecho por ella.

Y, en ese preciso instante, el monstruo empieza a asustarse. Y el hombre comienza a albergar una esperanza.

El retorno de la Reina de los Duendes

$\mathcal{L}$a cordura era como una cárcel para mí. Siento que me he quitado las cadenas que me impedían ser quien realmente soy. Por fin soy libre. Libre para decidir quién quiero ser. Me despierto con oro en la boca, con luces de hada enredadas entre mis dientes, como algodón de azúcar. No puedo contener la risa cuando noto que iluminan mis entrañas y empiezan a bailar y a menearse por mi cuerpo como luciérnagas en una noche de verano. Soy una noche de verano. Soy calor y humedad y ensoñación. Me dejo caer sobre mi trono como un felino, como una reina, como Cleopatra. En realidad, mi trono es un lecho; mi sala de recepciones, un túmulo. Pero moldeo la realidad y convierto ese cuchitril en una sala llena de maravillas y de esplendor. Muebles de porcelana y cristal, una chimenea forrada en seda y madera, tapices tejidos de raíces y piedras. Siento que mis pestañas son como las alas de una polilla. La corona que llevo sobre la cabeza está forjada en cristal y escamas de serpiente. Mis ropajes reales están hechos de telaraña y oscuridad; mi maquillaje, de la sangre de mis enemigos.

—¿Señora?

Doy un respingo y mi cuerpo se despierta al oír una voz familiar. Varios recuerdos que permanecían enterrados salen a la superficie. Dos duendecillas me miran con la cabeza ladeada; una con cardos y ortigas en lugar de pelo; otra con un nido de ramas sobre la cabeza.

—¡Ramita! ¡Ortiga! —exclamo, alegre.

Me miran extrañadas, perplejas, desconcertadas. Pero,

de repente, caigo en la cuenta de que puedo distinguir una serie de emociones en sus ojos, en sus labios. Están preocupadas y asustadas. No puedo evitar maravillarme al ver expresiones propias de un humano. Y también me sorprendo al percatarme de que pienso como un duende.

—¿Habéis venido para llevarme a la fiesta? Deberíais organizar una fiesta en mi honor, si es que aún no lo habéis hecho. Invitad a niños cambiados. Invitad a las viejas normas. ¡Invitad al mundo entero!

La última vez que había estado allí se celebró un baile para acogerme, para darme la bienvenida. Allí había bailado con el Rey de los Duendes y con mi hermano. Un baile de duendes, un baile de hadas, un baile con demasiado vino e indulgencia, un baile con sabor a zarzamora y a pecado.

—*Der Erlkönig* te está esperando —informa Ortiga, y su voz se confunde con la voz de otra persona, con la voz de mi abuela, cuyo tono afina las palabras de la duende y empieza a decir cosas que no debería oír: «Estoy preocupada por ti. Estoy asustada por ti».

—Por supuesto, Constanze —contesto, y me pongo de pie con una sonrisa en los labios—. ¡Llévame hasta él!

La otra duende no deja de retorcerse las manos, como si así pudiera deshacerse de los nervios que la acechan.

—Él..., él ha cambiado, majestad.

Cambiado. El hombre ahora es un monstruo; el joven, un niño cambiado; la compositora, una perturbada, una lunática. Todos somos mariposas y el Mundo Subterráneo es nuestra crisálida, un lugar de transformación y magia y milagros.

—Lo sé —digo—. Se ha corrompido. Un rey corrupto para una reina corrupta.

Mis duendecillas intercambian una mirada.

—Con él no estás a salvo —añade Ortiga.

Percibo una nota de desprecio en su voz, un desdén que sabe frío como el miedo, pero también amargo como la preocupación.

—Lo sé —repito. Mi sonrisa se vuelve más amplia, y mi mirada, más alienada, más demente—. Lo sé.

—No es a *Der Erlkönig* a quien deberías temer —susurra Ramita—, sino lo que puede exigirte, lo que puede pedirte.

Extiendo los brazos y la túnica de seda y encaje negro empieza a agitarse, como si soplara una brisa invisible. Estoy desatada, fuera de control. Me sacudo, me balanceo hacia delante y hacia atrás, hacia delante y hacia atrás. El frenesí, la euforia y la incertidumbre me excitan, pues no tengo ni la más remota idea de dónde iré o de qué diré.

—Soy la Reina de los Duendes —reivindico entre risas—. Y pagaré el precio que se me pida.

Las palabras salen de mi boca como burbujas que explotan en una lluvia de arrogancia. Suelto una carcajada y noto un suave cosquilleo en la lengua.

—¿Aunque sea el niño cambiado? —pregunta Ortiga.

Dejo caer los brazos y siento que algo en mi interior se rompe y se desmorona. Josef. Qué rabia no ser capaz de disimular mi amor por él con la misma facilidad que había entregado mi razón y mi buen juicio. Se me parte el corazón y los trozos que pertenecen a mi hermano brillan y laten bajo esa jaula de huesos. Soy un esqueleto envuelto en telarañas. En mi interior, arde la llama de una vela. Mi cordura era mi cárcel, pero también mi armadura. Sin ella, la llama parpadea, pues unas fuerzas que escapan a mi control tratan de apagarla. Me llevo las manos al pecho para proteger mi corazón desnudo, pero no es suficiente.

—Mi hermano no tiene nada que ver con esto —digo.

—Oh, claro que tiene que ver. Y mucho —replica Ortiga—. Después de todo, ¿no es él el motivo por el que decidiste volver?

—¡Sí, pero no pienso devolvéroslo! —grito, y hago una mueca, un mohín—. ¡Es mío!

Ramita y Ortiga se miran. Y luego me miran a mí. Y vuelven a cruzar una mirada. Y así varias veces más. «Egoísta, egoísta, egoísta», parecen decir. Me entran ganas de arrancarles esos ojos de escarabajo y colgármelos en el cuello a modo de collar. Quiero poner fin a esa censura tácita.

365

—Dejad de mirarme —espeto—. Dejad de juzgarme.

Mis duendecillas intercambian una última mirada.

—Como desees, majestad —murmuran a coro—. Como desees.

Esperaba que me recibieran con un baile. Al ver que no habían planeado nada, pedí que lo organizaran. Sin embargo, esa reunión de duendes y niños cambiados en la inmensa cueva no parece en absoluto una fiesta. Nadie se lo está pasando bien. No suena música. La pista de baile está desierta. No han servido un banquete. Y no advierto ninguna pareja coqueteando. Echo un vistazo a todo el salón. Sus caras ya no son máscaras inexpresivas, sino que hablan como un grito abierto, lo cual me perturba y me fascina al mismo tiempo. La última vez que visité el Mundo Subterráneo me sentí como en un país extranjero. Lo único que compartía con los seres que habitaban ese reino era un puñado de palabras. Pero ahora ese mundo estaba lleno de comprensión, de admiración.

—¡Soy una de los vuestros! —exclamo, y me pongo a aplaudir como una histérica. Le pellizco la mejilla a un pillín con cara inquieta—. ¡Os puedo ver! ¡Os puedo oír! ¡Os puedo entender!

Contemplo el salón desde lo alto de la escalera de piedra, justo en la entrada de la cueva. Esperaba toparme con un ejército de soldados idénticos, con un océano de rostros iguales. Sin embargo, en lugar de eso, veo individuos. Podría reconocerlos igual que hojas en un árbol. ¿Cómo no me había dado cuenta de que no eran clones, sino seres únicos e irrepetibles? ¿Cómo no me había fijado en las venas que los definían, en las ramas que los formaban?

Bajo los peldaños y la multitud se divide ante mí, como el mar Rojo ante Moisés, creando así un camino que nace justo en mis pies. Sigo el camino que atraviesa el salón. Al otro extremo de la cueva, veo un trono de astas sobre una tarima de mármol. Ahí está él, acomodado en ese enorme trono. Unas espirales negras le manchan la piel y advierto un par de cuernos de carnero que sobresalen de su frente. Tiene la mirada pálida, de ese azul blanquecino de las ventiscas y el hielo.

Der Erlkönig.

Una horda de guerreros fantasmales lo flanquea a ambos lados del trono, criaturas, monstruos y jinetes espectrales, ataviados con trozos putrefactos de piel y tela, empuñando espadas y escudos oxidados por el paso del tiempo y la falta de uso. La Caza Salvaje.

—¡*Mein Herr*! —grito.

La emoción que me recorre el cuerpo es indescriptible. Nace en la punta de los dedos de los pies y, como si fuese la mecha de un explosivo, va ascendiendo por todo mi cuerpo, por mis entrañas, por mi pecho, por mi garganta, por mi cara. Mi voz retumba en la cueva y todos los presentes se estremecen, se encogen.

Todos, salvo uno.

Sentado a los pies de *Der Erlkönig* hay un joven de cabellera rubia, de piernas largas y un tanto desgarbado, con los pómulos marcados y una nariz puntiaguda. De todos los niños cambiados que han acudido al evento, él es el único que luce una mirada humana. Una mirada transparente como el agua y azul, azul, azul.

Josef.

Pero no reconozco a mi hermano. Las expresiones de los demás duendes y criaturas fantásticas del Mundo Subterráneo son cristalinas, un espejo de sus emociones. La expresión de Josef, en cambio, es como un lienzo en blanco. La llama que arde en mi pecho parpadea y chisporrotea al percibir mi incertidumbre.

—Bienvenida a casa, mi reina —saluda *Der Erlkönig*, y estira los labios en una sonrisa socarrona. La luz del Mundo Subterráneo, una luz tenue y mercúrica, se refleja en sus dientes—. ¿Nos has echado de menos? —pregunta, y su mirada se vuelve fría y penetrante—. ¿Me has echado de menos?

—Sí —respondo—. Te he añorado cada minuto y cada segundo de mis días.

367

Percibo una pizca de color en esos ojos, como un rayo de luz, de profundidad, de dimensión.

—¿Y de tus noches?

Ríos de lujuria corren por mis venas y mi sangre se transforma en un torrente de deseo. El monstruo que tengo ante mí es hermoso en su fealdad, y me imagino esas manos corrompidas rodeándome, recorriendo todo mi cuerpo. Quiero que su piel se funda con la mía y que, entre los dos, empecemos a tocar una melodía. La llama de mi pecho arde cada vez con más fuerza.

—Me paso las noches tratando de huir de la pasión, del anhelo, del deseo que siento por ti. Por la destrucción. Por el olvido.

Der Erlkönig se levanta del trono.

—Sí. —Suspira, y ese sonido me revuelve el cuerpo—. Sí.

«Sí, por favor, sí.» Avanzo por ese pasillo y *Der Erlkönig* baja de la tarima de mármol. Le muestro mi cuello desnudo en señal de sumisión, esperando el mordisco del lobo que derramará mi sangre sobre el suelo. Me coge por los brazos con esas manos de dedos larguiruchos y tira de mí. Acerca los labios a mi piel, que late al ritmo de mi corazón e inspira hondo para emborracharse de la esencia de mi mortalidad.

Las yemas de sus dedos son como lametones de fuego que dejan un rastro de sabañones a su paso. Cada vez que me acaricia, cada vez que me roza, mi piel se vuelve pálida y envejece. Sus garras logran meterse en todas mis grietas y fisuras, como si pudiera penetrar mi piel y desgarrarme por dentro. Suelto una risotada, un grito.

—¡No! —grita Josef, y se abalanza sobre *Der Erlkönig*. Se aferra a su espalda y hace que me suelte—. ¡Déjala en paz! ¡Le estás haciendo daño!

El Señor de las Fechorías se hace a un lado y noto algo caliente recorriéndome la barbilla. Me palpo el rostro y, cuando compruebo la mano, veo que está mojada y manchada de rojo.

Me está sangrando la nariz.

El mundo empieza a desdibujarse a mi alrededor, a borrarse. Levanto las manos. Puedo ver a través de mi piel, mis músculos, mi sangre y mis huesos. *Der Erlkönig* está despedazándome, capa a capa. Escupo una carcajada, lo que provoca que *Der Erlkönig* también se eche a reír. Se vuelve hacia mi hermano.

—¿No se merece que le haga daño? ¿No se merece que la destroce? ¿Acaso no se te ha pasado esa misma idea por la mente, sin nombre?

Josef me mira, pero sigo sin entender las palabras de sus ojos.

—¿Qué estás haciendo aquí? —le pregunta *Der Erlkönig*—. ¿Por qué has venido?

—He…, he vuelto a casa —responde Josef con un hilo de voz.

Der Erlkönig echa la cabeza hacia atrás con un rugido de júbilo y desdén.

—¿De veras creías que sería tan fácil, niño cambiado? ¿Olvidarte de la vida que llevabas cuando eras un mortal? Los hilos que te unen al mundo exterior, que te unen a ella, siguen ahí, y yo los puedo ver.

Josef desvía la mirada hacia mí, y veo unos lazos de sangre enredados alrededor del cuello de mi hermano, estrangulándolo, asfixiándolo, agotando toda su alegría. Y esos lazos de sangre están atados a la vela que ilumina mi propio pecho.

—¿Por qué te empeñas en mostrar su rostro, *mischling*? —pregunta con tono burlón. Mi hermano está sangrando, está sangrando ríos de vergüenza y agonía—. ¡Muéstranos quién eres realmente!

Josef se pone pálido.

—Este…, este soy yo.

—¿En serio?

El Señor de las Fechorías se acerca aún más a mi hermano, y veo que Josef se encoge de dolor. Clava su mirada glacial en el rostro de mi hermano y le acaricia la frente con esos dedos esqueléticos.

—Esos ojos todavía son los de un humano, *mischling*. ¿Quieres que te los arranque?

369

—¡No!

Me coloco entre mi hermano y el Rey de los Duendes; mi alarido es como el filo de una espada, y mi cuerpo, como un escudo inquebrantable.

—No le toques.

Y, de repente, la mirada glacial de *Der Erlkönig* se ablanda, se suaviza y deja entrever al hombre que hay detrás. Sus emociones se impregnan del hedor a muerte y mortalidad, y no del aroma limpio, fresco y vigorizante de la vida eterna.

—¿Lo salvarías? —pregunta, y su voz suena suave, vulnerable, indefensa, como un gatito entre mis brazos—. ¿Lo elegirías a él?

Los labios de *Der Erlkönig* dicen una cosa; sus palabras, otra. «¿Me elegirías a mí?» Sé que me hablan los dos, el hombre y el monstruo, porque puedo oírlos, pero no soy capaz de distinguirlos.

—¿Y por qué habría de elegir? —replico—. ¿No puedo salvaros a los dos?

370

Las sombras tiñen la piel de *Der Erlkönig* y empiezan a retorcerse y a sisear, como si fuesen un nido de serpientes. De repente, los duendes allí reunidos toman aire, como si fuesen a zambullirse en un río, y siento que el aire de mis pulmones se vuelve más pesado. Me ahogo en mi propia tensión, en mis miedos, y la oscuridad empieza a envolver el cuerpo del Rey de los Duendes. Grita en un mi bemol y se lleva esas manos monstruosas a la cabeza en un gesto de pura agonía. Siento que sus zarpas de hierro se clavan en mis oídos.

Josef se desploma sobre sus rodillas justo después del alarido del Rey de los Duendes. Todo su cuerpo empieza a sacudirse. Empieza a arañarse el pecho, allí donde conservo mi amor por él. Veo que intenta sacarse los ojos con sus propias manos y unas sombras empiezan a derramarse de sus cuencas. Son lágrimas negras, lágrimas de ónice y obsidiana.

Detrás de ellos, la Caza Salvaje empieza a reírse, a golpear las espadas oxidadas contra los escudos, creando un ritmo violento. Un coro de gritos y chillidos empieza a retumbar en la sala, una cacofonía de tortura y tormento de los niños cambiados y los duendes que me rodean; piernas rotas, dedos partidos, cuerpos curvados, retorcidos y aplastados, cuerpos que se transforman en una masa deforme por la que asoman un par de manos, una nariz, unos ojos, una cara. La horda profana se disuelve en una nube de niebla y ese rostro colectivo inspira hondo. En un abrir y cerrar de ojos, los jinetes y las criaturas grotescas se desvanecen, desaparecen. La masa abre los ojos y el salón de baile se ilumina con su resplandor azul blanquecino. Y, de repente, descubro a qué me estoy enfrentando.

Lo que tengo delante de mis narices no es más que la encarnación de las viejas normas.

«Así que has vuelto a nosotras, Reina de los Duendes.» La voz es la de un ejército, una legión de agudos y graves y armonías. Si no hubiera perdido la chaveta, estoy convencida de que habría enloquecido al ver eso tan monstruoso, tan horrendo.

—He vuelto —respondo— para reclamar lo que me habéis robado.

Arquea las cejas, unas cejas formadas por un sinfín de dedos y ojos, y tuerce el labio, que a su vez está hecho de codos y dedos de los pies. La expresión es de ironía. «¿Y qué te hemos robado?»

Miro de reojo a Josef. Y después al Rey de los Duendes.

—Mi corazón.

El Rey de los Duendes se revuelve al oír las palabras y alza la cabeza para mirarme a los ojos. Es una mirada fogosa, ardiente, una mirada que atiza las llamas que arden bajo mi pecho. El fuego que advierto en su mirada titila y palpita, y me da la sensación de que si afino el oído puedo oír el murmullo de un nombre.

«¿Tu corazón?», espetan las viejas normas con una sonrisa socarrona, un estruendo espantoso al que le siguen una miríada de voces de duendes.

«Pero si solo tienes uno, mortal.»

Rodeo la llama de la vela con mis manos.

371

—Pero es lo bastante grande para albergar a los dos. Es lo bastante grande para albergar el mundo entero.

«Mentirosa.» La palabra sale disparada de sus labios y se estrella contra las paredes de piedra de la cueva, haciéndose añicos, burlas y mofas por todos lados. «Mentirosa, mentirosa, mentirosa.»

«Es una mentira preciosa, pero a nosotras no puedes engañarnos, Reina de los Duendes. La realidad no es tan bonita como pretendes hacernos creer. Es horrenda. Sabemos de tu arrogancia altiva, de tu desconsideración, de tu indiferencia absoluta y egoísta por cualquier asunto que no sean tus propios sentimientos. Y sabemos que escapaste de este deplorable y patético reino». Y señala directamente al Rey de los Duendes con un dedo acusador: «Para abandonarlo, para condenarlo al deterioro y a la putrefacción. También sabemos que cogiste a este pobre niño cambiado». Entonces señala a Josef con otro dedo: «Y lo corrompiste con tu amor».

372   Josef se echa a lloriquear, y unas lágrimas de tinta negra ruedan por sus mejillas. El blanco de sus ojos ya se ha perdido en el Mundo Subterráneo, y el azul de sus iris humanos nadan en un mar de negrura.

«Míralo. Es un llorica patético —dicen las viejas normas con desprecio—. Y todo por tu culpa. Tú lo has provocado, Reina de los Duendes.»

La locura es una huida, una fuga de las obligaciones, de las inhibiciones, de mis inseguridades, de mis dudas, pero no puedo escapar del desprecio que siento por mí misma. Hasta ese momento no me había dado cuenta de que, en realidad, la razón y la sensatez habían sido mi escudo, mi protección contra mis excesos y mi desenfreno. Unas sombras se enredan alrededor de mis muñecas y de mi garganta. En cuestión de segundos, mis dedos empiezan a deformarse, a retorcerse en ramas nudosas y retorcidas.

«La alianza se ha roto —canturrean las viejas normas—. Tú la has roto. Es tu culpa. Tu culpa, tu culpa, tu culpa. Pero puedes compensarlo. Puedes enmendar tu error.»

—¿Cómo? —pregunto.

Las piernas y los brazos y los colmillos y los dedos y los ojos y los pies que conforman el rostro de las viejas normas comienzan a burbujear, a formar ondas. Esa masa asquerosa se parte, se rompe y se transforma en un gigantesco par de manos que parecen ofrecerme algo. Sobre las palmas advierto dos manos, mucho más pequeñas, que sostienen un puñal.

«Una vida por una vida —dicen las viejas normas—. Nos lo debes.»

Miro al Rey de los Duendes. Miro a Josef.

«Elige, doncella. Debes elegir entre tu joven austero e inocente… o tu hermano.»

Las manos que empuñan la daga se estiran y crecen. Una rama, un retoño, un árbol. Las viejas normas me ofrecen la espada, un arma ancestral. No está forjada en acero, sino tallada en piedra. Es simple, es cruda, es cruel.

«Elige, doncella —repiten las viejas normas—. Paga el precio, y uno quedará libre.»

Cojo el puñal.

«Sssssssssssssssssssssssí —sisean—. Toma una decisión.»

Me vuelvo hacia mi hermano. Su piel es transparente, sus huesos, de cristal; y su sangre, agua. Bajo el pecho, donde debería arder la llama de una vela, pero no hay nada: tan solo un agujero negro, un barrizal. Percibo un resplandor borroso, una luz azul y etérea. Es el espectro de una llama.

Me vuelvo hacia el Rey de los Duendes. La oscuridad parece habérselo tragado, dejándolo desfigurado y lleno de cicatrices, pero su mirada brilla como la luz del sol. Una llama diminuta ilumina su pecho oscuro, como si esperara que un soplo de aire la reviviera.

«Toma una decisión», exigen de nuevo las viejas normas.

El Rey de los Duendes me observa con la boca torcida. Parece un felino durmiendo, un animal tierno y adorable. No dice nada, pero oigo su voz en mi cabeza.

«Elígelo a él. Elige a tu hermano.»

Miro a Josef. Sigo sin poder descifrar sus rasgos, su expresión, pero de repente niega con la cabeza.

—Deja que me marche —ruega—. Abandóname.

373

La daga que estoy empuñando es mucho más que una simple arma mortal; es la aguja de una brújula. Y señala mi corazón. Apoyo la punta sobre mi pecho.

La masa de duendes se retuerce. Esta vez, cuando habla, lo hace con nerviosismo, con vacilación. «¿Qué estás haciendo?»

—Tomando una decisión —susurro.

Y entonces clavo el puñal hasta lo más profundo de mi corazón.

Del revés

No siento dolor, tan solo un suspiro de alivio. Atravieso la jaula de huesos que, hasta ese momento, protegía mi vela. La llama sigue brillando, firme y sin parpadear. La cojo entre mis manos y la sostengo en el aire para que ilumine el espacio que me rodea.

La cueva ha desaparecido. Estoy sola. Miro a mi alrededor y me doy cuenta de que estoy en el laberinto de setos de los jardines de la Casa Procházka, pero los arbustos están hechos de recuerdos. Ahí está, el camino de amapolas. Piso sobre las almas de los robados y los sacrificados, y empiezo a deambular por los senderos serpenteantes de mi mente. Mis pensamientos explotan bajo mis pies como burbujas y avanzo dejando un rastro de sentimiento. Las flores susurran sus nombres.

Ludvik.

Adelaide.

Erik.

Samuel.

Magda.

Y, mientras sigo avanzando por el laberinto, me percato de que estoy caminando por un río de sangre y de que las paredes de los pasadizos daedalianos están construidas en hueso. Los arbustos y los setos y demás enredaderas laten y palpitan y respiran. Los acaricio y noto cierto calor, cierta humanidad. Parecen de piel. De carne.

«*Ich bin der umgedrehte Mann.*»

«Soy el hombre del revés.»

Del centro del laberinto emana un resplandor, y decido seguir esa luz y dejar atrás la oscuridad. Los pasillos del laberinto de setos empiezan a ensancharse y, de repente, aparezco en un lugar que me recuerda al salón de baile de la Casa Snovin, un espacio hermoso y majestuoso repleto de luz y cristal y espejos. El resplandor de la luz del sol, de la luna y de las estrellas de otros mundos se cuela por las ventanas y una galaxia de motas de polvo se cierne en el aire, como las luces de hada del Mundo Subterráneo. Es un lugar sagrado, un santuario. Es la catedral de mi corazón.

Y en mitad de mi corazón se alza un altar; me fijo en un cuenco de bronce lleno de aceite que hay sobre un pedestal de madera tallado en forma de árbol. Acerco la vela al aceite y la enciendo. Me asalta la duda de si estoy a punto de conocer otra versión de mí misma, tal vez una sacerdotisa, o un oráculo, o una reina.

Pero estoy sola.

376 Allí solo estoy yo. Los reflejos tan solo reflejan mi ser, un ser que, al parecer, no encaja en ningún lugar.

Uno de los reflejos me señala con el dedo y me hace gestos para que me acerque. Obedezco y me dirijo hacia la joven del espejo. Ya hace tiempo que acepté que jamás iba a ser una mujer bella y hermosa, y que mi condena a lucir ese cuerpo y esos rasgos sería eterna, pero cuando veo esa versión de mí misma siento que se me cae el mundo encima. Esa imagen me perturba. Aun así, estudio mi rostro. No me reconozco, aunque sí advierto ciertas similitudes, como una barbilla puntiaguda, una nariz de caballo y unos labios finos y delgados. Pero esos ojos y esos pómulos tan marcados son nuevos para mí. O más bien, parecen nuevos. Es lo que más me llama la atención. A mí, y a los demás.

«¿Quién eres?», pregunta el reflejo.

—Soy Liesl —contesto.

Menea la cabeza. «¿Quién soy?»

Pestañeo. Recuerdo una conversación, un juego, con el Rey de los Duendes. Oh, ha pasado tanto tiempo desde aquel entonces.

«Soy una chica con música en el alma. Soy una hermana, una hija, una amiga. Soy una chica que protege a capa y espada a quienes aprecia, a quienes quiere. Soy una chica que adora las fresas, la tarta de chocolate, las canciones en tono menor, los juegos infantiles, y a quien le encanta escabullirse de las tareas del hogar para disfrutar de unos momentos de soledad.»

—Eres Elisabeth, entera —respondo a mi propio reflejo.

Su sonrisa parece triste.

«¿Lo eres?»

¿Lo soy? Me doy la vuelta para echar un vistazo a cada uno de los espejos y veo distintas facetas de mí misma en todos ellos: la chica con música en el alma, la hija, la amiga, la hermana. Todas ellas forman parte de mí, entera, pero hasta ese momento no sabía que me había roto en mil pedazos, ni cómo encajar todas esas piezas de nuevo.

Hay espejos y hay ventanas. A través de las ventanas puedo vislumbrar mundos distintos, vidas distintas y personas a las que adoro y que se han ganado un rinconcito en mi corazón. Puedo ver a mamá, a Constanze y a papá tras la ventana de mi familia. Käthe y François, sin embargo, asoman tras otra. Pero de entre todas esas visiones de otras vidas, Käthe es la única que, al parecer, puede verme.

«Liesl», dice.

En sus manos tiene un anillo. Entorno los ojos y lo reconozco de inmediato. Es el anillo de plata con forma de cabeza de lobo que arrojé al lago Lorelei, el mismo que mi joven austero e inocente me regaló como promesa.

«Te mantendré en secreto —dice—. Te mantendré a salvo. Hasta el día en que vuelvas a mí, guardaré tu corazón.»

Las dos acercamos las manos al espejo y pegamos las palmas sobre el cristal. Sin apartar la mirada la una de la otra, asentimos con la cabeza. El resplandor que ilumina la ventana de mi hermana empieza a atenuarse, pero la llama de la vela no se ha apagado.

Me vuelvo y me deslizo lentamente por la sala; me asomo a cada una de las ventanas en busca de una pista que me lleve a mi hermano, o al Rey de los Duendes. Pero es como

377

buscar una aguja en un pajar; no los encuentro por ningún lado. Demasiados recuerdos.

«Estás buscando en el lugar equivocado», me dice uno de mis reflejos.

—¿Y dónde debería buscar? —le pregunto.

«No los encontrarás ahí fuera, sino en tu interior», responde.

En los espejos. Y entonces, por fin, las piezas del rompecabezas encajan.

Josef y el Rey de los Duendes no son personas de carne y hueso, como yo. No son reales, sino marionetas de sombras y piel. No los consideraba humanos y enteros, por supuesto. ¿Cómo iba a hacerlo si son mis pilares, los cimientos sobre los que me sostengo?

«Elige —me habían ordenado las viejas normas—. Paga el precio, y uno quedará libre.»

El sacrificio no debía pagarse con mi sangre, sino con mi alma. Elegir entre Josef o el Rey de los Duendes es como decidir qué parte de mí quiero borrar para siempre: mi hermano, o mi joven austero e inocente. El jardinero de mi corazón, o mi amado inmortal. Mi capacidad de perdón, o mi potencial de misericordia.

Josef representa mi perdón. Un desconocido que, sin previo aviso, aparece en mitad de la noche. Un extraño al que alimenté y crie y amé como si fuese de mi propia familia. Soy mejor persona porque quiero a mi hermano de forma incondicional, pese a que últimamente no he sabido demostrárselo. Ni a él, ni a mí misma.

—Lo siento, Sepperl —le murmuro a mi reflejo.

Su silueta empieza a difuminarse y a deformarse hasta convertirse en un niño cambiado. Tiene los mismos rasgos que mi hermano y una mirada de duende. Me dedica una sonrisa y hace un gesto con la barbilla, como si quisiese señalarme algo. Me vuelvo y me fijo en otro espejo.

Mi joven austero e inocente.

No es la misma persona que dejé tirada en el suelo de la cueva, junto a mi hermano y las viejas normas. Ese hombre es muy distinto: ha rejuvenecido, su aspecto es mucho más saludable y muestra esa mirada tan cautivadora, con un ojo de cada color. Pero bajo esos ropajes de colores sobrios no se esconde un joven austero e inocente. Advierto el destello de un pícaro en su expresión y una media sonrisa maliciosa, traviesa. Sin embargo, en las profundidades de sus ojos, reconozco una atemporalidad que desprende una sabiduría infinita.

—¿Quién eres? —susurro.

Él asiente con la cabeza.

«Sabes quién soy, Elisabeth.»

—Eres un hombre con música en el alma —digo—. Eres el hombre que me ayudó a encontrarme, que, cuando estaba perdida en el bosque, me mostró el camino. Eres mi profesor, mi compañero de juegos, mi amigo. —Se me atragantan los sollozos—. Me enseñaste a perdonarme por ser imperfecta. Por ser una pecadora. Por ser quien soy.

Mi hermano era la encarnación del perdón, y el Rey de los Duendes, de la misericordia, de la clemencia. Los miro varias veces. Me siento entre la espada y la pared. ¿Cómo voy a elegir a uno? Empuño una espada ancestral, pero ¿cómo voy a despojarme de mi corazón y sobrevivir?

Josef da un paso hacia delante, con las manos extendidas. El Rey de los Duendes hace lo mismo, como si fuese un mimo que está imitando los movimientos de otro. Extiendo las manos, cada una a uno de ellos; las dos figuras empiezan a difuminarse, a desdibujarse. Y ya no sé quién es mi perdón y quién es mi misericordia. Tal vez son las dos cosas. O tal vez ninguna.

«Elige.»

Pero espero un poco más. Vacilo un poco más. Dudo un poco más. No quiero despedirme de ninguno de ellos.

«Elige.»

*L*a sangre de la doncella se derramó sobre el suelo de la cueva hasta formar un inmenso charco de líquido rojo, carmesí, escarlata. El niño cambiado soltó un alarido y salió disparado hacia el cuerpo que yacía inerte. Apoyó las manos sobre su pecho y presionó para intentar detener la hemorragia.

—¡Ayúdame! —gritó al hombre que estaba en el pedestal—. ¡Ayúdame, por favor!

El tipo se levantó tambaleante. Estaba pálido, débil y parecía no ser capaz de mantener el equilibrio. El Rey de los Duendes. Sin el poder de las viejas normas corriendo por sus venas, daba la impresión de haberse apagado, de haber perdido energía y fuelle. Ya no era esa figura aterradora, etérea…, sino una versión mucho menos peligrosa. Durante toda su vida mortal, el niño cambiado había oído historias de ese hombre, de esa criatura asombrosa e insólita, un ser capaz de moldear el espacio y el tiempo y las leyes de la realidad tal y como el mundo las conocía. Sin embargo, el Rey de los Duendes que tenía delante de sus narices no era esa leyenda, ese mito. Era un hombre, sin más.

Y el niño cambiado lo odiaba por ello.

El Rey de los Duendes se acercó dando bandazos al niño cambiado, se arrodilló junto a la doncella y colocó las manos sobre las de él para presionar con más fuerza. Bajo las palmas de esas cuatro manos se oía y se percibía un pulso, un latido. Sí, era su corazón.

—Por favor —rogó el niño cambiado, esta vez dirigiéndose a la asquerosa masa de manos y ojos y dientes de duende que, hasta el momento, los observaba con expresión impasible, implacable e impersonal—. ¿Qué puedo hacer?

«¿Hacer, *mischling*? —contestó esa legión de voces con un desprecio más que evidente—. ¿Qué pretendes hacer? ¿Salvarle la vida? Es demasiado tarde. Ya ha elegido.»

—¡Lo ha hecho para salvarme! —le reprochó al Rey de los Duendes—. ¿Cómo has podido dejarla morir así?

«No le culpes a él —rebatieron las viejas normas—. Es un despojo, un desgraciado. Ya nos comimos su alma; no le queda nada para darnos.»

El niño cambiado echó la cabeza hacia atrás y gritó.

Y, de repente, de entre esa masa grotesca y repulsiva, dos duendecillas asomaron la cabeza. A juzgar por las expresiones de su cara, estaban haciendo un gran esfuerzo por salir de ahí; cada vez que lograban sacar una parte de su cuerpo, varias manos intentaban impedírselo, agarrándolas de los tobillos, de las muñecas, de las piernas. Pero las duendes eran más tercas que una mula. Estaban empeñadas en salir de ahí, así que, en lugar de darse por vencidas, se dedicaron a morder y a arañar y a golpear a todo lo que se cruzaba en su camino.

—*Mischling* —dijo la que estaba más cerca del niño cambiado. Era una duende alta y esbelta, como un retoño; tenía una corona de ramas cosidas con telarañas sobre la cabeza—. Existe un modo de salvarla.

«¡Silencio!», rugieron las viejas normas.

—Ese de ahí —añadió la otra, una criatura bajita y rechoncha con cardos y ortigas como cabello, refiriéndose al Rey de los Duendes— ya ha entregado todo lo que tenía. No le queda nada. —Su mirada negra era solemne, seria—. Pero a ti sí, *mischling*. A ti sí.

El niño cambiado miró al hombre que tenía al lado. Estaba sacudiendo la cabeza, pero era imposible adivinar si por resignación o porque no estaba de acuerdo con tal afirmación.

—No es justo que siga pagando el precio.

—¿Qué precio? —preguntó el niño cambiado.

—La eternidad —susurró el Rey de los Duendes—. El tormento infinito.

El niño cambiado se quedó inmóvil. Y entonces lo adivinó, y todas las dudas sobre qué sacrificio le exigirían las viejas normas se disiparon.

Un rey.

—No —farfulló el hombre—. Elisabeth no soportaría la idea de perderte, Josef. Jamás te lo perdonaría.

Josef. El nombre que había robado, la identidad y el rostro, y la vida que había sustraído y hechos suyos. Josef, ese bebé mortal dulce y regordete que había muerto de escarlatina, a quien la enfermedad le había arrebatado la vida. El niño cambiado había visto una oportunidad y la había aprovechado. Se había convertido en el bebé en la cuna. Se había convertido en el hermano de Liesl.

—¿Cómo? —murmuró. El niño cambiado se volvió hacia esa cara hecha de pesadillas—. ¿Qué debo hacer?

—Para que el mundo siga disfrutando de una primavera fértil y no caiga en manos de la oscuridad, no siempre se necesitó una doncella dispuesta a convertirse en la esposa de un rey —contestó una de las duendecillas—, sino solo perdón.

El Rey de los Duendes le lanzó una mirada fulminante a la duende.

—Explícate, Ramita.

Ramita no dejaba de temblar y titiritar, por el miedo, pero también por la emoción.

—Tan solo una persona que entregue su vida al Mundo Subterráneo por voluntad propia y con el corazón entero comprende el verdadero precio que debe pagarse y lo ofrece sin rencor, sin tristeza.

—El perdón, *mischling* —añadió la otra duende, la de la cabellera de cardos—, es la capacidad de amar al mundo entero. Sin pensar en uno mismo. Sin considerar lo que uno tiene o desea. Y el primer Rey de los Duendes lo comprendió.

El hombre que seguía a su lado se puso tenso, rígido.

—Entonces, ¿por qué una doncella, Ortiga? —pregun-

382

tó—. ¿Por qué debe derramarse sangre inocente para que el mundo siga disfrutando de una nueva primavera?

El niño cambiado sabía leer entre líneas y enseguida intuyó qué le estaba preguntando en realidad. «¿Por qué tuve que sufrir? ¿Por qué tuvo que sufrir ella?»

—Un sacrificio ofrecido con medio corazón vale la mitad de su valor —respondió Ortiga—. Te engañaron para que te sentaras en ese trono, majestad. Al primer Rey de los Duendes le engañaron para que lo dejara.

—¿Quién? —exigió saber el niño cambiado.

Las duendes intercambiaron una mirada cómplice.

—No pronunciamos su nombre —dijo Ramita.

La primera Reina de los Duendes.

—Ella lo amaba —prosiguió Ortiga—. Era una doncella egoísta. El Rey de los Duendes dejó que se marchara, pero se las ingenió para regresar al Mundo Subterráneo para reclamarlo, para llevárselo, para robarlo. Y, en su lugar, dejó a otro. A un muchacho muerto de miedo —dijo con desdén—, que dedicó el poco tiempo que estuvo en el trono a buscar a otro que ocupara su lugar.

—Pero tú, *mischling* —dijo Ramita en voz baja—, tú comprendes qué es amar al mundo entero. Has caminado entre mortales, has vivido con ellos. Incluso los has amado, de la única forma que nosotros, las criaturas fantásticas, sabemos. De lejos. Sin pasión. Aunque no por ello con menos intensidad.

El niño cambiado clavó la mirada en el puñal que tenía su hermana en la mano, aún húmedo con su sangre.

—Pero no tengo alma, no puedo ofrecerla —dijo.

—Ella te dio un nombre —sugirió Ramita—, y tú lo aceptaste para forjar tu alma.

Sepperl.

El hombre que seguía arrodillado a su lado volvió a sacudir la cabeza, pero no musitó palabra. El niño cambiado cogió la espada de la mano de su hermana.

—Oh, Josef —suspiró el hombre. Sus ojos, cada uno de un color distinto, estaban llenos de lágrimas; en esas profundidades azules y verdes había compasión, misericordia—. No tienes por qué hacerlo.

383

Pero se veía en la obligación de hacerlo.

—Cuida de ella —le murmuró al hombre—. Se merece que la quieran, que la amen.

El tipo asintió con la cabeza y, aunque no articuló palabra, Josef oyó la respuesta:

«Lo haré.»

Las viejas normas observaban en silencio al niño cambiado.

Sostuvo la espada sobre su pecho y se atravesó el corazón.

Un corazón entero y un mundo entero

Las sombras se revuelven y se retuercen, y mi hermano se aleja de mi reflejo, de mis pensamientos, y aparece como sí mismo, entero, a mi lado.

—Liesl —dice en voz baja.

—Sepperl. ¿Eres tú? ¿O eres yo?

—Soy tú —responde él—, y tú eres yo. Somos como la mano izquierda y la mano derecha de un pianista. Formamos parte de un todo inmenso, de un todo más grande que nosotros, más grande que el mundo.

Mi santuario está sumido en una oscuridad siniestra. Ni siquiera la llama que arde sobre el altar puede aliviar la desesperación que me rodea. La vela que me extirpé, que saqué de esa jaula de huesos está junto al pedestal, fría y muerta y desecha.

—¿Qué hago, Sepp? —pregunto con voz ronca y temblorosa—. ¿Cómo voy a elegir?

—No tienes que elegir —contesta.

—¿Qué quieres decir?

Todavía oigo los ecos de las viejas normas en los oídos; sus palabras retumban con una fuerza y autoridad brutales: «Paga el precio, y uno quedará libre».

—No tienes que elegir —repite—. Yo lo haré. Seré yo quien tome la decisión.

—¡No! —grito. Me lanzo hacia mi hermano y le cojo de la mano—. No puedes hacerlo.

—¿Y por qué no, Elisabeth? —dice otra voz familiar, la voz del Rey de los Duendes.

Se coloca junto a Josef. Su aspecto y su semblante son el de la criatura fantástica que protagonizaba las historias que nos contaba Constanze: una mirada sin brillo, opaca, con un iris verde pálido y otro grisáceo, un rostro anguloso, casi cadavérico, y una maraña de cabellos plateados sobre la cabeza.

—Porque…, porque… —empiezo, pero soy incapaz de encontrar las palabras adecuadas.

Esa decisión debería ser mía. Siempre debería haber sido mía.

—Deja de comportarte como una cría egoísta —se burla Josef—, y deja que, por una vez, seamos nosotros quienes carguemos con el peso de la responsabilidad.

—Intento no serlo —murmuro—. Intento no ser egoísta.

—¿Es que no aprendiste nada durante tu etapa en el Mundo Subterráneo? —pregunta el Rey de los Duendes, y se inclina a recoger la vela—. ¿Qué te pregunté… hace… demasiado tiempo?

386

—Que cuándo aprendería a ser egoísta —susurro—. Que cuándo aprendería a pensar en mí misma.

—Y también cuándo aprenderías a dejar que los demás hicieran algo por ti —añade el Rey de los Duendes, que, con sumo cuidado, le ofrece mi vela a Josef, que enciende la llama con la luz que ilumina su propio corazón.

—¿Esto es real? —pregunto.

Estoy muerta de miedo.

—¿Qué es real? —replica el Rey de los Duendes.

Niego con la cabeza. No lo sé.

—La realidad es aquello que tú quieras que sea la realidad, Elisabeth —responde—. Igual que ocurre con la locura, con la fantasía. Que esto sea real o no depende solo de ti. Está en tus manos. Así pues, ¿qué decides? ¿Qué prefieres, que sea real o una fantasía?

La caricia de su piel, su inconfundible perfume a almizcle, el sabor de sus labios. El Rey de los Duendes no es un ser espectral, sino un hombre de carne y hueso. Me fijo en su pecho y percibo el vaivén de la respiración. Y, de repente, me asalta un recuerdo o, mejor dicho, una visión del futuro. Pero es tan vívida y tan clara que la confundo con un recuerdo. Los dos estamos tumbados en la cama, acurrucados como dos amantes. Nuestros cuerpos están sudorosos, pegajosos y envueltos en un resplandor cálido, un resplandor de comodidad. Recuerdo que los rasgos de su cara se vuelven más afilados y prominentes con el paso del tiempo y que su piel va palideciendo y perdiendo consistencia hasta dejar entrever las venas y los huesos que protege. Recuerdo esa melena plateada tiñéndose de blanco, cubierta de escarcha, de copos de nieve, y no de la purpurina mágica del Mundo Subterráneo. Recuerdo que envejecemos juntos.

—Real —digo.

—Entonces di mi nombre —me ordena con solemnidad—. Devuélvemelo, Elisabeth.

—Pero no sé cuál es —protesto, y noto el sabor salado de mis lágrimas en la boca.

—Siempre lo has tenido —responde, y apoya una mano sobre mi pecho—. Siempre lo has tenido contigo; te ha acompañado en todas tus aventuras. Gracias a eso, una parte de mí ha seguido viva en el mundo exterior.

El monasterio. Pienso en los nombres labrados en los muros de piedra de las catacumbas, hermanos que habían fallecido siglos atrás. Mahieu. Es el primer hombre que me viene a la cabeza. Pero no es el nombre del Rey de los Duendes. Y entonces caigo en la cuenta de que sí sé cuál es su nombre, en pedazos, en trozos, en sueños. Un niño lobo, un crío salvaje, un nombre escrito en el alféizar de una ventana.

—¿Cómo…?

Él se ríe por lo bajo.

—El Señor tiende a ser muy misterioso.

—Ojalá fuese menos misterioso y más directo —replico, algo molesta.

El Rey de los Duendes no contiene la risa.

—Tú me diste un nombre —comenta Josef. La sonrisa de mi hermano es tierna y dulce. No creo que pueda soportar el dolor de perderlo para siempre—. Ahora, dale el suyo.

Josef me coge la mano y la coloca sobre la del Rey de los Duendes, mi joven austero e inocente. Mi...

—Wolfgang —murmuro.

Mi hermano me devuelve mi vela. No solo la ha encendido con el fuego de mi altar, sino con el tenue resplandor que ilumina su pecho. Su alma, mi alma. Sostengo la vela con ambas manos y enciendo la vela del pecho del Rey de los Duendes.

Y las sombras empiezan a dispersarse.

—Vete —dice Josef, que señala una ventana en particular.

Ahí, tras ese cristal, hay una joven con la melena dorada y los ojos tan azules como un cielo en pleno verano. Tiene las manos extendidas y está esperando cogerme de la mano.

—Käthe —murmuro.

Detrás de mi hermana reconozco la figura de François. Mi hermano y su amado se miran. En ese silencio sepulcral, hablan, se comunican. Sin embargo, no sé qué palabras se están dedicando, pues, aunque estén utilizando la lengua del amor, no logro comprenderla. Tras unos instantes, François asiente con la cabeza. No es un gesto de resignación o de derrota, sino de aceptación. De despedida. Josef también asiente con la cabeza.

—Vete —repite mi hermano—. Vete y toca tu música para el mundo. Sé quién estás destinada a ser, Liesl: quien elijas ser. Yo también he elegido, y he elegido ser rey.

—Pero ¿cómo voy a tocar sin ti? —replico, y ni siquiera me molesto en secar las lágrimas que ruedan por mis mejillas.

—Quédate con él —dice, y señala con la barbilla al Rey de los Duendes. A Wolfgang—. Tranquila, a mí me tendrás siempre. Tu música es como un puente, Liesl —añade—. Si la tocas, siempre estaremos juntos. Si la tocas, siempre te recordaré. A ti. A esta vida. A lo que significa amar. Pues tu música fue lo primero y lo único de este mundo que me ayudó a conservar mi humanidad, y lo primero y lo último que te devuelvo.

388

Me echo a llorar. No puedo reprimir el gimoteo ni los sollozos. Apenas puedo hablar.

—Te quiero, Sepperl.

Siento que me atraganto con mis propias lágrimas. No puedo respirar ni tomar una bocanada de aire más para poder darle mi último adiós.

—Te quiero, *mein Brüderchen*. Con todo mi corazón.

Josef sonríe. La punta de sus dientes brilla bajo la luz parpadeante de la vela.

—Y yo a ti, Liesl —responde con un hilo de voz—, con el mundo entero.

389

*U*n bebé está llorando de forma desconsolada en su cuna. De repente, el llanto enmudece. El rubor de sus mejillas se desvanece. En un abrir y cerrar de ojos, se queda pálido y deja de moverse.

«¿Josef?»

Una niña entra en la habitación. Tiene la piel cetrina y es un saco de huesos. Luce una melena azabache, así como unos ojos tan grandes que parecen ocupar toda su cara. Se inclina sobre la cuna y acaricia la mejilla de su hermano.

El bebé abre los ojos. Son negros como el carbón. Son los ojos de un duende. Los ojos de un niño cambiado.

«¿Sepperl?»

Su voz destila preocupación… y amor. Al oír esa voz, el negro de sus ojos empieza a menguar hasta teñirse de un azul pálido. Alarga su manita hacia la niña, que no duda en aceptarla y entrelazarla con la suya. La cría empieza a cantar. Una nana, una melodía que ha inventado. Algo se remueve en su interior, algo nuevo, algo diferente, algo maravilloso.

Un recuerdo.

Su recuerdo. El primero que podía considerar como propio, pues no era del Mundo Subterráneo, ni de Liesl, ni de nadie más. Era solo suyo.

Der Erlkönig.

A lo lejos empieza a sonar una música. Es el sonido de la voz de su hermana, que está tratando de atravesar el velo que separa ambos mundos. Y, tal como hizo cuando era un bebé en la cuna, Josef responde a su llamada.

Sus almas se tocan. Entonces se crea un puente. Tenía un nombre. Tenía un alma. Y tenía el perdón.

Der Erlkönig recuerda qué es el amor.

Y trae de nuevo vida al mundo.

FINALE

A Anna Katharina Magdalena Ingeborg Vogler
A cargo de los fieles
Viena

Mi querida Käthe:

Hemos llegado sanos y salvos a Baviera y ya estamos con
mamá y Constanze. Pese a nuestros temores, la posada
ha prosperado sin nosotras. Ahora las arcas están llenas. Por fin hemos podido saldar las deudas de papá
y podemos gozar de más tranquilidad. Nuestra madre
sigue tan irritable e irascible como siempre, aunque al
menos tuvo el detalle de salir de sus aposentos para conocer y saludar a Wolfgang. Al igual que todos los que
hemos conocido a lo largo del viaje hasta el Bosquecillo
de los Duendes, Wolfgang la ha hechizado, aunque, si
se lo preguntaras, estoy convencida de que lo negaría.
   —¿Dónde has encontrado a un muchacho como él?
—me preguntó—. ¿Cómo una chica tan menuda, sosa y
vulgar como tú ha podido embrujarle y convencerle de
que se case con ella?
   —El Señor tiende a ser muy misterioso.
   Esa fue la respuesta de Wolfgang, una contestación
que le sirvió para ganarse la simpatía y el beneplácito
de mamá. Ya sabes lo devota que es. Sin embargo, a Constanze, que es mucho más herética, esa respuesta no le
gustó ni un pelo.
   —Anda ya —dijo—. Por lo que veo, no es una criatura de Der Erlkönig.
   —Ah, no —respondió él—. Me temo que no soy una
criatura de nadie.

Me entró tal ataque de risa que todo el mundo me miraba como si hubiera perdido un tornillo.

Nuestra pequeña aldea provinciana se sorprendió tanto como Constanze al ver que volvía con un marido. Herr Baumgärtner se quedó boquiabierto. Debo confesar que sentí una pizca de satisfacción al darme cuenta de que mi Wolfgang es, de lejos, mucho más atractivo y galán que Hans, aunque sé que es porque le miro con buenos ojos. Te doy permiso para que te burles de mí, Käthe. Lo sé.

También presenté mis respetos a papá. Su tumba está en el cementerio de la vieja iglesia. El rector falleció el invierno pasado. Dicen que desapareció de su lecho de muerte, dejando tras de sí un manto de amapolas. Al marcharme del cementerio no pude evitar fijarme en una lápida que había junto a la de papá. Nunca la había visto, pero estaba erosionada y desgastada, como si llevara ahí varios años.

> FRANZ JOSEF GOTTLIEB VOGLER
> NOS DEJÓ DEMASIADO PRONTO

Le dejé una amapola.

Mañana me escabulliré e iré al Bosquecillo de los Duendes por última vez con todas nuestras ofrendas. Por suerte, tus mechones de cabello y los de François han sobrevivido al viaje, así que los enterraré entre los alisos. Y después, cuando el sol empiece a esconderse por el oeste en la primera noche de verano, tocaré Der Erlkönig con mi nuevo violín.

Wolfgang lo restauró y añadió el pináculo tallado en forma de mujer que, durante generaciones, nuestra familia había guardado a buen recaudo porque había sido un regalo de bodas. No puedo creer que lo encontrarais en vuestro camerino.

Recuerdo que, cuando era niña, no sabía si la expresión de esa escultura de madera era de agonía o de éxtasis. Sin embargo, ahora que soy una mujer hecha y derecha, ya no me cabe la menor duda; es una expresión de alegría.

No he sabido nada de los Procházka desde que partimos de Viena, pero se rumorea que la Casa Snovin está abandonada, dejada de la mano de Dios. A veces pienso en ese lago turquesa escondido entre las colinas de la finca, y me asaltan un sinfín de preguntas.

Volveremos en cuanto finalicemos la venta de la posada. Mamá está emocionadísima por verte e incluso Constanze parece encantada con la idea de dejar la posada, la aldea, su hogar.

—Este lugar está lleno de fantasmas —dijo—. Y su constante parloteo no me deja descansar.

Los vecinos creen que ha enloquecido, pero ahora, por fin, la comprendo. Aquellos que tenemos un pie en el Mundo Subterráneo y otro en el mundo exterior no podemos ignorar lo invisible al ojo humano, lo extraño, lo inexplicable. ¿Eso es estar loco? ¿O tan solo otra forma de ser?

Dale muchos recuerdos a François. Dile que estoy deseando saber cómo fue el estreno de la ópera y que le estaré eternamente agradecida por las reflexiones y los consejos que me brindó durante la escritura y composición de las piezas musicales. Era yo quien debía contar la historia, pero la música ha sido un trabajo en equipo.

Wolfgang insiste en que antes de marcharnos de aquí debemos presentar la Sonata de noche de bodas a los vecinos de la aldea, para que así nos recuerden para siempre.

—Así te recordarán, Elisabeth. Te recordarán entera —me dijo—. Y así también nos entenderán, enteros.

La verdad es que no sé qué pensarán el carnicero y el panadero de la música, pero apuesto a que les apetecerá asistir a un concierto. No dejo de borrar y rescribir el final de la Sonata de noche de bodas, y mucho me temo que seguiré cambiándolo hasta el día en que me muera. Pero así funcionan las obras de una vida, y me alegro de seguir trabajando, de seguir componiendo, hasta encontrar el final perfecto.

397

Una última cosa antes de terminar la carta. Sé que preferirías que guardara el anillo con cabeza de lobo, que no me deshiciera de él. Pero, al fin y al cabo, las promesas no tienen precio. Cuando visite el Bosquecillo de los Duendes por última vez, lo dejaré ahí, para nuestro hermano, junto con tus mechones de pelo y nuestro amor.

Siempre tuya,

COMPOSITORA DE DER ERLKÖNIG

«Donde yo esté, tú estarás conmigo.»

Cartas a la amada inmortal, LUDWIG VAN BEETHOVEN

CODA

*É*rase una vez una niña que tocaba música para un niño en el bosque. Ella era la creatividad. Él era el intérprete. Cada uno se preocupaba de cuidar el jardín del corazón del otro, arreglando los arbustos, podando los árboles y labrando la tierra de su alma para que fuese fértil. De este modo, las flores podrían brotar en ese inmenso bosque que envolvía el mundo.

Su abuela les había enseñado las viejas normas y las tradiciones ancestrales, pero la niña y el niño no tenían miedo, pues los dos eran criaturas de *Der Erlkönig*.

«No me olvides, Liesl.»

Y la niña no contestó. En lugar de eso, cada año, en primavera, le dedicaba su canción al Rey de los Duendes, para resucitar al mundo entero, para traer de nuevo vida a sus habitantes. Y cuando los dedos ancianos y torcidos de la niña ya no pudieron sostener el arco del violín, sus hijos y sus alumnos aprendieron la canción de memoria y continuaron tocándola, una canción larga e ininterrumpida que se extendía en el tiempo y en el recuerdo. Sonaba y sonaba y sonaba, para que así las estaciones siguieran sucediéndose y los vivos recordaran todo lo hermoso y valioso que hay en el mundo.

Pues el amor es nuestra única inmortalidad. Y cuando el recuerdo se difumina y desaparece, nuestro legado es lo único que permanece.

Una guía de nombres y títulos

CONSTANZE: Cohn-STANTS-eh
DER ERLKÖNIG: Dere ERRL-keu-nikh
ELISABETH: eh-LI-za-bet
JOSEF: YO-sef
KÄTHE: KEI-teh
LIESL: LI-sul
MAHIEU: MEY-yew
MEIN HERR: Main Hehrr
PROCHÁZKA: pro-(k)HASS-ka
SEPPERL: SEPP-url
SNOVIN: SNO-vin
VLČEK: VLI-chek

Una guía de expresiones y frases en alemán

AUF WIEDER SEHEN: Owf VEE-der-zayn: Hasta más ver.

DANKE: DAHN-keh: Gracias.

FRÄULEIN: FROI-line: Señorita, doncella, una forma de dirigirse a una joven.

GROSCHEN: GROH-shen: Una moneda.

HÖDEKIN: HU-deh-kin: Una especie de espíritu, parecido a un duende o un hada.

KAPELLMEISTER: Kah-PELL-mai-ster: Es la persona más importante en una orquesta noble, el responsable de encontrar y producir música nueva y de dirigir las producciones, además de dirigir la pieza musical.

LÄNDLER: LEND-ler: Un baile tradicional.

MEIN BRÜDERCHEN: Mine BREW-der-khen: Mi hermano pequeño.

VIEL GLÜCK: FEEL GLYOOK: Buena suerte.

ZWEIFACHER: ZVAI-fahkh-er: Un baile tradicional.

Una guía de términos musicales

ADAGIO: Indicación de tempo que significa que la pieza musical debe tocarse lentamente.

BASSO CONTINUO: El ritmo o acompañamiento de la melodía en una pieza musical.

CHACONNE: Una composición corta, casi siempre con un ritmo repetitivo, que se utiliza como vehículo para la variación; también puede ser una especie de calentamiento o ejercicio para un músico.

CONCERTO: Una pieza musical compuesta para un solo instrumento al que debe acompañar una orquesta.

DECRESCENDO: Término musical que indica que se debe reducir gradualmente la intensidad del sonido.

ÉCOSSAISE: Originalmente un baile escocés, una pieza corta y alegre que acompaña un baile social (como un vals).

ÉTUDE: Una composición musical corta escrita para un solo instrumento, en general de dificultad considerable, para así practicar varias habilidades técnicas.

FERMATA: Una notación musical que indica que una nota debería sostenerse más de lo habitual.

F-HOLES: Los agujeros del cuerpo de un violín con forma de letra F.

FORTEPIANO: Un antecedente del piano moderno.

GLISSANDO: Una notación musical que indica que debería haber una transición entre una nota y otra.

KLAVIER: Término general para un instrumento con teclado.

LARGO: Indicación de tempo que implica que la pieza musical debería tocarse muy lentamente.

OSTINATO: Una frase musical repetitiva.

PIZZICATO: Un estilo interpretativo que implica el punteo de las cuerdas con los dedos, y no con el arco.

PRESTO: Una indicación de tempo que significa que la pieza musical debería tocarse muy rápidamente.

RITARDANDO: Un cambio en el tempo que indica una ralentización gradual.

SCORDATURA: Cambio en la afinación de una o varias cuerdas de un instrumento para tocar una determinada pieza musical; por ejemplo, el violín se afina siguiendo sol-re-la-mi, pero la *scordatura* que aparece en *Canción de invierno* es de sol-sol-re-re.

SONATA: Una composición musical escrita para ser tocada (y no cantada). Esta definición ha cambiado a lo largo de los años.

SONATINEN: Plural de sonatina, o «pequeñas (cortas)» sonatas.

SOTTO VOCE: No es un término musical en sí mismo, pero significa disminuir la intensidad de la voz para añadir énfasis a la interpretación.

VIOLONCELLO: El antecedente del chelo.

Agradecimientos

*L*os primeros libros son un sueño; los segundos, una auténtica pesadilla. Si echaras un vistazo a los agradecimientos de casi todos los escritores que han tenido el privilegio (¿o el castigo?) de publicar un segundo libro, te darás cuenta de que casi todos dicen lo mismo, aunque con distintas palabras.

ESCRIBIR ES MUY MUY DIFÍCIL.

Las novelas debut no siempre son el primer libro que un autor escribe; de hecho, *Canción de invierno* no fue mi primera novela. Para mí, mi primera novela de verdad ha sido *Canción de sombra*, pues ha sido la primera que he escrito bajo los términos de un contrato, bajo la presión de una fecha de entrega, y la primera que escribí a sabiendas de que sería publicada y leída no solo por mí, sino por otras personas. *Canción de invierno* fue la novela gracias a la que accedí a un público mucho más amplio. En cambio, *Canción de sombra* es la que me ha convertido en una escritora de verdad, con todas las letras.

Ningún libro se escribe de la noche a la mañana, y no querría olvidarme de todas las personas que me han ayudado a lo largo de este maravilloso y a veces complicado viaje. Antes que nada, quiero dar las gracias a mi editora, Eileen Rothschild. Eileen, cuando estoy contigo me siento como en casa. Me conociste como amiga, como colega y como compañera de trabajo antes de conocerme como escritora, y no sabes cuán agradecida estoy por todos los consejos que me has brindado para dar forma a este manuscrito. ¡Ojalá vengan muchos más!

Y, como siempre, muchísimas gracias a Katelyn Detweiler, extraordinaria agente y escritora, y a todos los que trabajan en Jill Grinberg Literary Management, por haberme ayudado a que *Canción de invierno* y *Canción de sombra* salieran a la luz: Cheryl Pientka, Denise St. Pierre y Jill Grinberg. Gracias también a Tiffany Shelton, Brittani Hilles, Karen Masnica, DJ Smyter, y a todos los que se han dejado la piel en mis libros en St. Martin's Press y Wednesday Books.

El arte y los negocios son dos aliados extraños; quiero mandar un saludo muy especial a mis compañeras escritoras por haberme ayudado a navegar entre los límites del uno y del otro. Os debo un millón de gracias... y una copa de whisky: Roshani Chokshi, Sarah Nicole Lemon, y Renée Ahdieh por los consejos profesionales y por vuestra piedad, pero, sobre todo, por mantenerme con los pies en el suelo y por ser mis faros en mitad de la tormenta. También les debo un fuerte abrazo y una copa a Marie Lu, Vicki Lame, Kelly Van Sant, Leigh Bardugo, Sabaa Tahir, Carrie Ryan, Beth Revis, a todos los del Fight Me Club, y a mis compañeros de Pub(lishing) Crawl por las risas, por los hombros sobre los que llorar y por esas dosis de realidad tan necesarias.

A mis lectores, muchas gracias por todo. Es maravilloso saber que no estoy sola, y que no soy la única que adora todo lo gótico y a David Bowie.

Y por último, pero no por ello menos importante, todo mi amor y gratitud a mi familia. A mi abuela, a mi tío Steve, a mi tía Robin y a Scott: gracias por todo vuestro apoyo y por el orgullo que mostráis hacia mi trabajo. A mi madre, a mi padre, a mi hermano pequeño y a Halmeoni: sois mi ancla, mi pilar fundamental. Gracias por este regalo.

Y a Bear. Gracias por enseñarme que a los monstruos también se les puede querer. Y yo me siento querida. Te quiero.

Este libro utiliza el tipo Aldus, que toma su nombre
del vanguardista impresor del Renacimiento
italiano, Aldus Manutius. Hermann Zapf
diseñó el tipo Aldus para la imprenta
Stempel en 1954, como una réplica
más ligera y elegante del
popular tipo
Palatino

Canción de sombra
se acabó de imprimir
un día de verano de 2019,
en los talleres gráficos de Liberdúplex, s. l. u.
Crta. BV-2249, km 7,4. Pol. Ind. Torrentfondo
Sant Llorenç d'Hortons (Barcelona)